Katy Gardner

Die fremde Freundin

Katy Gardner

Die fremde Freundin

Roman

Aus dem Englischen von
Michaela Grabinger

Droemer

Originaltitel: Losing Gemma
Originalverlag: Penguin / Michael Joseph, London

Die Folie des Schutzumschlags sowie die Einschweißfolie sind
PE-Folien und biologisch abbaubar.
Dieses Buch wurde auf chlor- und säurefreiem Papier gedruckt.

Besuchen Sie uns im Internet:
www.droemer.de

Umschlaggestaltung: ZERO Werbeagentur, München
Umschlagabbildung: Zefa, Düsseldorf
Satz: Ventura Publisher im Verlag
Druck und Bindung: Ebner & Spiegel, Ulm
Printed in Germany
ISBN 3-426-19591-7

2 4 5 3

Für Graham

Vorwort

Der Körper ist gekrümmt wie der einer Betenden, fast kniet die Gestalt. Es wird ihr letzter Wunsch sein, ihre letzte Bitte, denn das Ende ist nah. Jetzt versinkt sie in den Flammen, jetzt hält die Hitze sie umklammert. In den ersten Sekunden sprachlosen Staunens hatte nur ihr Haar gebrannt, war blutig-orange aufgeglüht zu einem feurigen Heiligenschein, während sie ihren geheimen Tanz tanzte. Züngelnd, flackernd hatte sich der Petroleumflor um ihren Rumpf gewunden und über ihre Haut gelegt. Schlugen die Flammen Minuten oder nur Augenblicke später brausend gegen den Himmel? Wenn der Tod kommt, vergeht die Zeit nicht wie sonst. Sie begann zu wanken, sie wehrte sich nicht mehr. Aber dieses Seufzen, kam es von ihr oder war es der Wind, der flüsternd durch die wachsamen Bäume strich? Noch ein Schritt, und hoch über dem kreisenden Blätterdach löst sich der Himmel. Sie stolpert, stürzt taumelnd in dichtes Gestrüpp, als fände sie dort ein Entrinnen. Doch was immer sie wollte, was immer sie damit bezweckt hat, es gibt kein Zurück.
Unten am Fuß des Bergs zieht die Prozession immer noch dahin.

Nach Gemmas Begräbnis ging ich ins Haus meiner Eltern zurück, stieg die Treppe zu meinem Zimmer hoch und legte mich auf den Fußboden, als wollte ich nie wieder aufstehen. Es war der schlimmste Tag meines Lebens, und ich wünschte mir nur, die Wände würden einstürzen, damit mich der Schutt aus Ziegelsteinen, blauer Strukturtapete und an den Rändern eingerollten Teenager-Postern zerquetschte. Meine ganze Kindheit, die Kindheit, die wir miteinander verbracht hatten, sollte über mir

zusammenbrechen, so wie unsere gemeinsame Geschichte sie unter sich begraben hatte.
Ich lag da und wartete, aber nichts geschah. Die sanfte englische Sonne schlich über die Wände, das Spätabendlicht schwand, nach und nach wurde es dunkel. Ich fror, und die Knochen taten mir langsam weh. Irgendwann klopfte meine Mutter an die Tür.
Es gab nichts mehr zu sagen, und es gab nichts mehr zu tun – deshalb konnte ich mich nicht bewegen. Selbst nach ihrem Tod hatte ich Gemma im Stich gelassen: Ich hätte ein Gedicht von ihr vortragen oder eine kurze Ansprache halten sollen; stattdessen hatte ich ganz hinten in der Kirche neben Steve und meinen Eltern gesessen und hatte die Hände so fest zusammengepresst, dass die Knöchel blau anliefen. Und ich hatte die ganze Zeit auf den Boden gestarrt, denn ich konnte die neugierigen Blicke der alten Schulfreunde und die dumpfe Verzweiflung in den Augen von Gemmas Mutter nicht ertragen. Ich wusste, was sie von mir dachten, was sie über mich redeten.
Sie müssen verstehen – meine beste Freundin war tot. Und ich war schuld daran, ich ganz allein.

Eins

Dies ist die Geschichte von Gemma und mir oder besser: Wie ich Gemma verlor. Ich erzähle sie sonst nur mir selbst, hebe sie mir für die dunkelsten Momente auf, für die langen Stunden vor dem Morgengrauen oder für die plötzlich auftauchende Panik, die sich lautlos in mir heranschleicht und mich von hinten überfällt. Dann erzähle ich sie mir wieder und wieder, gehe jede kleinste Einzelheit noch einmal durch, als könnte ich die Vergangenheit ändern, indem ich sie erzähle. Diesmal aber ist es anders. Diesmal ist die Vergangenheit schon ausgelöscht.

Ich beginne an der Stelle, die ich für den Anfang hielt, die aber, wie ich heute weiß, fast schon das Ende war. Ich war damals ziemlich von mir selbst eingenommen, ich hielt das Leben für ein Kinderspiel und alles, was ich tat, für verzaubert und bezaubernd. Ich war dreiundzwanzig (Name: Esther Waring, BA: University of Sussex, bisher gesammelte Passstempel: Marokko, Ägypten und Israel), es war das Jahr 1989, und ich hockte, mehrere tausend Fuß über den Slums von Delhi, auf der Kante meines Flugzeugsitzes. Ich sah mich damals gern als versierte Reisende, als jemanden, der viel herumkommt und das Abenteuer liebt, hasste aber ironischerweise das Fliegen. Deshalb hielt ich, als die Räder die Landebahn berührten, die abgewetzte Acryl-Armstütze der Air-India-Boeing 747 fest umklammert, versuchte lässig zu wirken und betete insgeheim. Einige bange Momente lang hatte ich das Rollfeld nicht gesehen, obwohl die Landung unmittelbar bevorstand, blickte entsetzt auf den sich rasend schnell nähernden Erdboden und empfand kaum Erleichterung, als ich die verrosteten Rümpfe ausgemusterter Flugzeuge und ein plötzlich direkt auf mich zusausendes Stück Landebahn sah. Es rumpelte. Die Maschine schoss mit Angst erregendem Tempo über das Rollfeld, und der Zweifel (sind die Bremsen in Ordnung?) hielt sich entsetzlich lange. Dann kam das Flugzeug schließlich auf dem Indira Gandhi International Airport zum Stehen.

Sofort nach der Landung war meine Angst wie weggewischt. Sie kam mir im Nachhinein lächerlich vor, war mir sogar ein bisschen peinlich. Eine abgebrühte Globetrotterin wie ich und Flugangst? Es war einfach erbärmlich und zeigte, dass ich ständig alles unter Kontrolle haben musste. Ich löste den Gurt und griff ungeduldig nach meinem Handgepäck. Gemma war noch nicht so weit, sie tastete nach Gott weiß was unter ihrem Sitz, aber ich konnte nicht noch länger warten. Ich sprang auf und drängte mich in den Gang.

Die Schlange bewegte sich nur langsam voran. Als ich die Kabinentür endlich erreicht hatte, schlugen mir heiße Luft und Treibstoffgestank so heftig entgegen, dass ich kurz stehen blieb, bevor ich, mit einer Hand die Augen vor der blendenden Nachmittagssonne beschattend, mein Gepäck schulterte und die klappernden Metallstufen hinunterging.

Gemma, die sich nie in irgendetwas hineindrängte, am allerwenigsten in eine Schlange ungeduldig schubsender Menschen, erschien gut fünf Minuten später. Ich wartete auf dem Rollfeld, blinzelte mit mühsam gebändigtem Tatendrang immer wieder zum weißen Rumpf des Jumbo hoch, bis endlich die kleine, rundliche Gestalt an seinem übel riechenden Maul auftauchte. Sie verzog, vom Licht geblendet, das Gesicht und wirkte irgendwie benommen, als wüsste sie nicht, wohin sie gehen sollte.

»Hierher, Poly, du Pflaume!«

Beim Klang ihres alten Spitznamens zuckte sie zusammen und sah sich um. Als sie mich im Wust der anderen Fluggäste entdeckte, entspannten sich ihre Züge. Atemlos und knallrot im Gesicht kam sie am Fuß der Gangway an.

»Ich musste meinen Pass suchen! Er war seitlich an meinem Sitz runtergefallen …«

»Tja, Poly Styrene, die Kajal-Queen, vor der Eroberung des Orients!«

»Klappe, Siouxsie Sioux!«

Sie streckte mir die Zunge raus, und wir berührten uns an den Händen, eine flüchtige Geste, die besagte, dass wir Komplizinnen waren, alte Freundinnen, die miteinander durch dick und dünn gingen. Dann hakten wir uns unter und stiegen in den Airlinebus.

Die Ankunftshalle war ein hangarähnliches Gebäude, das vom sporadischen Abstempeln der Reisepässe und vom Gekreisch unterernährter Sperlinge widerhallte. Wir warteten am Ende einer langen Schlange auf unsere Abfertigung durch einen muffig dreinblickenden Beamten der Einwanderungsbehörde, der mit todernstem Gesicht an seinem Tisch saß. Abgesehen von den indischen Familien mit ihren kajaläugigen, rüschenbeladenen Kleinkindern und Bergen von Gepäck sowie von mehreren Geschäftsleuten in eleganten Anzügen, war das Flugzeug mit enttäuschend spießigen Leuten besetzt gewesen. Bei den Frauen mittleren Alters, die vor uns in der Schlange standen, handelte es sich, wie mir ein Blick auf das Logo ihrer Reisetaschen verriet, um Teilnehmerinnen der Sunnyworld-Spectacles-Indientour. Ihr Anblick verdarb mir fast die gute Laune, in die mich die Landung versetzt hatte. Mir ging es ums Reisen, verstehen Sie, nicht um Tourismus; diese Unterscheidung war mir damals ungeheuer wichtig. Denn meinem Selbstbild nach gehörte ich, koste es, was es wolle, in die Kategorie »abenteuerlustige Minderheit« und verkörperte damit das krasse Gegenteil von dem Pauschaltouristen, wie meine Eltern es waren. Ich fing Gemmas Blick ein, sah kurz zu den Frauen hinüber und schnitt eine Grimasse. Gemma öffnete den Mund, ließ wie ein Idiot die Zunge heraushängen und schielte.

Etwas aussichtsreicher erschien mir, dass sich die Leute hinter uns laut über »Asien« unterhielten. Ich blickte ein paar Mal verstohlen über die Schulter, um sie einzuordnen. Ja, diese Typen kannte ich gut: weltgereiste Langweiler, die einen stundenlang mit Geschichten über entbehrungsreiche, waghalsige Unternehmungen belästigten und sich in der Illusion wiegten, dadurch »interessant« zu sein. Die beiden wetteiferten gewissermaßen um den Ehrentitel »Supertraveller«. Der eine erklärte wichtigtuerisch, er werde den Himalaja überqueren und bis nach Ladakh fahren, während sich der andere für Tempel interessierte. Das Konkurrenzgehabe nervte mich nach einer Weile so sehr, dass ich mich umdrehte und, mehr aus Gewohnheit und Langeweile als aus echter Flirtlaune heraus, einen weiter hinten sitzenden jungen Kerl, Typ Student, fixierte, der Hermann Hesse las. Er war in sein Buch vertieft und sah nicht hoch. Auch Gemma hatte sich inzwischen auf den Boden gesetzt. Sie zupfte an ihren Nägeln und sah sich nervös um. Bestimmt findet sie, dass die Klos dort drüben widerlich stinken, und fragt sich, wo wir heute Nacht schlafen, dachte ich, als sie schwer aufseufzte und ein Schmutzteilchen vom Fingernagel schnipste. Meine liebe, chaotische Gemma, mit der ich gleich meine Traumreise antreten würde – Situationen, die ich so richtig genoss, brachten sie regelmäßig aus der Fassung und nahmen ihr allen Mut. Ohne meine Hilfe wäre sie völlig überfordert in diesem Land.

Zwei Stunden später zogen wir unsere Rucksäcke vom Gepäckkarussell, traten durch eine schlierige Glastür und waren einen Moment lang völlig überrumpelt – britisches Treibgut in einem unaufhaltsamen Strom aus Körpern und Koffern und zupackenden Händen. Fahrer hielten uns Schilder vor die Nase, Kundenfänger drängten uns Hotelkärtchen auf, und mindestens drei Gepäckträger versuchten uns die Rucksäcke vom Rücken zu zerren. Überall Familien im Wiedersehenstaumel, Menschen, die nach langer Zeit aus Großbritannien zurückgekehrt waren, sanken weinend in die Arme ihrer Verwandten und wurden mit Goldflitter bekränzt. Rote Kerben durchzogen den Himmel hinter dem Flughafengelände; die letzten Sonnenstrahlen fanden ihren Widerschein in den glänzenden, erwartungsvollen Gesichtern der Menschen. Um unsere Füße hüpften Krähen und pickten am Inhalt einer zerrissenen Tüte Chancchuri. Die Luft war zum Schneiden.

Mein Plan sah vor, dass wir uns ein Taxi nahmen, einen Fahrpreis von zehn Dollar aushandelten – laut *Lonely-Planet*-Reiseführer der reinste Wucher, aber am ersten Tag konnte man schon mal Kompromisse machen – und zum Connaught Circus fuhren. Die Taxifahrer, die in einer scheinbar endlosen Schlange vor dem Haupteingang gestanden hatten, hatte ich allesamt abgewiesen; jetzt war plötzlich kein einziger mehr da. Die Sunnyworld-Weichlinge waren in ihre funkelnden Tourbusse gestiegen, die heimgekehrten Gastarbeiter hatte man ehrerbietig zu eigens gemieteten Minibussen geleitet, um sie mit großem Tamtam in ihre Dörfer zu fahren, und die Rucksackleute waren Gott weiß wohin verschwunden. Gemma und ich standen ganz allein am Straßenrand und wussten nicht, was wir tun sollten.

Ist es nicht unglaublich, wie scheinbar banale, in Sekundenbruchteilen getroffene Entscheidungen ein Leben verändern können? Wären wir mit einem der Schlepper mitgegangen oder hätten die Rucksackleute gefragt, wie man am besten ins Zentrum der Stadt kommt, hätten wir gar das Undenkbare getan und wären in die Touristeninformation gegangen, es wäre vielleicht alles ganz anders gekommen. Aber etwas so Spießiges hätte ich damals um keinen Preis getan. Ich war viel zu stolz, viel zu sehr darauf aus, meine Reisetüchtigkeit unter Beweis zu stellen, die unter anderem darin bestand, stets die billigste und »authentischste« Route herauszufinden. Mit derselben Einstellung war ich im Sommer zuvor mit dem Rucksack durch Europa gezogen und hatte mit Luke, meinem kurzzeitigen Freund im zweiten Studienjahr, Nordafrika bereist, und genau so würde ich in diesem freien Jahr, von dem ich so lange geträumt hatte, Indien »machen«. Gemma, deren Auslandsabenteuer sich auf eine

Ferienreise nach Mallorca mit ihrem Vater und seiner zweiten Frau sowie auf einen für drei Monate geplanten, aber vorzeitig beendeten Au-pair-Aufenthalt in Belgien beschränkten – wobei ich, wenn ich ehrlich war, keines von beidem als »Reise« gelten lassen konnte –, hatte nur äußerst wenig mitzureden. Vielleicht war ich naiv; auf jeden Fall aber war ich rechthaberisch.

So kam es also, dass wir plötzlich ganz allein am Straßenrand standen, weil wir im Gegensatz zu unseren Mitpassagieren weder in einen klimatisierten Bus gestiegen waren noch ein Taxi gerufen hatten. Heute ist mir klar, dass dies der erste von vielen Fehlern war, die ich beging, denn genau in diesem Moment wurden sie auf uns aufmerksam.

»Hör zu – du wartest hier, und ich peile die Lage und schaue mal, ob es hier irgendwo Busse oder so gibt.«

Ich ließ den Rucksack vom Rücken gleiten, stellte ihn neben Gemmas Füßen ab und machte mich eilig auf die Suche nach annehmbar »einheimisch« aussehenden Bussen. Der Parkplatz war völlig leer, abgesehen von einem silberfarbenen Wagen mit Allradantrieb, der direkt gegenüber von uns stand. Es war inzwischen fast dunkel. An meinem Rücken kullerte eine Schweißperle hinab, über die ich mich richtig freute, obwohl es kitzelte. Gar nicht schlecht, ein bisschen versifft und verschwitzt zu sein, dachte ich, während ich über den Asphalt ging. Es bewies, dass ich wirklich und wahrhaftig im Süden war.

Ich überquerte die Straße und erspähte in der Dunkelheit einen einsamen Bus auf der anderen Seite des Parkplatzes. Ich muss zu meiner Schande gestehen, dass ich, obwohl ich kein einziges Wort Hindi spreche, so tat, als würde ich das Schild an der Windschutzscheibe lesen, als würde das Fahrziel osmotisch in mein Bewusstsein dringen, wenn ich es nur lange genug anstarrte. Mit Ausnahme des Fahrers, der, nicht gerade vielversprechend, mit einem Tuch bedeckt über dem Lenkrad schlief, war der Bus leer.

Plötzlich durchfuhr mich der Gedanke, dass ich Gemma vielleicht doch nicht hätte allein lassen sollen, schließlich hielt sie sich zum

ersten Mal außerhalb von Europa auf. Ich erinnerte mich an den Anflug von Panik in ihrer Miene, als ich mich aufgemacht hatte, und stellte sie mir vor, wie sie auf unseren Rucksäcken saß, das gefundene Fressen für Männer, die sich in der Hoffnung auf Sex oder leicht erbeutetes Geld vor dem Flughafen herumtrieben. Bestimmt hatten sie sie schon umzingelt und fragten »Aus welchem Land?« und »Bitte, Madam, wo ist Ihr Mann?«
Ich warf einen Blick zu ihr zurück, wollte ihr aufmunternd zuwinken, sah aber zu meiner Überraschung, dass sie nicht mehr allein war. Ein Traveller hockte neben ihr im Straßenstaub, ein hoch gewachsener Kerl mit langem, schmutzig blonden Haar. Er trug eine weite, orangerote Hose mit Zugbändern, wie man sie vor allem an deutschen Hippies sieht, und hatte eine Ledertasche mit Quasten neben sich abgestellt. Am Geländer gegenüber lehnten zwei Mädchen und beobachteten das Ganze. Sie kehrten mir beide den Rücken zu, aber ich konnte erkennen, dass die eine dünn war und einen langen, schwarzen Zopf hatte, der unter einem perlenbestickten Kopftuch hervorsah. Sie trug ein rotes Kleid, dessen Saum im Schmutz schleifte. Die andere war fülliger, hatte einen breiten Hintern und dicke Waden. Sie wirkte verärgert, wandte sich immer wieder kopfschüttelnd ab. Ich weiß noch, dass ich die beiden ansah und irgendwie dachte, dass etwas nicht stimmte. Vielleicht, weil sie den Hippie so beobachteten, als würden sie ihn kennen, dürften aber nicht zu ihm gehen, vielleicht aber auch nur, weil sie offensichtlich stritten. Ich sah aber bestimmt nicht viel länger als eine Sekunde zu ihnen hin. Ich hob die Hand und wollte gerade »Gemma!« rufen, als mir ein Taxi entgegenkam und mit triumphierendem Hupen verkündete, dass es die letzten zwei Passagiere der Maschine aus London aufgetan hatte.

Zwanzig Minuten später hatten wir die Außenbezirke Neu-Delhis erreicht, und die anfangs leere Flughafenstraße füllte sich mit Scooter-Rikschas, Motorrädern und überladenen Tata-

Lastern. Ich starrte ehrfürchtig aus dem Taxifenster. Wir fuhren durch das öde Hinterland der Außenbezirke, aber mir erschien die Landschaft wahnsinnig exotisch, die dunstige Abendluft so schwer, wie ich es noch nie erlebt hatte, alles war voller Duft und Verheißung. Nach etwa zehn Minuten Fahrt waren wir an Geiern vorbeigekommen, die auf dem Asphalt an irgendetwas Totem zupften, und ein paar Kilometer weiter hatten wir um ein Haar eine räudige Kuh angefahren, die mitten auf der Straße stand. Der Fahrer hatte scharf gebremst und das Tier leise summend vorsichtig umfahren. Gemma und ich hatten uns angeglotzt und losgelacht. Jetzt war es zu dunkel, als dass man hinter dem matt-orangen Lichtschein der Straßenbeleuchtung etwas erkennen konnte, aber ich hörte Zikadengezirp und entferntes Schakalgeheul.

Schweigend saßen wir da, unsere Rucksäcke auf dem Schoß. Ich dachte die ganze Zeit, dass ich es endlich geschafft hatte. Am liebsten hätte ich das Fenster heruntergekurbelt, den Kopf rausgestreckt und alles gierig in mich eingesogen, ließ es aber trotz meines Hangs zu exaltierten Gesten bleiben. Irgendetwas hielt mich davon ab. Vielleicht Gemma, deren Phlegma meinen Überschwang immer etwas dämpfte. Schon in unserer Kindheit war es so gewesen. Wenn ich etwas Dummes tun wollte, dem Zeitungshändler Süßigkeiten klauen oder einen Lehrer anrufen und ins Telefon stöhnen, sah sie mich stirnrunzelnd an, und schon zögerte ich. Ich warf einen Blick zu ihr hinüber und sah, dass sie in der stickig warmen Nachtluft fast eingeschlafen war. Die gesenkten Lider zuckten, und je mehr sich ihr Gesicht entspannte, umso weiter öffnete sich ihr Mund. Als das Taxi über ein besonders großes Schlagloch hoppelte, schlug sie die Augen auf, setzte sich aufrecht hin und schüttelte den Kopf.

»Mann, bin ich müde. Ist da irgendwas in der Luft?«

»Hast du das nicht gelesen? Die haben hier ein Spezialgas, damit betäuben sie die Touristen und rauben sie dann aus.«

Sie starrte mich an.

»So ein Quatsch!«
»Hättest eben im Flugzeug nicht so viel Alk trinken sollen.«
»Immerhin war er kostenlos!«
Dann schwiegen wir wieder.
Nach ein paar Kilometern sagte ich: »Wer war denn der Typ, mit dem du vorhin geredet hast?«
»Welcher Typ?«
Sie sah mich an.
»Dieser Hippie. Der mit der orangen Hose und den langen Haaren. Der saß doch neben dir. Mensch, Pol! Auf welchem Planeten bist du denn gerade unterwegs?«
Sie zuckte mit den Achseln und versuchte vergeblich ein Gähnen zu unterdrücken.
»Liegt wohl am Jetlag.«
Wir fuhren an einer Moschee vorbei, deren Säulen mit funkelnden Lämpchen behängt waren. Sie sah aus wie die Feenschlösser, von denen wir mit sieben geträumt hatten. Gemma blickte ihr nach. Ihre Augen weiteten sich.
»Das ist eine Moschee«, erklärte ich.
Sie gähnte wieder und schloss die Augen.
Poly Styrene – den Spitznamen aus Teenagerzeiten hatte sie nie ganz loswerden können – war seit unserem ersten Tag in der Vorschule meine beste Freundin. Wir waren erwachsen geworden, hatten die pubertären Geplänkel über Mülleimerraustragen und Lidstrichauftragen weit hinter uns gelassen, hatten während der Schulzeit alle Phasen von Ska über New Romantics bis zu den Dexys durchlaufen, dann begann ich zu studieren, und Gemma war daheim ausgezogen und wohnte in einer eigenen Wohnung über dem Alliance and Leicester, aber wenn es nach mir ging, würde diese schwesterliche Freundschaft, die wir als kleine Mädchen miteinander geschlossen hatten, bis in alle Ewigkeit bestehen. Sie war ein fester Bestandteil der unausgegorenen feministischen Haltung, die ich mir als Studienanfängerin zugelegt hatte und die mein ganzes Denken bestimmte. Männer

waren unwichtig oder sollten es zumindest sein. Wichtig, so redete ich mir ein, war einzig und allein die Frauensolidarität. Natürlich gab es hin und wieder Spannungen, unausgesprochene Konflikte, aber gerade daraus entstand doch der kunstvoll gewebte Stoff, aus dem unsere Freundschaft war, gerade das machte ihn dichter und bunter! Die Moschee entschwand unserem Blick. Wir kamen an mehrere blinkende Ampeln, die der Fahrer kalt lächelnd bei Rot überfuhr. Als ich wieder zu Gemma hinübersah, schlief sie, ihr Kopf schlug rhythmisch an die Taxitür, und aus ihrem Mund floss ein silbriger Speichelfaden.
Ich betrachtete sie und war plötzlich von tiefer Zuneigung durchdrungen. Dass sie bei jeder sich bietenden Gelegenheit einschlief, hatte etwas so Liebes, so Vertrauensvolles. In der Schule war sie oft mitten im Unterricht eingedöst und später, in der Phase der Pubbesuche und Durchmach-Partys, immer die Erste gewesen, die ihrer Müdigkeit nachgab. Dann deckte sie sich mit ihrem Mantel zu und rollte sich in einer Ecke zusammen, während wir um ihren reglosen Körper herumtobten. Ich war das genaue Gegenteil, immer hellwach, immer ganz da. Manchmal lag ich die ganze Nacht mit offenen Augen im Bett und wartete darauf, dass sich der Himmel vor meinem Fenster endlich aufhellte und ein neuer Tag mich dem näher brächte, was in meinen Augen erst mein »richtiges« Leben sein würde, dem Erwachsenenleben.
Jetzt war ich endlich hier, nach monatelangem Planen und Sparen dem langweiligen England entronnen. Im Gegensatz zu meinen Collegefreunden mit ihren mörderischen Jobs in der City und ihren traurigen, abgezirkelten Zukunftsplänen war ich, so sagte ich mir mit dem triumphierenden Optimismus eines noch sehr jungen Menschen, eine Karriere-Verweigerin. Tagein, tagaus der Gang ins Büro – nichts für mich! Nein, ich war anders. Ich würde mich ins Getümmel des Lebens stürzen und alles auf mich zukommen lassen.

Zwei

Das Taxi setzte uns am Ende einer Straße ab, die, wie ich gleich darauf feststellte, die Janpath Avenue war. Wie betäubt vom Dröhnen des vorbeibrausenden Verkehrs, blieben wir am Straßenrand stehen, hielten unsere Rucksäcke fest und versuchten uns zu orientieren. Wir standen an einer Hauptverkehrsstraße, die zu einem großen, kreisrunden Platz mit schicken Geschäften, Restaurants und Airlinebüros führte. Es war nach neun Uhr abends; kreuz und quer auf dem Bürgersteig lagen schlafende Menschen.

Ich sah mich begeistert um. Hinter mir kauerte ein kleiner Junge vor einem Tablett, auf dem sich in Alufolie gewickelte Blätter, Anissamen und Betelnüsse häuften. Ein paar Meter entfernt stand eine Horde zerlumpter Kinder auf dem Gehsteig und zupfte die Passanten an den Ärmeln. Auf der anderen Straßenseite entdeckte ich einen Mann mit Turban, der vor einem Weidenkorb hockte. Er hob den Deckel und schwenkte die Hand wie ein Puppenspieler über dem Korb, bis sich plötzlich eine lange, braune Schlange mit zuckenden Bewegungen über den Rand reckte.

»Mensch, ich glaube, wir sind mitten in einem Merchant-Ivory-Film gelandet!«

Gemma war fassungslos. Sie stand mit offenem Mund da und hatte die Arme ängstlich über dem Bauch verschränkt.

»Meinst du, die ist noch giftig?«

»Klar. *Hier* gibt's doch keine echten, lebenden, *bissigen* Schlangen!«

»Ha! Ha! Ha!«

Sie warf den Kopf zurück, nahm den *Lonely-Planet*-Reiseführer aus ihrer Tasche und begann darin zu blättern.

»Wir müssen jetzt mal überlegen, wo wir hinwollen«, murmelte sie. »Hier steht, dass es ganz in der Nähe eine Jugendherberge gibt …« Sie vertiefte sich stirnrunzelnd in das Buch.

»Nicht so hastig! Lass doch erst mal die Atmosphäre auf dich wirken!«

Ich wandte den Blick nach rechts, wo der Strom der Ambassadors mit ihrem 50er-Jahre-Design und der Motorroller vor einer Ampel zum Stehen gekommen war, nahm Gemma an der Hand und zog sie über die Straße, die ungefähr eine Sekunde lang leer blieb; dann umspülte uns plötzlich aus der Gegenrichtung eine Flutwelle von Fahrzeugen. Einen Moment lang verharrten wir wie gelähmt inmitten des Mahlstroms und umklammerten einander in Todesangst.

»Was machen wir jetzt?«

Ich sah in Gemmas kleine, angstvolle Augen. Plötzlich tat sich in dem vorbeirauschenden Verkehrsstrom eine winzige Lücke auf.

»Los, schnell!«, schrie ich.

Wir fassten uns an den Händen und rannten laut brüllend um unser Leben. Als wir den Gehsteig erreicht hatten, schüttelten wir uns vor Angst und Lachen. Für Gemma war es anscheinend zu viel gewesen – sie stand, die Hände auf die Knie gestützt, keuchend am Straßenrand –, ich dagegen fühlte mich, als wäre ich aus einem Flugzeug gesprungen und auf den Füßen gelandet.

»Ja! Wir haben's geschafft!«

Gemma sah zu mir auf und hob sarkastisch die Brauen.

»Den sicheren Tod vor Augen, kämpften die furchtlosen Forschungsreisenden gegen den reißenden Strom an.«

»Das war vielleicht was!«

Eine Zeit lang schwiegen wir beide. Dann meinte Gemma leise: »Vielleicht hätten wir uns besser doch von dem Taxifahrer zum Hotel seines Cousins bringen lassen.«

Ich sah sie scharf an, schloss aber aus ihrem gutmütigen Blick,

dass es eher als Frage denn als Kritik gemeint war. Als die erfahrenere Travellerin hatte ich fraglos angenommen, sie würde alle praktischen Dinge mir überlassen.
»Finde ich nicht«, gab ich verächtlich zurück. »Diese Typen kassieren doch alle Provisionen. Komm, wir versuchen's mal in dieser Straße.«
Wir bogen in eine Seitenstraße ein, die zwischen den kreisförmig angeordneten Gebäuden abging, und stießen gleich auf mehrere neonbeleuchtete Hotelschilder. Auf dem Gehsteig saß eine Gruppe Rucksackreisender. Ich lächelte Gemma aufmunternd zu.
Diesmal überquerten wir die Straße erst, nachdem wir uns in alle Richtungen umgesehen hatten. Als wir drüben waren, nickte ich den Rucksackleuten zu. Es waren mehrere Männer und eine dünne, stark gebräunte Frau mit Kettchen an den nackten Füßen. Ich weiß noch, dass mich der Neid packte, weil sie offenbar schon ziemlich lange unterwegs waren, lange genug jedenfalls, um die westeuropäische Art vollständig abgelegt zu haben. So wollte ich auch sein, mit schmutzigen Füßen und schmalen, braunen Handgelenken, an denen eine Unmenge glitzernder Armreifen aus dem Basar hingen. Eine Insiderin wollte ich sein, eine »mit Erfahrung«, eine, die schon alles gemacht und alles gesehen hatte, nicht so ein Neuankömmling, der, gerade dem Flieger aus London entstiegen, mit dem Reiseführer durch die Gegend lief. Am allerwichtigsten aber war es mir, anders zu sein als die Leute daheim.
Ich sah mich nach Gemma um, die peinlicherweise immer noch den *Lonely Planet* in der Hand hielt und geschäftig dreinblickend damit herumfuchtelte wie eine Touristin vor dem Taj Mahal. Ich tat, als sähe ich es nicht, und deutete auf das erste Hotel, einen schäbig aussehenden Kasten mit Zimmern für fünfzig Rupien pro Nacht.
»Wie findest du das da?«
Gemma sah mich skeptisch an.

»Also, von dem steht nichts in dem Buch.«

»Mensch, jetzt vergiss doch endlich mal das blöde Buch, Gem!«

Ich drehte mich um und wollte wild entschlossen die Treppe zu dem Hotel hochgehen, als eine Gestalt, die plötzlich aus der Schwingtür gekommen war, die Stufen hinabtorkelte und so gegen mich stieß, dass ich nach hinten taumelte und, vom Gewicht des Rucksacks gezogen, hart auf dem Hintern landete.

»Hey!«

Ich spürte einen stechenden Schmerz im Ellbogen und war ein paar Sekunden lang benommen. Heute klingt es albern, aber damals war meine größte Sorge, dass die anderen Rucksackleute es gesehen haben könnten und ich vergebens die coole Travellerin gespielt hätte.

»Alles in Ordnung?«

Gemmas Augen starrten mich von oben an. Dann richteten sie sich plötzlich auf etwas links von ihr.

»Was?«

Hinter Gemma eilte die Frau davon, die mich zu Fall gebracht hatte. Sie war extrem dünn und torkelte fast wie eine Betrunkene. Sie begann immer wieder zu laufen, stockte und verlangsamte ihren Schritt, als wüsste sie, dass sie beobachtet wurde. Ich weiß nicht, ob es wegen des schwankenden Gangs war oder wegen ihres gebeugten, zerbrechlich wirkenden Rückens, jedenfalls wirkte sie so, als wäre sie entweder sehr high oder sehr verängstigt. Sie trug einen langen Baumwollunterrock, wie ihn die Inderinnen unter den Saris tragen, und ein knappes Top.

»Mensch!«

Ich stemmte mich mit zittrigen Beinen hoch. Der Aufprall war härter gewesen, als ich zunächst gedacht hatte. Mein Arm schmerzte, ich blutete am Ellbogen, und die Hand an der Seite war übel aufgeschürft.

»Auf was ist *die* denn drauf?«

Gemma legte mir die Hand auf die Schulter und sah mich mit großen Augen an.

»Wenigstens stehen bleiben hätte sie können …«

Wir sahen der Frau noch eine Weile nach. Etwa eine halbe Minute später hatte sie das Ende der Straße erreicht und bog auf den Connaught Circus ein.

»Sie hat indisch ausgesehen …«, sagte Gemma.

»Nee, die kommt aus Europa. Wahrscheinlich stoned.«

»Vielleicht hat sie zu viel von diesem indischen Gas eingeatmet, von dem du mir erzählt hast.«

Gemma drehte sich um und setzte den Fuß auf die erste Treppenstufe.

»Warte mal!«

Ich starrte in die dunstige Nachtluft und sah gerade noch, wie sich die Frau zwischen den Passanten verlor. Irgendetwas irritierte mich.

»Was ist denn?«

»Ach, nichts. Schon vorbei.«

Ich zog mir den Rucksack höher auf die Schultern, drehte mich um und stieg mit wackeligen Beinen die Treppe hinauf.

Wir bekamen ein Zimmer im dritten Stock, ein winziges Loch mit zwei Charpois und einem Fenster mit Blick auf die Ziegel und Rohre des gegenüberliegenden Gebäudes. Genau so hatte ich es mir erträumt: möglichst weit weg vom geblümten Vorstadthorror der Zimmer »mit Bad und WC«, in denen die Pauschalurlauber abstiegen. Möbel gab es so gut wie keine. Über den Betten verlief ein schmaler Sims, auf dem ein von herabgetropftem Wachs überwucherter Kerzenstummel und eine leere Zigarettenschachtel lagen, und gegenüber dem Fenster stand ein schäbiger Tisch, in dessen weiches Holz zahlreiche Graffiti geschnitzt worden waren. An der Decke hing ein ratternder Ventilator. Gemma hatte ihn sofort, nachdem der Hotelbesitzer hinausgegangen war, auf »full« gestellt. Er drehte sich wie verrückt. Die schwere Metallnabe wackelte so stark, dass ich befürchtete, das ganze Ding könnte sich von der Decke lösen und uns die Köpfe absäbeln. Das »Bad« war auf der anderen Seite des Gangs, eine rostige Dusche und ein verdrecktes Loch, das selbst ich mit meiner aufgesetzten Hartgesottenheit nach einer flüchtigen Inspektion zu meiden beschloss.

Gemma schmiss ihren Rucksack neben das hintere Bett, eine nicht gerade stabil wirkende Konstruktion aus Brettern und Seilen, und ließ sich auf die Matratze fallen.

»Gott sei Dank! Ich dachte schon, gleich sagt er, dass alles belegt ist.«

Ich setzte mich auf die Kante meines Betts und begann verlegen an meiner Reisetasche herumzufummeln. Meine Hand tat noch immer weh. Gemmas Blick schweifte durchs Zimmer. Sie grübelte über etwas nach, das erkannte ich an dem mürrisch verzogenen Mund und den nachdenklich glasigen Augen. Um sie aus dieser Stimmung zu reißen, stand ich auf und fuchtelte penetrant fröhlich mit der Hand vor ihren Augen herum.

»Findet die Unterkunft Ihr Gefallen, Memsahib?«

Sie lächelte gequält. »Einfach göttlich.«

»Unsere Luxus-Suite erfüllt, wie Sie sehen, alle Bedürfnisse des modernen Touristen.«

Sie schwieg, setzte sich aber zu meiner Erleichterung im Bett auf.

»Wenn das hier ein Super-Deluxe-Zimmer ist, will ich nicht wissen, was einen bei ›Low Budget‹ erwartet.«

»Das Dach wahrscheinlich.«

»Ich muss unter die Dusche. Ich bin total versifft.«

»Hast du sie dir schon mal angeschaut?«

Sie warf mir einen Blick zu, schloss unvermittelt die Augen und ließ sich zurückfallen. Ihr Kopf schlug dumpf auf dem straffen Seil auf.

»Auch egal. Ich bin total kaputt.«

Ein paar Minuten blieb sie mit geschlossenen Augen liegen. Ihr Atem ging tief und regelmäßig. Ich glaubte, sie wäre wieder eingeschlafen, doch plötzlich richtete sie sich auf, öffnete die Augen, gähnte und ließ den Blick durchs Zimmer wandern.

»Mann, ist das ungemütlich.«
Wir sahen uns an. Plötzlich zuckte ihr Mund, als versuchte sie mit aller Kraft, ein gewaltig in ihr aufsteigendes Lachen zu unterdrücken. Ein Blick auf sie genügte, schon musste ich lächeln. Gott sei Dank, dachte ich, sie ist doch nicht eingeschnappt.
»Was ist? Was hast du?«
»Also bitte, Miss Anthropologie, nun schau dir diese Klitsche doch mal an!«
Wieder trafen sich unsere Blicke. Sie prustete los.
»Und so sehen unsere wackeren forschungsreisenden Damen ihrer ersten Nacht im tiefsten Indien entgegen ...«
Sie wurde von einem neuerlichen Lachanfall geschüttelt. Ich zog einen Schmollmund und klimperte mit den Wimpern – meine berühmte Imitation von Mrs. Crewe, unserer Englischlehrerin in der Oberstufe. Ein alter, kindischer Gag, den wir immer noch witzig fanden.
»Gemma Harding, ich will doch sehr hoffen, dass Sie mich nicht verarschen!«
»Es ist praktisch das Taj Mahal!«
»Also, ich finde es *hinreißend!*«
»Ein ausgesprochen elegantes Beispiel für den Minimalismus der achtziger Jahre!«
»Ausgestattet mit allem erdenklichen modernen Komfort inklusive einer wunderbar durchgestylten Gemeinschaftslatrine zum gefälligen Gebrauch!«
In diesem Stil ging es weiter mit unserem Gegacker während unserer ersten Nacht in Indien.
Nachdem wir uns gefangen hatten, saßen wir auf unseren Betten, wischten uns die Tränen aus dem Gesicht und begannen immer wieder zu kichern. Gemmas Backen waren von der Hitze und vom Lachen zart gerötet, und die feuchten Haare hingen ihr in die Augen. Ihr Gesicht war mir vertraut wie mein eigenes. Mit diesem Gesicht war ich groß geworden, jeden Zug, jeden Ausdruck darin kannte ich auswendig. Sie brauchte bloß den Kopf

zurückzuwerfen oder sich auf die Lippe zu beißen, schon wusste ich genau, was sie gerade dachte. Ein Hollywood-Nymphchen würde sie nie werden, dazu waren ihr Gesicht zu rund, ihre Nase zu knubbelig und ihre Beine zu kurz, aber mir gefiel sie einfach. Ihr Gesicht erinnerte mich an meine Kindheit, an Fahrradtouren über Landstraßen und an kühle Sommernächte im Zelt.

Sie selbst war dagegen ewig unzufrieden mit ihrem Aussehen. Ihre größten Feinde waren ihr Haar und ihr Gewicht, gegen sie hatte sie angekämpft, solange ich zurückdenken konnte. Mit den Haaren hatte sie in den vergangenen Jahren kräftig herumexperimentiert, hatte sie im damals angesagten Post-Punk-Stil kurz geschoren und die Fransen in den unmöglichsten Farben gefärbt: Rosa, Orange, neuerdings Lila. Außerdem umrandete sie ihre Augen in letzter Zeit mit schwarzem Lidstrich, wodurch sie, wie ich ihr erklärt hatte, leider nicht verführerischer, sondern kleiner wirkten. Für mich sah sie trotz all dieser Versuche immer gleich aus. Ihr rundes, schwammiges Gesicht wehrte jeden noch so zaghaften Annäherungsversuch der Eleganz hartnäckig ab.

Und dann ihre Figur. Sie hatte den typischen englischen Körperbau: stämmige Beine, breite Hüften, eine relativ schmale Taille und kleine, runde Titten. Außerdem waren ihre Beine zu kurz, was sie ständig beklagte. In den langen Schlauchröcken, die Mitte der achtziger Jahre alle trugen, sah sie aus wie in billigen Vorhangstoff gewickelt, und in Röhrenjeans wirkte sie, ehrlich gesagt, geradezu unförmig. Deshalb fastete sie praktisch ständig. Aber sosehr sie sich mit kalorienarmem Joghurt und Äpfeln oder, einen grauenhaften Monat lang, mit einer ausschließlich aus Kleie und Orangensaft bestehenden Diät abquälte, ihre Figur änderte sich nie. Ihre Beine blieben zu kurz, ihre Hüften zu breit, und anstatt sie in ein graziles Elfchen zu verwandeln, brachte ihr der Gewichtsverlust immer nur ein abgezehrtes Gesicht und knochige Knie ein.

An dieser Stelle sollte ich wohl mit der Sprache rausrücken. Eigentlich darf man so etwas ja nicht sagen, aber ich glaube, wir wussten beide, dass Gemmas größtes Problem wohl darin bestand, wie *ich* aussah. Das ist vorbei – heute bin ich zu dünn, mein Gesicht ist fahl und verhärmt, aber in der Schule witzelten Gem und ich immer, dass ihr Gehirn und mein Körper die ideale Kombination wären. Als wir noch Kinder waren, spielte es, glaube ich, keine große Rolle, aber später, als es losging mit Schuldiscos und Partys und den ersten Freunden, wurde es plötzlich wichtig. An eine Begebenheit erinnere ich mich ganz genau. Wir wollten in irgendeine blöde Jugenddisco gehen; ungefähr dreizehn waren wir damals. Wir standen vor dem hohen Spiegel in meinem Zimmer, und mit einem Mal betrachtete ich mich wie mit fremden Augen. Schlagartig wurde mir bewusst, dass ich fast wie ein Model aussah, und ich empfand darüber einen bis dahin nicht gekannten Stolz. Buchstäblich über Nacht hatten meine langen Beine schöne Proportionen angenommen, ich hatte eine ausgeprägte Taille und einen vollen Busen bekommen. Ich schob mein lockiges Haar nach oben, streckte die Brust heraus und zog einen Schmollmund wie das Nacktmodell auf Seite drei eines Boulevardblatts.

»Wahnsinn, du siehst total sexy aus!«

Ich drehte mich erschrocken um. Gemma stand hinter mir und beobachtete mich. Trotz ihrer ausgeflippten Kleidung, trotz Lippenstifts und Wimperntusche war sie immer noch ein pummeliges kleines Mädchen. Ich habe damals wohl gelacht oder irgendetwas erwidert, aber an diesem Abend hatte sich in unserer Beziehung etwas verschoben, hatte sich etwas verändert, das wir beide nicht ganz verstanden.

Natürlich waren wir damals nur zwei kleine Mädchen, die sich schön machten, aber wir nahmen es sehr, sehr ernst. Plötzlich war unser Aussehen wichtig geworden, und wir verbrachten ganze Nachmittage in Top Shop und Miss Selfridge und probierten Kleider an, die viel zu teuer für uns waren. Die Geschichte unserer Freundschaft lässt sich anhand der Klamotten einteilen, die wir trugen: Eine Genealogie der Modetrends – fataler wie triumphaler –, denen wir im Lauf der Jahre folgten und wieder abschworen. Mit zwölf machten wir uns zurecht wie Punks – auf die Schnelle improvisierte Miniröcke und zerrissene Tops, rosarote, spitze Satinschuhe und schwarzer Kajal, mit dem wir uns zittrig die Augen ummalten. Ich stakste auf Stiletto-Absätzen durch die Gegend, und Gemma hatte eine Sicherheitsnadel, die so aussah, als steckte sie in der Nase. Um diese Zeit herum begann ich sie »Poly Styrene« zu nennen, nachdem wir die echte, stämmig und punkig aufgemacht, in *Top of the Pops* gesehen hatten. Ich erhielt den Spitznamen »Siouxsie Sioux«, was aber nur um des Ausgleichs willen geschah, denn obwohl sich Gemma so bemühte, ihr Image loszuwerden, blieb ihr der Name. Er passte perfekt zu ihrer nervösen, neurotischen Art, die auch zerrissene Miniröcke und schwarzer Lippenstift nie ganz kaschieren konnten. »Clean my teeth ten times a day«, sang ich ihr vor. »Scrub away, scrub away, scrub away.«

Irgendwann ließen wir die Punkphase hinter uns. Es folgten mein geliebter schwarzer Volantrock und die Spitzenhandschuhe à la Madonna, die an den Fingern braun waren, weil ich inzwischen rauchte. Während ich Ohrgehänge und Rüschenblusen im New-Romantic-Look trug, schwenkte Gemma auf Student Goth um und lief in schwarzen Stiefeletten, Leggings, einem Wintermantel aus Armeerestbeständen und einem langen, violetten, quastenbesetzten Kleid herum.

Aber ich greife den Dingen vor. Ihre Grunge-Phase begann erst später, als sie viel zu viel kiffte und die Schule abbrach. Vor dieser Zeit donnerten wir uns auf, was das Zeug hielt. Wir machten uns stundenlang zurecht und experimentierten mit Make-up, Haarspray und Netzstrumpfhosen. Dann zogen wir mit diesem ängstlichen, flattrigen Gefühl im Bauch los in die tristen Discos und Jugendclubs, deren Stammgäste wir damals waren, und taten so, als liefen wir immer in dieser Aufmachung herum. Den restlichen Abend verbrachten wir damit, die Jungs aus der fünften

Klasse zu ignorieren, während wir uns verzweifelt wünschten, dass einer von ihnen uns zum Tanzen aufforderte – eben der ganze nervenaufreibende Konkurrenz-Mist, begleitet von ständigem Gekichere. Im Nachhinein ist mir bewusst, dass es für Gemma sehr, sehr schwer war. Sie machte sich stundenlang zurecht und saß dann den ganzen Abend todunglücklich da und kaute an den Haaren, während die Jungs mit mir rumknutschten. »Du lebst mein Sexleben für mich aus!«, sagte sie einmal nach einem solchen Discobesuch. Ich kapierte nicht recht, was sie meinte, und zwinkerte ihr nur lächelnd zu.

Mein Problem war, dass ich die Jungs aus der Schule, sobald ich mir einen geschnappt hatte, mit ihren stümperhaften Verführungsversuchen und unbeholfenen Liebesbeteuerungen einfach nur peinlich fand. An der Uni war es nicht viel anders. Ich weiß nicht, warum, aber während sich bei Gemma immer mehr Bücher anhäuften, sammelte ich solche jämmerlichen, devoten Verehrer. Die erste Phase gefiel mir immer – wenn sie mir nachliefen, dann der erste Kuss, die ersten Wochen voller Leidenschaft –, doch dann begann es mich anzuöden, und das Ganze wurde mir viel zu anstrengend. Keiner war mir recht, und eine spießige Klammerbeziehung war das Allerletzte, was ich wollte. Ich wollte Aufregung, Abwechslung, verstehen Sie? Mit neunzehn, zwanzig gab es für mich im Leben noch so viel zu entdecken, dass ich es nicht mit irgendeinem linkischen Kerl verbringen wollte. Außerdem redete ich mir ein, gar keinen Mann zu wollen. Ich hatte mich nämlich, wie es damals an der University of Sussex Mode war, zur Feministin erklärt.

Ich betrachtete Gemmas Gesicht und lächelte sie liebevoll an. Ich sagte ihr das natürlich nie, aber mit den alten, mausgrauen Haaren und dem Bäuchlein hatte sie mir sehr viel besser gefallen. Ich wollte, dass sie immer die Gleiche blieb: meine knuddelige, ewig dickste allerbeste Freundin. Wenn ich in den Ferien heimkam und feststellen musste, dass sie mal wieder einen Verwandlungsversuch unternommen hatte – die Haare wieder anders gefärbt hatte oder dem neuesten Naturkosttrend folgte –, störte mich das insgeheim. Ich weiß, es ist kindisch, aber ich fühlte mich dann irgendwie ausgeschlossen.

»Weißt du, was?«, sagte ich. »Ich finde, wir sollten jetzt mal unsere Route ausarbeiten.«

Ich stand auf und zog an meinen Fingern, dass die Knöchel knackten.

»Lass mal das Buch rüberwachsen.«

Gemma nahm den *Lonely Planet* aus ihrer Tasche und begann darin zu blättern.

»Ich habe im Flugzeug etwas über Goa und Kerala gelesen«, sagte sie. »Muss toll sein.«

»Komm, wir machen es anders. Wir befragen die Götter.«

Ich hatte es mir, schon lange bevor feststand, dass Gemma mitkommen würde, vorgenommen. Ich wollte mich nach dem Zufall richten und wie ein richtiger Abenteurer gehen, wohin das Schicksal mich führte.

»Die Seite, auf der das Buch landet, ist unser erstes Reiseziel.«

Ich sah in ihr skeptisches Gesicht.

»Na los, ist doch viel lustiger!«

Ich nahm ihr das Buch aus der Hand, stellte mich feierlich in die Mitte des Zimmers und warf es hoch über meinen Kopf. Es flog durch die ventilatorgefächelte Luft, und mit den flatternden Seiten sausten unzählige Möglichkeiten vorbei. Im Zenit seiner Flugbahn verharrte es einen Augenblick, dann klatschte es auf den blanken Steinboden. Unser Schicksal war besiegelt.

Ich hätte es verhindern können, ganz klar. Ich hätte das Buch auffangen, die Seiten selbst umblättern und alles ändern können. Aber ich wusste ja nicht, was auf uns zukommen würde, und ließ das Buch fallen.

Es landete neben Gemmas Füßen. Die Seiten waren aufgespreizt und nach außen gebogen wie die Flügel eines zerquetschten Käfers.

»Also – heb auf und schau nach!«

Sie nahm es, legte es sich auf den Schoß und las mit angestrengt gerunzelter Stirn. Ich trat an ihr Bett.

»Und, was steht da?«

Sie blätterte seufzend um, sagte aber immer noch nichts.

»Und? Wohin geht's?«

»Das ist wirklich interessant ...«

»Jetzt gib schon, Gem!«

»Nein, warte. Ich lese es dir vor. Bist du bereit?«

Ich nickte ungeduldig.

»Okay, also ... Agun Mazir, Orissa. ›Die bekannteste Sehenswürdigkeit dieser wenig besuchten Stadt inmitten des Urwalds von Ost-Orissa ist der Schrein von Pir Saheb Nirulla, eines Sufi-Mystikers, der dort 1947 angeblich verbrannte ...‹«

Sie stockte, las einige Sekunden lang schweigend weiter.

»›Die Stadt ist seit vierzig Jahren ein wichtiger Wallfahrtsort ... ‹ Also, das ist wirklich krass ... «

»Was steht denn da?«

»Dieser Typ, dieser Pir-Saheb-Irgendwas, ging in Flammen auf, als er gerade meditierte oder betete oder was weiß ich, und seitdem pilgern die Leute zu seinem Schrein, weil sie glauben, dass er sie heilen oder ihnen einen Job verschaffen kann oder so was ... «

Ich wollte nicht länger zuhören und nahm Gemma das Buch aus der Hand.

»Was soll das heißen, er ging in Flammen auf?«

»Es war ein Wunder. Da, lies mal den Absatz hier unten. Er lebte als Einsiedler im Dschungel und ist einfach so, ganz von selbst verbrannt.«

»›Die Wahrheit hinter dem Mythos‹«, las ich vor, »›ist unter indischen Historikern heftig umstritten ... Während die Verehrer des Schreins darauf beharren, dass sich Pir Saheb Nirullas Verbrennung auf übernatürliche Weise vollzog, klingen andere Erklärungen nüchterner und grausamer. So werden als wahrer Grund für die Verbrennung die Teilung Indiens und die Gewalttätigkeiten zwischen Hindus und Moslems angeführt.‹«

Gemma sah mich erschrocken an.
»Mann, o Mann!«
»Tja, das ist jedenfalls unser erstes Ziel. Klingt aufregend.«
Wir schwiegen. So wie Gemma dreinsah, erwartete ich jeden Augenblick einen Einwand.
»Gibt es denn da was zum Übernachten?«, fragte sie leise.
»Warte mal ...« Ich überflog die Seite auf der Suche nach entsprechenden Informationen. »›Das einzige Hotel am Ort beherbergt ausschließlich Pilger, die aus ganz Indien kommen, um den Schrein zu besichtigen ... Außerdem gibt es einen Touristen-Bungalow, den man auf einem Pfad durch das Urwaldgebiet nördlich der Stadt erreicht. Preis ... vierzig Rupien ... Einzelbetten, Klimaanlage ...‹ Blabla ... Klingt gut. Das machen wir.«
Ich legte das Buch weg und stand auf. Über die Art unserer Routenplanung hätte ich Gemma natürlich schon vor unserer Abreise aus Stevenage unterrichten sollen, aber das hatte ich in der Hektik – Visa beschaffen, Impfungen erledigen, packen – einfach vergessen. Ich musterte sie und spürte, dass sie immer noch nicht restlos überzeugt war.
»Wie kommt man da hin?«
»Mit dem Zug nach Kalkutta, umsteigen, weiter nach Orissa und dann mit dem Bus. Na, komm schon, Gem, das wird total gut. Es liegt offenbar völlig abseits der Touristenrouten, und wir wollen doch gerade nicht zu den üblichen Orten, die jeder besichtigt! Nach Goa können wir hinterher fahren.«
Gemma blieb skeptisch, aber das Ganze war bereits ein so fester Bestandteil meiner Reiseplanung geworden, dass ich gar nicht auf die Idee gekommen war, sie könnte etwas anderes wollen als ich.
»Wir müssen ja nicht immer nach dem Buch gehen«, erklärte ich geduldig. »Aber jetzt haben wir es nun mal getan, und ich finde, dann sollten wir es auch befolgen und hinfahren. Vielleicht hat es seinen Grund, dass es genau auf dieser Seite liegen geblieben ist.«
»Seinen Grund?«

»Na, du weißt schon – Schicksal.«
Sie starrte mich an. Sie war verschwitzt und wirkte unglücklich. So sah sie oft in Clubs und bei Partys aus, wenn sie eigentlich ihren Spaß haben sollte. Manchmal beobachtete ich, wie sie lustlos in einer Ecke tanzte und plötzlich, wenn sie sich unbeobachtet glaubte, einen Moment lang auf ihre Füße starrte und die Mundwinkel hängen ließ, als würde sie gleich in Tränen ausbrechen.
Sie schwieg. Überlegte es sich offenbar noch einmal. Schließlich strich sie sich die Haare aus den Augen, schüttelte den Kopf und lachte.
»Du hast gewonnen. Wir fahren hin.«

Etwas später stiegen wir die breite Steintreppe zum obersten Geschoss des Hotels hoch, folgten dem Gelächter und den Gitarrenklängen und öffneten eine Feuertür, die aufs Dach führte. Die Aussicht war atemberaubend. Vom achten Stock aus überblickten wir den Connaught Place und die breite Janpath Avenue, deren steter Fahrzeugstrom zu einer einzigen flüssigen Lichtspur verschmolz. Dahinter lag das funkelnde Straßen- und Häusergewirr, dazwischen immer wieder unvermittelt schwarze Stellen, Gebiete, in denen es keinen elektrischen Strom gab. Am violetten Himmel funkelten Millionen Sterne.
»Wow!«
Ich sog die warme Nachtluft ein und trat durch die Tür. Überall auf dem Dach lagen Schlafsäcke. Gleich neben der Tür saß eine kleine Gruppe Rucksackreisender. Sie ließen die Beine über die Dachkante hängen, unterhielten sich und rauchten. Weiter hinten hockte ein junger Westler mit rasiertem Kopf. Er hatte sich ein Lungi um die Hüften geschlungen und spielte Gitarre. Es roch nach Kokosöl und Marihuana.
Als wir die Tür öffneten, wandten sich einige Köpfe uns zu. Ich lächelte zuckersüß, als würde ich in eine Privatfete platzen, und hoffte nur, dass uns niemand ansah, wie kurz wir erst in Indien waren.

»Du hattest Recht mit den Low-Budget-Zimmern«, murmelte Gemma. »Hier wimmelt es ja von Gammeltypen!«
»Schsch, die hören das doch!«
Wir gingen zur gegenüberliegenden Dachkante, setzten uns und sahen auf die Straße hinunter. Die Händler und Bettler waren verschwunden, die Gehsteige übersät von schlafenden Menschenbündeln. Trotz Gemmas Bemerkungen vibrierte ich geradezu vor Begeisterung. Genau *so* hatte ich es mir gewünscht: romantische Hippieversifftheit auf dem Dach einer billigen Absteige unter dem Himmel Indiens.
»Ist das nicht toll? Ich kann kaum fassen, dass wir wirklich hier sind.«
Ich seufzte verzückt auf. Gemma schnitt eine Grimasse und zog zwei Zigaretten und eine Schachtel Streichhölzer aus ihrer Hemdtasche.
»Ich muss jetzt eine rauchen.«
»Woher hast du die Streichhölzer?«
»Hat jemand auf dem Sims liegen lassen.«
Sie nahm ein Streichholz heraus und zündete es an. Es loderte gleißend auf und verlosch. Als sie ein zweites an der Zündfläche rieb, fiel der zischende Streichholzkopf ab und landete auf meinem Schoß.
»Au!«
Endlich brachte sie eine Flamme zustande, zündete beide Zigaretten an und reichte mir eine – unser kleines Ritual.
»Meine Fresse, ist das heiß!«, sagte sie und stützte sich auf ihre Ellbogen.
»Was hast du erwartet? Blackpool?«
»Gar nicht sarkastisch!«
Sie kniff mich liebevoll in den Arm.
»Weißt du, was? Davon habe ich seit Jahren geträumt.«
»Im Schmutz zu sitzen und Hippies beim Absingen von Dylan-Songs zuzuhören?«
»Quatsch. Von all dem hier.« Ich deutete nach unten. Es war mir

plötzlich unheimlich wichtig, dass sie mich verstand, meine Begeisterung teilte. »Ist doch einfach fantastisch, oder?«
Sie sah gar nicht hinunter, sondern sagte nur schniefend »Hm«. Sie hat ja nur Angst, sagte ich mir. Sie ist so einen Ausblick nicht gewöhnt, es schüchtert sie ein.
»Gem.« Ich legte meine Hand sanft auf ihren Arm. »Wir werden einen Riesenspaß haben!«
Sie nickte und sah mir lächelnd in die Augen.
»Ja, ja. Aber nur, solange du nicht anfängst, ›Blowing in the Wind‹ zu singen!«
»Abgemacht.«
Eine Weile saßen wir in einträchtigem Schweigen da, rauchten und schauten in den Himmel.
»Was würde Steve jetzt wohl sagen?«, fragte Gemma plötzlich. »Weißt du, ich vermisse ihn schon jetzt.«
Ich zuckte verlegen mit den Achseln. Ich hatte keine Lust, Steves Ansichten über Indien oder worüber auch immer zu diskutieren. Um Gemma abzulenken, wandte ich mich zu ihr um und sah sie mit spitzbübisch hochgezogenen Brauen an.
»Weißt du, woran mich das hier erinnert?«
»Woran?«
»An euer Dach daheim ...«
»Ach, du meine Güte!«
Sie schlug in gespieltem Entsetzen die Hand vor den Mund. Wir glotzten uns an und prusteten gleichzeitig los.
Es war im Sommer, bevor wir auf die Secondary School kamen, kurz bevor Gemmas Dad abhaute und sie mit ihrem Bruder und ihrer Mutter in eine Doppelhaushälfte in Stevenage zog. Wir waren noch klein, unsere Brust war noch flach und unsere Haut zart, aber es regte sich etwas in uns. Wir wussten durchaus Bescheid über Sex – bis ins kleinste Detail sogar, dafür hatte das *Fiesta*-Abo von Gemmas Bruder gesorgt –, aber dieses peinliche, aufregende und leicht anrüchige Wissen hatten wir nie mit uns selbst in Verbindung gebracht. Ich empfand zwar hin und wieder

eine vage Sehnsucht, ein Begehren, das sich in undeutlichen Phantasien über Roger Daltry Ausdruck verschaffte, dessen hautenge Jeans auf unzähligen Postern im Zimmer meiner Schwester zu besichtigen waren. Außerdem lag eine lange, mühevolle Brieffreundschaft mit einem französischen Schüler hinter mir, die erst endete, als er zum Austauschbesuch erschien und ich feststellte, dass er nicht nur einen Kopf kleiner war als ich, sondern auch ständig in der Nase bohrte. Gemma hatte aus übermütigem Konkurrenzdenken heraus einen Zwölfjährigen geknutscht, hinterher aber nur von wunden Lippen berichtet.
Es muss also auf perverse, präpubertäre Weise etwas mit Sex zu tun gehabt haben. Schon ein Jahr später wäre uns das Ganze nicht einmal mehr im Traum eingefallen. Es ging darum, dass wir unsere Unterhosen auszogen – warum, habe ich vergessen – und auf das Flachdach vor dem Schlafzimmer von Gemmas Eltern kletterten. Wir hatten das Dach im Sommer als Stadtkinder-Baumhaus benutzt, formierten uns dort, um Strategien für den kleinen Krieg zu besprechen, der zwischen uns und einer Gruppe Jungs aus der Gegend aufgeflammt war. An diesem einen Tag aber zogen wir unsere Unterhosen aus, stopften sie hinter den Radiator und stiegen mit heiligem Ernst aufs Dach. Es war ein heißer Augusttag; bis heute erinnere ich mich an den glühenden Asphalt unter meinem Hintern. Wir setzten uns an die Kante, ließen die Beine über das heiße Kunststoffabflussrohr hängen und schoben die Röcke immer weiter über die Schenkel, boten sie der Luft und der Sonne dar.
Ich tat es als Erste. Noch halb sitzend, hob ich den Po an und pinkelte auf das Rohr, fast wie ein Junge. Die goldene Flüssigkeit strömte daran hinab. Es war faszinierend, etwas herrlich Verbotenes, dessen Wirkung noch durch die Angst gesteigert wurde, Gemmas Vater könnte plötzlich am Fenster auftauchen.
Nach diesem ersten, erregenden Versuch machten wir es regelmäßig. Irgendwann wendeten wir uns zwar wieder ernsthafteren Dingen zu, klauten Gemmas Bruder Joints, veranstalteten mit

fünfzehn einen Entjungferungswettbewerb (Gemma siegte, aber nur, weil ihre Mutter viel arbeitete, so dass sie überhaupt Gelegenheit dazu hatte) und genossen den Nervenkitzel des uns noch verbotenen Alkoholkonsums, aber das gemeinsame Pinkeln blieb eine ganze Weile unser wunderbares Geheimnis. Jetzt, mehr als zehn Jahre später, lagen wir in der indischen Nacht, schauten in den Sternenhimmel und lachten. Nach einiger Zeit wurden wir still, betrachteten schweigend unsere in der Dunkelheit rot glühenden Zigaretten und lauschten dem Jungen mit der Gitarre, der gerade »Stairway to Heaven« vor sich hin klimperte.

Gemma sah mich genervt an.

»Warum reißt dem keiner das verdammte Ding aus der Hand und zieht es ihm über den Schädel!«

»Faschistin!«

»Er beleidigt mein Ohr!«

Ich musste lachen. Während mir im Grunde alles gefiel, nahm Gemma Musik sehr ernst. Sie besaß eine riesige Plattensammlung von Bands, deren Namen ich noch nie gehört hatte.

»Oder sind wir hier vielleicht auf einer bescheuerten Zeitreise in die Siebziger?«

Sie seufzte angeödet auf, gähnte und sagte schläfrig: »Ich finde, wir sollten das den Behörden melden.«

»Schon gut, schon gut.«

Wir schwiegen. Als ich wieder zu ihr hinsah, lag sie auf dem Bauch und hatte die Augen geschlossen. Ihre Zigarette hing gefährlich locker zwischen den Fingern. Ich beugte mich über sie, nahm ihr sanft die Kippe aus der Hand und drückte sie an der Seitenkante des Daches aus.

»Also«, sagte ich leise, »morgen Kalkutta und dann weiter zu diesem Selbstverbrenner, okay?«

»Mhm.«

»Ich habe mir überlegt, dass wir unsere Reiseschecks und alles Wichtige am besten hier in einem Schließfach deponieren. Im

Reiseführer steht, dass es im Bahnhof welche gibt. Dann brauchen wir unterwegs keine Angst vor Dieben zu haben.«
»Mmm.«
»Gem? Schläfst du schon wieder?«
Diesmal erhielt ich keine Antwort.

Drei

Als ich am nächsten Morgen die Augen aufschlug, saß Gemma in ihrem Bett und las.

»Wie spät ist es?«

»Zu Hause ist es jetzt fünf Uhr früh, hier im sonnigen Delhi elf Uhr vormittags.«

»Um Gottes willen! Wir müssen noch so viel erledigen!«

Ich sprang aus dem Bett, zog mich hastig an und begann meine Sachen in meinen Rucksack zu stopfen.

»Geld wechseln, zum Bahnhof fahren, Tickets kaufen und nix wie weg hier!«

»Warum so eilig?«

»Willst du hier hängen bleiben, oder was? Dieser Typ an meiner Uni, der letztes Jahr durch Indien gereist ist, hat gesagt, dass man so schnell wie möglich aus Delhi verschwinden soll.«

Sie hob die Schultern. »Na gut, meinetwegen.«

Bevor wir das Hotel verließen, lösten wir Reiseschecks im Wert von 100 britischen Pfund ein. Dann schleppten wir unsere Rucksäcke die Treppe hinunter und stapften los. Es war fast Mittag und sehr viel heißer als am Abend zuvor. Die protzigen Arkaden am Connaught Circus wirkten schmutziger und maroder im Licht der unbarmherzig brennenden Sonne, ein bisschen wie Oxford Street in den Tropen. Wie betäubt von der Hitze sahen wir uns um. Auf den Gehsteigen drängten sich Händler, die süßliche Vishnu- und Michael-Jackson-Poster verkauften, mies gedruckte Heftchenromane für hundert Rupien und billige Batiksachen aus Bali. Es herrschte ein unglaubliches Gewusel: Geschäftsleute in engen Safarianzügen, prächtig aufgemachte Damen in steifen Saris und hochhackigen Schuhen, verwahrloste, dünne Männer, teils mit Dhotis, teils mit Shorts bekleidet, die Tiffin-Behälter auf dem Kopf balancierten, Horden von reichen, übergewichtigen Teenagern in Jeans und Turnschuhen. Auf dem riesigen Verkehrszirkel stauten sich die Fahrzeuge. Die Abgase waren so schlimm, dass wir husten mussten und den Mund mit der Hand bedeckten.

Ich sah mir alles begeistert an, sog es geradezu ein. Am tollsten fand ich das Tempo: den irrwitzigen Ansturm des Verkehrs aus allen Richtungen, das Gehupe, das Klingeln der Fahrräder, die unglaubliche Geschwindigkeit, mit der die in Autos und Rikschas gepferchten Menschen vorbeirasten. Staunend sah ich ein Fahrrad, auf dessen Gepäckträger vier junge Männer schwankend die Balance hielten. »Hey, Baby!«, riefen sie. »Aus welchem Land kommst du?« Ich hätte ihnen wohl am besten einen arroganten Blick zugeworfen, aber ich winkte einfach und lachte. Um uns herum pulsierte schiere Energie, es war, als ob das Leben hier viel näher an der Oberfläche läge als im kalten, zugeknöpften Norden. Am liebsten hätte ich vor Freude laut aufgeschrien.

»Komm, wir nehmen uns eine Rikscha!«

Ich trat mit einem Fuß auf die Fahrbahn und hielt eine der knatternden, gelb-schwarzen Scooter-Rikschas an, die in der Hitze an uns vorbeiratterten. Als sie unmittelbar vor uns stehen blieb, starrte Gemma mich an, als hätte ich vorgeschlagen, auf einem Einrad zum Bahnhof zu fahren.

»Das soll wohl ein Witz sein!«

»Wieso? Das wird lustig.«

»Aber nur, wenn man es lustig findet, bei lebendigem Leib von Zehntonnern zerquetscht zu werden.«

Ohne sie weiter zu beachten, stapelte ich unser Gepäck hinein. Der Fahrer bleckte sein lückenhaftes Gebiss und grinste mich an. Er war Sikh, wie die meisten Rikschafahrer in Delhi, und trug einen grellgrünen Turban. An seinem Handgelenk hing ein Silberarmreif. Er hatte einen prachtvollen Bart und eine Sonnenbrille mit Spiegelgläsern. Das Armaturenbrett war mit Flitter und funkelndem Religionskitsch geschmückt. Seine Fingernägel hatte er mit Henna rot gefärbt.

»Zum Bahnhof, bitte!«

Er grinste und vollführte, während er noch über die Schulter zu uns nach hinten sah, mitten auf der Fahrbahn eine Wende. Gemma schrie entsetzt auf. Ich schloss instinktiv die Augen und spürte förmlich das Adrenalin durch meine Adern schießen. Einen schrecklichen Moment lang hörte ich Gehupe und wütende Flüche und roch die Benzindämpfe des uns umtosenden Verkehrs. Als ich die Augen öffnete, rasten wir bereits auf der gegenüberliegenden Spur mit Tausenden anderer Fahrzeuge Richtung Altstadt.

Je näher wir dem Bahnhof kamen, umso enger und voller wurden die Straßen. Jetzt galt es, Ochsenkarren und dunkelhäutigen, schweißglänzenden Männern auszuweichen, die aufeinander gestapelte Töpfe oder Ziegelsteine auf dem Kopf trugen, Motorrollern, die ganze Familien beförderten, und, als wir an einem Markt vorbeikamen, Waren, die von den bröckelnden Gehsteigen auf die Straßen rollten. Wenn die Rikscha über ein besonders tiefes Schlagloch holperte, krachten wir mit dem Kopf an die Dachplane des Gefährts. Es gab sicherlich bequemere Arten der Fortbewegung, aber ich fühlte mich wie auf dem Rummelplatz und fand es herrlich. Der Fahrer raste in halsbrecherischem Tempo dahin und verlangsamte nur, wenn es wirklich kein Durchkommen mehr gab. Dann streckten sich uns jedes Mal in Sekundenschnelle dünne, meist winzige, bettelnde Hände entgegen.

Gemma hielt ihr Gepäck krampfhaft fest. Ich sah ihr an, dass sie nervös war, aber die Fahrt faszinierte mich so sehr, dass ich nicht mehr zustande brachte, als ihr flüchtig die Hand zu drücken.

Ich weiß noch, dass ich irgendwann rief: »Ist das nicht umwerfend? Ich finde es so toll!« Sie sah mich an, als wäre ich verrückt.

Als wir endlich vor dem riesigen, ziegelroten Bahnhof angelangt waren und mit einem Ruck hielten, schulterte ich meinen Rucksack und griff in meinen Geldgürtel, um die vier Zehn-Rupien-Scheine herauszuholen, die laut Reiseführer für die Fahrt zu zahlen waren. Gemma nestelte noch an ihrem Gepäck herum.

»Komm, wir suchen gleich mal die Fahrkartenschalter.«

Ich wandte mich zum Fahrer, gab ihm das Geld und nickte ihm lächelnd zu. Er betrachtete stirnrunzelnd die vier Scheine, stopfte sie langsam in die Brusttasche seines schmierigen Hemds, sah mich an und hielt die Hand auf.

»Hundert Rupien.«

Ich drehte mich verdutzt um.

»Wie bitte?«

»Hundert Rupien.«

»Das ist wohl ein Witz! Zum Bahnhof kostet es nur vierzig ...«

Er sah mich gleichmütig an.

»Das steht in unserem Reiseführer!«, erklärte ich herrisch, zerstörte aber sofort meine gesamte Autorität, indem ich herausplatzte: »Der reinste Nepp ist das! Sie hätten Ihren Taxameter einschalten müssen!« Meine Stimme klang unnatürlich hoch, so als wäre ich plötzlich wieder sechs und irgendjemand verweigerte mir etwas ganz, ganz Wichtiges, meinen rechtmäßigen Anteil an einer Tüte Süßigkeiten beispielsweise oder einen versprochenen Zoobesuch.

»Nein, Madam, Taxameter kaputt.« Er deutete mit einer Kopfbewegung auf den verbeulten Taxameter. »Wir einigen auf hundert Rupien.«

»Das stimmt überhaupt nicht!« Ich war, so lächerlich es klingt, den Tränen nahe. Durchaus möglich, dass ich sogar mit dem Fuß aufstampfte.

Gemma stand inzwischen neben mir. Sie hatte ihr Gepäck auf dem Boden abgestellt und sah mich besorgt an.

»Esther ...«

Ich ignorierte sie. Ich spürte, dass mein Gesicht knallrot war. Eigentlich war das Ganze kein Problem, aber ich kam mir so blöd vor! Ich hatte geglaubt, ich würde alles mit Bravour meistern,

und nun wurde ich schon am allerersten Tag gedemütigt. Und das auch noch vor Gemma.
»Scheißkerl«, fauchte ich ihn an und deutete auf die anderen Scooter-Rikschas, die vor dem Bahnhof standen.
»Fragen Sie die doch mal, die sagen Ihnen, wie viel es kostet!«
Einige Rikschafahrer schlenderten bereits auf uns zu.
»Du«, sagte Gemma leise, »gib dem Typen doch einfach das Geld. Es ist nicht mal ein Pfund.«
»Darum geht es überhaupt nicht!«
»Worum dann?«
Ich wandte mich zu ihr um. Sie sah mich trotzig an. Ich holte tief Luft. Offenbar war jetzt der Zeitpunkt gekommen, ein paar grundsätzliche Dinge festzulegen.
»Es geht darum, dass man sich von denen nicht ausnehmen lassen darf«, sagte ich ganz langsam. »Weil es sonst nämlich irgendwann auch für alle anderen mehr kostet.«
»Na und?«
»Und deshalb …«
Ich stockte. Der Fahrer sah mich wütend an. Gemma kaute finster an ihren Nägeln herum.
»Es geht ums Prinzip«, sagte ich kleinlaut. Um welches Prinzip, hatte ich, ehrlich gesagt, bereits vergessen.
»Was? So ein Quatsch! Es geht um gerade mal fünfzig Pence. Gib ihm doch einfach das Geld!«
In der Stille, die daraufhin eintrat, bekam ich das Gefühl, als würde sich in meinem Hals ein dicker Kloß bilden. Ich merkte, dass die Leute sich nach uns umdrehten, und biss mir auf die Lippe. Warum konnte Gemma nicht einfach meiner Meinung sein? Warum war sie immer so widerspenstig? Um uns scharten sich jetzt mehrere Kinder und streckten uns die Hände entgegen. Gemma verschränkte, zum Widerstand entschlossen, die Arme. Ihre Augen funkelten. In Wirklichkeit geht es gar nicht darum, dass uns ein Rikschafahrer neppt, dachte ich, es geht um sie und mich.

Ich schluckte.
»Also, meinetwegen. Nimm dein Scheißgeld.«
Ich zog sechzig Rupien aus dem zusammengefalteten Bündel in meiner Hosentasche, warf sie dem Fahrer hin und machte mich sofort auf den Weg ins Bahnhofsgebäude. Gemma hastete hinterher. Mein Kopf fühlte sich an, als stünde er in Flammen.
Leicht schwankend unter der Last der schweren Rucksäcke betraten wir den Bahnhof und sahen uns vergeblich nach Fahrkartenschaltern um. Selbst mich überraschte die hektische Geschäftigkeit, die hier herrschte, die wuselnden Menschenmassen, die Gepäckträger, die ganze Kofferstapel auf ihren roten Turbanen balancierten, die auf den schmutzigen Bahnsteigen schlafenden Menschen, das Geschrei der fliegenden Händler, das Kreischen und Fauchen der bremsenden Züge, das Surren der Tausenden Stimmen. Es roch nach Maschinenöl und säuerlichem Urin. Als wir an einem Stand vorbeikamen, an dem Erdnüsse und Chancchuri verkauft wurden, und mir der Duft der Bratgewürze entgegenschlug, begann mein leerer Magen zu knurren. Über uns dröhnte aus einem knisternden Lautsprecher Unverständliches. Irgendwo ertönte Musik vom Band, Sitarklänge. Das hartnäckigste Kind vom Bahnhofsplatz, ein kleines, barfüßiges Mädchen mit einer knallroten Blume hinterm Ohr, zupfte Gemma noch immer am Ellbogen und rief ständig: »Bakschisch, Memsahib!«
Ich schluckte. Ich sagte mir, dass auch das zu unserem großen Abenteuer gehöre, aber nach dem Vorfall mit dem Rikschafahrer zitterte ich noch immer vor Wut und Scham. Was für Trottel wir doch waren, dachte ich empört. Und das kleine Mädchen sollte uns gefälligst auch in Ruhe lassen! Es hatte wohl gespürt, dass Gemma die Weichherzigere von uns beiden war, denn sie hatte ihre Hand so fest gepackt, dass Gemma sie nur mit beträchtlichem Kraftaufwand hätte abschütteln können.
Gemma stapfte mit angespanntem Gesicht neben mir her.
»Was sollen wir jetzt machen?«, fragte sie mich flüsternd.
»Die Fahrkartenschalter finden«, erwiderte ich barsch, den Blick

starr auf die Menschenmenge vor uns gerichtet, als wäre sie mit Willenskraft dazu zu bringen, dass sie sich teilte und wie durch ein Wunder den Blick auf die Ticketschalter freigäbe. Ich war, um ehrlich zu sein, ziemlich entnervt. Warum erwies sich das Vorhaben, durch den Bahnhof zu gehen und eine Fahrkarte zu kaufen, plötzlich als dermaßen schwierig?
Von Gemma kam nur weinerliches Schniefen. Typisch, dachte ich aufgebracht. Gerade jetzt, wo ein kühler Kopf gefragt war, stand sie am Rand eines Nervenzusammenbruchs.
»Was soll ich denn mit diesem Kind machen? O Gott, geh doch bitte weg …«
Sie blieb stehen, sah zu dem Mädchen hinunter und schüttelte traurig den Kopf.
»Nein!«, sagte ich resolut, mehr zu Gemma als zu dem Mädchen. »Kommt überhaupt nicht in Frage!«
»Eine Kleinigkeit können wir ihr doch geben …«
»Das motiviert diese Kinder doch nur!«
Sie sah mich an. Ihre Augen waren feucht und an den Rändern gerötet. Ich glaube, sie war kurz davor, in Tränen auszubrechen. Plötzlich begann sie in ihrem Geldgürtel zu kramen und zog einen schönen neuen Hundert-Rupien-Schein hervor.
»Da!«
Die Kleine starrte den Geldschein an. Dann schnappte sie ihn sich, als befürchtete sie, er könnte sich in Luft auflösen, und verschwand in der Menge. Ich blickte fassungslos in Gemmas verschwitztes, verstörtes Gesicht.
»Warum hast du das gemacht?«
»Ich wollte einfach, dass sie abhaut«, sagte sie mit mattem Lächeln.
»Mensch, Gem, hundert Rupien sind ein Wahnsinnsgeld hier! Mit so was versaust du die ganze Wirtschaft!«
»Na und? Sie hat sich darüber gefreut, oder?« Sie zuckte mit den Achseln, tat meine festen Überzeugungen mit einer kleinen Muskelbewegung ab.

»Du bist ja verrückt«, sagte ich.
Schweigend gingen wir zu der großen elektronischen Tafel, auf der die Abfahrten angezeigt wurden. Darunter drängte sich vor mehreren vergitterten Schaltern eine große Menschenmenge. Ich sagte mir, dass das Geld im Grunde nicht wichtig war, dass es nicht dafür stand, deswegen zu streiten. Irgendwann würde ich Gemma das alles erklären. Immerhin hatte ich im letzten Studienjahr eine Seminararbeit über die Auswirkungen des Tourismus auf die einheimische Wirtschaft geschrieben und wusste, wovon ich sprach.
»Vielleicht kriegen wir da Fahrkarten«, sagte ich betont lässig.
Gemma beschleunigte ihren Schritt, ohne eine Miene zu verziehen. An ihrem Schmollmund und der kleinen Zornesfalte zwischen den Augenbrauen sah ich, dass sie beleidigt war, hatte aber nicht die geringste Lust, darauf einzugehen. Na gut, ich habe sie angeschnauzt, dachte ich aufgebracht, aber warum ist sie auch so empfindlich! Das Ganze war doch im Grunde ohne jede Bedeutung!
Als wir näher kamen, sah ich, dass die auf den ersten Blick formlose Menschenmenge vor den Schaltern aus drei deutlich voneinander getrennten Warteschlangen bestand.
»Gibt es hier Fahrkarten zu kaufen?«
Der Mann am Ende der kürzesten Schlange nickte begeistert.
»Ja, ja, dorthin, bitte.«
Er deutete auf eine andere, wesentlich längere Schlange.
»Nicht hier?«
Er nickte.
»Nein, Madam, hier ist nur für die erste Klasse.«
Wir standen ziemlich lange an. Es gelang mir nicht, für das, was sich vor uns abspielte, eine logische Erklärung zu finden. Immer wieder drängelten sich Leute in die Schlange, andere traten in komplizierte Verhandlungen ein, die das Erscheinen dreier weiterer Bahnbeamter sowie heftiges Gestikulieren erforderlich machten, aber außer uns schien sich niemand daran zu stören

oder ungeduldig zu werden. Von Zeit zu Zeit stieg der Mann hinter dem Schalter von seinem Hocker und verschwand einfach; dann mokierten Gemma und ich uns lautstark, reckten die Hälse und konnten den Ärger, den wir übereinander empfunden hatten, praktischerweise auf die Warteschlange verlagern.

»Mein Gott!«

»Die haben einfach kein System hier!«

Nach ungefähr einer Stunde hatten wir es endlich geschafft. Ich holte tief Luft, beugte mich vor und verkündete dem Beamten mit der beginnenden Glatze: »Zwei Fahrkarten nach Kalkutta, bitte! Wann fährt der nächste Zug?«

Er blickte von seinem Kursbuch auf, ohne meiner Anwesenheit größere Bedeutung zuzumessen.

»Nicht hier. Das Tourist Office ist da drüben. Da müssen Sie Ihre Fahrkarten kaufen.«

Er machte eine knappe Kopfbewegung zur anderen Seite des Bahnhofs hin.

»Das darf nicht wahr sein!«

Wir starrten ihn perplex an, aber er war nicht mehr an uns interessiert, sondern schenkte seine Aufmerksamkeit bereits dem nächsten Kunden.

»Das ist ja total bescheuert!«

»Tja ...« Ich atmete durch. »Gehört eben auch mit zum Abenteuer.«

Über Gemmas Gesicht huschte ein Ausdruck, den ich nicht einordnen konnte. Ich dachte schon, sie würde wieder zu schmollen beginnen, doch dann lachte sie laut los, ein schriller Aufschrei unerwarteter Freude.

»Jawoll! Esther und ihr großes Abenteuer! Gehen wir's an!«

Zwei Stunden später hatten wir die beiden Fahrkarten für die zweite Klasse im Bengal Express nach Kalkutta, Abfahrt achtzehn Uhr. Nachdem wir eine weitere halbe Stunde lang immer wieder in die falsche Richtung geschickt worden waren, fanden wir die Schließfächer und deponierten in einem davon eine Tasche mit Gemmas Büchern, den Reiseschecks und unseren Flugtickets. Wir bekamen zwei Schlüssel; jede nahm einen. Das restliche Bargeld und unsere Pässe steckten wir in Gemmas Geldgürtel. Danach hieß es warten. Wir setzten uns auf den Bahnsteig 10.

Gemma hockte neben ihrem Rucksack, auf dem Schoß *Middlemarch* von George Eliot. Ich glaube nicht, dass sie wirklich las. Sie starrte mit finsterem, mürrischen Gesicht vor sich hin. Ich dagegen hatte die Sache mit der Rikscha und dem bettelnden Mädchen längst vergessen und war in wesentlich besserer Stimmung. Ich sah mich um, und allmählich legte sich meine Anspannung. Der Bahnsteig war voll. Viele hatten Decken oder Matten auf den Betonboden gelegt und bereiteten sich auf tragbaren Öfen ihr Essen zu. Manche schliefen, wobei ihnen das Chaos, das mit jedem einfahrenden Zug entstand, nichts auszumachen schien, auch wenn dann alles drängelte und schrie, als hinge das Leben davon ab, dass man in den Zug kam – allen voran die Gepäckträger, die auf dem Bahnsteig neben dem Zug herliefen und aufsprangen, dicht dahinter eine Flut von Fahrgästen, beladen mit Kartons, Pappkoffern und riesigen Leinentaschen.

Wir hielten uns nun schon sieben Stunden im Bahnhof auf, und ich gierte danach loszufahren. Immer wieder kämpfte ich mich zur Bahnsteigkante vor und starrte voller Hoffnung in die dunstige Luft. Es wurde sechs. Nichts geschah. Ich ging zu einem Stand, an dem man Proviant kaufen konnte, und kehrte mit Keksen, Mineralwasser und der indischen Ausgabe von *Cosmopolitan* zurück. Langsam bekam ich das Gefühl, schon mein ganzes Leben in diesem Bahnhof verbracht zu haben.

Doch dann – ich überflog gerade einen Artikel über Partnervermittlungsagenturen in Bangalore – tat sich endlich etwas. Die Leute um uns herum standen auf. Die Familie, die neben Gemma gesessen hatte, packte ihre Habseligkeiten zusammen, die Gepäckträger, die auf dem Boden hockend ins Kartenspiel vertieft gewesen waren, erhoben sich, rückten die Turbane gerade und brachten ihre Dhotis in Ordnung.

Mein Blick glitt an der Reihe der Wartenden entlang. Weit weg in schimmernder Ferne bewegte sich etwas. Zuerst war es nur ein winziger Punkt, dann wurde der Zug immer größer und war schließlich da. Bullig schob sich die Lok an den Bahnsteigen vorbei, hinter sich die verrosteten Wagen, ein grölendes Monster aus Metall.

»Er ist da!«

Wir griffen nach unseren Rucksäcken und drängten uns durch die wogende Menge. Unsere Wagen- und Sitznummern hatte ich auswendig gelernt; jetzt liefen wir am Zug entlang und versuchten herauszufinden, wo wir einsteigen sollten. Als wir vor den Erste-Klasse-Wagen einen Beamten mit weißen Handschuhen stehen sahen, schwenkten wir unsere Fahrkarten, um ihm zu signalisieren, dass wir uns nicht auskannten. Er hob genervt den Blick von seinem Papierkram. Ein gedrungener Mann mit Unmengen von Pomade im schwarzen Haar. Seine Brillengläser waren so dick, dass die vergrößerten Augen uns ganz unnatürlich anglotzten.

»Welcher Wagen?«, fragte ich mit überdeutlicher Aussprache, deutete auf meine Fahrkarte und dann auf den Zug.

Er sah uns irritiert an.

»Ja, ja! Bitte zeigen Sie mir Ihre Fahrkarten!«

»Sie sprechen Englisch?«

Er blinzelte und sagte gebieterisch: »Sie müssen in den dritten Wagen nach diesem hier. Bitte geben Sie einem Gepäckträger nur dann Geld, wenn er eine offizielle Identifikationsmarke hat, und nehmen Sie sich nachts vor Gaunern in Acht.«

Er vertiefte sich sofort wieder in seine Listen und winkte uns fort wie lästige Fliegen.

Wir fanden problemlos unsere Plätze, hievten uns und die Rucksäcke in den Zug und schoben uns durch den Zweite-Klasse-Wagen, in dem sich mehrere Reihen von Holzbänken sowie,

direkt gegenüber unseren reservierten Sitzen, eine Latrine befand, ein stinkendes Loch im Boden.
Mir war schnell klar, dass wir wenig Platz zum Schlafen haben würden, denn im ganzen Wagen herrschte drangvolle Enge. Macht nichts, dachte ich. Mein Abenteuergeist war wieder erstarkt. Wir würden eben die ganze Nacht quatschen und rauchen und die Lichter Indiens an uns vorbeiziehen lassen: Reisen auf die harte Tour. Ich warf Gemma einen aufmunternden Blick zu. Sie hockte am Rand der ihr zustehenden Sitzfläche und ließ den Rucksack von der Schulter gleiten. Dabei sah sie sich nervös um.
»Wie sollen wir hier schlafen?«
»Ist doch unwichtig. Nur keine Aufregung, das kriegen wir schon hin.«
Sie setzte den Rucksack ab und zwängte ihn unter ihren Sitz. Ich stemmte meinen auf die Gepäckablage und kramte gedankenverloren in den Nylonaußentaschen nach dem Vorhängeschloss, mit dem ich ihn an den Metallstäben befestigen wollte.
»Das ist komisch.« Gemma drehte sich um und sah mich verwundert an. »Ich dachte, mein Geldgürtel wäre hier drin.«
»Was soll das heißen?«
»Ich dachte, ich hätte ihn hier oben ... Er muss hier im Rucksack sein ...«
Sie zog den Rucksack über den schmutzigen Zugboden unter dem Sitz hervor und begann ihn zu durchsuchen. Ich sah ihr zu und bekam schreckliche Angst. Auf dem Bahnsteig hatte ich den Geldgürtel oben im Rucksack gesehen, daran erinnerte ich mich. Warum fand sie ihn jetzt nicht? Sie durchwühlte immer hektischer die Bücher, Kleidungsstücke und Medikamentenpackungen, die sie unbedingt hatte mitnehmen wollen.
»Ist er da?«
»Nein ...«
»Bitte, Gem, er muss da sein!«
»Er ist weg!«
Mir wurde speiübel.

»Das gibt's doch nicht! Ich habe gesehen, wie du ihn obenauf gelegt hast.«
Einige Mitpassagiere drehten sich nach uns um. In einer Bankreihe nach der anderen erwachte das Interesse, immer mehr Köpfe wandten sich uns zu.
»Er ist aber nicht da!«
Ich hielt es nicht mehr aus und nahm ihr den Rucksack weg. Ich musste etwas tun, ich konnte keine Sekunde länger daneben stehen und untätig zusehen.
»Gemma, du Schwachkopf, er muss einfach da sein!«
Ich spürte die Blicke sämtlicher Passagiere auf mir. Uns gegenüber hatte sich ein korpulenter, militärisch wirkender Mann mit Schnauzbart und einem überhaupt nicht zu ihm passenden Strickpullunder von seinem Sitz erhoben, als wollte er sich an der Suche beteiligen.
»Da sind unserer Pässe drin!«, brüllte ich.
Vom Bahnsteig her ertönte ein Pfiff. Der Zug fuhr ruckelnd an. Gemma fiel auf die Knie und begann wie eine Irre unter der Sitzbank zu suchen. Inzwischen half uns außer dem Oberfeldwebel im Pullunder auch noch eine ältere, mit einem weißen Sari bekleidete Dame, die, als Gemma verzweifelt vom Boden aufgestanden war, mit beiden Händen ihre Hand ergriffen hatte und sie tröstend an ihren Busen presste. Und zwei junge Männer von der Bank gegenüber suchten unter ihren Sitzen, obwohl allen klar sein musste, dass der Geldgürtel unmöglich dort liegen konnte.
Gemma hatte zu weinen begonnen; die Tränen ließen schmierige Spuren auf ihren schmutzigen Wangen zurück. Ich sah sie entsetzt an. Ich hätte ihr beistehen sollen, aber ich konnte nichts anderes denken, als dass unsere Reise nun ihretwegen in die Hosen gehen würde. Wie konnte man nur so blöd sein! Der Geldgürtel war offenbar geklaut worden oder einfach auf den Bahnsteig gefallen. Auf jeden Fall war er inzwischen garantiert weg. Warum war sie nur immer so gedankenlos?

Mit einem neuerlichen Ruck fuhr der Zug weiter. Hinter den Fensterscheiben bewegte sich langsam der Bahnsteig. Beim dritten Ruck sprang ich auf und packte Gemma am Arm.
»O Gott, Gemma, wir müssen raus! Wir können doch nicht ohne Geld nach Kalkutta fahren!«
Völlig panisch griffen wir nach unseren Rucksäcken und rannten durch den Gang. Der Zug wurde schneller, schon glitt der Teil des Bahnsteigs, auf dem wir gesessen waren, lautlos am Fenster vorbei. Als wir die Wagentür schon fast erreicht hatten, fuhr der Zug bereits zu schnell, als dass wir ihn hätten verlassen können, ohne dabei Selbstmord zu begehen.
Das Ende des Bahnsteigs sauste vorbei. Ich drehte mich um. Mir war, als würde alle Kraft aus mir strömen. Alle meine Pläne, einfach alles war durch Gemmas bescheuerte Schludrigkeit mit einem Schlag zunichte gemacht.
»Jetzt sitzen wir in der Scheiße«, flüsterte ich. »Total in der Scheiße.«
»Ich kann nichts dafür, Esther, ich …«
Ich ließ sie nicht aussprechen.
»Warte mal …«
Gemma drehte sich um und folgte mit den Augen meinem Blick.
»Was ist?«
»Schau mal …«
Vom Ende des schaukelnden Wagens kam zielstrebig jemand auf uns zu. Zuerst hielt ich die Gestalt für einen der heiligen Männer, die mit ihren orangeroten Gewändern und rasierten Köpfen auf dem Bahnsteig gewartet hatten. Doch als die schwankende Figur näher kam, sah ich, dass ich mich geirrt hatte. Es war kein Priester, sondern eine junge, braun gebrannte Westlerin mit kurzen, blonden Haaren und dünnen Beinen.
Als sie uns erreicht hatte, streckte sie uns lächelnd die Hände entgegen, wie um uns ein Opfer darzubringen. Gemma stand der Mund offen; langsam kehrte die Farbe in ihr Gesicht zurück.
»Sie hat ihn«, flüsterte sie.

Vier

Als wir mit dem Bedanken aufgehört hatten und zu unseren Sitzen zurückgegangen waren, erzählte uns die Frau, sie habe beobachtet, wie der Geldgürtel von Gemmas Rucksack auf den Boden gefallen sei.

»Den wollte einer klauen«, meinte sie und zwängte sich neben Gemma auf die Bank. »Der hing da so, als ob ihn jemand rausgezogen hätte, ja? Dann bin ich euch nachgelaufen, aber als der Zug kam, wart ihr zu schnell weg, ja?«

Aus der Nähe betrachtet war sie alles andere als die wundersame Erscheinung, für die ich sie gehalten hatte, als das Gesichtermeer sich vor ihr teilte und sie hindurchgeschritten war. Sie sah aus wie jede x-beliebige Rucksacktouristin. Sie war zwar auffällig hager, ihre Schlüsselbeine standen hervor, und der Kopf war zu groß für den schmalen Hals, aber nach mehreren Monaten Dhal aus den Imbissbuden und dem ewigen Durchfall, den man von diesem Essen bekam, gehörte das Abmagern ebenso zum authentischen Low-Budget-Reisen wie braune Haut und Ethno-Kleidung. Sie trug einen dunkelroten Sarong, den sie lässig um den eingefallenen Bauch geschlungen hatte, ein locker herabhängendes Top aus indischer Baumwolle und Zehenschlappen aus Leder. Außer ein paar Plastikarmreifen trug sie keinen Schmuck.

Sie ähnelte meinem Wunschbild von mir selbst: eine echte Globetrotterin, der das monate- oder sogar jahrelange intensive Leben in der Dritten Welt alles Verweichlicht-Westliche genommen hatte. Als sie sich mit den Fingern durchs struppige Haar fuhr, sah ich eine Reihe von Piercinglöchern in beiden Ohren. Sie

heiße Coral, sagte sie; sie sei Australierin und schon seit mehreren Jahren in Indien.
»Ihr habt echt Glück gehabt, Leute.« Sie grinste freundlich und winkelte die Beine unter dem langen Rock an. »Vielleicht ist eure Ausrüstung noch zu neu, wisst ihr?«
Ich verzog das Gesicht.
»Schon möglich. Es könnte allerdings auch daran gelegen haben, dass Gemma eine absolute Arschgeige ist. Warum hast du dir den Geldgürtel nicht um die Taille gebunden wie jeder normale Mensch? Kann doch nicht so schwer sein, oder? Daran lag's und an nichts anderem!«
Gemma scharrte verlegen mit den Füßen.
»Ach, jetzt schau nicht so! Ich hab's nicht so gemeint. Ich hab dich doch lieb!«
Ich beugte mich zu ihr und gab ihr einen lauten Schmatz auf die Backe.
Coral beobachtete uns. Für einen Außenstehenden hatte es vielleicht derb geklungen, aber wir zogen uns immer so auf, das gehörte einfach zu unserer Freundschaft.
»Sie ist zum ersten Mal in einem Drittweltland«, fügte ich erklärend hinzu.
Coral lächelte mich an. Ihr Gesicht wirkte eingefallen, wie man es oft bei Menschen sieht, die normalerweise fülliger sind. Ihre Augen waren blassblau wie die eines Babys, und sie hatte eine Stupsnase.
»In diesem alten Ding da ist mein ganzes Zeug drin. Die ist ganz schön was rumgekommen, ja?«
Sie sah zu ihrer alten, abgewetzten Segeltuchtasche hin, die sie neben sich auf den Sitz gezwängt hatte.
»Aber wie passt denn da alles rein?«, fragte Gemma.
»Was braucht man schon? Man muss mit leichtem Gepäck reisen. Was man nicht hat, kann man sich ausleihen oder so …« Sie verstummte.
»Ich weiß einfach nicht, wie ich dir danken soll«, fing ich wieder

an und begann zu lachen. »Meine Güte, ich klinge schon wie meine Mutter!«
»Kein Thema.« Coral schenkte mir noch ein Strahlelächeln. »Wo wollt ihr eigentlich hin?«
»Nach Kalkutta.«
»Nicht schlecht.«
Gemma und ich sahen sie an.
»Wieso, wohin fährst du?«
Sie zuckte träge mit den Achseln. »Irgendwohin.«
»Aber du musst doch gewusst haben, dass dieser Zug nach Kalkutta fährt …«
»Ach was.« Sie grinste. »Ich bin eingestiegen, um euch hinterherzulaufen, und dann fuhr er los.«
Gemma stierte sie an. Ich bemühte mich, unbeeindruckt zu wirken, so als wäre das für mich die normalste Art zu reisen.
»Du hast also keine Fahrkarte?«
»Nein.«
»Und was ist, wenn sie dich rausschmeißen?«
»Keine Sorge – hier genügt ein einziges Wort.«
»Welches?«
»Bakschisch!«
Wir lachten und rutschten enger zusammen, damit sie mehr Platz hatte. Wir waren, ehrlich gesagt, so froh, den Geldgürtel wiederzuhaben, dass wir über alles gelacht hätten.
»Machst du das immer so?«, fragte ich Coral, während sie ein Papierpäckchen mit Bidis aus ihrer Tasche zog. Ich war total fasziniert, wollte aber nicht naiv erscheinen. Gegen diese Art des Reisens war mein Buch-Werf-Ritual eine müde Angelegenheit.
»Ich? Kommt drauf an.«
Gemma machte noch immer große Augen.
»Hast du keine Angst?«, fragte sie. Coral zog ein winziges Bidi aus dem Päckchen. Sie lehnte sich zurück und reckte ihren glatten, braunen Hals.

»Aber nein, vor was soll ich Angst haben? Das ist doch das freundlichste Land der Welt hier. Wollt ihr eins?«
Jede von uns nahm sich ein Bidi. Wir zündeten sie mit Gemmas Streichhölzern an und pafften neugierig drauflos. Die Dinger erinnerten mich an die Experimente, die ich im Alter von zwölf Jahren mit der Marke Geißblatt durchgeführt hatte. Der ungefilterte Tabak bewirkte, dass sich mir alles drehte und meine Augen tränten.
»Puh!«
»Aber ist das nicht schrecklich einsam?«, wollte Gemma wissen. Ihr Gesicht hatte den gebannten, beinahe fassungslosen Ausdruck eines Kleinkindes, das etwas Erstaunliches, Neues entdeckt hat, einen Bagger oder eine Kuh auf der Weide.
»Ach wo.« Coral lachte fröhlich auf. »Hier sind doch überall Leute, denen man sich anschließen kann. Außerdem bin ich es gewöhnt. Bin schon lang unterwegs. Zuvor hab ich Südostasien gemacht.«
»Wow«, sagte ich. »Das war bestimmt toll.«
»Klar. Ihr müsst mal nach Kambodscha. Das haut euch um.«
Gemma senkte den Blick und betrachtete ihr Bidi.
»Scheißding, geht ständig aus.« Sie warf es auf den Boden und sagte zu Coral gewandt: »Also, ich würde mich das nicht trauen.«
»Was hier drin ist, darauf kommt's an ...« Coral tippte sich an die Stirn. »Wenn die Gedanken stark sind, ist das Herz auch stark, ja?«
»Mit starken Gedanken habe ich es nicht so, glaube ich«, murmelte Gemma. »Ich versuche sie zurechtzuschleifen, aber dann werden sie immer ganz weich und wabbelig.« Sie schnaubte.
Coral machte plötzlich ein ernstes Gesicht.
»Du könntest lernen, sie stärker zu machen. Man muss ja nicht immer der bleiben, der man ist, oder?«
Ich erwartete, dass Gemma loslachte, aber sie sah Coral fasziniert an.

»Nein?«
»Nee, wirklich nicht. Mensch, die Welt ist doch ein offenes Buch, man kann tun und lassen, was man will!«
Danach herrschte eine Zeit lang Schweigen. Gemma nahm ihr Buch aus dem Rucksack, kauerte sich auf der Sitzbank zusammen und hielt es wie einen Schild vor sich. Coral zog einen Walkman aus der Tasche und steckte sich mit entrückter Miene den Kopfhörer in die Ohren. Die anderen Fahrgäste dösten.
Ich sah aus dem Fenster, und meine Gedanken wanderten vom Zugabteil in die vorbeirasende Landschaft dort draußen. Als die halbfertigen Vorstädte roten Feldern und verstreuten Dörfern wichen, fiel der hässliche Schleier aus Angst und Frustration, mit dem die Reise begonnen hatte, von mir ab, so wie Nebel sich lichtet und auflöst, wenn der Morgen dämmert. An seine Stelle trat eine durchdringende Freude. Langsam ging die Sonne unter, versank tief am Himmel blutrot hinter der Mondlandschaft. In den Lehmziegelhäusern brannten Feuer, deren Rauch in fransigen Ranken vor dem violetten Himmel aufstieg. Im Vorbeifahren sah ich die Menschen vor ihren Häusern – Frauen, die in farbenprächtigen Schalwars auf dem Boden hockten oder über ein Feuer gebeugt das Abendessen kochten, auf Charpois lungernde Männer, kleine Kinder, die vor Freude schrien, als sie den Zug sahen, neben den Gleisen herliefen und vergeblich aufzuspringen versuchten. Hin und wieder sah ich ein Kamel oder zwei vor einen Karren gespannte Ochsen dahinstolzieren. Im Osten stand ein einzelner Stern.
Der Himmel wurde dunkel, die Luft kühl. Ich schlang die Arme um die Knie und schloss die Augen. Fast solange ich zurückdenken konnte, hatte ich fliehen wollen. In den zurückliegenden Jahren war das Gefühl immer stärker geworden, dass ich nur auf den einen bestimmten Augenblick hinlebte, mit dem mein eigentliches Leben beginnen würde. In mein Studium an der University of Sussex hatte ich mich zwar mit einer Begeisterung gestürzt, zu der die meisten Kommilitonen nicht fähig gewesen

waren – ich fand es spannend, Gedanken zusammenzusetzen und mich in verschiedene Sichtweisen zu versenken –, doch im letzten Jahr war meine Entdeckerfreude vom Drang nach Resultaten abgelöst worden, ich hatte lange, umfassende Arbeiten geschrieben und meinen Kopf für die Abschlussprüfung voll gestopft. Jetzt musste ich ihn endlich wieder frei kriegen. Immer häufiger stellte ich mir die Frage, was man überhaupt aus Büchern lernen konnte. Ich brauchte das wirkliche Leben, keine Bibliotheken! Ich gierte nach einer neuen Herausforderung.
Ich legte mir den Pulli über die Schulter und begann zu dösen. Gemma gegenüber hatte ich zwar so getan, als hätte mir das Seilbett nichts ausgemacht, doch in Wahrheit hatte ich in der zurückliegenden Nacht kaum geschlafen und im Flugzeug überhaupt nicht. Kurz bevor meine Gedanken verschwammen, sah ich einen Augenblick lang Coral vor mir, wie sie durch den Zug auf uns zukam. Dann fiel mir das Haar ins Gesicht, und ich schlief ein.

Fünf

Als es im Abteil so dunkel geworden war, dass sie die Buchstaben nicht mehr erkennen konnte, blickte Gemma von ihrem Buch auf, sah die schlafende Esther am Fenster lehnen und neben sich Coral im Schneidersitz, die Walkmanstöpsel noch immer in den Ohren. Sie legte das Buch so vorsichtig zur Seite, als könnte sie den Romanfiguren aus Middlemarch, *mit denen sie zwei so intensive Stunden verbracht hatte, wehtun. Sie beugte sich über ihren Rucksack und suchte nach einer Zigarette. Essen musste sie auch etwas. Die Nervosität hatte sich gelegt, und der Hunger, der in ihrem Bauch zusammengekugelt stillgehalten hatte, machte sich bemerkbar. Sie hatte den ganzen Tag nichts gegessen. Vielleicht, dachte sie trocken, würde sie jetzt endlich abnehmen. Sie warf einen Blick in ihre Tasche und stellte mit Bedauern fest, dass Esther alle Kekse verdrückt hatte.*

Wenn nur diese Nervosität nicht gewesen wäre. Es war wirklich schlimm mit ihr – sie war nicht einmal in der Lage, Ferien zu machen, ohne dass ihr Selbstbewusstsein voll den Bach runterging. Aber sie konnte nichts dagegen tun. Im Gegensatz zu Esther, die sich seit dem verdammten Flughafen aufführte, als würde ihr das Land gehören, war ihr zumute, als wäre sie blindlings von einem Ort, den sie wenigstens kannte, irgendwohin gerannt, wo alles völlig anders war.

Als sie sich die Zigarette anzündete, bemerkte sie, dass Coral den Walkman weggelegt hatte und sie beobachtete.

»Willst du auch eine?«

Coral schüttelte lächelnd den Kopf.

»Du liest also gern.«

Es sollte ein Gesprächseinstieg sein, aber Gemma wusste nichts darauf zu erwidern. Coral forderte sie mit erwartungsvollem Blick zum Weitersprechen auf.

»Ich bin eben eine Leseratte«, sagte sie nach einer Weile und platzte plötzlich mit der Mitteilung heraus: »Ich sollte eigentlich in Oxford Englisch studieren, aber dann habe ich alles vermasselt.«

Sie schluckte verlegen. Sie fand es furchtbar, dass sie immer wieder Fremden gegenüber Privates ausschwatzte, aber das kam von der Angst, sie könnte langweilig wirken. Coral hielt den Blick auf sie gerichtet.

»Deshalb lese ich wohl so viel«, fügte sie kleinlaut hinzu. Das war natürlich Unsinn. Sie hatte immer schon extrem viel gelesen, Oxford hin oder her. Um das Thema zu wechseln, sagte sie übertrieben fröhlich: »Was hörst du denn da?«

»Ach, nichts.« Coral beugte sich über ihre Tasche und stopfte den Walkman hinein.

»Und wie gefällt es dir bisher?«

»Was, das hier?« Gemma warf einen Blick durchs Abteil.

Coral nickte, die Augen starr auf Gemma gerichtet.

»Es ist toll. Aber ehrlich gesagt auch ein bisschen beängstigend, wenn man hier ankommt und so …« Sie stockte. »Du hast dich ja bestimmt längst an alles gewöhnt.«

»Na ja, ich bin auch schon lang unterwegs.«

»Hast du kein Heimweh?«

Corals Blick wurde glasig; sie wandte ihn ab. Gemma zog an ihrer Zigarette, blies den Rauch aus dem Mundwinkel und klopfte die Asche ab.

»Ich glaube, ich werde auch kein Heimweh haben«, sagte sie plötzlich.

Coral sah lächelnd zu ihr auf. »Nein?«

»Nicht das kleinste bisschen.«

Sie grinsten sich an.

»Hatte ich nicht anders erwartet«, sagte Coral nach einer längeren Pause.

»Ja?«
»Klar. Du versteckst es zwar, aber in Wahrheit bist du viel stärker, als die anderen glauben, ja?«
»Keine Ahnung. Eigentlich ist Esther die Coolere von uns beiden. Ich bin total chaotisch.«
Coral schüttelte, immer noch lächelnd, den Kopf. »Das glaubst du doch selbst nicht.«
»Meinst du?«
»Ganz bestimmt nicht, das weiß ich. Du lässt sie nur in dem Glauben, sie würde alles bestimmen, richtig?«
Gemma warf achselzuckend die Zigarette auf den Boden und drückte sie mit der Spitze ihrer Zehenschlappen aus. Ihr Gesicht fühlte sich merkwürdig heiß an.
»Und woher weißt du das alles?«

Als ich die Augen öffnete, war plötzlich alles grün. Es dämmerte, und der Zug schuckelte an riesigen, terrassenförmig angelegten Reisfeldern entlang, deren geschwungene Ränder ein sattgrünes Mosaik bildeten. Die Sonne war noch nicht aufgegangen, aber der Himmel hatte sich zartrosa gefärbt, und überall auf den Feldern waren Menschen zu sehen. Ich streckte mich. Dann beugte ich mich hinunter und massierte meine Beine.
Es war ausgesprochen kühl, ich fröstelte. Ich sehnte mich nach einer Tasse heißen Kaffee und nach meinem Schlafsack. Plötzlich bemerkte ich, dass auch Gemma wach war. Sie lag, das unvermeidliche *Middlemarch* in der Hand, zusammengerollt am Ende der Sitzbank. Offenbar hatte sie gespürt, dass ich sie betrachtete, denn sie ließ das Buch langsam sinken und sah zu mir hoch.
»Hi.«
»Du hast es fast zu Ende gelesen!«
Obwohl der Zug laut ratterte, flüsterten wir. Coral lag tief schlafend da. Ihr Kopf war auf Gemmas Schulter gerutscht.
»Na klar.«
»Ist mir ein Rätsel, wie man so schnell lesen kann.«

»Ich hätte es mir besser einteilen sollen.«
»Danach kannst du das hier lesen, wenn du willst.«
Ich deutete mit dem Kopf auf *Stadt der Freude*, mein Buch über Kalkutta. Ich hatte einen Großteil davon im Flugzeug verschlungen und war fast fertig. Kalkutta wurde darin als so entsetzlich deprimierend geschildert, die aufopferungsvollen Westler dagegen, die ihr Leben den Armen und Kranken geweiht hatten, als so unglaublich heilig, dass ich bereits mit dem Gedanken spielte, die ganze Reise zu vergessen und bei Mutter Teresa anzuheuern.
Gemma warf einen abschätzigen Blick auf das Buch.
»Wirkt ziemlich bieder.«
»Nichts ist biederer als George Eliot.«
»Ah ja. Aber George Eliot macht wenigstens einen klaren Kopf.«
Sie grinste süffisant und blätterte um. Manchmal, vor allem wenn wir uns über Bücher oder Filme unterhielten, hatte ich das Gefühl, dass sie mir immer noch etwas beweisen wollte, obwohl unsere Schulzeit lange zurücklag und wir nicht mehr um den Spitzenplatz in der Klasse wetteiferten. *Ist ja gut*, hätte ich am liebsten gesagt, du hast es zwar nicht nach Oxford geschafft, aber ich weiß durchaus, wie schlau du bist.
Nach einer Weile ließ sie den Roman seufzend sinken. Ich spürte, dass sie mich ansah.
»Weißt du, was ich in Kalkutta als Allererstes mache?«, fragte sie plötzlich.
»Duschen?«
»Nein, danach.«
»Keine Ahnung.«
»Steve schreiben.«
Ich senkte den Blick.
»Ich habe mir während der Fahrt genau überlegt, was ich ihm schreibe.«
»Ich muss mich auch zu Hause melden«, erklärte ich hastig, doch Gemma hörte gar nicht hin.

»Liebster Steve«, deklamierte sie theatralisch, »was machst du wohl gerade in diesem Riesenflohkino, allgemein unter dem Namen Stevenage New Town bekannt, während ich die exotischen Gefilde Asiens durchstreife?« Sie kniff die Augen zusammen. »Habe ich dir eigentlich erzählt, was er über unsere Reise gesagt hat?«
Ich zupfte an meinen Nägeln, um Gemma nicht ansehen zu müssen.
»Nein.«
»Dass er alles darum gäbe, wenn er mitkommen könnte. Ist das nicht süß?«
»Er ist ja auch wirklich ein Süßer«, erwiderte ich halbherzig.
»Findest du?«
»Ja, klar.«
Sie sah mich scharf an und begann den Ring, den er ihr geschenkt hatte, hin und her zu drehen.
»Was, meinst du, macht er gerade?«
»Lässt sich mit den anderen Schluckspechten im Royal Oak voll laufen.« Ich lächelte ihr aufmunternd zu. »Jedenfalls können wir froh sein, dass wir hier sind und nicht dort, was?«
Die Bemerkung hing eine Weile lautlos zwischen uns wie ein Rauchwölkchen an einem windstillen Tag. Gemma nahm wieder ihr Buch zur Hand und las weiter.

Etwa eine Stunde später erreichten wir den Stadtrand von Kalkutta. Der Zug verlangsamte seine Fahrt und stieß einen klagenden Pfiff aus, der wie der Schrei eines massigen Tiers klang, das schwerfällig nach Hause tapst.
»Voilà! Vor uns liegt das Schwarze Loch.«
Ich lächelte gezwungen, griff über Gemma hinweg nach dem Geldgürtel und schnallte ihn mir sorgsam um die Taille. Coral lag noch immer schlafend neben mir. Ihr Kinn ruckelte auf der Brust hin und her. Ihr Mund stand offen.
»Diesmal passe *ich* auf das Ding auf.«

Die Vororte wurden immer belebter. Der Zug kreuzte Straßen, auf denen es von Autos und Menschen wimmelte, und die ersten Behausungen aus Plastikplanen waren aufgetaucht. Ein paar Minuten später fuhren wir plötzlich durch einen riesigen Slum, dessen Hütten sich wie ein Ausschlag rechts und links der Gleise ausbreiteten.

Ich sah aus dem Fenster und war schockiert. Ich war auf Armut vorbereitet gewesen, aber so hatte ich es mir nicht vorgestellt. Überall waren Menschen. Sie gingen neben den Gleisen her, wuschen sich an den Steigrohren, schliefen, bereiteten vor ihren notdürftig errichteten Hütten das Frühstück zu, stillten ihre Kinder, schissen sogar einfach auf den Boden, während der Zug vorbeiratterte. Keiner schenkte dem Bengal Express, der mitten durch ihr Leben rollte, auch nur die geringste Aufmerksamkeit. Als wäre die Eisenbahn ein organischer Bestandteil ihrer Welt, den sie längst nicht mehr wahrnahmen. Die Züge kamen und verschwanden wie die Sonne auf ihrem Weg über den Himmel.

Ich rutschte beklommen auf meinem Sitz herum. Mir war sehr bewusst, dass ich einen privilegierten Blick auf das Leben anderer hatte. Warum war ich dagegen, dem kleinen Mädchen Geld zu geben?, dachte ich und bekam schlagartig ein schlechtes Gewissen. War es nicht das Mindeste, was wir tun konnten? Ich dachte daran, wie gierig sie nach dem Geld gegriffen hatte, und schämte mich in Grund und Boden. Mit welchem Recht kam ich hierher und stellte Regeln auf, die besagten, dass man diese Menschen nicht »motivieren« dürfe? Das war doch nur eine fadenscheinige Begründung für den eigenen Geiz! Peinlich berührt wandte ich den Blick vom Fenster. Ich gestand es mir nur ungern ein, aber aus dem Slum drang ein ekliger Gestank in den Zug. Die Frau, die uns gegenübersaß und in Delhi Gemmas Hand gehalten hatte, stand abrupt auf und zog mit einer Hand das Rollo vors Fenster, während sie sich mit der anderen ein Taschentuch an die Nase presste.

Wir waren kurz vor dem Bahnhof. Gemma hockte, den Ruck-

sack wie einen hässlichen Buckel am Rücken, auf der Sitzbankkante und schielte zu Coral hinüber.
»Meinst du, wir sollen sie wecken?«
»Ja, unbedingt.«
Sie berührte sanft Corals dünnen Arm. Coral schlug sofort die Augen auf.
»Hi, Leute, wie geht's?«
Sie lächelte uns hastig zu, stand auf und streifte sich die Tragriemen ihrer Tasche über die Schulter. Ich weiß noch, dass sie auf mich den Eindruck machte, als wäre sie die ganze Zeit wach gewesen. Oder aber sie war schon so daran gewöhnt, in indischen Zügen zu fahren, dass sie ihr Ziel genauso intuitiv erahnte, wie ein Bauer spürt, dass es bald Regen gibt.
»Woher wusstest du, dass wir da sind?«
»Wir sind doch da, oder?«
Ohne die Antwort abzuwarten, drehte sie sich um und verschwand Richtung Tür. Gemma und ich sahen uns erstaunt an.
»Sie hat sich nicht mal verabschiedet!«
Wir sahen ihr verwundert nach.
»Haben wir irgendwas Falsches gesagt?«
Gemma runzelte die Stirn. »Ich wollte sie noch zum Essen einladen oder so, als Dank.«
Der Bahnsteig kam in Sicht, und der Zug füllte sich mit Gepäckträgern. Als die Türen geöffnet wurden und die Fahrgäste hinausströmten, riss uns die Menschen- und Kofferflut mit sich. Voller Angst, Gemma zu verlieren, packte ich ihre Hand. Coral war längst in der Ferne verschwunden.
»Wohin gehen wir jetzt?«
»Keine Ahnung. Auf jeden Fall erst mal raus hier.«
Wir folgten den Massen, die sich im grellen Morgenlicht aus der Howrah Station wälzten, und traten auf einen Platz, über den sich Unmengen von schwarzen Taxis, Scooter-Rikschas und ein endloser Strom von Menschen gezogener Rikschas bewegten. Viele dieser Gefährte waren leer, dafür saßen in einigen zwei

oder drei Passagiere mit einem Haufen Gepäck, und die Fahrer troffen vor Schweiß, während sie sich mühsam ihren Weg durch den hektischen Verkehr bahnten.

»Wir nehmen ein Taxi«, erklärte Gemma.

Sie trat auf die Fahrbahn, doch noch bevor sie die Hand gehoben hatte, hielt direkt vor uns ein verbeulter schwarzer Ambassador. Die hintere Tür wurde aufgestoßen.

»Los, rein mit euch! Für den Transport ist gesorgt!« Coral streckte den Kopf hinaus und klopfte grinsend neben sich auf die abgenutzten Ledersitze. »Worauf wartet ihr?«

Ich zögerte, eine Sekunde lang vielleicht. Aber ehe ich über den Grund dafür nachdenken konnte, hatte Gemma sich schon den Rucksack vom Rücken gerissen und war rasch und sichtlich dankbar eingestiegen.

Sechs

Das Taxi schob sich unablässig hupend durch den fast stehenden Verkehr.
»Puh!« Gemma wandte sich an Coral. »Wir haben schon geglaubt, wir würden dich nie wiedersehen.«
»Quatsch. So schnell werdet ihr mich nicht los. Ich habe nur ein paar Sachen erledigt.«
Gemma sah sie an und lachte. Sie erschien mir viel fröhlicher als am Tag zuvor.
»Mann, ist das eine Hitze!«
Sie setzte sich bequemer hin; dabei löste sich ihr Rücken mit einem schmatzenden Sauggeräusch vom Lederbezug.
»Ich bin so durchgeschwitzt, als hätte ich mir in die Hose gemacht! Schaut mich an – wie eine alte Schachtel!«
Weil hinten nicht genug Platz war, saß ich, die Knie sorgsam vom Fahrer weggedreht, vorn. Ich lächelte matt. Es freute mich, dass Gemmas Stimmung sich aufgehellt hatte, aber für Witzeleien war es einfach zu heiß. Mein Kopf dröhnte, mein Gesicht glänzte von Schweiß. Während der Wagen unverdrossen auf die Howrah Bridge zukroch, spürte ich, wie sich eine feine Schmutzschicht auf meine Haut legte. Plötzlich hatte ich das Gefühl, Sand in den Augen zu haben, und als ich mir übers Gesicht strich, waren meine Finger schwarz. Ich rutschte tief in den Sitz und starrte aus dem Fenster. Hinter mir unterhielten sich Gemma und Coral, aber ich hörte nicht mehr hin. Immer wieder fielen mir die Augen zu. Ich riss sie mit aller Kraft auf. Im Gegensatz zu Gemma wollte ich nicht eine Sekunde unserer Reise verpassen.

Wir fuhren über die Brücke. Unter uns floss seicht und schmutzig der Hoogly. Die Autos kamen so langsam voran, dass wir stellenweise von den Fußgängern überholt wurden, die in einer langen Schlange drängend und rempelnd den Fluss überquerten. Am anderen Ufer sah ich im Vorbeifahren Gerbereien. Vor großen Küpen stapelten sich die Tierhäute. Widerlich stinkender Rauch waberte über das Wasser und drang in den Wagen. Der Geruch der kochenden Häute war Ekel erregend. Ich kurbelte das Fenster hoch und atmete durch den Mund.

Hinter der Brücke lag eine Wohngegend mit großen, heruntergekommenen, von der Straße zurückgesetzten Villen. Ein paar Querstraßen weiter bogen wir völlig unerwartet auf einen riesigen, verkehrsreichen Platz ein, über den zu meiner Überraschung auch rote Doppeldeckerbusse fuhren. Ich sah ihnen nach. Bei genauer Betrachtung hatten sie nichts mit den Londoner Bussen gemein. Sie waren verrostet wie alte Blechdosen und so voll gestopft, dass die Leute aus den Türen und Fenstern heraushingen und sogar auf dem Dach saßen.

Meine Gedanken begannen zu wandern. Ich sah Steve und Gemma vor mir, wie sie zusammen im Pub saßen, dann kam mir unwillkürlich die Diele im Haus meiner Eltern in den Sinn: Die Mäntel an den Haken, der Monet-Kalender über dem Telefon, der Hutständer meiner Mutter – eine Porzellankatze – im Eck. Ich schüttelte mich, setzte mich aufrecht hin und verscheuchte die unangenehmen Gedanken. Mir war plötzlich eingefallen, dass wir das Ziel der Fahrt gar nicht kannten.

Mit einem Ruck drehte ich mich zu Coral um. »Wohin fahren wir eigentlich?«

»Ach, ich kenne da eine Wohnung.«

»Du warst also schon mal hier?«

Bevor sie antworten konnte, bremste das Taxi. Wir hatten neben einem verwahrlost wirkenden Wohnblock angehalten, dessen Fassade durch einen riesigen Riss buchstäblich gespalten war. An den Seiten hatte die Feuchtigkeit tränenförmige Muster gebildet.

»Sie gehört einem Freund«, erklärte Coral beim Aussteigen. »Ich darf sie benützen.«
»Ist ja super!«, rief Gemma, die ebenfalls schon auf dem Gehsteig stand. »Komm schon, Esther!«

Als sich die Wohnungstür öffnete, lag vor uns ein kleiner, mit Kartons voll gestopfter Raum. Coral zwängte sich hinein und trat mit einer schwungvollen Handbewegung zur Seite.
»Reinspaziert! Ist allerdings ziemlich unaufgeräumt ...«
Gemma und ich folgten ihr in das dunkle Zimmer. Abgesehen von einem Kalender der National Bank of India mit dem Blatt für März 1981 und dubiosen roten Spritzern auf Spuckhöhe waren die abgewetzten weißen Wände kahl. Das Mobiliar bestand aus einem Ledersessel mit klumpiger Füllung, ein paar Hockern und mehreren Kissen, die wild durcheinander in einer Ecke auf dem blanken Fußboden lagen. An das Zimmer schloss sich eine schmale Küche mit einem Butangasherd an. Auf dem Boden standen schwere Töpfe und Pfannen.
»Puh, hier muss aber mal Luft rein!«
Coral stellte ihre Tasche ab, durchquerte den Raum und stieß die Holzläden auf. Dahinter erschien ein breiter Balkon mit Blick auf Häuser und Bäume.
»Ihr könnt hier draußen schlafen.«
Sie deutete auf zwei klumpige Matratzen, die auf dem Balkonboden lagen.
»Schlafsäcke und so habt ihr, ja?«
»Klar.«
»Ich geh ins Bad. Muss dringend schiffen.«
Sie verschwand durch eine Tür, die hinter einem Stapel Kartons verborgen gewesen war. Gemma ließ ihren Rucksack auf den Boden plumpsen und trat an das bröckelnde Balkongeländer.
»Cool.«
Ich ging ihr nach. Es war wirklich schön da draußen. Ein leichtes Lüftchen ging, man hatte Ausblick auf ein Wirrwarr von Sträß-

chen, und direkt unter uns lag ein kleiner Park mit vielen Bäumen und schütterem Gras. Trotzdem konnte ich mich nicht so begeistern wie Gemma.

»Wenigstens kostet es nichts«, sagte ich.

Gemmas Miene verdüsterte sich.

»Es sei denn, sie will, dass wir was zahlen …«

»Bestimmt nicht! Sie ist einfach ein netter Mensch.«

»So mutig wäre ich auch gern – ganz allein durch die Welt reisen …«

Sie hatte die Augen wegen des grellen Lichts zusammengekniffen.Ihre Backen glühten vor Hitze. Sie wirkte nachdenklich, geradezu träumerisch. Auch ich wäre gern so unabhängig wie Coral gewesen, aber wenn ihr hier eine Wohnung zur Verfügung stand, warum hatte sie dann im Zug so getan, als wüßte sie nicht, wohin sie fuhr?

»Wir können nur froh sein, dass sie deinen Geldgürtel aufgehoben hat«, sagte ich leichthin. »Da haben wir offenbar einen Schutzengel gehabt.«

»Tja, der gute alte Schutzengel.«

Wir beugten uns übers Geländer und genossen die Aussicht.

»Mein Gott, ich bin völlig durchgeschwitzt.«

Gemma blies die Backen auf und fächelte sich mit der Hand Luft zu.

»Du siehst aus, als würdest du an einem Wet-T-Shirt-Wettbewerb teilnehmen«, sagte ich mit Blick auf ihre runden, triefnassen Brüste.

»Es riecht verbrannt«, sagte sie plötzlich.

Ich schnüffelte.

»Ich rieche nur Abflussgestank. Findest du nicht selbst, dass du allmählich etwas übertreibst?«

»Überhaupt nicht!«

»Du gehst jetzt besser wieder rein. Coral hat den Ventilator auf volle Kraft gestellt.«

»Mich juckt es überall.«

Ich sah sie verdrossen an. Ihre ständiges Gejammer über die Hitze ging mir langsam auf die Nerven.
»Wieso das denn?«
»Es juckt mich einfach. Da – schau!«
Sie breitete die Arme aus und wies mit einer Kopfbewegung auf die roten Flecken an ihren Handgelenken. So etwas hatte ich schon mal gesehen – an Luke, damals während unserer so unerfreulichen Reise durch die Sahara.
»Das sind Hitzepocken«, erklärte ich entschieden. »Die verschwinden, sobald du dich akklimatisiert hast.«
»Ich kann nur hoffen, dass dieser Bungalow in Orissa eine Klimaanlage hat«, murmelte sie. »Sonst wird das der reinste Alptraum.«
»Gemma …«
Ich sprach den Satz nicht zu Ende, seufzte nur und wandte den Blick zu dem Häusermeer und dem Park unter uns. Vielleicht lag es am Jetlag, jedenfalls war ich plötzlich wieder gereizt, lauter unfreundliche Gedanken schossen mir durch den Kopf. Warum musste sie an allem herummäkeln? Seit unserer Ankunft hatte sie unablässig über die Hitze geklagt. Und das Schlimmste war, dass sich ihre Stimmung immer nur in Corals Anwesenheit besserte. Missmutig schweigend standen wir da.
»Na, Leute, wie sieht's aus?«
Carol trat auf den Balkon und atmete in vollen Zügen die warme Luft ein. Sie hatte geduscht und sich ein Badetuch umgebunden; ihr nasses Haar klebte am Schädel. Im weichen Morgenlicht sah sie jünger und verletzlicher aus als im Zug; ihre dünne Haut wirkte fast durchsichtig. Plötzlich wurde mir bewusst, dass sie schön war, und ich fragte mich, warum ich das nicht längst bemerkt hatte. Gelöst lächelnd stand sie da und genoss den Ausblick vom Balkon. Einen winzigen Moment lang erinnerte sie mich an etwas; ich betrachtete sie, versuchte es zu fassen, doch es war schon wieder weg.
»Toller Blick, was?«

Ich lächelte leicht gezwungen. »Genau das haben wir auch gerade gesagt. Wo sind wir hier eigentlich?«
Coral zuckte mit den Achseln. »Das da unten ist der Tagore Park.«
»Du«, unterbrach Gemma sie, »wir finden es wirklich super, dass du uns hier schlafen lässt!«
»Kein Problem.«
»Du warst also schon mal hier?«, platzte ich heraus. Es sollte eine ganz normale, freundliche Frage sein, aber meine Stimme klang schneidend.
»Hab ich das gesagt? Mann, ich weiß echt nicht mehr, wo ich schon überall war.«
Etwas in ihrer Stimme machte mich plötzlich misstrauisch. Ich drehte mich zu ihr um, aber sie zwinkerte mir grinsend zu. Sie will uns nur auf den Arm nehmen, dachte ich erleichtert. Die Story, dass sie mir nichts, dir nichts in den Zug gesprungen sei, war ein Scherz gewesen. *Natürlich* hatte sie gewusst, wohin sie fuhr.
Eine Zeit lang herrschte Schweigen. Ich sah hinunter und beobachtete wie gebannt einen kleinen Jungen, der ein Plastikboot durch das wellige, graubraune Wasser gleiten ließ, das in der Abflussrinne plätscherte.
»Schaut euch das an«, murmelte Coral.
Sie deutete auf das Straßenlabyrinth östlich des Parks. Gemma und ich folgten mit zusammengekniffenen Augen orientierungslos ihrem Zeigefinger durch das Gewirr der Häuser und Gassen, bis wir eine lange Menschenschlange auf der Hauptstraße näher kommen sahen. Die Leute ganz vorn trugen etwas auf den Schultern. Sie gerieten kurz aus dem Blick, wurden von hohen Gebäuden verdeckt. Dann tauchte die Prozession wieder auf und schlängelte sich durch die kleine, direkt unter dem Haus verlaufende Straße. Plötzlich ertönten disharmonische Trompeten- und Trommelklänge, und wir sahen, dass der getragene Gegenstand weiß und mit Blumen bedeckt war.

»Ein Begräbnis«, sagte Coral. »Schön, nicht?«

»Ein Begräbnis? Ist das eine Leiche?«

Gemma trat mit offenem Mund vom Geländer zurück. Die Trauernden zogen unter uns vorbei: eine feierliche Prozession von Priestern in orangeroten Gewändern und Männern in weißen Dhotis. Wir sahen auf ihre Köpfe hinunter und auf die Umrisse des straff in ein Leichentuch gewickelten Toten. Ein Stück dahinter folgten in roten und goldenen zirkusartigen Uniformen die Musiker.

»Klar ist das eine Leiche. Die bringen sie runter zu den Ghats, da wird sie auf einem Scheiterhaufen verbrannt. Der Fluss ist gleich hinter diesen Wohnblocks.«

Sie deutete auf den hinteren Bereich des Parks. Gemma hatte Recht gehabt mit dem Verbrennungsgeruch; über den Häusern stieg eine dünne Rauchwolke in die warme Luft.

»Das muss jemand Besonderer sein. Schaut mal, wie viele Leute das sind …«

»Die Leiche wird einfach so verbrannt, mitten in der Stadt?«, fragte Gemma fassungslos und starrte der Prozession nach, die jetzt in eine andere Gasse einbog.

»Klar – die Macht des Feuers. Feuer ist das spirituellste von allen Elementen, es verwandelt alles, was mit ihm in Berührung kommt. Es heißt, in dem Moment, wenn das Gehirn platzt, wird die Seele frei.«

»Wahnsinn!«

»Es klingt, wie wenn die Schale einer Esskastanie aufplatzt«, erklärte Coral leise. »Echt transzendent irgendwie, ja?«

Ich wollte mit Gemma einen Blick tauschen, aber sie starrte immer noch völlig fasziniert Coral an.

»Ins Feuer gehen ist sozusagen die höchste Form der Reinigung. Sati, ja? Deswegen zünde ich jeden Abend eine Kerze an, als Puja und so.«

Sie blickte in Richtung Fluss. Jetzt, da ich wusste, was es war, sah ich schwarzen Rauch auf uns zuwabern, und plötzlich fiel mir eine Seminararbeit ein, die ich im zweiten Studienjahr geschrieben hatte, etwas über Gender und religiöse Ideologie. Eine ganze Woche hatte ich dafür in der Bibliothek recherchiert.

»Sati, das ist doch die Selbstverbrennung von Hinduwitwen auf dem Scheiterhaufen ihrer Ehemänner, oder?«, sagte ich nachdenklich. »Ist das nicht längst verboten?«

Coral unterbrach mich. »Das ist so ziemlich das Transzendentalste, was eine Frau tun kann«, ereiferte sie sich. »Durch Sati durchbricht man den Kreislauf des Karma und wird selbst göttlich!«

Sie lächelte, als wäre dem nichts hinzuzufügen. Ich wusste, dass sie schon lange in Indien lebte, aber ich konnte mich nicht mehr beherrschen.

»Man kann das allerdings auch etwas anders sehen, findest du nicht?«

Corals braun schimmernde Wangen wurden bleich. »Ach, wirklich? Wie denn, beispielsweise?«

»Man könnte, beispielsweise, sagen, dass das nichts mit Göttern oder mit Spiritualität zu tun hat, sondern mit dem Patriarchat. Dass da Männer Frauen verbrennen, verstehst du …«

Wie Sodbrennen stieg die Selbstgerechtigkeit in meiner Brust hoch. Ich konnte nicht weitersprechen. Ich versuchte mich verzweifelt an das Ergebnis meiner Arbeit zu erinnern, für die ich erfreulicherweise die beste Note bekommen hatte, aber ich kam nicht darauf. Coral hatte das Gesicht dem brennenden Scheiterhaufen zugewandt und schwieg.

»So reden doch nur Leute aus dem Westen, oder?«, sagte Gemma plötzlich. »Ich meine, wie kommen wir dazu, das zu beurteilen?«

Es erinnerte mich an die nervigsten Kommilitonen, die an diesem Seminar teilgenommen hatten, die nicht ganz so Schlauen, die etwas über kulturelle Relativität aufgeschnappt hatten und es bis zum Erbrechen wiederholten, als wäre das die einzig mögliche Antwort. Die sind eben anders, leben und leben lassen, faselten sie, und ich knetete dann immer meine Hände oder kritzelte wütend auf dem Schreibblock herum. Diese Denkweise war so schwammig, so gutmenschmäßig, dass ich am liebsten davor ausgespuckt hätte. Ich konnte mich nicht mehr bremsen und erwiderte: »Was soll das heißen? Findest du etwa nicht, dass Frauen in anderen Ländern dieselben Rechte haben sollen wie wir?«

Gemma musterte mich scharf. Ihre Nasenlöcher zitterten. »Keine Ahnung«, erwiderte sie mit leiser, harter Stimme. »*Du* hast Anthropologie studiert. Ich bin doch nur die, die kurz vor dem Abschluss alles hingeschmissen hat.«

Coral legte ihr die Hand auf den Arm. »Ganz cool, Leute. Lasst euch von Indien nicht so stressen, ja?«

Ich schluckte.

»Ich lasse mich von Indien nicht stressen«, sagte ich leise. »Ich finde nur nicht, dass Sati etwas Transzendentales ist. Du hast eine völlig romantische Vorstellung von der Sache. Und außerdem gibt es das heutzutage sowieso nicht mehr. Das ist doch nur ein Klischee von Indien. Da fahren irgendwelche Ausländer auf exotische Sachen ab …«

Ich unterbrach mich, weil ich merkte, dass es genug war. Ich hatte mich nicht ereifern wollen, aber Corals herablassender Ton hatte mich so wütend gemacht, dass mein Herz hämmerte und meine Hände während der unerwarteten Auseinandersetzung feucht geworden waren.

Gemma stand mit gesenktem Blick da und versuchte immer noch vergeblich, sich durch mattes Händefuchteln Kühlung zu verschaffen. Drückendes Schweigen legte sich über uns.

»Rauchen wir was«, sagte Coral schließlich. »Ich hab super Stoff dabei.«

Gemma und ich folgten ihr in die Wohnung, ohne uns anzusehen. Coral hockte sich auf den Boden und zog sich das Badetuch über die Beine. Wir setzten uns vor sie hin wie Kindergartenkinder, wenn die Märchenstunde beginnt. Sie kramte in ihrer Tasche, zog ein Klümpchen Hasch und eine kleine Pfeife hervor, zündete es an, schloss die Augen und inhalierte tief. Dann reichte sie mir die Pfeife.

In hellen Flecken fiel das Sonnenlicht auf den schmutzigen Boden. Es roch nach heißem Beton und Dope. Ich beruhigte mich und fand meine Heftigkeit im Rückblick ziemlich peinlich. Idiotisch, wegen eines Scheiterhaufens zu streiten, sagte ich mir, während ich den stechenden Rauch einatmete. Ich musste lockerer werden, durfte mir nicht alles so zu Herzen nehmen. Coral fand Sati gut – na wenn schon! Schließlich würden wir uns hier nicht häuslich einrichten, sondern gerade mal einen Abend lang mit Coral kiffen. Ich reichte die Pfeife an Gemma weiter. Sie nahm sie. Wir lächelten uns verlegen an. Gut möglich, dass ich ihr sogar zuzwinkerte.

»Das ist ein Leben!«, sagte sie.

Coral schloss die Augen, seufzte und erwiderte grinsend: »Kannst du laut sagen.«

»Und wo warst du noch, Coral? Kannst du uns was empfehlen?«, fragte ich sie nach einer Weile.

»In Indien? Kommt darauf an, was ihr wollt.« Sie öffnete die Augen und musterte mein Gesicht, als könnte sie es davon ablesen. »Wenn ihr auf Party aus seid, müsst ihr nach Goa. Am besten nach Anjuna. Da sind lauter Leute wie ihr, ist total gut.«

Ich nickte. Gemma sah mich skeptisch an.

»Und was noch?«, fragte sie leise.

»Na ja, dann gibt's noch die Berge. Da gehe ich hin, wenn ich den Kopf wieder klar kriegen will.«

»Wo genau?«

»Manali ... oben im Himmel.«

Sie lachte, fuhr sich mit der Hand durchs nasse Haar und nahm die Pfeife, die Gemma ihr hinhielt.

»Wohin wollt ihr denn als Nächstes?«

»Wir haben da so einen Plan ...«

»Nach Orissa«, unterbrach ich Gemma hastig. Ich wollte nicht,

dass Coral das mit Agun Mazir erfuhr. Sie hätte es als albernes Kleinmädchengehabe abgetan.
»Wir wollen uns diesen Schrein ansehen«, plapperte Gemma weiter. »Esther hatte die Idee. Wie heißt noch mal dieser Heilige, Ess? Nirulla oder so.«
»Äh, ja.«
»Wir haben das Schicksal entscheiden lassen. Wir haben den Reiseführer in die Luft geworfen, und wo er liegen geblieben ist, dahin fahren wir.«
Nach einer kurzen Pause fügte sie hinzu: »Mit so was beweist Esther, wie abenteuerlustig sie ist.« Sie kicherte und stieß mir ihren Ellbogen in die Rippen. Ich spürte, dass eine verräterische Röte mein Gesicht überzog. Coral betrachtete mich durch den Rauch hindurch.
»Cool.«
»Ich wäre ja mit einem Strand und meinem Buch vollauf zufrieden gewesen.« Gemma sprach ganz langsam. »Aber Esther wollte es nun mal so, und dieser Trip ist schließlich Esthers Show.« Sie machte sich an der Pfeife zu schaffen und wandte das Gesicht ab, so dass ich ihre Miene nicht sehen konnte. »Wie fast alles«, fügte sie leise hinzu.
»Soll ich dir mal was sagen?« Coral tätschelte Gemmas Arm. »Ich glaube, es wird auch deine Show werden.«
Ich weiß nicht, ob es am Schlafmangel lag oder an der Hitze oder an der Wirkung des Haschisch, jedenfalls wollte ich plötzlich nur noch schreien. Um es zu verhindern, biss ich mir auf die Lippe und sprang vom Boden auf.
»Ich gehe ein bisschen spazieren. Ich brauche frische Luft.«

Ich atmete tief durch und ging mit schnellen Schritten Richtung Hauptstraße. Mein Körper fühlte sich starr an, mein Gesicht angespannt und verkniffen. Meine Daumennägel gruben sich so tief in die Innenfläche meiner Hände, dass es wehtat. Immer wieder trat ich in eine der schaumigen Pfützen auf dem Gehsteig, aber die Wut, die Scham und der Schmerz nagten so sehr an mir, dass ich es kaum registrierte. Wie hatte Gemma mich vor Coral derartig blamieren können? Auch wenn sie noch so unerfahren war, hätte sie wissen müssen, dass mich der Pir-Nirulla-Plan wie eine Idiotin aussehen ließ, vor allem so, wie sie es darstellte! Und wenn sie meine Ideen so lächerlich fand, warum war sie dann einverstanden damit?

Ich bog auf die Hauptstraße ein, wo vor einer Ladenzeile mehrere Scooter-Rikschas warteten. Typisch Gemma, dachte ich. Anstatt zu sagen, was sie wirklich dachte, gab sie vor, meiner Meinung zu sein, und machte dann boshafte, spitze Bemerkungen, aus denen hervorging, dass ich sie dazu gedrängt hatte. Nie setzte sie sich offen mit etwas auseinander. Kurz bevor es zwischen uns zum Streit kam, scheute sie jedes Mal zurück wie ein störrisches Pony bei einem Reiterfest vor einem Hindernis und galoppierte mit gesenktem Blick langsam in die entgegengesetzte Richtung. Und irgendwann brach dann alles total verworren und verzerrt aus ihr heraus. Ich war völlig anders. Für mich war streiten so natürlich und unproblematisch wie atmen, und meine Wut verflog so schnell, wie sie aufgeflammt war. Das galt für alle in meiner Familie. Man sagte seine Meinung, und dann war es gut. Wir waren laut, derb, schrien uns ständig an, stritten und diskutierten.

Ich überquerte die Straße und ging auf die Rikschas zu. Vielleicht lag das Problem genau darin: In Gemmas Haus war es immer viel zu leise zugegangen. Ihre Eltern hatten nie gestritten oder, falls doch, nur heimlich, hinter verschlossenen Türen. Bei dem Gedanken an ihre schreckliche, unglückliche Familie packte mich plötzlich ein starkes Schuldgefühl, und unwillkürlich beschleunigte ich meinen Schritt. Ich darf nicht so böse auf sie werden, sagte ich mir. Ich musste geduldig und freundlich mit ihr sein und meine Gefühle im Zaum halten. Schließlich hatte ich es im Leben so viel leichter gehabt als sie.

Die Tür wurde zugeknallt, dass die Wände zitterten. Gemma starrte darauf, aber sie sagte nichts. Eine Sekunde lang dachte sie, Esther würde reuig zurückkommen, wie meistens, wenn sie die Beherrschung verloren hatte. Doch dann hörte sie die Tür unten ins Schloss fallen und wusste, Esther war weg. Ein kleiner Gecko trippelte auf ihre Hand zu.

Das Dope war ungewohnt stark. Ihre Gedanken flossen ineinander, und die Zeit raste und kroch, was ihr immer besonders gut gefiel. Der Gecko war jetzt an ihrem Finger und begann daran zu knabbern.

»Wie hast du das gemeint?«, fragte sie nach einiger Zeit, die ihr wie eine riesige Lücke erschien. »Dass das auch meine Show werden wird?«

Diesmal würde ich nicht anstehen! Ich ging zielstrebig zum Schalter mit der Aufschrift »First Class and VIPs«. Der Beamte dahinter war noch jung. Er hatte einen gepflegten Schnurrbart und trug ein geblümtes Hemd mit offenem Kragen. Ich sah ihm flehentlich in die Augen und biss mir auf die Lippe.

»Bitte – vielleicht können Sie mir helfen.«

»Madam?«

»Ich habe ein Problem. Ich muss mit meiner kleinen Tochter mit dem nächsten Zug nach Orissa fahren, aber man hat mir gesagt, dass der schon voll ist. Mein Mann holt uns dort ab, und nun weiß ich nicht, was ich tun soll.«

»Am Montag könnten Sie fahren …«

»Nein, nein, bis dahin ist es ja noch fast eine Woche, das geht auf keinen Fall.«

Ich sah auf seinen Mund und musste den Blick plötzlich abwenden. Wenn ich bedachte, welchen Zielen und Erklärungen der radikalfeministischen Gruppe meiner Universität ich mich im letzten Studienjahr verschrieben hatte, kam mir das alles geradezu schändlich mühelos über die Lippen.

»Wissen Sie, ich habe hier keine richtige Unterkunft. Ich bin

noch nie allein gereist, ich muss mein Schicksal in Ihre Hände legen.«
Meine Stimme klang abgehackt und piepsig, ganz wie ein nettes englisches Mädchen in einem Fünfziger-Jahre-Film.
»Es gibt doch sicherlich eine überzählige Fahrkarte, eine Stornierung oder so etwas?«
Der junge Mann sah mich an und schluckte so schwer, dass ich seinen Adamsapfel auf und ab gleiten sah.
»Einen Augenblick, Madam.«
Fünf Minuten später kam er mit zwei Erste-Klasse-Tickets nach Orissa zurück. Abfahrt am Vormittag des nächsten Tages.

Sieben

Gemma lag auf ihrer Matratze und starrte in den Himmel. Sie hatte von ihrer Mutter geträumt, unzusammenhängende, aggressive Träume. Dann war sie aus dem Schlaf geschreckt und hatte bemerkt, dass sie allein war. Im blattgrünen Licht, das durch das Balkongeländer drang, sah sie ihren Rucksack, die Sandalen und die lädierten, aufgespreizten Seiten ihres Buches, Middlemarch, *das verkehrt herum auf dem Boden lag.*

Ihr war entsetzlich heiß. Sie kickte das Leintuch weg, mit dem Coral sie offenbar zugedeckt hatte, als sie schlief, und streckte die Beine. Nachdem Esther gegangen war, hatten sie sich stundenlang unterhalten. Lächelnd dachte sie an das zurück, was Coral ihr erzählt hatte. Nur gut, dass Esther abgehauen war. Ohne sie war alles viel besser.

Es war offenbar schon spät, denn der Himmel war jetzt golden, und die Luft, anders als vorher, dunstig. Vom Stockwerk unter ihnen drang der Geruch gedünsteter Zwiebeln hoch. Sie legte die Hände auf die warme Betonbrüstung und sah hinunter. Wenn sie nur richtig atmen könnte, aber dazu war es viel zu heiß. Und immer noch juckte es überall. Der Ausschlag hatte sich über die Arme ausgebreitet und auf die weiche Haut zwischen den Brüsten übergegriffen. Sie kratzte sich am Hals, versenkte die Hand in ihrem feuchten BH und rieb sich die klebrige Haut.

»Lass es einfach geschehen«, flüsterte sie. »Lass dich mittreiben.«

Über dem Häusermeer ging die Sonne unter. In der kurzen Zeit, die Gemma auf dem Balkon gestanden hatte, hatte der Himmel eine unglaubliche Farbenpracht entfaltet. Über den Dächern stieg dünner Rauch auf und wurde von der untergehenden Sonne

so beleuchtet, dass er aussah wie Flammen. Allein der Anblick erfüllte sie mit ängstlicher Vorfreude auf die bevorstehenden Veränderungen. So grell, so strahlend, fast zu viel.
»Hallo!«
Sie zuckte zusammen und drehte sich um. Auf der anderen Seite der schmutzigen, schmalen Straße befand sich ein halb fertiger Wohnblock, aus dessen Betondach Stahlstangen ragten wie Antennen. Als ihr Blick auf das Flachdach direkt gegenüber fiel, sah sie dort eine junge Frau stehen, die sie, die Hände in die Seiten gestemmt, beobachtete. Sie trug einen rosaroten Sari, eine glänzende gelbe Bluse, und hinter ihrem Ohr steckte eine riesige weiße Blüte. Das lange, schwarze Haar fiel ihr schwungvoll auf den Rücken. Sie hängte offenbar gerade Wäsche auf, denn an einer Leine hinter ihr hing ein großes, bunt gemustertes Tuch.
Gemma lächelte zaghaft. Die Frau zögerte, dann grinste sie plötzlich. Den Blick auf Gemmas Gesicht gerichtet, machte sie eine fragende Kopfbewegung, und Gemma schien es, als zwinkerte sie. Zwischen ihren Vorderzähnen war eine winzige Lücke. In ihrer Nase funkelte ein Diamant.
Sie lächelten sich zu, und die Anspannung in Gemma ließ nach. Ganz froh wurde ihr plötzlich zumute, und im gleichen Augenblick durchwehte ein sanftes Lüftchen ihre Haare rings um das Gesicht. Sie musste fast lachen über die graziöse Lässigkeit, den körperlich zum Ausdruck gebrachten Humor ihrer neuen Bekannten dort drüben.
»Namaste!«, rief sie. »Wie geht es Ihnen?«
Die Frau prustete los, ihr Gesicht zerbarst vor Lachen. Sie bedeckte es kurz mit einem Zipfel ihres Saris; ihr Körper bebte vor unterdrückter Fröhlichkeit. Dann fasste sie sich und drehte sich wieder Gemma zu. Sie sah sie unverwandt an und hob gemächlich die Arme über den Kopf. Gemma sah dunkle Schweißflecken in den Achselhöhlen und die Umrisse der Rippen, die unter der Bluse hervortraten. Sie machte irgendetwas mit ihren Haaren, registrierte Gemma verwirrt. Dann sah sie, dass die Frau eine

weitere üppige Blüte vom Hinterkopf gelöst hatte und lächelnd an die Dachkante trat.

»Apnar jonno!«, rief sie und warf sie hoch in die Luft.

Die Blüte flog etwa bis zur Mitte zwischen den beiden Gebäuden und trudelte dann auf den Rinnstein zu, wurde aber plötzlich, wie von Engeln ergriffen, mit einem heißen Aufwind nach oben getragen, und Gemma beugte sich weit hinaus und pflückte sie von der Brise.

Es war eine stark duftende Lilie, deren weiß getupfte Blüte ihre Finger mit silbrigen Pollen bestäubte. Sie hielt sie in beiden Händen und betrachtete sie. Ein Zeichen, dachte sie, eine Botschaft der Götter.

Nachdem ich die Fahrkarten besorgt hatte, fuhr ich mit einer Rikscha zum Victoria Memorial, setzte mich auf das schüttere Gras des Maidan und sah eine Weile zur guanobespritzten alten Queen hinüber. Ich war wieder unterwegs, konnte wieder organisieren und fühlte mich gleich viel besser. Meine Wut auf Gemma war nur mehr eine blasse Erinnerung. Im Lauf der zurückliegenden Stunden war ich zu der Ansicht gelangt, dass sie mich nicht absichtlich gekränkt oder gedemütigt hatte, und ermahnte mich ein weiteres Mal, mehr Geduld für sie aufzubringen. Es war ihre erste echte Auslandsreise – kein Wunder, dass sie nervös war. Außerdem hatten sie immer schon Ängste gequält, die ich nicht verstand und die sie mir nicht mitteilen wollte. Bereits als Kind hatte sie dazu geneigt, allem auszuweichen, Fragen, die ihr nicht passten, raffiniert zu umgehen. Jetzt hatte ich sie manchmal im Verdacht, mir bestimmte Informationen bewusst vorzuenthalten. Aber im Grunde war das gar nicht wichtig. Sie hatte mich nicht ärgern wollen; es war nur eine simple Meinungsverschiedenheit über einen abstrakten Sachverhalt gewesen. Und schließlich war es ja wirklich nett von Coral, uns bei sich wohnen zu lassen. Eigentlich war es sogar schade, dass wir nicht länger bleiben konnten, aber ich glaubte fest, dass Gemma

verstehen würde, warum wir besser nicht noch eine ganze Woche auf den nächsten Zug warteten.
Ich verließ den Maidan und bummelte durch die Geschäfte. Dann gönnte ich mir in einem Lokal Chapatis und Dhal. Nach kurzer Zeit setzte sich ein korpulenter Herr zu mir und erzählte, sein Bruder besitze ein Haus in Ealing, und sein Sohn studiere Maschinenbau in York. Ich unterhielt mich eine Weile mit ihm und machte mich dann auf den Rückweg. Nur gut, dass Coral den Namen des Parks erwähnt hat, dachte ich, als ich in eine Rikscha stieg. Ich hätte sonst niemals zu der Wohnung zurückgefunden und wäre total aufgeschmissen gewesen.
Ungefähr vierzig Minuten später kam ich vor dem Wohnblock an. Meine Fingernägel waren schwarz von der schmutzigen Luft, und meine Augen brannten. Ich bezahlte den Scooter-Fahrer und bahnte mir einen Weg über die müllübersäte Straße. Jetzt in der Abenddämmerung wimmelte es auf dem Gehsteig von Menschen. An dem Streit mit Gemma bin ich ganz allein schuld, sagte ich mir, als ich vor dem Eingang des Mietshauses stand. Ich war reizbar und intolerant; ich sollte mir Mühe geben, eine bessere Freundin zu sein. Ich konnte doch von ihr nicht erwarten, dass sie genauso anpassungsfähig war wie ich!
Ich beschloss, lieber die Treppe hochzulaufen, als mit dem knarrenden Lift in den siebten Stock zu fahren. Es war ein unterhaltsamer Aufstieg, denn in jedem Stockwerk boten die vergitterten Fenster einen Panoramablick auf die funkelnde Stadt. Oben blieb ich stehen und verschnaufte. Dann straffte ich die Schultern und wandte mich zur Tür. Erst in diesem Moment fiel mir ein, dass ich keinen Schlüssel hatte.
Zu meiner Erleichterung war die Tür nur angelehnt. Ich stieß sie auf und trat leise in die Wohnung. Obwohl vom Balkon her gedämpftes Licht einfiel, war das Zimmer fast völlig dunkel. Ich blieb orientierungslos an der Tür stehen und versuchte den Lichtschalter zu finden. Plötzlich drang aus der Düsternis eine leise Stimme an mein Ohr.

»Es ist eine Art Segen, ja?«
Der Tonfall, in dem diese Worte gesprochen wurden, hatte etwas sehr Vertrautes. Ich tastete die Wand ab. Eine Weile blieb es still, dann hörte ich: »Wenn du mich fragst, gibt es für alles einen Grund.«
Es war Coral. Und ich hatte endlich den Schalter gefunden. Ich knipste das Licht an und sah mich betont lässig um. Die Glühbirne flackerte stark und tauchte das Zimmer in fahlgelbes Licht. Coral saß in einer Ecke, den Telefonhörer in der Hand.
»Ich muss aufhören«, sagte sie, während sie lächelnd zu mir hochsah. Sie schwieg einige Sekunden lang, dann legte sie den Hörer auf.
Sie hatte sich umgezogen, trug jetzt eine weite Baumwollhose und ein knallrosa Top, das bauchfrei war und knapp über dem Hosenbund den Blick auf einen tätowierten Phönix freigab, der sich aus indigoblauen Flammen erhob. Sieht toll aus, dachte ich voller Bewunderung und Neid. Warum hatte ich eigenlich kein Tattoo?
»Hi«, sagte sie. »Hast du was Schönes besichtigt?«
»Ach, ich bin nur ein bisschen herumgegangen, die Stadt erkunden ...«
»Und?«
Ich ließ mich neben ihr auf ein Kissen fallen.
»Super. Aber total dreckig. Sogar mein BH ist grau geworden.«
Sie nickte und lächelte mich mit undurchschaubarem Blick an. Im grellen Schein der nackten Glühbirne wirkte sie jetzt wieder älter, um ihre Augen und ihren Mund zogen sich feine, spinnwebartige Fältchen, die ich vorher nicht bemerkt hatte. Ständig verändert sie sich, wandelt sie sich, dachte ich, nie weiß man, welches Alter sie hat und wer sie eigentlich ist.
»Du, ich finde es ganz toll, dass du uns heute hier übernachten lässt«, sagte ich. »Wirklich ein Glück, dass wir dich getroffen haben. Im Zug warst du echt unsere Rettung.«
Sie hob die Schultern. »Alles im Service inbegriffen.«

»Und was hast du gemacht?«
»Ach, nur rumgegammelt. Die letzte Zeit war so anstrengend, da tut es unheimlich gut, einfach nur dazusitzen und mal zur Ruhe zu kommen, verstehst du?«
Ich war mir nicht sicher und nickte einfach.
Nach einer kurzen Pause sagte ich: »Du, das mit heute Morgen tut mir Leid. Ich hätte nicht einfach abhauen dürfen. Ich habe mich völlig idiotisch benommen.«
»Kein Thema. Schon vergessen.«
»War es schlimm für Gemma?«
Sie schlang die Hände um die Knie und drückte sie fest an die Brust. »Glaub ich nicht. Ihr zwei müsst einfach mal abklären, was euch aneinander stört.«
Ich sah sie verständnislos an. Ich hatte plötzlich einen Kloß im Hals. »Was meinst du damit?«
»Na, in eurer Beziehung stimmt doch was nicht, oder? Das sehe sogar ich.«
Ich sog laut Luft ein. Ihr Blick bereitete mir Unbehagen.
»In unserer Beziehung stimmt alles.« Meine Stimme klang gepresst. »Wir sind kaputt, und Gem ist die Hitze nicht gewöhnt, das ist alles. Sie ist meine beste Freundin und ich ihre, schon immer.«
Coral betrachtete mich kühl. Ich hatte keine Ahnung, was sie dachte.
»Sie hat mir erzählt, dass ihr zwei euch schon aus der Vorschule kennt und dass ihr immer alles zusammen macht und so, ja?«
»Ja, und?«
»Und dass du aufs College gegangen bist und ...«
Ich schluckte. Vielleicht wollte sie wirklich helfen, aber sie machte alles nur noch schlimmer.
»Was hat sie darüber gesagt, dass ich studiert habe?«
»Ach, nicht viel. Nur, dass du immer kriegst, was du willst.«
Meine Wangen liefen rot an. Ich legte die Hände darauf, um sie zu kühlen.

»Tja, sie war eigentlich die große Hoffnung unserer Schule, aber dann hat sie die Abschlussprüfung vergeigt, und das ist ziemlich hart für sie.«

»So kann man es auch sehen, aber sie hat mir erzählt, dass …«

»Ist ja auch egal.« Ich stand hastig auf. »Wo ist sie eigentlich?«

»Sie ist weggegangen.«

»Weggegangen?«

»Sie hat den ganzen Nachmittag geschlafen und wollte ein bisschen frische Luft schnappen.«

»Wohin wollte sie?«

»Keine Ahnung. Sie hat irgendwas von einer Frau gesagt, die sie besuchen wollte …«

»Eine Frau?«

Coral zuckte mit den Achseln. »Ich war gerade am Meditieren und habe nicht richtig zugehört.«

Ich ging langsam zum Balkon und trat hinaus. Im düsteren Licht der kleinen Straße unten sah ich Gemma langsam zum Haus zurückschlendern. Sie erschien mir irgendwie verändert, aber was es war, ließ sich im Halbdunkel nicht erkennen. Ich sprang ins Zimmer zurück.

»Ich gehe ihr entgegen.«

Ich stand im sechsten Stock und starrte hinab. Nach kurzer Zeit tauchte unten Gemmas Kopf auf.

»Gemma«, rief ich leise. Ihre Flip-Flops klatschten auf den Steinstufen, ihr Atem ging keuchend. Sie reagierte nicht. Vielleicht ist sie immer noch sauer auf mich, dachte ich beklommen.

»Gemma?«, rief ich noch einmal. »Ich bin's!«

Einen Moment lang war gar nichts zu hören. Dann erschien auf dem vorletzten Treppenabsatz eine Frau in einem blau geblümten Sari mit einer großen, weißen Blume hinter dem Ohr. Ihr Gesicht war rosig, und sie hatte leicht hängende Schultern. Fast verschämt sah sie zu mir hoch, hob die Hand und winkte. Ich hatte keine Ahnung, wer sie war; dann erkannte ich sie plötzlich.

»Mensch, was hast du denn an?«
»Das ist ein Sari.«
Mit einem letzten Schritt stand sie vor mir.
»Scheiße, schau mal, jetzt geht er auf.« Sie blickte an sich hinab und machte sich an den Falten zu schaffen, stopfte sie vorn wieder hinein und strich sie glatt. Jetzt sah ich, dass sie auch ein kurzes Oberteil und unter dem Sari einen langen, weißen Unterrock trug.
»Woher hast du den?«
»Eine Wahnsinnsgeschichte! Ich stand auf dem Balkon, mir war total heiß, und ich war total genervt, da sah ich auf dem Dach gegenüber plötzlich eine Frau ...«
Ich betrachtete sie. Der Sari passte zu ihrem rundlichen Körper, der darin nicht plump, sondern üppig wirkte. Mit der Blume hinter dem Ohr und dem prall gefüllten Oberteil sah sie aus wie eine bengalische Hausfrau.
»... und dann hat sie mir in ihrem Haus Tee serviert und mich nur so zum Spaß wie eine Einheimische angezogen. Toll, was?«
»Ja.« Ich lächelte gequält. Es ärgerte mich, ehrlich gesagt, dass sie ganz ohne mich etwas so Interessantes erlebt hatte, aber ich schob dieses bisher völlig unbekannte Gefühl rasch beiseite.
»Hör mal, Gem«, sagte ich hastig und ergriff ihre weißen Pummelhändchen, »ich wollte mich bei dir entschuldigen. Ich war heute Morgen mies drauf, und diese Diskussion über Sati hat mich blöderweise total aufgeregt. Ich weiß nicht, was in mich gefahren ist. Wahrscheinlich kriege ich meine Tage oder so.«
Gemma blickte zu Boden.
»Ist schon gut. Indien setzt dir eben ziemlich zu. Ist ganz normal.«
Ich glaubte nicht recht zu hören. Dass Indien mir zusetzte, war definitiv nicht der Grund für meinen Ärger! Konnte sie nicht *einmal* ein bisschen Schuld bei sich suchen? Ein unangenehmes Schweigen entstand. Schließlich verzichtete ich darauf, das letzte

Wort zu behalten, und sagte achselzuckend: »Ist ja auch egal. Jedenfalls ist es Scheiße, sich zu streiten.«
Ich nahm sie in den Arm und drückte sie ganz fest.
»Wieder Freunde?«
»Wieder Freunde.«
Es war merkwürdig, einen so vertrauten Menschen zu umarmen, der plötzlich so anders aussah. Wir lösten uns voneinander und sahen uns lächelnd und ein bisschen verlegen in die Augen. Während der Umarmung war die Blume hinter Gemmas Ohr verrutscht. Sie welkte auch bereits, und aus den schlaff herabhängenden Staubgefäßen fielen Pollen auf ihr Haar.
»Deine Blume fällt runter.«
Sie griff nach der Lilie und steckte sie sich wieder hinters Ohr. Ich weiß nicht, ob es an ihrer sonderbaren Kostümierung lag oder daran, dass wir uns gestritten hatten, jedenfalls empfand ich eine ganz ungewohnte Scheu vor ihr.
Ich schob das Gefühl beiseite und sagte: »Ich habe uns Fahrkarten nach Orissa organisiert. Wir können morgen früh fahren.«
Sie erwiderte nichts. Ich sah sie betreten an. Ich hatte erwartet, dass sie sich freuen würde.
»Willst du überhaupt noch dahin?«
»Ja, klar ...«
»Keine kalten Füße?«
»Nein. Wird bestimmt lustig.«
»Was hast du dann?«
»Weiß nicht ...«
»Was ist denn? Sag's mir!«
Sie warf mir einen fast verschmitzten Blick zu. »Ich habe mir überlegt, dass wir Coral fragen sollten, ob sie mitkommt«, sagte sie langsam. »Sie ist doch wirklich witzig, oder? Und sie weiß über so vieles Bescheid. Wir könnten von ihr lernen.«
Ich atmete ganz tief und ruhig durch.
»Wir kennen sie doch kaum, Gem. Sie ist nett, das stimmt, aber was ist, wenn sie uns plötzlich auf die Nerven geht?«

»Nur für ein paar Tage. Wenn sie uns auf die Nerven geht, trennen wir uns einfach.« Sie verschränkte trotzig die Arme vor dem Bauch, den ich gemeinerweise immer wieder anstarrte, weil er über dem Saribund hervorquoll.

»Es ist nur so …« Ich sah in Gemmas glänzendes Gesicht und suchte nach den richtigen Worten. Wenn ich ehrlich war, bereitete mir Coral Unbehagen. Sie drängte mich weg, das war es. Sie wollte aus irgendeinem Grund mit Gemma befreundet sein, nicht aber mit mir.

»Ich habe aber nur zwei Fahrkarten ergattert«, erklärte ich energisch. »Ich wollte auch eine für Coral, aber das waren die letzten zwei. Außerdem hatte ich gar nicht angenommen, dass sie mitkommen will.«

»Und warum nicht?« Gemma sah mich herausfordernd an.

Ich erwiderte ihren Blick und wurde rot. Es war eine plumpe Lüge, und Gemma wusste das. »Keine Ahnung.«

Gemma trat verärgert einen Schritt zurück. Auf ihrer Stirn erschienen Falten. Kopfschüttelnd sagte sie: »Na, großartig, Esther! Wieder mal triffst ganz allein du die Entscheidungen!«

»So war es nicht, ich schwöre es, ich …«

Ich stockte. Oben hatte etwas geklickt. Ich drehte mich langsam um. Ein Stockwerk über uns stand Coral in der offenen Wohnungstür und sah zu uns hinunter. Als ich mich zu ihr umwandte, lächelte sie fröhlich und sagte: »Na, was ist los, ihr beiden?«

Gemma kehrte sich von mir ab und grinste zu ihr hoch wie eine Dreijährige mit einem neuen Spielzeug. »Coral! Schau mal meinen Sari an!«, rief sie lachend.

Bevor ich etwas sagen konnte, hatte sie sich an mir vorbeigezwängt und stieg die Treppe hoch.

Ich blieb unten stehen. Mir war übel – ein bedrückendes, deprimierendes Gefühl, das in den zurückliegenden Wochen nie ganz verschwunden war. Ich glaube, zum Teil hing es mit Coral und den Zugkarten zusammen. Ich hätte Gemma vorher fragen müssen, sagte ich mir. Wie hatte ich nur so arrogant sein und annehmen können, dass sie dasselbe wollte wie ich, nämlich am nächsten Tag abfahren! Und vielleicht hätte ich Coral fragen sollen, ob sie mitkommen wolle. Was war denn schon dabei? Die vorherrschende Empfindung aber war das Schuldgefühl, mein ständiger Begleiter. Ich hatte mir solche Mühe gegeben, es zu ignorieren, hatte mir immer wieder gesagt, dass ich nichts Falsches getan hätte, aber ich hatte etwas Falsches getan, verstehen Sie, etwas Schreckliches!

Es war etwas geradezu widerlich Banales. Steve war Gemmas große Liebe, und sie wusste es zwar noch nicht, aber ich hatte ihn ihr weggenommen.

Acht

Gemma sah in den rosigen, seidig schimmernden Himmel. Sie war schon lange wach und dachte darüber nach, was Coral ihr gesagt hatte. Eine Million Meilen entfernt versank der silbrige Mond unmerklich im Blau des Himmels. In einer Stunde würde er verschwunden sein, und nochmals eine Stunde später würden die Sonnenstrahlen ihren Schlafsack wie mit Speerspitzen auf den Balkonboden spießen. Erst allmählich tauchte hinter dem Geländer im schwindenden Morgendunst die Stadt auf. Über ihr zwitscherte ein Vogel. Unten ratterte eine Rikscha durch die kleine Straße. Wenige Minuten zuvor war knisternd der seltsam melodische Adhan ertönt, aber jetzt war er vorbei, das Minarett der kleinen Moschee auf dem Marktplatz stand wieder still da. In den verschlafenen Häusern ringsum beteten jetzt die Menschen. Das alles konnte sie, wenn sie wollte, für immer haben, all das, worauf sie so lange gewartet hatte. Sie atmete ein, atmete aus, lauschte ihrem Herzschlag, prüfte, ob sie noch am Leben war.

»Verdammter Lärm!«
Ich öffnete die Augen und sah mich um. Der Adhan hatte mich aus einem tiefen, traumlosen Schlaf gerissen. Ein Stück weg von mir saß Gemma und stierte dumpf durchs Balkongeländer.
»Das ist vielleicht laut – kein Wunder, dass die Hindus es satt haben.« Ich streckte die Finger, dass es knackte.
»Mir gefällt es«, sagte Gemma, ohne mich anzusehen.
Ich setzte mich auf und tastete auf dem Boden nach meiner Armbanduhr. »Wie spät ist es?«
»Fünf oder so.«

»Mensch! Wir müssen los!«
Ich sprang auf und packte meine auf dem Balkon verstreuten Sachen in den Rucksack.

Esther pfiff beim Packen vor sich hin; die Melodie von »Careless Whisper« war zu erahnen. Sie trug ein zerknittertes Baumwollkleid, ihre Augen waren vom Schlafen verquollen, ihr langes, braunes Haar hing ihr zerzaust ins Gesicht, und doch war sie schön. Plötzlich hob sie den Blick von ihrem Rucksack, sah Gemma an und zwinkerte ihr zu. Ihr wurde immer verziehen, das war es. Ihr fiel alles in den Schoß.

»Komm, wir gehen«, flüsterte ich ihr zu.
Wir beschlossen, Coral weiterschlafen zu lassen. Wir drei waren lange aufgeblieben, hatten klebrigen indischen Rum getrunken und Bidis geraucht, und ich fand es unnötig, sie zu wecken. Sie werde wahrscheinlich noch eine Weile in Kalkutta bleiben und dann in den Norden fahren, hatte sie gesagt. Ich war entschlossen, keine Schuldgefühle wegen unserer plötzlichen Abreise zu haben. So war das nun mal mit uns Rucksackleuten, wir waren frei und ungebunden, alles passierte spontan und ungeplant. Gemma bedankte sich auf einem Zettel dafür, dass Coral uns bei sich hatte übernachten lassen, und lehnte ihn neben der Tür an die Wand. Dann schlichen wir uns hinaus. Als wir Howrah Station erreichten, stand die Sonne schon hell und hoch am Himmel.

Diesmal fanden wir unsere Sitzplätze ohne Mühe. Wir kauften Bananen, Chapatis und zwei Tonbecher mit Chai und frühstückten gemütlich im stehenden Zug. Punkt sieben zog uns die Dampflok aus dem Bahnhof. Während wir durch die Viertel beiderseits der Gleise fuhren, fiel die Niedergeschlagenheit, die mich seit unserer Ankunft in Kalkutta gequält hatte, von mir ab. Der Zug ratterte kilometerlang durch Vororte und erreichte schließlich das offene Land. In endlosen Grüntönen dehnte sich der Horizont, und ich kam zu dem Schluss, dass der Aufenthalt in der Stadt meine Angespanntheit bewirkt hatte. Nur gut, dass wir da rausgekommen waren! Ich nahm den *Lonely Planet* zur Hand und blätterte darin.

»In Puri soll es fantastische Strände geben«, sagte ich nach einer Weile. »Wenn wir uns den Schrein angesehen haben, können wir ja dorthin fahren und uns ein bisschen ausruhen.«

»Okay.«

»Und dann könnten wir ja vielleicht Richtung Süden fahren, nach Goa …«

Ich sah zu Gemma hinüber, die neben mir auf der Bank saß und die Knie fest mit den Armen umschlang. Mit ihrem lila Pony und dem quastenbesetzten Rock sah sie aus wie ein exotisches Huhn. Sie wirkte nachdenklich. Offenbar hatte sie gar nicht gehört, was ich gesagt hatte.

»Oder sollen wir das Buch entscheiden lassen?«

Sie zuckte mit den Achseln. Dann sagte sie zerstreut: »Meinst du nicht, dass es in Goa vielleicht ein bisschen zu heiß ist?«

Ich wartete mit meiner Antwort. Diese ständige Beschäftigung mit dem Klima wurde langsam ätzend.

»Im Süden ist die Monsunzeit anders«, sagte ich schließlich. »Wir müssen das nachlesen. Vielleicht regnet es sogar.«

Sie seufzte und lehnte den Kopf an den Sitz. Der Zug fuhr jetzt endlich schneller, und eine warme Brise strich durch den Wagen. Gemma schloss die Augen, riss sie plötzlich auf und kratzte sich so heftig an den Handgelenken und Armen, dass sich rote Striemen bildeten.

»Kamillenlotion?«

»Davon wird es nur schlimmer.«

Ich beobachtete sie genervt. Es war unfair, aber ich fand einfach, dass sie es übertrieb.

»Was ist mit *Middlemarch*?«

»Heldin glücklich unter der Haube, Lektion gelernt, Geschichte aus.«

»Und jetzt?«
»*Die Blechtrommel.*«
Der Zug passierte einen besonders miesen Gleisabschnitt und ratterte so laut, dass wir nicht weiterreden konnten. Als er langsamer wurde, fügte Gemma hinzu:
»Hat Steve mir geliehen.«
Die unerwartete Erwähnung seines Namens trieb mir die Röte ins Gesicht. Ich sah zum Fenster hinaus und hoffte, sie würde nichts bemerken.
»Ich wusste gar nicht, dass er gern liest«, sagte ich.
»Du weißt vieles nicht.«
Ich sah ruckartig zu ihr hin, aber aus ihrem Blick sprach nicht die geringste Gehässigkeit.
»Vielleicht lese ich es auch, wenn du damit fertig bist.«
Sie zuckte mit den Schultern. »Was ist eigentlich mit diesem Paul soundso?«, fragte sie plötzlich. »Von dem erzählst du in letzter Zeit gar nichts. Wird ihm die Ehre einer Postkarte zuteil werden?«
»Bestimmt nicht! Ich habe dir doch erklärt, dass das ein Fehlgriff war.«
Sie hob vielsagend die Brauen.
»Der arme Kerl. Du bist so eine Femme fatale.«
»Gem! Ich bin doch keine Femme fatale!«
Ich lachte, wahrscheinlich eine Nuance zu laut, und knuffte Gemma kopfschüttelnd in den Arm. Wir saßen jetzt in der Sonne; Lichtstreifen lagen auf unseren Armen und Beinen. Sie wollte mich natürlich nur necken, doch der Ausdruck traf mich. Mir war bewusst, dass ich im Lauf der Jahre vielen Männern unabsichtlich wehgetan hatte, aber Spaß hatte mir das nie gemacht. Immer ging es gleich um die ganz großen Gefühle, was ich weder nachempfinden noch erwidern konnte, aber allein sein wollte ich auch nicht, im Gegenteil. Ich sehnte mich so sehr nach dem richtigen Mann, aber vor Steve war der Richtige einfach nicht dabei gewesen. Jedes Mal waren bereits nach der ersten Verabredung

Unmengen von Einwänden und Bedenken aufgetaucht. Ich war auch schon mehrere Monate lang mit Männern befreundet gewesen, doch es hatte unweigerlich mit einem unangenehmen Gespräch oder einem Streit geendet, ich hatte Schluss gemacht und so gut wie keine Traurigkeit, sondern grenzenlose Erleichterung empfunden. Paul beispielsweise, der zu viel über sich redete und nichts vom Vorspiel hielt, hatte ich nach zwei Wochen den Laufpass gegeben. Ich war dreiundzwanzig, und die längste Beziehung meines Lebens – die mit Luke – hatte nur vier Monate gedauert und in einem halb verfallenen, vor Katzen wimmelnden Hotel in Kairo ein katastrophales Ende gefunden: Ich hatte nicht länger so tun können, als wollte ich mit ihm zusammen sein, und entblödete mich nicht, es mit einem Holländer zu treiben, während Paul im Nebenzimmer schlief; dann stieg ich ins nächste Flugzeug und kehrte in Schande nach Hause zurück. Nein, dachte ich trübselig, ich bin keine Femme fatale. Ich bin ein Feigling und eine Zicke. Und jetzt auch noch die Sache mit Steve …

»Puh, ich zerfließe!«, sagte Gemma plötzlich, stand auf und zog das Rollo vors Fenster.

Ich schloss die Augen und versuchte mich zu entspannen. Ich roch das heiße Holz, das heiße Metall des Zugs, den würzigen Duft des Kedgeree, das die Familie auf den Sitzen gegenüber aus Tiffinbehältern aß, und durchdringenden, süßlichen Schweißgeruch. Gemma summte friedlich vor sich hin.

Die Sonne wanderte immer höher. Der Zug ratterte dahin. Ab und zu drosselte er das Tempo und blieb schließlich ohne ersichtlichen Grund stehen. Dann saßen wir fünf oder zehn Minuten lang inmitten der ostindischen Landschaft fest. Im Gras summten die Insekten, und das Fahrgestell des Zugs klackerte in der gleißenden Hitze, bis wir mit einem Ruck anfuhren und die Lok uns wieder mühsam hinter sich herzuziehen begann. In der brütenden Mittagshitze schliefen wir mit zurückgeworfenen Armen, die Köpfe aneinander gelehnt.

Neun

Es war schon dunkel, als wir in Bhubaneshwar eintrafen. Ich hatte im *Lonely Planet* von Unterkünften für zwanzig Rupien die Nacht gelesen, aber Gemma hatte andere Vorstellungen und ließ sie sich auch nicht ausreden. Sie wolle eine Klimaanlage und eine Dusche, erklärte sie, und habe keine Lust, sich durch die schmutzige Stadt ins Zentrum zu schleppen, um dann auf einer vergammelten Pritsche zu landen. Auf ihr Drängen hin stiegen wir in einem kleinen Hotel gegenüber dem Bahnhof ab, das zwar modrig roch, dessen Zimmer aber über Teppichboden, »eigenes Badezimmer« und sogar über Telefon verfügten. Der Preis, zweihundert Rupien, überstieg mein Budget zwar bei weitem, aber es war schon spät, und Gemma blickte zu entschlossen drein, als dass ich Einwände erheben konnte.

Das Hotel hatte bereits geschlossen. Wir wurden von einem schlaftrunkenen Nachtwächter eingelassen und trafen den Besitzer dösend an der Rezeption an. Erst als ich kräftig auf die Klingel gedrückt hatte, regte er sich, blinzelte benommen und wischte sich mit einem großen, roten Taschentuch übers Gesicht. Ein kleiner, rundlicher Mann mit einem bunt geblümten Hemd und einem Schnurrbart, der so schmal war, als hätte er ihn sich mit Bleistift auf die Oberlippe gemalt.

»Willkommen!«, rief er, setzte sich aufrecht hin und streckte sich. »Aus welchem Lande beehren Sie uns? Treten Sie näher, treten Sie doch bitte näher, Sie sind herzlich willkommen!«

Ich warf Gemma einen Blick zu. Es blubberte schon in mir; lange würde ich das Lachen nicht zurückhalten können.

»Aus Großbritannien«, sagte ich. »Haben Sie freie Zimmer?«

»Aber ja, Madam, in Hülle und Fülle! Wie lange wollen Sie bleiben?«
Er suchte tastend nach Meldeformularen und warf einen Blick auf die hinter ihm hängenden Zimmerschlüssel.
»Nur eine Nacht.«
»Und dann wollen Sie bestimmt weiter nach Puri, zu unseren wunderschönen Stränden! Oder haben Sie vor, den Tempel von Konarak zu besichtigen?«
Er sah uns mit gezücktem Kugelschreiber erwartungsvoll an.
»Ist das wichtig?«
»Wir wollen nach Agun Mazir«, warf Gemma ein. »Das ist, glaube ich, im Simili National Park. Wissen Sie etwas darüber?«
Der Mann sah uns verdutzt an. »Sie hoffen, in unseren großartigen Wäldern Tiger zu jagen?« Zwischen seinen Augenbrauen hatte sich eine kleine Sorgenfalte gebildet.
»Nein«, klärte ich ihn in vornehmem Memsahib-Tonfall auf, »wir werden dort einen Schrein besichtigen.«
Ich sah aus den Augenwinkeln, dass Gemma die Stirn runzelte. Der Mann senkte den Blick.
»Madam, es gibt hier in Orissa so viel Schönes zu sehen. Warum wollen Sie nach Agun Mazir? Das ist ein religiöser Ort, kein Ort für Touristen!«
»Wir haben gehört, dass dort besondere Kräfte wirken. Wir sind auf einer spirituellen Suche.«
Ich schenkte ihm ein Lächeln, aus dem klar hervorging, dass ich keine weiteren Fragen wünschte.
»Aber das ist ein moslemischer Schrein«, fuhr er fort, ohne meine Andeutung zu beachten. »Sie sind doch keine Moslems, oder? Und Sie wissen bestimmt, dass zurzeit viele von uns sich durch dieses Buch beleidigt fühlen.«
»Meinen Sie Salman Rushdie?«
»Einige von uns sind sehr zornig«, sagte er leise und betrachtete seine Finger, die er vor lauter Verlegenheit immer aufs Neue ineinander verschränkte. »Es ist bereits zu ... zu Vorfällen ge-

kommen. In Jaipur wurden Steine auf Touristen geworfen und Ähnliches. In solchen Zeiten werden unsere Leute sehr emotional. Und obendrein findet in diesem Monat Pir Nirullas Mela statt, da wird es sehr voll sein im Ort, denke ich. Ich flehe Sie an, überlegen Sie es sich anders, besichtigen Sie lieber den weltberühmten historischen Raja-Rani-Tempel in unserer wunderschönen Stadt! Danach können Sie hier übernachten und dann zum Ausspannen nach Puri weiterreisen ...«

Ich wandte den Blick von seinem Schreibtisch ab und betrachtete das Foyer mit den welken Topfpflanzen und der verstaubten Couch mit dem Plastikbezug. Was er sagte, verstärkte nur meine Lust auf Agun Mazir. Es würde schwierig werden? Diese Herausforderung ergriff ich nur zu gern! Aus den Augenwinkeln sah ich Gemmas skeptischen Blick, aber ich ignorierte sie einfach.

»Bekommt man hier etwas zu essen?«, unterbrach ich ihn mit meinem schönsten Strahlelächeln.

Wie konnte ich nur so arrogant sein! Wenn ich heute an diese Szene zurückdenke, krümme ich mich vor Scham und Reue. Der arme Mann wollte uns helfen, aber ich war jung und hübsch und Engländerin und glaubte wohl, immer genau das zu bekommen, was ich wollte. Ich würde alles tun, um es ungeschehen zu machen, aber es ist zu spät. Immer wieder versuche ich die Vergangenheit zurückzuholen, aber sie ist mir unaufhaltsam aus den Händen geglitten.

Man brachte uns Reis, Gemüse-Bhaji und Spiegeleier aufs Zimmer. Der entrückt wirkende junge Kellner blieb dumpf an der Tür stehen, bis wir endlich kapierten, worauf er wartete. Gemma drückte ihm einen Fünf-Rupien-Schein in die Hand. Nachdem wir das Essen verschlungen hatten, plumpsten wir in die Betten. Gemma hatte die Klimaanlage auf volle Kraft gestellt und lag, alle viere von sich gestreckt, auf dem Baumwolllaken. Der

Ausschlag bedeckte die Arme jetzt auf ganzer Länge; er endete an den Schultern und tauchte in Form von hochroten Flecken am Hals wieder auf. Ab und zu kratzte sie sich anfallsartig, biss dabei die Zähne zusammen und knurrte vor schmerzlicher Erleichterung.

»Ahhh, Mann, das juckt vielleicht!«

»Du machst es nur schlimmer. Nimm doch den Hitzepockenpuder.«

»Den habe ich gestern ausprobiert, der bringt nichts. Ahhh ... So eine Scheiße!«

»Du zerkratzt dir noch die ganze Haut, und dann entzündet sich alles.«

Sie hörte auf. »Ich muss raus aus dieser Hitze. Der Tag heute im Zug hat mich fertig gemacht.«

Ich nahm den *Lonely Planet* und blätterte lustlos darin herum. »Vielleicht sollten wir wirklich nach Puri«, sagte ich zögerlich.

»Also, was Agun Mazir betrifft, ist meine größte Sorge dieses Guest House. Hier steht, dass die Zimmer nicht klimatisiert sind. Und es ist mitten im Urwald ...«

»Das wird schon nicht so schlimm.« Ich blätterte um, ohne sie anzusehen. »Wir bleiben nur eine Nacht und fahren dann wieder zurück.«

»Und wenn es stimmt, was der Typ sagt?«

»Welcher Typ?«

Ich legte das Buch aus der Hand und sah in ihr abgespanntes Gesicht.

»Der Typ am Empfang. Er sagte doch, da wäre gerade irgendeine Mela, und ...«

»Das Fest meinst du? Darüber steht was im Buch. Es findet jedes Jahr an seinem Todestag statt. Da soll einiges los sein.«

»Ja, aber was, wenn sie uns steinigen, weil sie uns für ein Werkzeug des Teufels halten wie Salman?«

»Poly ...« Ich atmete durch und setzte mich im Bett auf. »Willst du jetzt doch nicht hin? Ich dachte, wir wollten etwas Ungeplantes, ganz Spontanes machen. Darüber waren wir uns doch einig, oder?«

Zwischen ihren Augen erschien wieder die Missmutsfalte. Sie biss sich auf die Lippe und wandte den Blick ab. »Doch«, sagte sie, »ich will schon hin.«

»Gut. Dann hätten wir das geklärt.«

Ich stand seufzend auf.

»Ich gehe runter und hole Zigaretten.« Gemma hatte die Augen geschlossen, war aber offensichtlich wach. »Irgendwelche Wünsche?«

Ich bekam keine Antwort. Zögerlich griff ich nach dem Türknauf. Ich wollte noch etwas sagen, aber mir war merkwürdig beklommen zumute. In dem Moment, als ich den Knauf endlich drehen wollte, läutete das Telefon auf Gemmas Bettkästchen so schrill, dass sie sich mit schreckgeweiteten Augen ruckartig aufsetzte. Sie starrte den Apparat an und hielt die Hand unsicher über dem Hörer.

»Na los«, sagte ich, »geh schon dran!«

Es läutete noch einmal, diesmal mit einem gewissermaßen vorwurfsvollen Unterton. Gemma streckte sich und hob den Hörer mit spitzen Fingern von dem schmierigen Apparat.

»Hallo?«

Sie lauschte konzentriert. Sie wirkte verunsichert.

»Hallo? Hier ist Zimmer 322. Ja?«

Wieder sagte sie einige Sekunden lang nichts, starrte nur auf den Boden und hörte zu. Sie wirkte immer noch unsicher.

»Hallo?«

Ihre Miene hatte sich verdüstert. Ihre Wangen waren dunkelrot angelaufen.

»Ja«, sagte sie langsam. »Ja, in Ordnung …«

Sie stockte, rief abrupt »Wiederhören!« und knallte den Hörer auf die Gabel, wo er mit einem beleidigten Knall landete.

»Was war *das*?«

»Keine Ahnung.«

»Wer war es?«

»Niemand. Nur irgend so ein …« Sie hüstelte. Ihr Blick war starr auf den schmutzigen hellbraunen Vorhang gerichtet, der vor den verriegelten Fenstern hing. »Ähm, irgend so ein …«

»Ein Stöhner oder so was?«

»Ja, so was in der Art.«

»Warum hast du dann gesagt: ›Ja, in Ordnung‹?«

»Habe ich das gesagt?«

Ich sah sie eindringlich an.

»Warum hast du nicht einfach gesagt, er soll sich verpissen?«

»Er hat mir Leid getan.«

»Wie bitte? Also, Gem, manchmal spinnst du wirklich!«

»Ach ja?«

Sie musterte mich mit hochgezogenen Augenbrauen. Sie wirkte erleichtert; die Spannung, die noch wenige Minuten zuvor zwischen uns geherrscht hatte, war auf unerklärliche Weise verschwunden.

»Warte mal, woher wusste überhaupt irgendwer, dass wir hier sind?«, sagte ich plötzlich. »Hat der Anrufer deinen Namen genannt?«

Sie wurde rot, wandte hastig den Blick ab und starrte wieder auf den Vorhang. Bevor sie etwas sagen konnte, schlug ich mir mit der Hand an die Stirn. Mir war ein schrecklicher Gedanke gekommen.

»O mein Gott, jetzt hab ich's! Der einzige Mensch, der von unserer Anwesenheit hier weiß, ist unser Mr. Friendly unten an der Rezeption … O Mann, das ist ja gruselig, igitt! Du warst viel zu freundlich zu dem Kerl, Gem! Du musst bei solchen Anrufen richtig patzig sein, sonst denkt so einer noch, er hätte Erfolg damit. Hat er geklungen wie der Typ an der Rezeption?«

»Weiß nicht. Hat eigentlich nach niemand Bestimmtem geklungen.«

Ich überlegte, welche Möglichkeiten es noch gab.

»Hm. Vielleicht war es der Etagenkellner.«

»Ja«, sagte sie, und ihre Augen leuchteten auf, »wahrscheinlich war's der.«

Die Jahre flattern zurück wie vom Wind verblätterte Buchseiten. Ein dahingesagtes Wort, ein fremdes Gesicht, das mir plötzlich auf der Straße begegnet, und sofort bin ich wieder dort: Die Monate und Wochen und Tage, die ich durchlitten habe, seit ich Gemma verlor, rasen an mir vorbei wie die Absätze eines ungelesenen Textes, dessen Inhalt mich nicht interessiert. Nur diese wenigen, kurzen Wochen vor sechs Jahren zählen. Wieder und wieder gehe ich meine abgegriffenen Erinnerungen durch, suche sie nach Hinweisen ab, aber sie sind viel zu verblasst und verschlissen, als dass etwas Neues zum Vorschein käme. Der Anruf hing mit der ganzen Sache zusammen, so viel steht inzwischen fest. Ich würde so gern in die Vergangenheit greifen und mich dreiundzwanzigjähriges Ding schütteln, mir richtig den Kopf waschen. Warum habe ich Gemma nicht ins Gesicht gesehen? Warum habe ich nie zugehört?

Nachdem Esther ihren perfekten nackten Körper in das dünne Hotellaken gehüllt hatte und in perfekten, ungestörten Schlaf gesunken war, legte Gemma ihr Buch aus der Hand und schlich sich zur Tür, öffnete sie so leise wie möglich und trat auf den Gang. Unten im Foyer klingelte das Telefon, draußen auf der Straße hupten die Motorroller und Autos. Sie huschte die Treppe hinunter und beachtete den Mann am Empfang mit keinem Blick, als würde sie dadurch unsichtbar. Sie verließ das Hotel und trat auf die Straße.

Es war nach zehn, aber die Stadt war noch wach. Gemma überquerte die Fahrbahn und ging an einem großen, funkelnden Tempel vorbei. Verwundert betrachtete sie die blinkenden Lichterketten an den goldenen Mauern und den riesigen, knallbunt bemalten Vishnu, der davor auf einem Sockel saß. Aus dem hell erleuchteten Inneren drangen Gesang und das melodische

Schluchzen eines Akkordeons auf die Straße. Dann kamen Läden und Teebuden, in denen sich noch immer Kunden drängten. Sie wich einer kleinen, braunen Kuh aus, die genügsam einen Strohhalm kaute, sprang über die Abflussrinne und überquerte die Straße.

Sie war, wie versprochen, auf die Sekunde pünktlich.

Zehn

Früh am nächsten Morgen hatten wir nach Agun Mazir aufbrechen wollen, aber wir schliefen den ganzen Vormittag, verließen das Bett nur, um Tee und Toast zu bestellen, und blieben auch noch den ganzen Nachmittag liegen. Wie eine dicke Decke umhüllte die Lethargie diesen Tag. Am Abend taumelten wir bettschwer aus dem Hotel und kauften in einem Basar in der Nähe Süßigkeiten und Chapatis. Dann huschten wir auf unser Zimmer zurück wie von einem nächtlichen Streifzug heimkehrende Räuber, bleichgesichtig und gegen die Lichter anblinzelnd.

Am nächsten Tag war es das Gleiche. Wir schliefen uns aus, schafften es mit – unserer Empfindung nach – enormer Willenskraft, buddhistische Ruinen am Stadtrand zu besichtigen, und legten uns wieder hin. Vielleicht war es der Jetlag, vielleicht die Hitze. Aber das war völlig egal, denn zwischen Gemma und mir hatte sich etwas verändert; das Unbehagen der vergangenen Tage war einer allumfassenden Wärme gewichen, die mich an früher erinnerte. Es war wie damals in der Schule. Wir waren Verbündete und standen uns näher denn je durch das unaufhörliche Gespräch, mit dem wir den Tag umwoben. Im kühlen Lufthauch der Klimaanlage hörte Gemma auf sich zu kratzen, und im Trubel der Stadt mit ihren Tempeln und Märkten und dahintrottenden Kühen lockerte auch das Schuldgefühl, das mich gepackt hatte, seinen erbarmungslosen Griff. Die Sache mit Steve ist Vergangenheit, sagte ich mir, Gemma wird es nie erfahren. Vielleicht würde es ihr bei unserer Rückkehr nach England sogar schon egal sein.

Die so genannten Ruinen waren hervorragend erhaltene Tempel

von erlesener Schönheit, die wir ehrfürchtig schweigend auf uns wirken ließen. Auf dem Rückweg saßen wir still nebeneinander in der Rikscha; unsere Knie berührten sich. Wir streckten die Köpfe unter der Dachmarkise hervor und betrachteten den blassblauen Himmel. Dann teilten wir uns in einem einfachen Lokal nicht weit vom Bahnhof ein Thali und kehrten Arm in Arm ins Hotel zurück.

Am dritten Tag streiften wir ziellos durch die Gässchen der Stadt, sahen uns die heruntergekommenen, aber wunderschönen Häuser an und kicherten über die Witze, die wir ständig machten. Im Museum verfolgte uns ein dicker, verzweifelt wirkender Deutscher, dessen gewaltiger Oberkörper mit Kameras und Touristen-Schnickschnack behängt war. Er bot uns Ganja an und weitete, als wir geringes Interesse bekundeten, die Einladung auf sein Bett aus. Wir entkamen, indem wir ihm erklärten, wir hätten Durchfall, und uns durch eine Tür in der Damentoilette auf die hitzeflimmernde Straße verdrückten. Einfach herrlich, dachte ich, als wir johlend und lachend davonliefen. Meine Bedenken in Bezug auf das Reisen mit Gemma waren völlig unbegründet gewesen; alles war genau so, wie ich es mir erhofft hatte.

Am vierten Tag stiegen wir endlich in den Bus. Der Mann am Fahrkartenschalter hatte uns versichert, es handle sich um einen »vollklimatisierten Extra-Deluxe-Reisebus«, der sich schließlich als ein mit Silberflitter geschmückter, mit Tigern, Vögeln und gen London fliegenden Flugzeugen bemalter Ausflugsbus entpuppte, dessen Inneres nicht den Hauch von Luxus aufwies. Die Rückenlehnen unserer Sitze klemmten in der Liegeposition, und die »Klimaanlage« war defekt.

Außerdem war das Gefährt zum Bersten voll. Ich sah mich nach anderen Rucksackreisenden unter den Fahrgästen um, aber wir waren offenbar weit von jeder Touristenroute entfernt. Im Bus saßen ausschließlich Leute vom Land, die nach Hause fuhren.

Hinter uns schwatzten zwei alte Frauen und kauten ihren Pan. Vor uns saß ein Mann mit versteinerter Miene, neben ihm seine aus nicht ersichtlichen Gründen schluchzende Frau. Unsere Rucksäcke wurden zusammen mit Reissäcken, einem Haufen Jackbaumfrüchten sowie mehreren Körben mit Hühnern auf dem Dach verstaut. Der alte Mann gegenüber hatte zu meinem großen Vergnügen zwei Enten dabei, die sich gemütlich in seinen Schoß kuschelten.

Wir fuhren los, rumpelten über die pockennarbigen Straßen, die die Stadt umgaben. Nach ein paar Minuten schaltete der Fahrer die Anlage an, und der Bus vibrierte im Beat der neuesten Bollywood-Hits. Ich gähnte, streckte mich und schloss die Augen. Das Fenster war geschlossen und klemmte. Die Sonne schien herein, ich bekam Kopfweh und klebrige Hände. Vor uns lagen zweihundert Kilometer, und selbst ich musste zugeben, dass es zu heiß war.

Die Fahrt zog sich endlos hin. Wir passierten riesige Reisfelder, eine flache, trostlose Landschaft. Egal, in welcher Richtung die Straße verlief, immer verfolgte uns durch die glitzernden Fenster die Sonne. Ich kämpfte gegen die schlimmer werdende Übelkeit an und fiel in einen Halbschlaf, aus dem ich wegen der unter uns rumpelnden Reifen immer wieder gerissen wurde. Wir hätten tun sollen, was der perverse Hotelbesitzer uns geraten hat, dachte ich plötzlich – Tempel besichtigen und dann ab zum Strand, anstatt dieses blödsinnige Spiel zum Äußersten zu treiben.

Nach einer kurzen Mittagspause ging es weiter. Die Straße stieg jetzt merklich an, und plötzlich waren wir von Bäumen umgeben. Die endlosen Kurven nahm der Bus nur mehr im ersten Gang. Wir sahen den Rand des Urwalds und dahinter ein moosiges, feuchtes Wirrwarr von kleinen Bächen und Kletter- und Schlingpflanzen. Dann mündete die Straße in flacheres Buschland; der Bus hupte und beschleunigte sein Tempo wie von Dämonen besessen. Hin und wieder passierten wir einen mit Kerzen und flatternden Fähnchen umstellten Schrein; dann

begannen die anderen Fahrgäste leise murmelnd vor sich hin zu beten und warfen Münzen aus der Tür.
Ich betete auch, nämlich dass wir bald ankommen würden. Das unablässige Schlingern und Holpern ließ die Übelkeit immer stärker anschwellen. Die traurige Frau vor uns erbrach sich bereits heftig würgend. Ihr Mann beugte sich mit einem Tuch in der Hand über sie, während sie völlig durchnässt an der schmutzigen Scheibe lehnte. Es fehlte nicht viel, und der beißende Gestank des Erbrochenen hätte mir dasselbe Schicksal beschert. Ich zog mir das T-Shirt über die Nase und wand und drehte mich unablässig auf meinem schmalen Sitz. Wir saßen schon fast neun Stunden im Bus.
Dann war es endlich überstanden. Aufheulend durchfuhren wir mehrere enge Kurven, wir passierten Motorroller-Werkstätten, die die Straße in unregelmäßigen Abständen säumten, und kamen vor einer baufälligen Ladenzeile mit kreischenden Bremsen abrupt zum Stehen.
»Agun Mazir!«, rief einer, und schon halfen uns die hilfsbereiten Bus Boys aus den Sitzen und führten uns durch den Mittelgang und die Stufen zur Straße hinunter.
Unsere Rucksäcke wurden losgebunden und vom Dach geworfen. Dann gab der Fahrer Gas, und der Bus fuhr davon. Ich blieb am Straßenrand stehen, stützte die Hände auf die Knie und sog die nur unwesentlich frischere Luft ein. Es ging mir schon wieder ein bisschen besser, aber nach der neunstündigen, knochenrüttelnden Tortur zitterte jeder Muskel meines Körpers. In körperlicher Hinsicht war ich erleichtert über das Ende der Fahrt, doch als ich mich aufrichtete und das silbrige Heck des Busses in einer roten Staubwolke verschwinden sah, fühlte ich mich merkwürdig verlassen. Was wollen wir hier eigentlich, dachte ich voller Reue. Wir hätten am Strand liegen oder mit anderen Travellern in den Bergen Lassi trinken können, stattdessen waren wir ans Ende der Welt gefahren. Warum musste bei mir immer alles eine möglichst anstrengende Herausforderung sein? Als ich

mich umsah, verlor ich vollends den Mut. Ich hatte eine lebendige kleine Stadt voller Farben und exzentrischen Menschen erwartet, doch ein einziger Blick die Straße hinunter machte mir klar, dass ich mich gründlich geirrt hatte: Wir waren in einem trostlosen Kaff gelandet, in dem kein Rucksacktourist von klarem Verstand aus dem Bus steigen würde. Es handelte sich offenbar um die einzige Straße des Dorfs; sie war von Teebuden und Läden mit Holzfassaden gesäumt. Am einen Ende die Bushaltestelle; am anderen die Post, eine Ambulanzstation und eine Zweigstelle der National Bank of India.

Der Ort war so gut wie menschenleer. Auf der anderen Straßenseite fuhren ein paar Rikschafahrer Kundschaft suchend herum, einige schliefen in ihren parkenden Fahrzeugen, die Beine auf der Lenkstange. Im Straßenstaub dösten verwilderte Hunde. Ihre räudigen, dürren Körper lagen ausgestreckt in der Spätnachmittagssonne. Gegenüber der Bushaltestelle wühlte eine Schweinefamilie wohlig im Schmutz. Ich betrachtete die Tiere und sagte mir, dass wir einen schrecklichen Fehler gemacht hatten. Wir hätten auf den Mann im Hotel hören sollen. Das hier war kein Ort für Touristen.

»Tja«, sagte ich und strahlte Gemma an. »Da wären wir. Viel kleiner, als ich gedacht hatte.«

Ihr finsterer Blick wanderte die Straße hinauf und hinunter.

»Das kannst du laut sagen.«

Schweigend überlegten wir, welche Möglichkeiten uns blieben. Ich persönlich fragte mich, wann wohl der nächste Bus zurück nach Bhubaneshwar käme.

»Und was machen wir jetzt?«, fragte Gemma trocken.

»Den Touristenbungalow suchen?«

»Wird wohl das Beste sein.«

Wir stapften in Richtung der Rikschas los. Seit der erst wenige Minuten zurückliegenden Abfahrt des Busses hatte sich eine kleine Horde Kinder um uns geschart und verfolgte uns kichernd und verschlagen flüsternd. Als ich mich ruckartig umdrehte, eine Monsterfratze zog und so tat, als wollte ich sie verscheuchen, schrien sie vor Vergnügen auf und stoben wie ein Schwarm unbändiger Vögel in alle Richtungen davon.

Wir gingen weiter die Straße entlang.

»Wo sind hier eigentlich alle?«, murmelte Gemma.

Sie hatte Recht, der Ort wirkte unnatürlich ruhig. Wir dürften eigentlich nicht hier sein, dachte ich. Ich kam mir vor, als schliche ich durch ein leeres Haus, dessen Besitzer jeden Augenblick zurückkehren und eine Erklärung verlangen konnten. Ich schüttelte den Kopf, um die Vorstellung zu vertreiben.

»Meinst du, es könnte diese Straße sein?« Ich machte eine Kopfbewegung zur Kreuzung hin. »Diese blöden Schilder sind alle auf Hindi beschriftet.«

Wir bogen von der Hauptstraße nach links in die kleinere Straße ab. Hinter uns war noch immer das Schlurfen und Wispern der Kinder zu hören. Wir kamen an mehreren ummauerten Steinhäusern vorbei, dann folgte wieder eine Reihe geschlossener Buden.

»Es muss hier irgendwo sein. Am besten …«

Ich unterbrach mich und sah an mir hinab. Vor meinen Füßen war ein Erdklumpen gelandet. Als ich mich hastig umdrehte, traf mich ein weiteres Geschoss an der Stirn. Ein paar Sekunden lang blieb ich benommen mitten auf der Straße stehen. Dann prallte plötzlich ein kleiner Stein von Gemmas Tasche ab.

»Die werfen Steine auf uns!«, rief ich, wirbelte herum und sah die Kinder fassungslos an.

»Haut ab!«

Meine Stirn brannte von der Wucht des Erdklumpens. Ich hob eine Bananenschale auf und schleuderte sie auf die Kinder, aber sie waren schon wieder auseinander gestoben. Ich ging schnell weiter und wischte mir das Gesicht ab. Ein, zwei Sekunden lang sah ich nur verschwommene grüne Bäume und den Schotterweg. Fluchend betupfte ich meine Stirn und ließ mich auf einer grasbewachsenen Anhöhe nieder. Ich war unglaublich aufgebracht.

Gemma kam mit knallrotem Gesicht mühsam nach. Ich blickte mich um und sah direkt vor mir ein großes, handgeschriebenes Schild.

»Schau mal!«, rief ich zu ihr hinunter. »Das muss es sein! ›Die Tourismusbehörde von Orissa heißt Sie im Simili National Park willkommen. Gehen Sie pfleglich mit unseren Naturwundern um! Nehmen Sie nur mit, was Sie auch hergebracht haben! Agun Mazir Tourist Rest House: 1 Km‹ Hurra!«

»Und wenn es voll ist?«

»Mein Gott, Pol! Es wird schon nicht voll sein!«

Wir folgten dem Weg. Es war kurz vor Sonnenuntergang, und der Urwald hallte wider von den Geräuschen der hereinbrechenden Nacht. Kröten quakten, Geckos schnalzten. In der Ferne tönten sonderbare Rufe und Schreie. Insektenschwärme hingen wie Wolken in der Luft und lösten sich erst auf, als wir durch sie hindurchschritten. Einmal umflatterten winzige Schmetterlinge unsere Gesichter und waren schlagartig wieder weg.

Ich wollte gerade eine kurze Rast vorschlagen, als die dichte Vegetation sich auf eine mit gummiartigem Gras bewachsene Fläche öffnete und wir vor einem heruntergekommenen Holzbungalow standen.

»Gott sei Dank!«, stieß Gemma seufzend hervor. »Ich bin fix und fertig!«

Wir traten auf die überwucherten Steinplatten und bemerkten erst jetzt, dass ein alter Mann in khakibraunen Shorts und Netzhemd auf der Veranda hockte und Kartoffeln schälte. Beim Näherkommen sah ich, dass er völlig kahl und sehr dünn war und eine dunkelbraune, runzelige Haut hatte. Als wir vor ihm standen, hob er den Kopf und grinste uns an. Er hatte nur noch einen Schneidezahn.

»Namaste!«, rief er, legte die Handflächen aneinander und nickte uns begeistert zu.

»Namaste. Sprechen Sie Englisch? Haben – Sie – ein – Zimmer?«

Er sah mich fragend an, sprang auf die Füße, nickte heftig und machte Anstalten, uns die Taschen abzunehmen.
»Willkommen, willkommen! Sie lang gebraucht! Wir auf Sie warten!«
»Sie können doch nicht gewusst haben, dass …«
Er ignorierte meinen Einwand, packte uns an den Ellbogen und zog uns mit für einen gebrechlichen Alten fast ungebührlicher Kraft in den Bungalow.
»Das ist Ihr Zimmer!«, verkündete er und trat zur Seite. Es war ein einfacher Raum: drei Betten mit Moskitonetz, nackter Holzfußboden und ein kleines Bad mit Dusche und Hocktoilette.
»Wie viel kostet es?«
Er schüttelte den Kopf.
»Nein, Madam, ist schon bezahlt.«
»Das kann nicht sein. Von wem denn?«
Ich hatte bereits einen Hundert-Rupien-Schein aus dem Geldgürtel gezogen und drückte ihn dem Mann energisch in die Hand.
»Wenn das Zimmer vorbestellt war, sagen Sie einfach, dass Sie sich geirrt haben. Wir waren zuerst da.«
Der alte Mann starrte das Geld an. Dann zuckte er mit den Achseln und schloss die Finger um den Schein. Er deutete auf sich und sagte: »Koch-Wallah. Mr. P.J. Srinivan.«
Gemma nahm ihren Rucksack ab und ließ sich auf ein Bett fallen. Die Matratze sah knubbelig und kratzig aus, wie mit Stroh gefüllt. Wie ich mir bereits gedacht hatte, gab es keine Klimaanlage, sondern nur einen Deckenventilator, der träge die Luft rührte.
»Geht der Ventilator auch schneller?«, fragte sie muffig.
Mr. J.P. Srinivan deutete auf einen Kasten mit Elektroschaltern gleich neben der Tür. Das Ding war beunruhigenderweise nur mit Hilfe einer ausgefransten Schnur an der Wand befestigt.
»Ventilator, Licht. An, aus«, erklärte er wenig informativ.
»Also«, sagte ich betont langsam, »wir wollen diesen Schrein besichtigen. Agun Mazir, ja?«

Er nickte und grinste mich so an, dass sein ganzes Gesicht Falten warf.
»Ja, Madam, ja, ja!«
»Wo ist er?«
Er packte mich wieder am Ellbogen, führte mich vor den Bungalow und deutete auf den Urwald. »Da.«
»Aber wie finden wir dorthin? Müssen wir zuerst zur Hauptstraße zurück?«
»Da!«, rief er und umfasste meinen Arm noch fester. »Sie, Memsahib …« – er nickte zu Gemma hinüber – »Diese Memsahib, Sie schauen unseren Pir-Nirulla-Schrein an, ja? Da, diese Richtung!«
Wir starrten ihn an und prusteten beide gleichzeitig los.

An diesem Abend wuschen wir unsere Unterwäsche und lasen im fahlen Licht der Glühbirne. Gemma war mit der *Blechtrommel* schon zur Hälfte fertig, während ich pflichtbewusst mit der Lektüre eines Buchs über die Geschichte Indiens nach der Teilung begonnen hatte, das mir, als ich es in Waterstone's entdeckte, noch sehr verlockend erschienen war, jetzt aber dazu führte, dass mir vor Langeweile die Augen tränten. Draußen stürmte eine Armee wild summender Insekten gegen die netzbespannten Fenster an. Hin und wieder überwand eine Mücke die Barrikaden; dann lauschten wir ihrem Surren und schlugen sie mit den Händen tot. Gemma hatte sich mit fast einem ganzen Fläschchen Insektenlotion eingerieben und vor Schmerz aufgeschrien, als die vom Ausschlag befallenen Hautpartien mit dem Zeug in Berührung kamen. Jetzt roch es im ganzen Zimmer nach Kerosin. Ganz ließen sie sich aber nicht verjagen. An meinen Armen klebten die zerquetschten Reste derjenigen, die, voll gesoffen mit meinem Blut, nicht mehr hatten fliehen können. Ab und zu flitzte eine riesige, braune Kakerlake über den Boden. Ich schlug die Beine unter, blätterte Seite fünf meines Buchs um und unterdrückte ein herzhaftes Gähnen.

Was unter meinem Bett alles lauerte, wollte ich mir erst gar nicht vorstellen.

Ich setzte mich mit einem Ruck auf. Etwas hatte mich geweckt – Schritte auf der Veranda möglicherweise oder das Knarzen einer Tür, die geöffnet wurde, doch kaum war ich bei vollem Bewusstsein, hörte ich das Geräusch nicht mehr. Ich sah mich verwirrt um. Es muss kurz vor Tagesanbruch gewesen sein, denn durch die zugezogenen Fensterläden drang diffuses, fahles Licht herein, und durch mein Moskitonetz sah ich schon die schwachen Umrisse der Stühle und Nachttische sowie Gemmas Rucksack, der hochkant neben der Badezimmertür lehnte.
Nach und nach wurden die Details des Bungalows sichtbar. Auf dem Boden standen die leeren Teller, auf denen uns Mr. P.J. das von ihm zubereitete Abendessen serviert hatte. Über dem Fenster hingen an einer Leine Unterhosen und BHs. Auf dem Tisch standen zwei leere Flaschen Campa Cola und eine Schachtel Zigaretten. Seufzend wickelte ich das Laken um die Schultern. Was immer mich geweckt hatte, es war verschwunden.
Dann hörte ich vom anderen Bett her etwas brummen und sah, als ich durch das Moskitonetz lugte, Gemma mit über den Kopf geworfenen Armen auf dem Rücken liegen. Ich schob das Netz leise zur Seite, schwang meine Füße auf den Holzboden und beugte mich vor. Gemmas Stirn war gerunzelt, und sie murmelte etwas, obwohl ihre Augen geschlossen waren.
»Sag ihnen, sie sollen warten«, sagte sie plötzlich. »Mir reicht es jetzt!«
Sie richtete sich halb auf, öffnete die Augen und sah mich böse an. Dann fiel sie aufs Bett zurück und warf den Kopf hin und her.
»Gemma, Süße!« Ich berührte ihren Arm. »Du hast einen schlechten Traum.«
Sie wandte sich ab und drehte sich auf die Seite. An der Art, wie sich ihr Rücken bewegte, konnte ich erkennen, dass sie weinte.
»Gemma, Schätzchen, bitte …«

Ich rüttelte sie sanft an der Schulter. Ich hätte ihr so gern geholfen, hätte sie so gern getröstet, aber ich kam mir so nutzlos vor. Es war wie immer: Ich wusste, dass irgendetwas sie sehr mitnahm, hatte aber keine Ahnung, was ich tun sollte. Sie machte es mir immer so schwer, entschlüpfte wie ein Silberfischchen meinen ungeschickten Fragen und gab unverständliche Antworten. Seit jenem traurigen Sommer ihrer verpatzten Abschlussprüfung war in ihr etwas vorgegangen, hatte sich unter der Oberfläche unserer Freundschaft etwas bis zum Bersten aufgestaut. Seit damals war ich nicht mehr an sie herangekommen. Sie hatte die Schule geschwänzt und ihre Prüfung geschmissen, obwohl sie sie mit minimalem Lernaufwand spielend bestanden hätte. Ich erklärte es mir mit der immer schlimmer werdenden Scheidung ihrer Eltern, wusste aber, obwohl ich ihr so gern geholfen hätte, nichts zu sagen. Ich brauchte nur in ihr verdrießliches, verschlossenes Gesicht zu sehen, schon versiegten die Worte, die mir sonst so leicht über die Lippen kamen. Wenn ich, selten genug, das Thema einmal ansprach, wurden meine zaghaften Fragen einsilbig beantwortet, und für meine verlegenen Bemerkungen erntete ich höchstens ein Knurren. Und nach einer Weile hatte ich genug von ihrem ewigen Schmollen, ihrem düsteren, brütenden Schweigen. Hätte ich mich nur anders verhalten, denke ich jetzt; wäre ich doch nur eine andere Freundin gewesen! Aber ich fragte sie nie, und Gemma blieb stumm.
Sie öffnete die Augen. Über ihre Wangen verliefen nasse Tränenspuren, und in ihrer Nase blubberte der Rotz.
»Hi«, sagte sie und sah zu mir hoch.
»Alles in Ordnung?«
»Alles bestens. Hast du ein Taschentuch?«
»Klar.«
Ich stand auf, ohne den Blick von ihr zu wenden. Ich wollte noch etwas sagen, aber ich wusste nicht, was. Die leicht dahingesprochenen Plattitüden, die mir einfielen – dass vielleicht schon hinter der nächsten Ecke die wunderbare Wendung des Lebens

wartete –, waren einfach unehrlich. Sie hatte ganz offensichtlich an Steve gedacht, aber ich war zu feige, um das Gespräch zu führen, das ich, wie ich sehr wohl wusste, mit ihr hätte führen müssen. Als ich durchs Zimmer ging, knallte es draußen plötzlich.

»Was war das?«

Ich hörte etwas, ganz leise. Es klang wie ein Auto, das mit abgeschaltetem Motor bergab rollt. Das Rumpeln der Reifen war deutlich vernehmbar.

»Das ist ein Auto …«

Von der Veranda her näherten sich laute Schritte. Dann rüttelte jemand an der Tür.

Mein Herz machte einen solchen Sprung, dass ich glaubte, es würde mir aus dem Mund schießen. Ich lief zur Tür und zögerte einen Moment lang. Meine Beine zitterten. Ich holte tief Luft und riss die Tür auf.

»Endlich hab ich euch gefunden!«

Ich sah die Bäume und die Sonne, die darüber aufstieg. Davor stand Coral.

Elf

Ich trat zur Seite und ließ sie hinein. Sie trug dasselbe wie im Zug, ihre Tasche hing über der Schulter, und ihr langer Rock schleifte am Boden, aber irgendwie hatte sie sich verändert. Ihr Körper wirkte eckiger, und ihre Augen, die meinem Blick rasch auswichen, flackerten.

Sie trat in die Mitte des Zimmers, ließ ihre Tasche auf den Boden fallen und plumpste auf einen Stuhl. Ich blieb an der Tür stehen und starrte sie verdutzt an.

»Puh, das war vielleicht eine Fahrt!«

»Himmel«, hörte ich mich heiser sagen. »Woher wusstest du, wo wir sind?«

Ich sah zu Gemma hinüber, die auf der Bettkante saß und irgendwie erleichtert grinste. Warum war sie so gar nicht überrascht?

»Ein glücklicher Zufall«, erklärte Coral und kramte vor sich hin lächelnd in ihrer Tasche. »Ich trampe mit einem Freund, und schwuppdiwupp sehen wir das Schild nach Agun Mazir.«

»Und von Agun Mazir hatten wir dir in Kalkutta erzählt«, warf Gemma leise ein. Es kam mir fast vor, als soufflierte sie Coral.

»Wohin wollte denn dein Freund?«, fragte ich so beiläufig wie möglich.

»Mensch, Mädchen, was sollen die Fragen? Freust du dich nicht, dass ich hier bin?«

»Natürlich.« Ich quälte mir – nicht sehr erfolgreich, glaube ich – ein Lächeln ab. Mir war offen gestanden zumute, als hätte mich jemand ins Gesicht geschlagen. Mir wurde klar, dass Gemma sie heimlich hierher eingeladen hatte. Die Erkenntnis verursachte einen Schmerz, der im Magen begann und die Brust hochstieg.

Deshalb hatte sie darauf bestanden, Coral in Kalkutta eine Nachricht zu hinterlassen.
»Was ist los, Esther?« Coral legte den Kopf schief und sah mich fragend an. »Stresst dich Indien immer noch so?«
Sie drehte sich zu Gemma um, zwinkerte ihr zu, holte Orangen, ein Glas Vegemite, ein Glas Erdnussbutter und einen Laib Brot aus ihrer Tasche und arrangierte mit triumphaler Geste alles auf dem Tisch.
»Bitte schön! Das sind meine Opfergaben. Anständiges westliches Essen, Ziggies …« Sie warf eine Schachtel Marlboros auf den Tisch.
»… und extrem gutes Dope.«
Sie zog ein braunes, in Plastikfolie eingeschlagenes Klümpchen hervor.
»Nicht schlecht, was?«
Gierig musterten wir ihre Mitbringsel. In den letzten Tagen hatten wir uns von Dhal, Eiern und Chapatis ernährt, und die Aussicht auf etwas anderes ließ meine Magensäfte gluckern. Auch nach einer anständigen Zigarette sehnte ich mich. Ich nahm die Schachtel, betrachtete sie, drehte sie in den Händen. »Zollfreie Ware, unverkäuflich« stand unten auf dem Etikett; der restliche Text war arabisch. Ungeduldig riss ich die Folie ab und zog eine Zigarette heraus. Coral nahm sich eine Orange.
»Willst du eine, Gem? Die schmecken wahnsinnig gut.«
Ich zuckte zusammen. Es war albern, aber niemand außer mir hatte Gemma jemals »Gem« genannt.
Gemma nahm die Orange und riss die Schale mit den Zähnen ab. Ich beobachtete sie schweigend. Ich war sauer. Warum hatte sie das alles hinter meinem Rücken organisiert, anstatt mir einfach zu sagen, dass Coral unabhängig von uns hierher kommen würde? Konnte man denn so schlecht mit mir reden?
»Und?« Coral sah mich an. »Hast du dich wieder eingekriegt?«
Ich sah sie an und wusste absolut nicht, was ich darauf erwidern sollte.

»Ja«, sagte ich schließlich, »wir haben einige wirklich schöne Tage miteinander verbracht.«
»Habt ihr alle Tempel und so abgeklappert?«
»Ja, so ziemlich.«
»Hier geht das ja ganz locker, ist alles voll auf Touristen abgestellt. Mann, ihr solltet mal nach Kambodscha fahren. Da muss man erst mal über Landminen, bevor man die Tempel besichtigen kann, ja? Ist echt die Härte. Aber wenn man dann davor steht, ist es so toll, das hält man im Kopf nicht aus ...«
Ich verschränkte die Arme. Obwohl ich selbst so auf »Authentizität« aus war, hasste ich die Macho-Traveller, die ihren ganzen Stolz dareinsetzten, Orte zu besichtigen, die auf einer ungeschriebenen Schwierigkeits- oder »Härte«-Skala ganz oben standen. In Ägypten hatte ich einige von dieser Sorte kennen gelernt: einen dicklichen Amerikaner in Khakishorts und Stiefeln, der behauptete, er sei durch den Iran getrampt, und sich in grauenhaftem Arabisch mit Kellnern unterhielt, deren Englisch im Vergleich dazu fließend war, und später in Luxor einen aggressiven Londoner, der im Gazastreifen gewesen war und mich stundenlang über den Kampf der Palästinenser volllaberte. In der Gesellschaft dieser Männer hatte ich mich nicht nur gelangweilt, sondern sogar bedroht gefühlt. Das Erlebte war für sie keine Freude oder Inspiration gewesen, die ich hätte nachvollziehen können. Ihre Erzählungen waren eine reine Prestigeangelegenheit, sie wollten sich damit nur aufspielen.
»Nach Indien fahre ich vielleicht weiter Richtung Osten«, sagte ich.
Coral nickte. »Thailand würde dir gefallen. Da lebt sich's einfacher.«
Ich schluckte. »Woher wusstest du eigentlich, wo wir hier wohnen?« Ich versuchte, entspannt zu klingen.
Coral zog ein Hölzchen aus Gemmas Streichholzschachtel, entzündete es mit einer einzigen, sicheren Bewegung, beugte sich vor und gab mir Feuer.

»Also wirklich!«, sagte Gemma lachend. »Du hast offenbar den siebten Sinn!«
»Na ja, ich habe mir überlegt, dass es eigentlich nur einen Ort gibt, wo ihr sein könnt.«
Ich schaffte es nicht, ihr lässiges Lächeln zu erwidern.
»Mein Gott«, sagte Gemma plötzlich, »ist das hier die spanische Inquisition, oder was? Ist doch toll, dass Coral es geschafft hat!«
Sie sprang vom Bett auf, lief über die unebenen Bodenbretter zu Coral und küsste sie auf die Wange. Dann setzte sie sich, ohne mich eines Blickes zu würdigen, auf den anderen Stuhl.
»Sieht ja toll aus.« Sie griff nach dem Brot und riss ein Stück ab. »Diese Chapatis hatte ich allmählich satt.«
»Was ist mit dir, Esther? Willst du nichts davon?«, fragte mich Coral.
Ich schüttelte den Kopf. »Nein, hab keinen Hunger.« Ich zog mir mein Kleid über den Kopf. »Ich gehe ein bisschen spazieren.«

Draußen lehnte ich mich an die Holzwand des Bungalows, atmete die warme Morgenluft ein und versuchte meine Fassung wiederzugewinnen. Von der Veranda aus sah ich Bäume, bewaldete Anhöhen und etwa einen Kilometer weiter unten das Dorf. Schmale Rauchsäulen standen über den Dächern; die Chulas wurden für das Frühstück angeheizt.
Ich atmete durch und machte mich auf den Weg nach unten. Es war lächerlich, aber Corals Erscheinen hatte mich unglaublich aufgeregt. Vielleicht ist es nur Neid, sagte ich mir. Sie glich so erschreckend der Frau, zu der ich in meinen heimlichen Phantasien von Indien hatte werden wollen. Und dass sie die erfahrenere Globetrotterin war, konnte ich ihr wohl kaum vorwerfen. Aber da war noch etwas anderes. Ich ging das Gespräch noch einmal durch, um die Quelle meiner Verärgerung aufzuspüren, und erkannte mit siedend heißer Wut, dass darin einer Beleidigung die nächste gefolgt war. Was hatte sie gleich wieder über Thailand gesagt? Dass es sich dort *leichter* lebe, diese blöde Kuh!

Und dann war da noch die Sache, dass Gemma mir nicht erzählt hatte, dass sie kommen würde. Ich kickte einen Stein, der auf dem Weg lag, in die Luft. Er knallte dumpf an einen überhängenden Ast. Sie hat ihr offenbar nach unserem Streit in Kalkutta von unseren Plänen erzählt, dachte ich düster. Und zwar mit voller Absicht.

Aber warum hatte sie mir Corals Absichten verheimlicht? Ich hob einen Stein auf und schleuderte ihn in die Bäume. Er krachte an einen Stamm, dass die Äste wackelten und kreischend ein Schwarm bunter Vögel aufstieg. Ganz in der Nähe schrien und schnatterten Affen. Ich holte tief Luft und zwang mich, auf andere Gedanken zu kommen.

»Ganz ruhig, Esther«, flüsterte ich. »Ist alles gar nicht wichtig.«

Mein Blick strich über die Baumwipfel. Im Grunde, sagte ich mir, ist es völlig egal, ob Gemma Coral eingeladen hat. Es war einfach kindisch, sich so betrogen zu fühlen, schließlich war sie meine Freundin und nicht mein Geliebter. Bei diesem Wort drehte sich mir plötzlich der Magen. Ich, ich bin unehrlich gewesen, dachte ich angewidert, nicht sie. Warum nur empfand ich plötzlich solche Eifersucht? Musste ich denn ständig die Obermackerin sein? Ich kehrte um; ich ertrug mich selbst nicht mehr. Corals plötzliches Auftauchen beruhte wahrscheinlich eher auf einem Missverständnis als auf absichtlicher Verheimlichung und war bestimmt nicht noch einen Streit wert. Ich sollte mich vielmehr darüber freuen, dass Gemma langsam aufgeschlossener wurde! Coral ging mir auf die Nerven – und wenn schon! Ich würde sie nur noch ein paar Tage lang ertragen müssen. Ich atmete noch einmal tief durch, strich mir die Haare aus dem Gesicht und ging zum Bungalow zurück.

Als ich dort ankam, war der Tisch mit Orangenschalen bedeckt, und im Zimmer hing schwerer Marihuanaduft.

»Wo warst du, Esther? Wir haben Kohldampf! Komm, nimm dir was, bevor wir alles auffressen!«

Gemma rutschte auf ihrem Stuhl zur Seite und machte Platz für

meinen Hintern. Wir saßen steif nebeneinander, unsere Schenkel berührten sich, die Arme hatten wir einander um die Schulter gelegt – ein Bild inniger Vertrautheit. Ich schielte beklommen zu ihr hinüber. Warum war zwischen uns alles so kompliziert geworden? Seit unserem fünften Lebensjahr waren wir dicke Freundinnen, hatten Blutsschwesternschaft geschlossen und uns ewige Treue geschworen. Damals lebten wir praktisch in ihrem und meinem Garten, verbrachten ganze Sommer miteinander, spielten Swingball, unternahmen wilde Radfahrten, sprangen als imaginäre Ponys über Hindernisse aus Kisten. Unzertrennlich seien wir, sagten unsere Mütter: die schrecklichen Zwillinge. Doch dann hatten wir uns in versteckten Eifersüchteleien, in Unsicherheiten und in den harten Wahrheiten verheddert, die keine von uns auszusprechen wagte.
Es war schrecklich unbequem, mit ihr auf einem Stuhl zu sitzen. Nach etwa einer Minute stand ich auf.
»Wir haben uns gerade über Pir Nirulla unterhalten, ja?«, sagte Gemma, während sie den nächsten Joint baute.
Coral lehnte sich auf ihrem Stuhl zurück. Ihr Blick war auf mein Gesicht gerichtet.
»Ich wusste gar nicht, wie berühmt er ist. Coral hat mir das alles erzählt, ja?«
Ich zog erstaunt die Brauen hoch. Bildete ich es mir nur ein oder hörte ich bei Gemma Anflüge eines australischen Akzents heraus?
»Der Schrein hat nämlich ganz starke Kräfte, ja?«
Coral nahm Gemma den Joint aus dem Mund und zog daran.
»Lasst mich mal«, sagte ich, aber die beiden hörten mich nicht.
Coral inhalierte tief. »Wusstet ihr, dass die Leute aus ganz Indien zur Mela kommen? Und sogar von noch weiter her. Er ist nämlich so ’ne Art Superstar.«
Sie sah mich selbstgefällig an: Die Wissende belehrt ihre Schülerinnen. Wieso war sie plötzlich so hervorragend informiert? Gut, dachte ich, sie ist schon seit »fünf Jahren« in Indien und

hat »voll die Härte« in Kambodscha erlebt – aber das hier war *mein* Abenteuer, nicht ihres, und schon kam neue Verzweiflung in mir auf. Ich war als Erste auf Pir Nirulla gekommen und hatte die Fahrt zu seinem Schrein geplant, und jetzt war plötzlich sie eine Art Expertin auf diesem Gebiet.

Ich biss die Zähne zusammen und versuchte mir nichts anmerken zu lassen.

»Warum ist dann der Ort hier so klein?«, fragte ich leise.

Coral zuckte mit den Achseln. »Das Äußere ist nicht alles. Hier liegen die Dinge nicht so an der Oberfläche wie im Westen. Hier ist alles tiefer, versteckter, verstehst du?«

»Nein.« Ich starrte in ihre unergründlichen Augen und empfand abgrundtiefe Abneigung. Natürlich verstand ich das! Schließlich war ich genau deswegen nach Indien gekommen – um meine Grenzen zu spüren, um eine andere Art des Lebens zu entdecken. Ich dachte nicht im Traum daran, mich von ihr belehren zu lassen.

»Glaubst du nicht an Transformation?«

Ich sah widerwillig zu ihr hin. Warum wohl, glaubte sie, hatte ich diese weite Reise gemacht? Um braun zu werden? Und warum starrte Gemma sie so ehrfürchtig an?

»Ja, doch ... schon.«

»Nimm mich als Beispiel. Je tiefer ich mich in mich versenke, umso mehr lasse ich mein altes Ich hinter mir. Ihr könnt in England als Esther oder Gemma aufbrechen und hier ein völlig anderer Mensch werden. Genau deshalb reisen wir doch, oder? Um was zu verändern, ja?«

»Aber nur, wenn man weiß, wie!«, warf Gemma ein. »Man darf das nicht als Spiel betrachten, das wäre zu einfach, stimmt's?«

»Völlig richtig.«

Coral zog noch einmal und reichte den Joint endlich an mich weiter. Froh über das Ende des Vortrags schob ich das Ding zwischen die Lippen und inhalierte. Es war noch stärker als das Zeug in Kalkutta. Als ich den Rauch runterwürgte, hatte ich das Gefühl, meine Schädeldecke würde sich vom Kopf lösen.

»O Gott!« Ich bemühte mich, nicht loszuhusten. »Das ist vielleicht stark!«
»Hab ich in Puri gekauft, in diesem staatlichen Laden. Ist da nämlich legal, ja?«
»Wirklich wahr?« Gemma sah Coral aufgeregt an; ihre Augen funkelten vor Bewunderung.
»Na klar. Ist eigentlich für die Fakire und Tempel-Wallahs, wird aber an alle verkauft.«
»Törnt jedenfalls gewaltig.«
Ich inhalierte noch einmal und dachte, mein Kopf würde explodieren. Das Zimmer verschwamm vor meinen Augen. Ich hielt den Blick starr auf den Tisch gerichtet.
»Transformation«, sagte Coral unvermittelt, »genau darum geht es. Deshalb habe ich auch einen neuen Namen. Die Reise beginnt nämlich erst.«
Ich sog am Joint. Er war fast aufgeraucht, das glimmende Papier verbrannte mir die Lippen. Ich sah Coral mit zusammengekniffenen Augen an und merkte, dass mein Gesicht wieder heiß und böse wurde.
»Was willst du damit sagen?«
»Also, das ist so, Schwester: Oben in den Bergen, wo ich lebe, kennt man mich nicht als Coral. Da bin ich Adavasi. Das ist mein spiritueller Name. Ich bin auf der Suche, ja? Und diesen Namen haben sie mir gegeben, als Schülerin, ja?«
Ich sah sie verständnislos an. Einen Moment lang hatten ihre Worte durchaus einen Sinn ergeben, doch dann waren sie wie ein Haufen Bälle, die ein Jongleur in die Luft wirft, plötzlich auseinander geflogen.
»Du hast also zwei Namen?«, fragte ich sie ganz langsam. Meine Stimme klang komisch, ich sprach nuschelig und dann plötzlich viel zu schnell. Coral baute schon den nächsten Joint.
»Klar. Die hat mir mein Guru gegeben.«
Sie sah mich kurz an, dann lachte sie los. Auch Gemma begann zu kichern. Die wissen etwas, das ich nicht weiß, dachte ich empört;

sie stecken unter einer Decke. Genau, das war es! Das Ganze war eine gegen mich gerichtete Verschwörung. Ich warf Coral, dann Gemma einen wütenden Blick zu. Meine Hände wurden feucht. Eine Falle war das! Dann zündete Coral den Joint an, führte ihn zum Mund, und plötzlich wurde mir klar: Alles war in bester Ordnung. Die beiden waren einfach genauso stoned wie ich.
Wir kifften schweigend. Meine wirbelnden Gedanken formten sich zu merkwürdigen Bildsequenzen, dann erinnerte ich mich plötzlich, wo ich war, und zügelte sie wieder. Ich glaubte, wir säßen im Zug, dann wurde ich wieder in die Realität geschleudert. Ich fixierte die Tischplatte und verlor mich plötzlich in der Maserung des Holzes. Da sind Gesichter drin, dachte ich, die beobachten mich. Ich zwang mich dazu, wieder wegzusehen, und bemerkte plötzlich, dass Gemma und Coral Blicke tauschten, und schon kicherten sie wieder los. Die beiden erschienen mir wie in einer anderen Welt.
Und plötzlich war wieder alles normal, und Coral sagte etwas ganz Banales über die Hitze und reichte mir den Joint. Ich nahm ihn, zog ungefähr eine Stunde lang daran – so kam es mir vor, dabei waren es wahrscheinlich gerade mal dreißig Sekunden – und gab ihn an Gemma weiter. Meine Gedanken rutschten immer wieder in den baren Unsinn. Ich fühlte, dass mein Mund offen stand, dass meine Hände wie klobige Steine in meinem Schoß lagen. Ich betrachtete Gemma, dann Coral, und sah plötzlich, dass ihre Gesichter sich verändert hatten. Die beiden waren keine Menschen mehr, sie waren Eidechsen.
»Aaaahhh!«
»Was ist?«
Ich sprang auf, verfing mich mit den Füßen an den Stuhlbeinen und fiel fast über den Tisch.
»Ihr …« Ich sah zu Gemma hoch. Sie hatte sich wieder in einen Menschen verwandelt. Das Haar fiel ihr ins Gesicht, ihre Augen waren klein und rot gerändert. Alles war in Ordnung, in allerbester Ordnung, ich war einfach bekifft.

»Gem …«
Die Wörter verklumpten sich in meinem Mund wie nasse Wattebällchen. Jetzt sahen Gemma und Coral sich in Zeitlupe an und lachten hysterisch. Ihre Gesichter waren verzerrt, die Halsadern traten hervor.
»Du bist total breit«, sagte Gemma.
»Alles in Ordnung.«
Ich blinzelte sie verdutzt an. Lag es wirklich nur am Kiffen?
»Warum hast du dann so geschrien?«
»Ich weiß nicht …«
»Vielleicht ist das Zeug irgendwie zu stark für dich?«, meinte Coral. Sie sah Gemma an, und wieder tat sich etwas zwischen den beiden.
»Was soll das heißen?«
»Gar nichts. Mensch, Esther, du bist echt paranoid. Leg dich hin.«
»Mit mir ist, wie gesagt, alles in Ordnung.«
Ich nahm die Wasserflasche, hielt sie mir zitternd an den Mund und trank lange. Dieser Zustand war grauenhaft. Wie hatte ich es so weit kommen lassen können? Eigentlich, fiel mir nun in einem kurzen klaren Moment ein, hatte ich nie gern gekifft. Nach meinem einundzwanzigsten Geburtstag, an dem ich so zugedröhnt gewesen war, dass ich nur noch miauend durch mein Zimmer kroch, hatte ich mir geschworen, das Zeug nie wieder anzurühren. Speed und Koks waren mehr nach meinem Geschmack. Mir war wichtig, dass ich die ganze Nacht tanzen und mich unterhalten konnte, dass ich mich lebendig fühlte und nicht so, als steckte mein Gehirn in dickem, zähen Leim.
»Ich gehe runter ins Dorf«, sagte Coral und stand auf. »Muss mal telefonieren.«
»Und dann machen wir einen kleinen Erkundungsgang, ja?«
Sie drehte sich zu Gemma um und zwinkerte ihr zu. »Klar. Also, bis dann.«
Sie nahm ihre Tasche und ging. Ich hörte ihre Schritte auf den

Verandastufen und gleich darauf Knirschgeräusche auf dem Weg. Sie war das Orissa-Dope offenbar gewöhnt, denn sie wirkte völlig nüchtern.
Gemma und ich saßen einander am Tisch gegenüber und stierten in die Luft. Das Schweigen hielt lange an und lud sich immer mehr mit Bedeutung auf. Ich beugte mich vor und nahm mir eine Scheibe Brot, und wieder verschob sich alles. Ich sah, dass Gemma die Augen geschlossen hielt. Das Schweigen hatte nichts zu bedeuten, sie war genauso weggetreten wie ich. Ich stopfte mir das Brot in den Mund. Es war klumpig und schmeckte nach nichts, wie Pappe.
Jetzt müssen wir Klartext reden, dachte ich plötzlich. Ich würde Gemma sagen, dass es mir nichts ausmachte, dass Coral uns nachgefahren war, und vielleicht würde sie mir dann erklären, warum sie mir nichts von ihren Plänen mitgeteilt hatte. Wir würden unsere Freundschaft erneuern. Wenn ich nur nicht so stoned wäre!
»Na«, sagte ich, nachdem weitere Zeit vergangen war, »schön, dass Coral hier ist, oder?«
»Mhm.«
Ihr Blick verriet nichts. Ich betrachtete sie durch den blauen Rauch hindurch. Sie kratzte sich an den Armen und starrte ausdruckslos vor sich hin. Ihre Augen waren rot, ihre Lider hingen schwer herab.
»Hast du ihr erzählt, wohin wir fahren?«, platzte ich heraus. Ich wusste, dass ich es anders hätte formulieren sollen, aber es war mir herausgerutscht. Gemma sah mich trotzig an.
»Nein.«
Sie fixierte mich. Ihre Gesichtszüge waren auf einmal wieder scharf konturiert. Wie war ich darauf gekommen, dass sie stoned wäre?
»Wie hat sie uns dann gefunden?«, murmelte ich.
»Was soll das?«
Es war zu spät. Alles wurde wieder langsam.

»Ich dachte nur …«
»Mhm …«
»… wir hätten ausgemacht, dass …«
Wieder trat langes, unerträgliches Schweigen ein.
»… wir das nicht tun.«
Gemma lächelte. Oder war es eine Grimasse? Ich konnte es nicht mehr erkennen.
»Gem …«, sagte ich träge.
Sie sah mich an. Ich rang nach Worten, obwohl ich wusste, dass es besser wäre, nichts zu sagen. Aber ich konnte mich nicht zurückhalten.
»Ist alles …«
Wieder langes Schweigen.
»Du weißt schon …«
»Was?«
»… okay?«
»Okay?«
»Ich meine … Na, du weißt schon …«
Sie blickte mich an. Ihre Pupillen waren so klein, dass ich sie kaum mehr sah. Plötzlich kam mir eine Idee. Ich musste die Sache anders anpacken. Ich durfte nicht mehr über Coral herziehen, das reizte Gemma nur. Stattdessen musste ich sie einfach fest umarmen und ihr sagen, wie lieb ich sie hatte. Vielleicht glaubte sie, ich würde mich noch immer über die Sache mit dem Geldgürtel ärgern. Ich sah sie an und war einen Augenblick lang überzeugt, dies wäre des Rätsels Lösung.
»Du … du, ich hab dich sehr lieb«, verkündete ich. Doch schon während ich es sagte, wurde ich wieder unsicher.
Gemma blinzelte. Dann schlug sie die Hände vors Gesicht, lehnte sich zurück und lachte schallend los.

Zwölf

Wir hingen noch ungefähr eine Stunde lang im Bungalow herum und brachen dann ins Dorf auf. An der frischen Luft ging es mir besser. Ich atmete durch und versuchte mich auf den Himmel und die Bäume zu konzentrieren. Wir hatten nur zwei oder drei Joints geraucht, die Wirkung würde sicherlich bald abklingen. Und die Szene mit Gemma – das lag bestimmt nur daran, dass ich so stoned war, mehr steckte nicht dahinter.

Coral saß auf dem Gehsteig vor der Post und tat, als würde sie etwas in ihrer Tasche suchen. Eine große Gruppe von jungen Männern ergötzte sich am merkwürdigen Anblick einer blonden Westlerin mit nackten Armen.

»Mann, o Mann«, sagte sie und stand erleichtert auf, als sie uns kommen sah, »die denken wohl alle, ich komme vom Mars.«

»Ist ja im Grunde gar nicht so falsch.« Ich lächelte sie an. Es freute mich offen gestanden, dass sie so nervös war. Außerdem fühlte ich mich langsam wieder normal. Die einzige nachhaltige Wirkung der Joints bestand in einer leicht verschwommenen Wahrnehmung und dem Eindruck, dass alles langsamer geworden war.

»Und, hast du telefoniert?«

»Ne, war aussichtslos. Die Verbindungen von hier sind total mies.«

Wir gingen die Hauptstraße entlang. Die Gaffer blieben dicht hinter uns. Ihre Blicke in meinem Rücken machten mich befangen, ich verkrampfte mich. Ich trug ein langes Kleid, das mir für die Besichtigung einer religiösen Stätte passend erschienen war; allerdings klebte jetzt wegen der großen Hitze der dünne Stoff

am Körper. Wohin ich auch blickte, überall glotzende Männer. Ein pickeliger Jugendlicher kam ganz nahe heran und strich mir mit den Fingern über die Schenkel. Ich drehte mich zu ihm um und warf ihm einen bösen Blick zu.
»Hau ab!«, murmelte ich ohne große Hoffnung, dass er mich hören oder gar verstehen würde, doch er blinzelte mich verblüfft an, schlug die Augen nieder und verschwand.
»Was machen wir jetzt?«, fragte Gemma und sah Coral an. »Sollen wir diesen berühmten, weltbewegenden Schrein suchen?«
Ich stellte verärgert fest, dass sie vor Aufregung strahlte, als hielte sie das Ganze jetzt, da Coral dabei war, für die beste Idee überhaupt.
»Ich habe mich im Postamt erkundigt«, sagte Coral. »Da war so ein süßer, alter Typ, der hat mir erzählt, dass der Schrein auf dem Land seiner Familie steht, ja? Man geht auf dem Weg da drüben in den Urwald rein und ist nach ungefähr einem Kilometer da.«
»Gut, gehen wir!«
Coral und Gemma stiegen über den am Rand des bröckligen Gehsteigs gurgelnden Abfluss und eilten auf die andere Straßenseite. Ich folgte ihnen leicht schwankend. Die Gaffer hatten sich verzogen, das Dorf kehrte zum Alltag zurück, so wie Wasser sich glättet, nachdem ein hüpfender Stein die Oberfläche gekräuselt hat. Rikschas fuhren quietschend vorbei, die Fahrer pfiffen vor sich hin; Kinder liefen kreischend aus der Schule, ein Bus donnerte durch und verjagte laut hupend die lässig auf der Straße liegenden streunenden Hunde. Alles ist völlig normal, sagte ich mir immer wieder. Wir würden uns den Schrein ansehen, im Bungalow übernachten und weiterfahren. Mir kam zwar alles merkwürdig gedämpft vor, aber das war nur die Nachwirkung des Haschisch und würde sich bald geben.
An der Kreuzung blieben wir stehen, beschatteten die Augen und sahen uns um. Der Weg führte bergab in den dichten Urwald. Davor stand eine kleine Ganesh-Statue mit roten Sprit-

zern. Davon abgesehen, sah der Weg nicht anders aus als ein Trampelpfad für Kühe oder Ziegen.
»Das kann nicht der richtige Weg sein. Der ist doch viel zu schmal.«
»Gehen wir einfach ein Stück, dann werden wir schon sehen.«
Coral zwängte sich lächelnd an mir vorbei und drückte meinen Arm.
»Wenigstens verfolgen uns diese Typen nicht mehr«, flüsterte sie. »Deine Anstarr-Taktik hat toll funktioniert.«
Ich sah ihr erstaunt in die großen, blauen Augen, und die Feindseligkeit, die mich den ganzen Vormittag wie ein hässlicher Schleier umhüllt hatte, fiel von mir ab. Warum hatte ich eine solche Abneigung gegen sie empfunden? Als wir in so plötzlicher, unerwarteter Solidarität beieinander standen, konnte ich es mir nicht mehr erklären.
Wir traten auf den Pfad, der sich durch das Baumgewirr schlängelte. Nur ein paar Augenblicke lang blieben wir in der grellen Sonne, dann schloss sich das Blätterdach über uns, und alles wurde grün. Die wenigen Lichtstrahlen, die das dichte Laub durchdrangen, fielen in staubigen, insektensummenden Spiralen auf den feuchten Boden. Einen Moment lang fehlte mir jede Orientierung. Ich rieb mir die Augen und zwang mich weiterzugehen. Wieder kam dieses merkwürdige Gefühl in mir hoch.
Wir gingen tiefer in den Urwald hinein. Hin und wieder kreuzte der Weg einen kleinen Bach, und an manchen Stellen verwandelte er sich in Sumpf; dann rafften wir unsere Röcke und wateten durch den Schlamm. Trotz des Schattens war es schwül wie in einem Gewächshaus. Die Feuchtigkeit stieg in Dampfwolken über dem Pfad auf.
Nach ungefähr fünf Minuten blieb Gemma plötzlich stehen. Sie seufzte tief und stopfte sich den Kleidersaum in die Unterhose.
»Wahnsinn, ich *ersticke!*«
Sie wandte sich an Coral, die für sie offenbar die Anführerin war, und sagte: »Bist du sicher, dass das richtig ist?«

»Ja, wir müssen einfach darauf vertrauen.«
»Und diese kleinen Biester da zerstechen mir voll das Gesicht, ja?«
Ich sah sie an. Ihr schweißgetränktes T-Shirt klebte am Rücken und an den Schultern, ihre Wangen glänzten.
»Den Göttern sei Dank für das Insektenschutzmittel, was, Gem?«, sagte Coral.
»Ja, aber es juckt wie verrückt.«
Ich öffnete den Mund, um etwas Liebevolles zu sagen, um meine Stellung als Gemmas beste Freundin zu behaupten, aber mir fiel nichts anderes ein, als dass sie, weil sie so viel von dem Zeug aufgetragen hatte, wie eine Benzinbombe stank. Der Augenblick zog sich unendlich in die Länge. Schließlich trotteten wir weiter, und die Gelegenheit, etwas zu sagen, war vorbei.
Wir erreichten eine kleine Lichtung, blieben keuchend stehen und suchten die Stelle, wo der Pfad weiterging. Auf den Ästen über uns saß eine Horde Affen, die sich nicht weiter stören ließen. Die Tiere fraßen irgendwelche exotischen Früchte, stopften sie sich gierig ins Maul und spuckten die abgenagten Schalen auf den Boden wie ungezogene Kinder. Ich fand sie unsagbar schön: Ihre Augen waren so ausdrucksvoll, und aus ihren Blicken sprachen Gefühle wie bei einem Menschen. Warum war mir das noch nie aufgefallen? Ich konnte nicht weitergehen, so gebannt war ich von der unglaublich seelenvollen Ausstrahlung des Affen, der mir am nächsten saß.
»Und das hier soll der Weg zu einem wichtigen Schrein sein, ja?«, fragte Gemma, und mir wurde schlagartig klar, dass ich mich nicht getäuscht hatte: Sie sprach wirklich wie Coral. Ich zuckte zusammen, und der Affe verschwand, sprang mit einem einzigen eleganten Satz durch den ganzen Baum. Gemma wischte sich mit dem Handrücken über die Stirn.
»Der ist doch viel zu schmal!« Sie sah mich trotzig an. Ihr Gesicht glitzerte vor Schweiß.
»Das ist nur ein Affe«, flüsterte ich.

»Halt durch«, säuselte Coral. »Es *muss* einfach stimmen, ja?«
Gemma reagierte völlig untypisch: Sie lächelte sie an und zuckte mit den Schultern. »Du bist der Boss.«
Das Schweigen, das diesen Worten folgte, schien eine Stunde zu dauern. Ich betrachtete ein Blatt und die winzige rote Spinne, die darauf herumkroch. Einem so kleinen Wesen muss das wie eine riesige Fläche vorkommen, dachte ich verwundert. Mein kleiner Finger war für dieses Tier ein hoher Berg.
»Gehen wir noch um die nächste Biegung«, hörte ich Coral sagen. »Wenn wir ihn dann noch nicht sehen, kehren wir um, okay?«
Gemma nickte.
»Okay.«
»Seht mal die Spinne«, sagte ich nuschelnd, »wie klein die ist! Findet ihr das nicht auch unglaublich?«
Gemma zog die Schultern hoch und sah mich nicht mal an.
»Ich finde nur, dass es zu heiß ist.«
Wir kämpften uns weiter durch den Dschungel. Jetzt marschierte ich voran, weil ich irrigerweise glaubte, durch schnelles Gehen einen klaren Kopf zu bekommen. Der Pfad wurde noch schmaler, und an manchen Stellen hingen die Kletterpflanzen so dicht über, dass ich sie mit einem Stock weghauen musste. Ich bereute es, keine festeren Schuhe angezogen zu haben, denn ein paar Meter weiter vorn hatte ich an einer Atemwurzel einen großen Blutegel gesehen, und was das für meine Fußknöchel bedeuten konnte, wollte ich mir lieber nicht vorstellen. Ich stapfte weiter und pfiff laut vor mich hin, um mich aufzumuntern. Vor mir lag die nächste Wegbiegung.
»Nur noch eine einzige, dann gehen wir zurück«, murmelte ich, obwohl Coral und Gemma weit zurückgeblieben waren. Die beiden gingen so langsam, als wären sie kurz davor aufzugeben. Ich sah mich nach ihnen um und stolperte auf die letzte Biegung zu, die sich ein Stück den Berg hinab aus meinem Blickfeld wand. Ich machte tiefe Atemzüge, um mein Gehirn mit möglichst viel

Sauerstoff zu versorgen. In den vergangenen Minuten waren meine Gedanken wieder völlig chaotisch geworden: Ich glaubte zu Hause zu sein. Die langen Wurzeln, die von den Bäumen herabhingen, waren der Vorhang in meinem Kinderzimmer, der laubbedeckte Boden der dicke, flauschige Teppich. Eigentlich war es ganz einfach – wir waren im Urwald und suchten den Schrein –, aber ich vergaß immer wieder, wo ich mich befand. Ich spürte Blätter mein Gesicht streifen und hörte aus weiter Ferne Gemmas und Corals Gemurmel, doch davon abgesehen war alles so reglos und still wie in einem Tunnel. Ich atmete noch einmal durch, bog um die letzte Kurve und stand plötzlich auf einer großen Lichtung.

Grelle Sonnenstrahlen strömten erbarmungslos durch das löchrige Baumgewölbe. Ich sah mich blinzelnd um, versuchte mich zu orientieren, und schlagartig wusste ich es wieder: der Schrein! Den Schrein hatte ich gesucht, und ich hatte ihn gefunden.

Er stand direkt vor mir: ein riesiges Steingebäude, das wie der verbeulte Rumpf eines Schiffswracks aus dem Unterholz ragte. Bald würde es vom Urwald überwuchert sein, Kletterpflanzen und Efeu hatten sich schon über die bröckelnden Steinwände hergemacht und zogen an manchen Stellen so kraftvoll daran, dass von dem ursprünglichen Bau nur mehr moosbewachsener Schutt geblieben war. Hinter diesen Mauern befand sich, wie ich nach ein paar zögerlichen Schritten sah, das eigentliche Grab. Ich ging hin, schob das dichte Laub mit den Fingern zur Seite und sah die verblichenen Umrisse von Sternen, einer Mondsichel und arabischer Schrift in den weichen, flechtenbewachsenen Stein gemeißelt. Dahinter befand sich eine Platte aus dunkelrotem Granit, auf die jemand einen großen Kranz gelegt hatte, dessen einst weiße Blüten braun und faulig waren. Rings um den Schrein steckten lange, mit ausgefransten Seidenfähnchen bestückte Stangen im Erdboden; die Fähnchen bewegten sich raschelnd hin und her, obwohl nicht das kleinste Lüftchen zu spüren war. Auf der anderen Seite der Lichtung lag ein von

Kokospalmen umgebener Teich. Dahinter führte ein Pfad zwischen den Bäumen hindurch zu einer kleinen, weiß getünchten Moschee.
Es herrschte eine merkwürdige Stille auf der Lichtung. Ich trat aus dem Schatten und schnüffelte in die heiße Luft. Zuerst konnte ich den schweren Geruch nicht einordnen, dann sah ich in einem Messingbehälter auf dem Boden ein brennendes Räucherstäbchen. Es musste erst vor kurzem jemand da gewesen sein; jetzt aber war es menschenleer und so still, dass ich nur meine leisen Atemzüge und das Rauschen der Blätter hörte. Auf dem Pfad war ich benommen und traumverloren gewesen, jetzt dagegen war ich auf einmal hellwach und fühlte mich so unbehaglich, dass meine Haut kribbelte. Irgendetwas stimmte nicht. Das war ein Ort, an dem man besser nicht war.
Plötzlich platschte hinter mir eine Kokosnuss in den Teich. Ich erschrak und drehte mich ruckartig um. Ich weiß nicht, ob es an dem Muster lag, das die Äste gegen das Licht bildeten, oder an meinen müden Augen, jedenfalls glaubte ich einen Moment lang, als ich zu den Bäumen hinter dem Grab hinsah, eine Gestalt zwischen den Stämmen verschwinden zu sehen. Ich starrte ins flirrende Licht. Mein Puls begann zu rasen. Vielleicht war es nur ein Tier im Unterholz gewesen – aber ich hatte auch einen merkwürdigen Schrei gehört, einen Wut- oder Schmerzensschrei.
Vom Pfad her ertönten Schritte, und als Coral und Gemma um die Biegung kamen, hörte ich auch ihre Stimmen.
»Mensch, wir haben ihn endlich gefunden!«, rief Coral, rannte an mir vorbei zur Schmalseite des Grabs, legte die Hände an die Steinwand und atmete tief und theatralisch.
»Ja, o ja«, sagte sie leise, »ich spüre schon die Energie.«
Sie schloss die Augen, atmete noch einmal tief ein und glitt, den Kopf wie zum Gebet gesenkt, langsam auf die Knie. Ich beobachtete sie und dachte vage, wie abgehoben ihr Verhalten doch war. Die Gestalt hast du dir nur eingebildet, sagte ich mir. Eine

optische Täuschung, hervorgerufen von der Hitze und vom Dope.
Gemma ließ sich neben mir ins Gras fallen.
»Ich bin total fertig und durstig und mag nicht mehr.«
»Gehen wir zurück.« Ich sprach seltsam verwaschen. »Ich finde es unheimlich hier.«
Sie hörte nicht hin.
»Schau mal, ein Teich!«
Sie stemmte sich hoch und lief hin, und ehe ich sie durch einen Zuruf zurückhalten konnte, hatte sie schon mit beiden Händen Wasser geschöpft und trank.
»Gemma, bist du verrückt?«
Sie drehte sich genervt zu mir um. Dann schüttete sie sich das Wasser über den Kopf. Die lila Haare klebten an der Stirn, ihr Gesicht triefte. Vielleicht haben Coral und sie das Ganze geplant, um mich zu erschrecken, dachte ich panisch. Vielleicht war das alles ein perverser Witz.
»Ich gehe zurück«, stieß ich hervor.
»Und ich ruhe mich aus und mache ein Nickerchen.«
Gemma schloss laut seufzend die Augen und ließ sich auf den Rücken fallen. Ich betrachtete sie, und plötzlich kroch die Angst in mir hoch. Dies war ein böser Ort. Irgendetwas oder irgendjemand wollte uns nicht hier haben. Weil ich kein Wort mehr hervorbrachte, drehte ich mich um und lief den Pfad zurück.
Sofort war ich wieder von dichtem Dschungel umgeben. Ich warf ständig Blicke über die Schulter, denn ich war wider alle Vernunft überzeugt, verfolgt zu werden. Bei der ersten Serpentine blieb ich stehen und schaute zurück. Ich sah den klobigen Schrein, die Kokospalmen und sogar Gemmas und Corals Köpfe. Sie knieten auf dem Boden, als würden sie beten. In den Baumwipfeln über mir bewegte sich plötzlich etwas, und ein Schwarm Blaubartspinte erhob sich in die Luft. Es hatte nichts zu bedeuten, aber in meinem paranoiden Schreck blieb mir fast das Herz stehen. Ich taumelte auf das nächste Gebüsch zu, hielt

mich kurz daran fest und rannte dann, so schnell ich konnte, weiter bergauf. Tief im dunklen Inneren des Baumgewirrs schnatterten und schnalzten andere unbekannte Tiere.
Ich torkelte weiter. Erst auf der Lichtung, auf der ich die Affen beobachtet hatte, legte sich meine Angst. Ich war fünf oder zehn Minuten lang gelaufen und wegen der Luftfeuchtigkeit und der Hitze völlig erschöpft. Keuchend blieb ich stehen und stützte die Hände auf die Knie. Der Schweiß lief mir übers Gesicht und tropfte aufs Gras. Die Gestalt zwischen den Bäumen war eine Halluzination, sagte ich mir noch einmal. Ich war ganz einfach immer noch bekifft. Schließlich ließ ich mich auf den Boden fallen und von der Hitze beruhigend liebkosen, ließ mich mit der Verheißung des Schlafs von der Realität weglocken. Ich schloss die Augen, doch kaum war das Bild der Bäume und des Grabmals flackernd in ein anderes übergegangen, schreckte ich auf. Ich hatte schon wieder einen Schrei gehört, diesmal von der Lichtung her.
Ich sprang erschrocken auf und schaute hinunter. In den Bäumen regte sich etwas, die Äste raschelten und wogten, als hätte sich etwas in ihnen verfangen. Entweder gab es dort, vom Pfad aus nicht zu sehen, eine menschliche Ansiedlung, oder aber ich war wieder völlig daneben, denn mir stieg, nur wenige Sekunden lang, beißender Brandgeruch in die Nase.
Ich hielt den Atem an. Mein Herz raste. Da war es wieder – der Schrei, den ich beim Schrein gehört hatte.
»Gemma?«
Ich lief panisch kreischend los. Diesmal war ich sicher, dass dort unten etwas war.
»Gemma? Bist du das?«
Außer dem Rauschen der Bäume und fernem Vogelgeschrei war nichts zu hören.
»Gemma! Coral!«
Ich war kurz vor der ersten Serpentine. Durch die Bäume hindurch sah ich das Grabmal, und jetzt sah ich auch Gemma und

Coral aufstehen und über die Lichtung gehen. Ihre Bewegungen erschienen mir extrem langsam.
In diesem Moment geschah es. Ich hörte ein Tosen, wie wenn Gas in einen Heißluftballon schießt, und einen grauenhaften, animalischen Schrei. Ein, zwei Sekunden lang herrschte Stille, als hielte der Urwald den Atem an, dann loderte plötzlich ein Feuerball durch die Bäume. Ich stierte ihn einen Augenblick lang dumpf an, dann rang ich entsetzt nach Luft. Fast hätten meine Beine nachgegeben. Unten auf der Lichtung stand eine menschliche Gestalt und schlug wild mit den Armen um sich. Oberkörper und Kopf waren von lodernden Flammen umhüllt.
Ich muss geschrien haben. Schlitternd torkelte ich los.
»Coral! *Gemma!*«
Sie waren nirgends zu sehen. Ich lief hysterisch kreischend auf den Schrein zu.
»Um Gottes willen, wo seid ihr?«
Plötzlich bogen, als wäre nichts geschehen, Coral und Gemma um die Ecke und kamen Arm in Arm den Pfad hoch.
»Wow!«, sagte Coral, als sie vor mir standen. »Wirklich toll hier. Wahnsinns-Schwingungen.«
Ich starrte sie sprachlos an.
»Was ist denn?«, fragte Gemma mit teilnahmslosem Blick, beschattete mit der Hand die Augen und trat blinzelnd in einen plötzlich durch die Baumwipfel einfallenden Lichtstrahl.
»Was *sein* soll? Habt ihr den Mann nicht gesehen?«
Sie hob den Blick und sah mich verständnislos an. »Welchen Mann?«
»Habt ihr ihn denn nicht gesehen? Da war doch ein Mann – da, auf der Lichtung!«
Sie verschränkte verdutzt die Arme vor der Brust. »Wir haben niemanden gesehen.«
»Aber da war ein Mann! Ich habe gerade einen brennenden Mann gesehen!«
»Da war niemand«, erwiderte Gemma gleichmütig. Coral, die

hinter ihr stand, starrte mich an. Sie hatte zerkratzte Arme, und ihr Sarong war am Saum zerfetzt. Im Gegensatz zu Gemma, die streng die Stirn runzelte, hatte sie nur leicht den Mund geöffnet und die Augen weit aufgerissen.
»Was soll das heißen, brennend?«, flüsterte sie fast ehrfürchtig.
»Er hat gebrannt. Er kam dort aus den Bäumen ...«
Gemma musterte mich schweigend. *Sie glaubt mir nicht*, wurde mir schlagartig bewusst. Sie denkt, es kommt vom Kiffen.
»Da ist aber nichts«, erklärte sie mit Nachdruck.
Ich folgte ihrem Blick. Die Gestalt war verschwunden. Kein Rauch hing in der Luft, nicht die Spur eines Feuers war zu sehen. Soweit ich erkennen konnte, war das Gras nicht einmal angesengt.
»Scheiße, ich habe einen Stein im Schuh.«
Gemma ging in die Hocke, um den Stein zu entfernen, und als sie sich vornüberbeugte, sah ich, dass die feinen Härchen im Nacken angesengt waren. Ich schrie wohl auf, denn Gemma und Coral wichen erschrocken zurück, wie Pferde, die bei einem plötzlichen Geräusch scheuen.
»Was ist mit deinen Haaren? Schau doch! O Gott, Gem, sie sind *schwarz*!«
Sie hob eine Hand zum Nacken.
»Was redest du da?«
»Sie sind ganz verbrannt!«
»Was soll das heißen, sie sind ganz verbrannt?«
Als sie die Hand senkte, hing zwischen den Fingern ein Knäuel verkohlter Haare.
»Wie ist *das* denn passiert?«
»Ich habe doch gesagt, dass ich etwas gesehen habe!«
Sie betrachtete schweigend das Haarknäuel in ihrer Hand und sah dann Coral an.
»Das war wohl das Streichholz, das ich angezündet habe«, sagte sie langsam. Coral starrte noch immer auf die verkohlten Haare. »Vorhin, als wir die Zigarette rauchten.«

»Ich kann mich nicht erinnern«, flüsterte Coral.
»Aber natürlich. Das Scheißding flog mir aus der Hand, weißt du nicht mehr?«
»Und dann hat es sich in deinen Haaren verfangen ...«
Gemma wirkte gereizt, sie hatte wegen des grellen Lichts die Augen zusammengekniffen, und ihre Wangen glühten. Coral dagegen lächelte, warum auch immer. Schließlich beugte Gemma sich ganz langsam vor, legte mir die Hand auf die Schulter und sah mich eine Sekunde lang an. Vielleicht war es auch länger – ich konnte es nicht einschätzen, weil die Zeit sich plötzlich verlangsamte –, und als unsere Blicke sich trafen, huschte etwas über ihr Gesicht, das ich noch nie darin gesehen hatte. Überlegenheit? Vielleicht sogar Triumph? Was immer es war, es gefiel mir nicht, und ich wandte den Blick rasch ab.
»Du bist einfach voll stoned«, sagte sie sanft.
»Hier gibt's jede Menge Energie, ja?«, erklärte Coral. »Das habe ich schon beim ersten Schritt auf die Lichtung gemerkt, dass das hier heftig ist.«
»Du glaubst mir nicht«, sagte ich flüsternd zu Gemma.
»Ich glaube, dass es das Beste ist, wenn du zum Bungalow zurückgehst und dich ausschläfst«, erklärte sie mir langsam und geduldig wie einem ungezogenen Kind. »Denk doch mal vernünftig darüber nach. Ich habe mir mit einem Streichholz die Haare angekokelt, mehr ist nicht passiert. Du hast einfach zu viel geraucht. Bekommt dir doch nie, oder?«
Ich schüttelte den Kopf. Ich fühlte mich leer, stumpf, zutiefst einsam. »Okay«, sagte ich, »wahrscheinlich hast du Recht.«

Dreizehn

Coral und Gemma hakten sich unter und gingen den Pfad hoch. Ich trottete hinterher. Von Zeit zu Zeit trug eine Brise Gesprächsfetzen zu mir hinunter. Coral hörte ich sagen: »Bündle deine Energien!«, verpasste Gemmas leiser gesprochene Erwiderung, bekam dann aber das Wort »Esther« und gedämpftes Lachen mit.

Ich war völlig verängstigt. Vielleicht hatte Gemma Recht, und ich hatte, bekifft wie ich war, die brennende Gestalt nur halluziniert. Andererseits war ich sicher, sie gesehen zu haben. Vorsichtig setzte ich einen Fuß vor den anderen. Seit ich mich von der Lichtung entfernte, war ich völlig nüchtern. Meine Gedanken waren logisch, meine Reaktionen normal. Sollte ich mir das Ganze wirklich eingebildet haben? Ein Feuer hätte Rauch zur Folge gehabt, doch als ich mich umgedreht und noch einmal einen Blick auf die Lichtung geworfen hatte, war die Luft klar gewesen. Und Coral und Gemma behaupteten, nichts gesehen zu haben. Ich entschied, dass es ein Trugbild gewesen sein *musste*, eine optische Täuschung durch das gleißende Licht.

Aber nicht allein die Halluzination des brennenden Mannes machte mich so abgrundtief traurig. Als Coral und Gemma aus meinem Blick verschwunden waren, grübelte ich über mein immer stärker werdendes Gefühl des Ausgestoßenseins. Ich kam mir vor, als wäre *ich* die Fremde, und Gemma und Coral wären alte Freundinnen. Schon im Bungalow hatten sie über mich gekichert und ignorierten mich selbst jetzt, obwohl ich geschockt und aufgewühlt war. Gemma hatte meine Beobachtung im Grunde mit einem Achselzucken abgetan. Wie ein Häufchen

Elend stapfte ich den steinigen Weg entlang. Die beiden einzuholen hatte ich längst aufgegeben. Es war ja fast so, als wollten sie mich nicht mehr um sich haben.
Endlich mündete der Pfad in die Hauptstraße. Von den beiden war nichts zu sehen. Niedergeschlagen ging ich auf dem Gehsteig weiter. Gemma ist offenbar wütend auf mich, dachte ich traurig, weigert sich aber wie üblich, es mir direkt zu sagen. Es war immer das Gleiche. Als sie die Abschlussprüfung verhaute, während ich besser abschnitt, als ich selbst erwartet hatte, rief sie mich wochenlang nicht an, und als ich mein Studium an der University of Sussex begann, entzog sie mir fast ein Jahr lang ihre Freundschaft, beantwortete meine Briefe nicht und besuchte mich nur ein einziges Mal. Sie hatte damals so sehr geschmollt, dass sie lieber mit dem frühen Zug nach Stevenage zurückfuhr, als mit meinen neuen Freunden zu feiern. Und jetzt ging es um Steve. Aber woher kannte sie dieses schreckliche, schändliche Geheimnis überhaupt?
Ich zog die Nase hoch, um die Tränen zurückzuhalten. Seit ich Steve an jenem regnerischen Abend vor drei Wochen geküsst hatte, war mir, als würde ich einen riesigen Sack Schuld hinter mir herschleifen. Den Betrug, den ich begangen hatte, stellte ich mir bildlich als eine zerstückelte Leiche vor: der von den Körperteilen ausgebeulte Sack, das Sackleinen verklebt und rötlich braun verfleckt. Am liebsten hätte ich ihn mir klammheimlich vom Hals geschafft und das Ganze vergessen, aber er wurde von Tag zu Tag schwerer und stank immer grässlicher. Ich musste es beichten, das war mir klar; aber mir fehlte der Mut. Und was hatte ich schon vorzubringen, um von meiner Schuld losgesprochen zu werden? Dass ich es nicht gewollt hatte? Dass ich sie doch glücklich sehen wolle, dass ich mir wünschte, alles käme wieder ins Lot? Die Wahrheit war: Obwohl Gemma mir in den vergangenen sechs Monaten jede einzelne Begegnung mit Steve bis ins kleinste Detail erzählt hatte, hatte ich seit dem ersten Augenblick unseres Kennenlernens mit ihm geflirtet.

Ich ertrug es nicht, daran zu denken. Ich betrachtete das schäbige Postamt, das schmutzige Schaufenster der Apotheke daneben, doch ich sah ständig Gemma vor mir, wie sie an jenem Abend im Pub saß. Sie hatte sich neben ihn gezwängt, ihre Schenkel berührten seine, und sie lachten. Als sie mich sah, winkte sie mich aufgeregt zu sich. Ich glaube, sie betrachtete ihn als ihr Eigentum und wollte mit ihm angeben. Sie hatte abgenommen. Ihre Lippen waren rosa geschminkt, und unter der abgewetzten Wildlederjacke trug sie enge Jeans.

»Das«, sagte sie voller Stolz, »ist Steve.«

Ja, da saß er. Ich hatte eine geringfügig verbesserte Ausgabe der Freunde erwartet, mit denen sie in den vergangenen Jahren dahergekommen war – durch die Bank ungepflegte Luschen, von denen es ausnahmslos jeder fertig gebracht hatte, sie auf für mich völlig unverständliche Weise zu verletzen. Sie war ihnen allen haushoch überlegen und ließ sie trotzdem immer das große Wort führen. Gary zum Beispiel, der so genannte »Punk-Gitarrist«, der Akne hatte und dem ständig die Nase lief und der bei einem Nirvana-Konzert, für das sie die Karten besorgt hatte, vor ihren Augen eine andere aufriss. Oder Neil, der grausige Geschäftsführer des Pubs, in dem sie manchmal jobbte, der ihr bizarrerweise erklärte, mit ihr zu schlafen sei wie mit seiner Oma zu vögeln, und ihr am nächsten Tag den Laufpass gab.

Dass Steve anders war, erkannte ich auf den ersten Blick, schon vom Pubeingang aus. Kein pickliger Fiesling, sondern ein atemberaubend gut aussehender Mann mit dichtem, dunklem Haar, lustigen braunen Augen, in die ich den ganzen Abend hätte schauen können, und wunderschönen, kräftigen Händen, die ich am liebsten sofort ergriffen hätte. Und was war zu meiner großen Schande mein erster Gedanke, als ich sie so beieinander sitzen und miteinander lachen sah? Nicht, dass Gemma sich den Richtigen ausgesucht hatte oder dass ich ihr schwesterlich dabei helfen sollte, seine Zuneigung zu gewinnen – nein, noch während ich die gemeinen Worte hastig aus meinem Kopf verjagte,

dachte ich, dass sie sich total übernommen hatte und nie im Leben einen solchen Mann ergattern würde.
»Hi.«
Ich lächelte ihn an und wandte schuldbewusst den Blick von seinen Augen. Aber schon die Art, wie er meine Hand nahm und mir Platz machte, zeigte mir, dass ich ihm auch gefiel.
Und jetzt saß ich in der Patsche, in einer schrecklichen Patsche. Ich ging schneller und ignorierte stur die Männer, die mir auf der Straße entgegenkamen. Warum hatte das passieren müssen? Er sah gut aus, ja, aber im Grunde war er auch nur ein stinknormaler Typ aus Stevenage, der auf Motorräder und die Smiths stand, durch die Abschlussprüfung gerasselt war und jetzt mit psychisch kranken Menschen arbeiten wollte. Trotzdem fühlte ich mich unwiderstehlich zu ihm hingezogen. Er hatte nämlich eine weitere Eigenschaft, die ich noch nie an einem Mann seines Alters angetroffen hatte: Er wusste genau, was er vom Leben wollte, und strahlte eine innere Ruhe aus, die alle anderen wie kleine Jungs aussehen ließ.
Aber Gemma betrachtete ihn als ihren Freund. Obwohl er ihr bisher nur einmal einen Gutenachtkuss gegeben hatte – ein Ereignis, das sie mir mehrmals detailliert geschildert hatte –, war die Beziehung mit ihm für sie eine vollendete Tatsache. Er war zur Manie geworden, sie sprach ständig von ihm und versicherte mir, diesmal sei es wirklich der Richtige.
Und was hatte ich unternommen, um das Unabwendbare abzuwenden? Nichts, rein gar nichts. Ich traf mich weiter jeden Abend mit den beiden im Pub. Mir war natürlich klar, was passieren würde, ich hatte genug Erfahrung mit Männern, um die Zeichen zu erkennen. Aber im Gegensatz zu den früheren Liebeleien, bei denen ich es nie geschafft hatte, mich gehen zu lassen, konnte ich die Gefühle, die zwischen Steve und mir ganz unvermittelt aufgekommen waren, nicht unterdrücken. Die Keime sprossen in rasender Schnelle, das satte Grün breitete sich aus, verdrängte meine Skrupel und schlug Wurzeln. Ich stand einfach

da und sah zu, wie es wuchs. Und eines Abends, als Gemma praktischerweise früher nach Hause gegangen war, gab ich ihm meine Nummer. Er rief gleich am nächsten Tag an; ich hatte es gewusst. Zu diesem Zeitpunkt hätte ich alles noch abwenden können, hätte Desinteresse oder einen abwesenden Freund vorgeben können, doch stattdessen redete ich mir ein, das alles sei von Gemma organisiert: Steve und ich sollten uns treffen und über sie reden. Und nicht einmal nachdem er den ganzen Tag mit mir im Wald spazieren gegangen war, ohne Gemma auch nur mit einem Wort zu erwähnen, machte ich reinen Tisch. Und als meine Eltern dann eines Abends ausgegangen waren, durfte er mich besuchen, und ich ließ mich von ihm küssen und mir sagen, dass Gemma ihm nicht einmal ansatzweise gefiel.

Und wie hatte ich meiner besten Freundin geholfen? Ich hatte seinen Kuss erwidert. Ich habe sie betrogen, dachte ich bitter. Ich hatte ihr den einzigen Mann weggenommen, den sie wirklich gewollt hatte, und besaß nicht einmal den Anstand, ihr das zu sagen, sondern ich hatte weitergemacht, als wäre nichts geschehen.

Als ich den Bungalow betrat, lag Gemma mit ausgestreckten Armen und geschlossenen Augen im trägen Luftzug des Ventilators. Ich betrachtete sie, lauschte dem schniefenden Schnarchen. Ich konnte es nicht länger aufschieben, wir mussten über Steve reden. Die Sache war der Grund für ihre Aggressivität und musste entfernt werden wie ein schmerzhafter Abszess. Sobald sie aufwachte, würde ich ihr alles erzählen. Ich wandte den Blick von ihr ab und begann mir zurechtzulegen, was ich sagen wollte. Plötzlich fuhr ich mit einem Aufschrei zusammen.

In der gegenüberliegenden, dunkleren Ecke kauerte eine Gestalt.

»O mein Gott!«

Es war Coral. Als meine Augen sich an das Licht gewöhnt hatten, sah ich, dass sie im Lotossitz da saß. Ihre Kleider waren auf dem Boden zerstreut. Angezogen sah sie besser aus. Die starre Haltung ließ die Knochen unschön unter der dünnen, braunen Haut hervorstehen, und ihre festen, glänzenden Titten wirkten noch flacher als sonst.

»Was machst du da?«

Sie mich an und sprang auf. »Ach, du bist es!«

»Wen hast du denn noch erwartet?«

Ihre Pupillen waren erweitert Ihr Blick flog immer wieder zur Tür hinüber, als erwartete sie, dass sie sich jeden Moment öffnete. Plötzlich lächelte sie. Um ihre Augen bildeten sich zarte Fältchen. Ihre strahlend weißen Zähne waren klein und spitz.

»Niemanden. Ich habe nur meditiert.«

»Warum hast du dich ausgezogen?«

»Meine Haut brauchte Luft.«

Sie griff hinter sich und tastete nach ihrem Kleid. Als sie es gefunden hatte, zog sie es sich über den Kopf.

»Stört es dich? Ich dachte, ihr zwei wärt cool.«

»Ist schon in Ordnung.«

Sie ging auf mich zu. Ich wich instinktiv zurück.

»Schwester«, sagte sie leise, »ich will dich berühren.«

Ehe ich es verhindern konnte, legte sie ihre Fingerspitze an meine Wange. Ich schluckte beklommen. Ich hätte mein Gesicht am liebsten mit einem Ruck abgewandt, aber dann hätte sie gemerkt, wie peinlich mir das Ganze war. Sie starrte mich an.

»Du hast sie also auch gespürt, ja?«, flüsterte sie.

»Was?«

Sie sah mich geheimnisvoll an und umschloss mein Gesicht mit den Händen. Ihre Finger waren warm und feucht. Ich zuckte zusammen.

»Die Kraft des Pir. Sie traf mich wie eine Welle, als wir auf die Lichtung traten.«

»Ich war einfach bekifft.«

»O nein, das war es nicht, bestimmt nicht!«

Ich trat einen Schritt zurück. Sie hatte Mundgeruch.

»Ich habe nichts gesehen«, erklärte ich entschieden. »Gemma hatte Recht, ich habe es mir nur eingebildet.«

Coral lachte auf. »Hör nicht auf Gemma, Süße, die hat genug mit dem zu tun, was noch passieren wird. Das wird kein Kinderspiel, ja?«

Ich wusste nicht, was sie meinte. Sie sah mich immer noch bedeutungsvoll an.

»Ihr müsst euch öffnen, Leute. Spürst du sie denn nicht? Sie ist überall um uns herum!«

»Was denn?«

»Die Kraft der Verwandlung!«

»Tut mir Leid, aber ich weiß wirklich nicht, wovon du sprichst.« Ich drehte mich um und ging langsam zum Tisch und zu den Stühlen hinüber. Coral bewegte sich schwankend Richtung Tür, doch plötzlich überlegte sie es sich anders. Sie stürmte zum Tisch, auf dem ihre Tasche lag, kramte wie verrückt darin herum, schleuderte Kleidungsstücke und Bücher auf den Boden und ließ die Tasche schließlich fallen.

»Was suchst du?«

»Nichts.«

»Ist alles in Ordnung?«

»Könnte nicht besser sein, Schwester.«

Sie nuschelte noch etwas Unverständliches und taumelte zur Tür, riss sie nach einem langen, fast meditativen Atemzug auf und betrat die Veranda. Die Tür fiel hinter ihr ins Schloss.

Ich setzte mich an den Tisch und stöhnte vor Erleichterung auf. Von draußen drang ein monotoner Klagegesang herein. Es reichte, um einem das Meditieren für alle Zeit zu verleiden. Ich hätte von Anfang an meinem Gefühl folgen sollen, dachte ich. Sie war nicht ganz dicht. Ich beschloss, das Gejaule zu ignorieren, schob die Orangenschalen, Kippen und Tabakkrümel zur Seite und holte ein großes Notizbuch aus meiner Tasche. Ich legte es auf den Tisch, überlegte eine Weile und begann zu schreiben.

Lieber Steve,
wir sitzen hier in einem ganz merkwürdigen Dorf mitten im Urwald …

Ich stockte, las, was ich geschrieben hatte, und strich es durch.

Lieber Steve,
wie geht's? Ich wette, du hättest nie geglaubt, schon so bald von uns zu hören!

Zu fröhlich. Warum sagte ich es nicht direkt?

Lieber Steve,
ich finde, ich sollte dir schreiben und diese ›Sache‹ zwischen uns klären. Es belastet mich seit unserer Abreise vorletzte Woche, und mir liegt sehr viel daran, dir zu sagen (falsch!) … klar zu machen (falsch!) … mit dir zusammen (kotz!)

Ich riss laut fluchend die Seite heraus, zerknüllte den Brief mit aller Kraft zwischen den Händen und warf ihn durchs Zimmer. War doch völlig egal, was ich schrieb! Ich konnte so ehrlich sein, wie ich wollte, nichts würde die Situation besser machen. Ich hatte es wirklich nicht darauf angelegt, aber jetzt zeigte sich, dass nicht einmal die Flucht nach Indien das Ganze ungeschehen machen konnte.
Der Klagegesang hatte abrupt aufgehört. Corals Kopf huschte am Fenster vorbei und nach einer kurzen Pause wieder. Sie ging draußen auf und ab. Plötzlich fand ich den Bungalow grauenhaft, keine Sekunde länger wollte ich bleiben. Ich warf einen Blick auf meine Uhr. Es war halb eins. Wenn Gem und ich uns beeilten, würden wir den Nachmittagsbus erwischen. Bis Bhubaneshwar konnte Coral meinetwegen mitkommen, aber dann würde ich darauf bestehen, dass wir zu zweit weiterreisten.

Sobald wir wieder unter uns sein würden, in Goa vielleicht, würde alles besser werden, dann würde ich Gem bei einem warmen Bier alles von Steve und mir erzählen. Vielleicht würde sie sich gar nicht so aufregen, wie ich glaubte.

Ich stand auf, schob den Stuhl zur Seite und stieg über die Sachen aus Corals Tasche. Ich hörte Schritte auf der Treppe, dann war es plötzlich still. Ich lugte durch die Holzlamellen des Fensterladens und sah, dass Coral weg war.

»Gemma!«, rief ich leise. »Wach auf!«

Ich lief zu ihr und rüttelte sie am Arm. »Los, Gem, wir packen und hauen ab!«

Sie drehte sich brummend auf die andere Seite.

»Nun mach schon, ich halte es hier nicht mehr aus!«

Sie richtete sich auf. Mehrere Sekunden lang saß sie mit düsterer Miene da, schluckte und starrte auf ihr Bett. Dann wandte sie mir langsam ihr Gesicht zu. Sie sah grauenhaft aus: Ihre Wangen waren aschfahl, ihre Augen glasig; ihre Stirn war mit Schweißtropfen gesprenkelt.

»Ich muss kotzen.«

Sie schluckte noch einmal, murmelte etwas und schlug sich plötzlich die Hand vor den Mund.

Es war zu spät. Durch die gestreckten Finger quoll Erbrochenes, bespritzte meine Hände, klatschte auf den Boden und bildete dort eine klumpige, gelbe Pfütze.

»O Gott!«

Sie beugte sich aus dem Bett, stöhnte auf und erbrach sich noch einmal. Dann sah sie zu mir hoch. Ihr Gesicht war grau.

»Ich muss aufs Klo!«

Sie schwang die Beine über die Bettkante, blieb einen Moment lang gebeugt auf dem Boden stehen, machte ein paar Schritte und hielt sich plötzlich den Bauch. »O nein, o Scheiße, nein!«

Der Geruch war nicht zu verkennen. Voller Mitleid und Entsetzen starrte ich Gemma an, während sie sich wieder krümmte und ein dicker Batzen Durchfall an ihren Beinen hinabglitt.

Nachdem ich Gemma gewaschen hatte, half ich ihr ins Bett. Die Übelkeit hatte vorübergehend nachgelassen, aber ihre Hände und Wangen waren heiß und klebrig, und ihre Stirn fühlte sich feuchtkalt an. Sie phantasierte, murmelte pausenlos unzusammenhängende Sätze vor sich hin, die ich nur halb verstand. Einmal stemmte sie sich mühsam hoch und sagte laut: »Das nicht!« Dann fiel sie auf das fleckige Laken zurück und schlang die Arme fest um den Bauch. Alle fünfzehn Minuten etwa stöhnte sie vor Schmerz auf, krümmte sich und schleppte sich dann zu dem Loch im Bad.

Ich strich um ihr Bett herum und wusste nicht, was ich tun sollte. Eine Zeit lang hatte ich ihr mit einem nassen Waschlappen die Stirn abgetupft, doch der Lappen war inzwischen selbst ganz warm, und ihn wieder nass zu machen hatte wenig Sinn, denn in der Mittagshitze tröpfelte das Wasser dampfend heiß aus der Dusche. Ich stand da, nagte an den Fingerknöcheln und dachte angestrengt nach, während sie zum x-ten Mal über dem ekligen Loch im Bad kauerte. Die Gefahr, dass sie austrocknen würde, war groß, aber wir hatten kein Mineralwasser mehr. Ich musste ihr etwas von dem Salz geben, das wir mitgenommen hatten. Um Wasser zu besorgen, hätte ich ins Dorf gehen müssen, aber ich wollte sie nicht allein lassen. Wenn nur Coral endlich zurückkäme!

Gemma kehrte taumelnd zu ihrem Bett zurück. Ihr Blick war stumpf.

»Armes Häschen«, flüsterte ich und zog das Laken glatt. »Das ist nur Dünnschiss. Bald geht's dir wieder besser.«

Sie drehte sich um und legte die Finger an die Wand.

»Bald kommt er zurück.« Sie zeichnete mit den Fingern Muster auf den kühlen Stein. »Dann hat das alles ein Ende.«

Einen Augenblick lang dachte ich, sie würde noch etwas sagen, und beugte mich über das Bett, um besser verstehen zu können. Doch sie schloss die Augen und sank auf das Kissen. Endlich schlief sie.

Sie schlief mehrere Stunden lang. Ihr Gesicht zuckte, und ihre Lippen formten lautlos Unsagbares, während sie das unzugängliche Reich ihrer Träume durchschritt. Ich zog einen Stuhl an ihr Bett, setzte mich und betrachtete sie. Jetzt, während sie schlief, hätte ich ins Dorf laufen können, aber etwas, das ich bis heute nicht erklären kann, hielt mich davon ab. Ich beschloss, auf Coral zu warten und sie ins Dorf zu schicken. Ich war Gemmas wahre Freundin, nicht Coral; deshalb musste ich bei ihr bleiben.

Das Nachmittagslicht schwand. Mir wurden die Lider schwer, und meine Gedanken verschwammen. Ich hatte die Fenster, so weit es ging, geöffnet, aber es regte sich kaum ein Lüftchen, und die Hitze umhüllte den Bungalow mit drückender Schwüle. Draußen im Urwald kündeten die Insekten von der heranrückenden Nacht. Ich widerstand der Müdigkeit nicht länger und schloss die Augen. Nur wenige Stunden zuvor war ich entschlossen gewesen, keine einzige Nacht mehr in diesem Haus zu verbringen; nun sollte es anders kommen.

Sosehr ich auch dagegen ankämpfte, meine Gedanken kehrten immer wieder zu Steve zurück. Ich hatte sie in den letzten Wochen mit Umtriebigkeit und rastloser Aktivität abgewehrt; jetzt war ich zum Ruhigsein verdammt, und sie strömten unaufhaltsam auf mich ein. Ich darf mich nicht so schuldig fühlen, sagte ich mir. Gemma war in ihn verknallt – und wenn schon! Und auf einer Party hatte er sie einmal – betrunken – flüchtig auf den Mund geküsst. Musste er deswegen wie ein Mönch leben? Er war nie ihr Freund gewesen, das bildete sie sich alles nur ein. Den albernen Freundschaftsring trug sie wie eine Trophäe, dabei hatte er ihn ihr nur gekauft, weil sie am Camden Market kein Geld mehr gehabt hatte und es ihm peinlich gewesen war, sie ans Zurückzahlen zu erinnern. In mich war er verliebt, nicht in sie, er hatte es mir selbst gesagt. Und damals, als ich die Tür öffnete und er im Nieselregen vor mir stand mit seinen flackernden, erwartungsvollen Augen, wusste ich, es gab kein Zurück. Am liebsten hätte ich die Tür zugeknallt, wäre umgedreht und die Treppe hochgerannt, aber ich konnte nichts anderes tun, als ihn anzustarren. Plötzlich bewegte sich Gemma, setzte sich auf und blickte sich um.

»Ist Coral da?«, fragte sie flüsternd.

Mein Gesicht wurde starr. »Nein«, sagte ich. »Noch nicht.«

Sie schloss die Augen und fiel auf ihr Bett zurück.

Ich versank wieder in Gedanken. Steve war in die Diele getreten, stand so dicht vor mir, dass ich den Zigarettenrauch und den Regen in seinem Haar roch. Im Knopfloch seiner Jacke steckte ein einzelnes, herabhängendes Schneeglöckchen. Er lächelte. Ich schwöre, dass ich es nicht gewollt habe. Aber als er sich zu mir beugte und seine Lippen zart auf meine drückte, blieb ich reglos stehen.

Vierzehn

Gemma sah ihn im Dunst, er streckte die Hände nach ihr aus. Sie erinnerte sich an ihre Abmachung und wurde ganz ruhig. Dann schob sich etwas über die Erinnerung; sie war wieder zu Hause, stand in der trostlosen, schmutzigen Diele.
Sie sah sich um. Der Raum war so wie immer, voll gestopft mit Möbeln aus dem alten Haus. Niemand hatte die Energie, sauber zu machen, der Staub lag dick und flockig auf jeder Oberfläche. Und hinten in der Ecke stand, ihr den Rücken zukehrend, ihre Mutter. Sie betrachtete die hängenden Schultern, die ausgebeulte Marks-&-Spencer-Hose, das lange, graue, mit einem Gummiband zusammengebundene Haar, und plötzlich verstand sie. Das alles war ihre *Schuld. Sie hasste sie, hatte sie immer schon gehasst.*
Dann zerbarst das Bild, und ein brennender Schmerz durchfuhr sie. Sie riss den Mund auf, wollte schreien und spürte, dass sie grob aus ihrem Traum gezerrt wurde. Sie musste etwas tun, es war sehr dringend. Sie sprang aus dem Bett, schob Esthers ausgestreckte Hände beiseite und torkelte ins Bad.

Als die Tür aufging, zuckte ich stark zusammen und drehte mich um. Ich war immer wieder eingedöst und erkannte nicht gleich, wer da stand.
»Coral? Bist du es?«
»Ja, klar.«
Sie trat ins Licht der flackernden Glühbirne. Statt ihres roten Sarongs trug sie einen orangeroten Kaftan. Sie lächelte mich seltsam an.

Ich dachte erst, sie wäre bekifft, aber ihre Augen waren klar, und sie strahlte übers ganze Gesicht.
»Was ist los?«
»Gemma ist sehr krank. Seit wir zurück sind, hat sie pausenlos geschissen und gekotzt.«
»Mein süßes Kind.«
Vor sich hin flüsternd, huschte sie durchs Zimmer und legte Gemma die Hand auf die Stirn. Dann sah sie mich heiter lächelnd an.
»Arme Gem. Arme Esther.«
Ich unterdrückte das Selbstmitleid, das ich schon den ganzen Nachmittag zurückgehalten hatte.
»Wir müssen Wasser für sie holen«, sagte ich leise. »Die Flaschen sind leer, und sie trocknet allmählich aus. Ich habe auch Kochsalz dabei …«
»In der Tüte da ist Wasser.« Coral deutete mit einer Kopfbewegung auf eine Plastiktüte, die sie neben der Tür abgestellt hatte. »Und Bananen und Chapatis, ja? Wir müssen sie dazu bringen, dass sie trinkt.«
Sie beugte sich über das Bett, legte Gemma sanft die Arme um die Schultern und zog sie hoch.
»Komm, meine Süße«, sagte sie liebevoll, »du musst was trinken.«
Gemma murmelte etwas. Ihr Arm hing über die Bettkante. Coral schraubte die Flasche auf und hielt sie ihr an den Mund. Gemma sträubte sich zuerst, das Wasser floss an ihrem Kinn hinab, doch dann wurde sie ruhig wie ein Baby, das sein Fläschchen bekommt. An den Bewegungen ihrer Kehle und dem Gluckern des Wassers in der Flasche erkannte man, dass sie trank. Ich stand hinter Coral und biss mir auf die Lippe. Ich schäme mich, es zuzugeben, aber ich war nicht nur erleichtert, sondern auch eifersüchtig, weil Coral Gemma so zärtlich hielt. Mir wurde bewusst, wie unmöglich ich reagiert hatte. Ich hatte, als Gemma dringend Flüssigkeit benötigte, nur an ihrem Bett gesessen und über meine eigenen Probleme gegrübelt.

Als die Flasche fast leer war und Gemma den Kopf abgewandt hatte, legte Coral sie vorsichtig aufs Bett zurück.
»Du solltest auch was trinken«, sagte sie über die Schulter hinweg zu mir. »Ist wahnsinnig heiß hier drin.«
Ich nahm die Flasche und stürzte das Wasser runter. Es stimmte, ich hatte Durst gehabt. Als ich fertig getrunken hatte, wischte ich mir den Mund trocken und reichte Coral die Flasche. Sie sah mich eindringlich an.
»Dass das passiert ist, hat einen Grund.«
»Du sagst es! Und dieser Grund befindet sich da draußen beim Schrein.«
Plötzlich ergriff sie meine Hände. Ihre Augen funkelten. »Das denke ich auch! Ich habe den ganzen Tag darüber meditiert. Ich muss dich dazu bringen, dass du es endlich glaubst!«
Ihr Griff war so fest, dass sich ihre Fingernägel in meine Haut gruben. Ich sah, dass sie schmutzverkrustet waren.
»Du kannst auch dazugehören. Du musst nicht allein sein.«
Ich wandte hastig den Blick von ihrem erwartungsvollen, forschenden Gesicht ab.
»Ich weiß nicht, was du meinst. Ich bin nicht allein. Ich bin mit Gemma hier. Ich will im Augenblick nur, dass es ihr wieder besser geht.«
Coral lächelte herablassend und schüttelte den Kopf. »Das alles ist geschehen, weil es geschehen sollte, Esther. Verstehst du denn nicht? Wir sind irgendwie hierher geführt worden, ja? Das Feuer, das du gesehen hast und das du dir nicht eingestehen willst, ja? Das ist nur der erste Schritt.«
Sie grinste. Aus ihrem ebenmäßigen, herzförmigen Gesicht mit der kecken Nase und den riesigen Augen mit den weiten Pupillen sprach felsenfeste Überzeugtheit. Ich sah sie an und suchte nach einer Möglichkeit, das Thema zu wechseln. Sie hatte so witzig gewirkt, als wir sie kennen lernten – wer hätte gedacht, dass sie dermaßen durch den Wind war?
»So hatte ich es nicht gemeint«, murmelte ich.

Sie musterte mich. »Wie dann?«
»Gemma ist deshalb krank geworden, weil sie so blöd war, dieses verdammte Wasser zu trinken. Das ist so typisch für sie, nie passt sie auf sich auf …« Ich stockte und wand mich innerlich vor Scham. Wie konnte ich ihr Vorwürfe machen, sie war doch so krank! Was war ich nur für eine Freundin!
Coral zog ein langes Gesicht und trat kopfschüttelnd einen Schritt von mir weg.
»Du musst tiefer blicken. Alles hat seinen Grund.«
»Ach ja?«
»Selbstverständlich. So, jetzt flößen wir ihr ein bisschen Salz ein.«
Ich ging zu meinem Rucksack und kramte darin, bis ich die Boots-Tüte fand, in der ich die Malariatabletten, das Aspirin und die Wundpflaster aufbewahrte. Corals New-Age-Quatsch nervte mich gewaltig, aber sie war meine einzige Rettung, ich musste mich in Toleranz üben. Ganz unten in der Tüte lagen mehrere Beutel mit Rehydrationssalzen zum Einnehmen. Ich zog sie heraus und gab sie Coral, die sie mit einem Nicken entgegennahm. Sie kauerte sich auf den Boden und schüttete mit ernster Miene das Salz ins restliche Wasser. Dann schüttelte sie die Flasche kräftig. Was macht es schon, dass sie leicht daneben ist, dachte ich. Sie war in Kalkutta sehr nett zu uns gewesen und half uns jetzt schon wieder. Alles würde gut werden. Schon in ein paar Tagen würde es Gemma wesentlich besser gehen, dann würden wir aus diesem grauenhaften Bungalow verschwinden und wieder Spaß haben.
Coral setzte sich auf die Kante von Gemmas Bett. »Ich geb's ihr gleich«, sagte sie. »Ich warte nur, bis sich das ganze Wasser unten gesammelt hat, ja?«
Wir schwiegen. Sie saß da, hielt Gemmas Hand und murmelte in einer Art Singsang vor sich hin. Ob es ein Lied war oder ein Gebet, konnte ich nicht erkennen.
»Und?«, fragte ich so normal wie möglich. »Wo warst du den ganzen Tag?«

Ihre Antwort ließ so lange auf sich warten, dass ich glaubte, sie hätte mich nicht gehört. Doch dann sagte sie plötzlich: »Beim Schrein. Ich habe bei der Verbrennung zugesehen.«
Ich sah sie verblüfft an. »Was soll das heißen? Welche Verbrennung?«
Ohne mich zu beachten, beugte sie sich vor und legte Gemma die Hand auf die reglose Schulter. »Komm, kleine Schwester, trink auch das!«
Gemma seufzte und schlug, als Coral ihr die Flasche an die Lippen setzte, kurz die Augen auf. Coral hatte den Kopf fast bis zu Gemmas Kissen gesenkt und flüsterte ihr etwas zu. Dann richtete sie sich wieder auf.
»Das gehört alles zur Verwandlung, ja?«, sagte sie. »Wir reinigen und reinigen, bis nichts mehr da ist.«
Ich sah sie fassungslos an. Vielleicht war es irrational – schließlich hatte sie uns Wasser und Essen gebracht und half jetzt, so gut sie konnte –, aber ich wurde allmählich wieder nervös.
»Das war der Grund für das Feuer, ja?«, erklärte sie weiter. »Verstehst du das nicht? Sie kann nur gesund werden, wenn sie zum Schrein zurückkehrt und die Hitze wiederfindet, ja? Das hängt alles zusammen.«
»Was soll das heißen?«
Sie sah mich an. Plötzlich erstrahlte ihr Gesicht.
»Wenn es ihr wieder besser geht, bringen wir sie hin. Das ist immer die Antwort.«
Ich wusste nichts zu erwidern. Nach einer Weile sagte ich: »Ich ziehe los und besorge noch mehr Wasser.«
Ich lief zur Tür, riss sie auf und trat auf die Veranda. Die Abendluft war warm und weich. Ich sog sie erleichtert ein und machte mich auf den Weg ins Dorf.

Wellen von Hitze und Schmerz. Sie stand wieder in der Diele. Mit größter Anstrengung wandte Gemma den Blick vom Rücken ihrer Mutter ab. Sie darf mich auf keinen Fall sehen, dachte sie.

Sie drehte sich um und wollte zur Tür, aber es war, als klebten ihre Füße an den Bodendielen. Sie bewegten sich keinen Zentimeter.
Plötzlich erstarrte sie. Sie sah sich um; ihr Herz pochte. Sie hatte immer gewusst, dass es passieren würde. Trotzdem war es, als ihr Blick auf das Fenster fiel, ein Schock für sie. Das Fenster stand, wie sie erst jetzt bemerkte, offen, und ein leichter Wind wehte herein. Sie fröstelte in der plötzlichen Kälte, und die Angst fiel von ihr ab wie ein Schleier. Draußen vor dem Fenster stand ihr Mann und betrachtete sie.
Erst sagte er nichts. Seine Augen waren blau wie der Himmel über den Bergen. Er streckte ihr die Hände entgegen. Sie löste sich von ihrer Angst und ging auf ihn zu. Er flüsterte zärtlich ihren Namen.

Ich schnappte nach Luft und setzte mich ruckartig auf. Mich hatte – ob wegen der drückenden Hitze oder weil ich durch den Urwald gelaufen war –, eine so unwiderstehliche Müdigkeit übermannt, dass ich auf meinem Bett eingeschlafen war, ohne mich auszuziehen. Jetzt, mitten in der Nacht, war ich plötzlich aufgewacht. Etwas hatte sich bewegt, ich hatte Stimmen gehört, und die Tür hatte geknarzt. Ich starrte in die Dunkelheit und erkannte die klobigen Umrisse der schlafenden Gemma. Corals Bett war leer. Ich hielt den Atem an und stieg aus dem Bett. Es war noch jemand im Raum.
»Coral? Bist du's?«
Da war es wieder: das leise Schlurfen von Schritten auf Holz. Ich glaubte ein Seufzen zu hören, aber vielleicht war es auch nur das Säuseln des Windes, der die Fenster klappern ließ.
»Wer ist da?«
Diesmal war ich mir sicher: Ich hörte, wie draußen eine Autotür geschlossen und gleich darauf ein Motor angelassen wurde. Ich rannte zur Tür, riss sie auf. Die Veranda war leer. Ein kleines Tier, das über den Weg flitzte, war das Einzige, was sich beweg-

te. Ich wandte mich um und zuckte zusammen, denn Gemma saß aufrecht im Bett und starrte mich an.
»Wohin ist er?«
»Wer?«
Ich ging auf ihr Bett zu. Das Adrenalin schoss mir ins Blut. Gemma blickte unverwandt geradeaus.
»Da war ein Engel. Ich habe einen Engel gesehen …« Sie sprach langsam und nuschelnd, fast als stünde sie unter Drogen.
»Du hast Fieber, Schätzchen. Gar niemand war da.«
»Er will mich holen. So lange habe ich darauf gewartet, und jetzt ist er da.«
»Hör zu, Gem …«
Kurz vor dem Bett blieb ich stehen. Mir wurde schlagartig klar, dass sie mich weder sehen noch hören konnte. Sie schlief noch immer.

Fünfzehn

Am nächsten Morgen weckten mich das Kratzen und Zischen von Streichhölzern und der Geruch verbrennenden Schwefels. Ich blieb ein paar Sekunden reglos liegen, ohne zu begreifen, was los war, dann öffnete ich benommen die Augen. Es war schon Vormittag, denn das Gesumme der Insekten war dem Gekreisch und Geschrei der Vögel gewichen, und durch die rissigen Fensterläden drangen grellgelbe Strahlen.

Doch nicht sie füllten das Zimmer mit tanzendem Licht. Als ich mich umblickte, sah ich verwundert, dass ich von weißen Flämmchen umgeben war, die mich wie Schlangen anfauchten und nach mir züngelten. Ich setzte mich auf. Ein Kreis aus Kerzen bildete einen Lichtring um mein Bett; auch auf dem Tisch standen welche und halbkreisförmig vor der Tür. Hinten im Zimmer beugte sich Coral gerade über eine weitere Kerze. Sie hatte die Augen wie im Gebet geschlossen, und ihre Lippen formten eine Liturgie unvollständiger Wörter und Sätze, die unverständlich durch die staubige Luft schwebten.

»Was machst du da?«

Sie drehte sich hastig um. Ihre Augen glänzten. »Puja. Der Tag der Verwandlung ist gekommen.«

Ich starrte sie entsetzt an. Ihr dünner Körper war in einen roten und goldenen Sari gehüllt, den sie sich mit einem klobigen Knoten um die schmale Taille gebunden und dann locker über die Brust geworfen hatte. Mit Saris kannte sie sich offenbar nicht aus, denn trotz des unbeholfenen Versuchs, die Stoffenden festzustecken, rutschten sie immer wieder heraus und gaben den Blick auf ihre hervorstehenden Rippen frei. Auf dem Kopf trug sie ein funkelndes Diadem mit Rheinkieseln, um die sie locker eine der klebrigen Urwaldkletterpflanzen geschlungen hatte, die an den Bäumen mit den Atemwurzeln längs des Pfades wuchsen. Die Ranken baumelten ihr um den Hals und hingen ins Gesicht wie künstliches Haar. Hinten an dem Diadem hatte sie mit einer großen, roten Schleife eine Art Haarteil befestigt, dessen synthetische, völlig unnatürlich aussehende schwarze Strähnen wellig über den Rücken fielen. Sie saß im Schneidersitz da und musterte mich über die Flämmchen hinweg mit ernster Miene.

Aber nicht nur ihre Aufmachung war äußerst merkwürdig. Etwas hatte ihr Gesicht in den letzten sieben, acht Stunden ausgehöhlt, so dass ihre Augen jetzt größer wirkten und ihre Wangenknochen stärker hervortraten. Es kam mir vor, als hätte sie Fieber, ihre Pupillen glitzerten dunkel, und auf ihrer Stirn standen Schweißtröpfchen. Milde lächelnd streckte sie mir die offenen Hände entgegen, als brächte sie ein Opfer dar.

»Wir sehen uns wieder.«

»Warum bist du so angezogen?«

»Bald ist die Zeit gekommen. Alle Zeichen sind da.«

»Welche Zeichen denn? Stimmt was nicht mit dir?«

Sie zuckte fast lachend mit den Achseln, wandte den Blick von mir ab und ließ ihn gedankenverloren durchs Zimmer wandern.

»Jeder muss sich verändern, nicht wahr? Das gehört nun mal zum Leben. So wie ich nicht mehr Coral bin, ja? Ich bin jetzt Adavasi.« Sie nickte zu Gemmas Bett hinüber und lachte auf. »Und sie ist nicht mehr Gemma! Das ist das Wunder!«

Ich holte tief Luft. Ihre wilde Kostümierung jagte mir Angst ein.

»Wo warst du die ganze Nacht?«, fragte ich, so ruhig es ging. Sie sah mich neckisch an.

»Bei meinem Meister, ja?«

»Bei deinem Meister ...«

Sie schüttelte ungeduldig den Kopf. »Siehst du es nicht? Schau mich doch an! Ich bin mit einem anderen verbunden worden.«

Sie erhob sich langsam, stieg über die Kerzen und trat vor mich hin. Aus der Nähe sah ich, dass ihre Hände und Arme mit Henna oder etwas Ähnlichem bemalt waren. Ihre Kostümierung war die misslungene Imitation einer indischen Braut.

»Sei ruhig und gefasst, dann wird sich alles offenbaren.«

Ich stand auf und verschränkte die Arme vor der Brust, wie um mich zu schützen. Sie musste unglaublich mit Drogen voll gepumpt sein.

»Wie geht es Gemma?«

»Sie schläft.«

»Hat sie noch Fieber?«

»Sie ist ganz ruhig. Sie weiß, dass es bald vorbei ist.«

Sie sagte es so, dass sich mein Magen verkrampfte. Ihre Miene war undurchschaubar; ihr Blick ruhte auf den Kerzen.

»Was meinst du damit?«

»Genau das, was ich gesagt habe. Das Schlimmste hat sie überstanden, jetzt nähert sie sich der wahren Antwort. Alles hängt zusammen, verstehst du?«

Ich schüttelte den Kopf. Ich war so verspannt, dass meine Schultern buchstäblich die Ohren berührten.

»Nein, nicht so ganz.«

»Dann musst du dich öffnen und lauschen.«

Sie lachte wieder und drehte sich kokett im Kreis wie ein wirbelnder Derwisch in Flirtlaune.

Ich wandte mich von ihr ab und beugte mich über Gemma. Es ging ihr sichtlich noch immer schlecht. Um ihre Augen lagen schwarze Schatten, und der Ausschlag hatte sich bis ins Gesicht hinein ausgebreitet und bedeckte die Wangen mit feuerroten Flecken. Sie war schweißgebadet. Die kurzen Haare standen in nassen Büscheln ab, und unter ihrem Kopf war das Kissen feucht. Ich legte ihr sanft die Hand auf die Stirn.

»Mein Gott, sie glüht ja!«

Ich zupfte an ihrem T-Shirt und zog es hoch, weg von der Haut.

»Beruhige dich, Schwester«, säuselte Coral hinter mir. »Hitze ist gut. Hitze reinigt.«

»Wir müssen sie abkühlen. Es ist ja wie in einem Ofen hier drin …« Ich sah zur Decke hoch. »Hast du den Ventilator abgeschaltet?«
»Der Strom ist weg. Auch das ist ein Zeichen.«
»Na toll!«
Ich biss mir auf die Lippe und sah mich um. Ich versuchte mich zusammenzureißen, aber ich geriet allmählich doch in Panik. Warum hatte es von allen Menschen, die Gemmas Geldgürtel hätten finden können, ausgerechnet Coral sein müssen?
»Ist noch was zu trinken da?«, fragte ich. »Was ist mit diesem P.J.Wallah? Könnten wir den nicht bitten, uns Tee oder irgendwas zu bringen? Wir müssen ihr Flüssigkeit zuführen.«
»Er ist nicht da. Heute findet eine Art Fest statt, ja? Ganz ruhig, Schwester. Dieser Tag wird ein großartiger Tag.«
Ich atmete beklommen die stickige Luft ein. Aus den Augenwinkeln sah ich, wie Coral sich schwankend vorbeugte. Ihre Hände hatte sie zum Gebet aneinander gelegt. Ich wollte plötzlich um jeden Preis weg von ihr. Es war ein katastrophaler Fehler gewesen, hierher zu kommen. Wir hätten gar nicht erst aus dem Bus steigen dürfen, dachte ich.
Coral versuchte sich jetzt an einer komplizierten Yoga-Stellung. Sie balancierte auf einem Fuß und hielt die Hände in die Höhe. Ich hätte am liebsten losgeschrien, denn egal, wie haarsträubend sie sich benahm, wir würden in diesem miefigen Raum bleiben müssen, bis es Gemma besser ging, und ich konnte mir nicht vorstellen, wie ich das ertragen sollte. Ich lief, die Kerzen, die mir im Weg standen, wegkickend, zur Tür und riss sie auf.
Sonnenlicht strömte ins Zimmer. Carol setzte sich hastig, faltete die Hände im Schoß und senkte wie bittend den Kopf. Die Augen hielt sie fest geschlossen.
»Jetzt kommt wenigstens mal frische Luft rein«, sagte ich aufgesetzt fröhlich. »Und diese blöden Dinger machen wir aus. Die machen das Zimmer noch heißer.«
Ich schob mich an Coral vorbei, die wieder ihren endlosen Sing-

sang von sich gab, trat vor Gemmas Bett, bückte mich und blies eine Kerze nach der anderen aus.

»Nein!«

Ich zuckte zusammen und drehte mich um. Gemma saß aufrecht im Bett. Ihre Hände krallten sich in die Decke, ihre Augen waren dunkel vor Zorn.

»Gem! Du bist aufgewacht!«

»Hör auf! Ich will sie da haben!«

»Aber davon wird es so heiß hier drin …«

»Das ist mir egal.«

Sie warf mir einen bösen Blick zu und ließ sich aufs Bett zurückfallen.

Der Schmerz durchzuckte meine Stirn. Mir war mit einem Schlag übel geworden wie bei einem mörderischen Kater, einem von der Sorte, die sich im Lauf des Vormittags klammheimlich heranschleicht. Es kommt von der Hitze, dachte ich verzweifelt. Wenn ich mich nur irgendwie hätte abkühlen können! Ich schluckte wehmütig und stellte mir den Garten meiner Eltern vor, wie er in dieser Jahreszeit aussah, der kalte Morgentau wie Edelsteine auf dem Gras und in der Hecke die durchsichtig funkelnden Spinnennetze. Ich sah, dass Coral mich beobachtete, und trat näher an Gemmas Bett.

»Wie geht es dir?«, fragte ich sanft.

»Du bist schuld!« Sie schüttelte heftig den Kopf, schlug ihn auf das steife Kissen, richtete sich wieder auf. Ihre Augen waren weit geöffnet. »Er ist weg! Du hast ihn vertrieben!«

Mein Magen zog sich zusammen.

»Wen?«, flüsterte ich.

Gemma schnaubte und fuchtelte matt mit der Hand durch die Luft.

»Du weißt genau, wen.« Sie ließ sich wieder aufs Bett fallen.

Ich wurde blass und spürte gleichzeitig, dass meine Wangen rot anliefen. Ich nahm Gemmas Hand. Wenn sie jetzt über Steve reden wollte, musste es eben sein.

»Du bist stocksauer, Gem, ich weiß«, sagte ich eindringlich. »Aber ich wollte nicht, dass es so kommt, das schwöre ich dir …«
Sie hörte gar nicht hin.
»Warum musst du dich ständig einmischen?«, murmelte sie und rollte sich zur Wand. »Lass mich einfach in Ruhe.«
Ich drehte mich langsam um. Sie hatte im Fieber geredet, aber das Gespräch hatte mich trotzdem völlig fertig gemacht. Ich betrachtete Coral, die von Kerzen umgeben im Yogasitz dasaß und vor sich hin murmelte, und sagte, so normal ich konnte: »Coral, ich gehe jetzt ins Dorf und hole einen Arzt oder Medikamente oder irgendwas. Sorgst du bitte dafür, dass Gemma immer wieder mal Wasser trinkt?«
Sie reagierte nicht.

Draußen lief ich schnell den Hügel hinunter. Ich hätte einen Schirm oder ein riesiges tropisches Blatt gebraucht, um meinen Kopf vor der Sonne zu schützen – nur in der höchsten Verzweiflung ging man mittags unbedeckt draußen herum –, doch nichts konnte mich zum Umkehren bewegen. Ich versuchte möglichst nah am Wegrand zu laufen, auf den die Bäume ihre dunkelgrünen Schatten warfen, musste aber immer wieder ins stechende Licht ausweichen. Auch als die Sonne sich hinter die wässrigen tropischen Wolken verzogen hatte, musste ich meine Augen weiterhin beschatten.
Aber es tat gut, draußen zu sein. Wenigstens war ich jetzt nicht mehr in diesen erdrückend heißen Bungalow eingesperrt. Ich trottete dahin und versuchte mich zu beruhigen. Es war schlimm genug, dass Gemma so krank war, aber Coral jagte mir regelrecht Angst ein. In Kalkutta war sie mir wie eine ganz normale Rucksacktouristin erschienen, doch jetzt geriet sie so außer Rand und Band, wie ich es noch nie bei einem Menschen erlebt hatte. Ich fuchtelte mit den Armen durch die Luft und schnipste die Insekten weg, die mir blindlings ins Gesicht flogen. Warum hatten wir uns so weit mit ihr eingelassen? Ich tat zwar immer

groß, aber im Grunde waren Gemma und ich völlig unbedarft, wussten so gut wie nichts vom Leben und hatten diese Frau aufgegabelt, die offenbar mit irgendwelchen inneren Dämonen rang. Wir wohnten in einem Zimmer mit ihr, aßen ihr Essen, konsumierten ihre Drogen und vertrauten ihr wie kleine Kinder, die sich im Park von einem Fremden Süßigkeiten schenken lassen.

Ich begann wieder zu laufen. Ja, ich hatte mich neuen Erfahrungen und neuen Menschen öffnen wollen, aber nicht so. Mir wurde plötzlich bewusst, dass ich damit nicht klarkam, und die Tränen schossen mir in die Augen. Ich war einfach zu jung und zu unerfahren. Das hier war nicht das Indien, das ich hatte entdecken wollen. Ich sehnte mich nur mehr danach, mit Gemma so weit, wie es nur irgend ging, von Agun Mazir und von Coral weg zu sein. Am liebsten wäre ich zu Hause gewesen, in meinem alten Kinderzimmer, hätte die Vorhänge aufgezogen und den neuen, kühlen, ruhigen englischen Tag begrüßt. Ich blinzelte, um die Tränen zu vertreiben. Am allermeisten sehnte ich mich nach meiner Mum.

Nach der letzten Wegbiegung sah ich die Dächer der Dorfhäuser und die niedrig hängenden Schwaden, in denen der Rauch aus den Kochherden über den Bäumen schwebte. Ich muss praktisch vorgehen, sagte ich mir: Gemma medizinische Hilfe zukommen lassen und, sobald sie kräftig genug war, um in einen Bus zu steigen, nach Bhubaneshwar zurückfahren. Coral würde ich höflich mitteilen, dass wir sie nicht dabeihaben wollten. Vielleicht würde ich etwas von Freunden erfinden, die wir irgendwo treffen wollten. Dass wir uns für ein paar Tage mit ihr zusammengetan hatten hieß schließlich nicht, dass wir die ganze Reise beieinander bleiben mussten. Sie würde es verstehen, sie wusste, wie so was lief. Ich sollte nicht immer so panisch sein. *Alles würde gut werden.*

Sechzehn

Gemma lag im Bett und starrte die Wand an. Sie hörte, wie die beiden anderen über sie sprachen, aber was sie sagten, interessierte sie nicht mehr. Sie konnte den Kopf nicht heben, er war zu schwer, und ihre Haut brannte wie Feuer. Sie wollte sich kratzen, die Finger strichen über den brennenden Ausschlag, aber sie war zu schwach, ihre Hände fielen immer wieder aufs Bett zurück. Sie brauchte Wasser und Medizin, das war ihr klar, aber sie hatte keine Lust mehr, darum zu bitten.

Er war jetzt fast ständig bei ihr, aber immer nur, wenn Esther weg war. In Traumfetzen hörte sie seine Worte, und wenn sie die Augen öffnete, stand er vor ihr. Seine Stimme klang ruhig, und seine Hände fühlten sich kühl an, als sie ihr leicht über den Kopf strichen.

Doch am stärksten zog sein Gesicht sie zurück, sein weiches, sanftes Gesicht. Je länger sie es betrachtete, umso mehr verstand sie. Sie wollte, dass er nie wieder verschwand, denn seine Augen gaben ihr Hoffnung, und sein Mund verhieß ein Ende und einen Neuanfang und so vieles mehr.

Unten auf der Hauptstraße blieb ich stehen und beobachtete erstaunt, was sich dort tat. Tags zuvor war das Dorf noch ein verschlafenes Kaff gewesen, dessen einzige Daseinsberechtigung in der Auftankmöglichkeit für die Überlandbusse zu liegen schien, die hin und wieder um die Kurve donnerten. Jetzt hatte es sich in eine wuchernde Menschen- und Fahrzeugmasse verwandelt. Die Menge drängte sich auf den Gehsteigen und breitete sich bis auf die Fahrbahn aus. Am Hang war innerhalb kürzester Zeit eine kleine, improvisierte Stadt aus Zelten und primitiven Buden errichtet worden. Wo bisher ein paar Straßenverkäufer den Insassen der sporadisch vorbeikommenden Busse lustlos Zwiebeln und verschrumpelte Kartoffeln feilgeboten hatten, war ein Markt entstanden, auf dem auswärtige Händler hinter Bergen von Orangen und Ananas, Kaktusfeigen und riesigen, saftigen Jackbaumfrüchten hockten. In anderen Buden wurden Gewänder und Gebetskappen, Teppiche mit Szenen des Hadsch, religiöse Bücher und Musikcassetten verkauft. Direkt vor mir befand sich die Quelle von Corals Kerzen: Ein alter Mann mit Brillengläsern aus Kieselglas verhökerte sie für einen Paisa pro Stück. Neben ihm sprach ein Mullah mit Turban und wallendem Bart seine Predigt in eine improvisierte Tonanlage; seine frömmlerische, tremolierende Stimme knarzte nicht nur vor religiöser Ekstase, sondern auch aus elektrostatischen Gründen. Es klang wie Arabisch. Ich eilte an ihm vorbei, um nicht von seinem vorwurfsvollen Blick getroffen zu werden.

Ich ging auf dem Gehsteig weiter, sah mich um und versuchte mir das Ganze zu erklären. Hinten, wo am Vortag nur Rikschas ziellos umhergefahren waren und Schweine im Schmutz gewühlt hatten, standen jetzt bunt bemalte Busse und spien noch mehr Pilger aus. Auch Bettler waren gekommen. In einer langen Reihe kauerten die ausgezehrten, geschundenen Gestalten mit ihren Stöcken und Schüsseln und verfilzten Haaren am Straßenrand. Manche stöhnten vor sich hin, riefen Allah an und baten um Almosen. Ihre dünnen Stimmen hoben und senkten sich in einem polyphonen Klagegesang. Es roch nach Räucherstäbchen, nach Bratöl und durchdringend nach Menschenurin.

Mindestens fünf Minuten lang stand ich da und schaute dumm. Dann raffte ich mich auf und trat vorsichtig auf die Straße. Ich hätte mich wohler gefühlt, wenn mehr Frauen oder selbst Kinder unterwegs gewesen wären, aber mit Ausnahme der Bettlerinnen, deren flehenden Blicken ich auswich, waren nur Männer zu sehen. Ich verschränkte die Arme, wandte das Gesicht von den

Blicken ab, die ich auf mich zog, und lief über die Straße. Als ich an den Bettlern vorbeikam, erschrak ich über den Ekel, den sie in mir hervorriefen. Dann bahnte ich mir, den Blick auf die Apotheke gegenüber den Bussen gerichtet, einen Weg über den Gehsteig. Ich würde Medizin für Gemmas Bauch kaufen und nach einem Arzt fragen. Und dann würden wir so schnell wie möglich abreisen.

»Wohin wollen Sie, junge Dame?«

Ich blieb abrupt stehen, um nicht mit dem alten Mann zusammenzustoßen, der mir in den Weg getreten war, einem dicken, freundlich wirkenden Herrn in Safarianzug und Sandalen, der sich die letzten fettigen Haare auf fast anrührende Weise über den halb kahlen Schädel drapiert hatte. Er trug eine Sonnenbrille, nahm sie aber sofort ab und betrachtete mich nachdenklich.

»Mr. Sanjiv Chakrabarty, MA in Archäologie, Universität Kalkutta, zu Ihren Diensten.« Er streckte mir die Hand entgegen. »Und Sie?«

Ich schüttelte den Kopf und hielt die Arme weiter verschränkt. »Ich bin in Eile.«

»Sie wollen sich unsere Mela ansehen? Sind Sie vielleicht Indologiestudentin?«

»Ich will nur Medizin kaufen«, erklärte ich schroff. »Meine Freundin ist krank.«

»Aber heute ist alles geschlossen. Es ist ein Feiertag.«

Er lächelte mitfühlend. Der straff gespannte Knoten, den ich den ganzen Vormittag in meiner Brust gespürt hatte, zog sich noch fester zusammen.

»Die Apotheke ist geschlossen?«

»Selbstverständlich. Heute wird unser großer Pir Nirulla gefeiert.«

»Aber woher bekomme ich jetzt Medikamente für meine Freundin? Sie ist schwer krank!«

»Da müssen Sie in ein anderes Dorf. Wo wohnen Sie und Ihre Freundin? Darf ich Ihnen meine Hilfe anbieten?«

Ich musterte ihn, sah seine fleischigen Lippen und die Haare in seinen Ohren. Ich hatte wirklich keine Zeit, mit dem alten Knacker zu plaudern. Ich wollte etwas tun, etwas Sinnvolles unternehmen.

»Nein, nein, ist nicht so wichtig …«

»Es ist aber nicht gut, wenn eine junge Dame an einem solchen Tag allein …«

In Anbetracht dessen, was später geschah, schäme ich mich, nicht auf ihn gehört zu haben. Ich machte kehrt, lief über die Straße und drängte mich in die Menge. Dann verlor ich kurz die Orientierung, denn als ich zu den Bussen hinübersah, vermisste ich die Kreuzung, von der der bergauf führende Weg abzweigte; ich konnte sie einfach nicht entdecken. Von der anderen Straßenseite aus betrachtet und so voller Menschen wirkte das Dorf völlig verändert. Mr. Chakrabarty rief mir noch etwas nach, doch ich wollte nicht hinhören und ging eilig in die Richtung zurück, wo der Prediger stand. Seine Schimpfkanonade war auf dem emotionalen Höhepunkt angelangt; Speichel regnete auf die Zuhörer hinab wie die ersten Tröpfchen eines drohenden Gewitters.

Ich war mir sicher, dass sich die Abzweigung gegenüber der National Bank befand. Ich zwängte mich am Generator des Predigers vorbei, landete vor dem geschlossenen Postamt und sah, dass die Abzweigung direkt vis-à-vis war. Als ich die Straße noch einmal überquerte, um Bananen und Mineralwasser zu kaufen, fiel mein Blick auf einen silberfarbenen Suzuki mit Allradantrieb, der am Ende des Wegs vor der Bank stand.

Mit zusammengekniffenen Augen betrachtete ich den Wagen. Die Fahrertür war zum Weg hin geöffnet, und ein groß gewachsener Mann lehnte mit dem Rücken am Jeep. Er trug das rötlich braune Gewand eines Buddhisten, und sein Schädel war kahl rasiert. Zuerst hielt ich ihn für einen Pilger, doch als er sich seitwärts drehte, sah ich, dass seine Haut europäisch blass war. Er war nicht allein.

Weil ich instinktiv das Gefühl hatte, mich besser nicht blicken zu lassen, sprang ich blitzschnell hinter einen großen Lastwagen mit Tigerlackierung und spähte auf die andere Straßenseite. Die Begleiterin des Mannes kam gerade hinter dem Wagen hervor und trat in die Sonne, so dass sie sich direkt mir gegenüber befand. Es dauerte eine Weile, bis sich meine Augen an die Helligkeit gewöhnt hatten. Ich sah blinzelnd ins grelle Licht und fuhr erschrocken zurück: Es war Coral. Sie trug noch immer den Sari, hatte aber den Kopfschmuck abgenommen und stand fast unterwürfig vor dem Mann. Während sie miteinander sprachen, sah sie sich immer wieder nervös um, und ihre schlaff herabhängenden Hände waren pausenlos in Bewegung.

Sie befanden sich offenbar mitten in einer hitzigen Diskussion, stritten vielleicht sogar. Coral nickte und trat zurück, wie um sich zum Gehen zu wenden. Es sah so aus, als flehte der Mann sie an, etwas zu tun. Er packte sie am Arm und sah sie ernst an, aber sie schüttelte den Kopf und sagte noch etwas. Daraufhin drückte er ihr ein kleines Päckchen in die Hand. Ich konnte nicht viel erkennen, weil sie sich in diesem Moment umdrehte, aber ich glaubte zu sehen, dass sie das Päckchen zwischen die Falten ihres Saris schob. Und dann vollführte sie eine so flinke und unerwartete Bewegung, dass ich erst nach zwei, drei Sekunden kapierte, was sie tat: Sie bückte sich und berührte, die Augen demütig gesenkt, seine Füße. Dann sprang sie auf und lief weg.

Der Mann trat vom Gehsteig hinunter und verschwand in der Menge. Ich beschattete meine Augen und versuchte ihm mit dem Blick zu folgen, aber ein großer Bus, dessen Dach mit Menschen und Gepäck voll gestopft war, versperrte mir die Sicht. Ich fühlte mich an etwas erinnert, an ein Ereignis oder ein Bild, aber so schwach, dass ich, sosehr ich mich auch bemühte, nicht darauf kam. Ich trat auf die Straße und fluchte über die vielen Rikschas und Fußgänger, die mir ständig den Weg versperrten. Obwohl eigentlich nichts passiert war, zitterten meine Hände, und mein Mund war ausgetrocknet. Nicht nur, dass Coral sich merkwürdig benimmt, dachte ich mit wachsender Furcht, es sind auch noch andere Leute im Spiel. Ich hatte in der Nacht wirklich ein Auto gehört, ich hatte es mir nicht eingebildet. Es ging eindeutig irgendetwas Sonderbares vor. Ich wollte auf die andere Straßenseite und wartete verzweifelt auf eine Lücke im Verkehr, aber jedes Mal wenn ich auf die Fahrbahn trat, tuckerte ein Motorrad oder ein Auto vorbei und zwang mich auf den Gehsteig zurück. Ich hatte so starke Kopfschmerzen, dass ich glaubte erbrechen zu müssen.

Als ich es endlich auf die andere Straßenseite geschafft hatte, lief ich zu dem Jeep, der schräg auf dem Gehsteig parkte, so dass die Vorderreifen ein eingebrochenes Stück Abflussrinne überbrückten. Im Gegensatz zu den anderen schlammbespritzten Autos und verrosteten Bussen, die die Straße verstopften, war der Wagen eindeutig für viel Geld im Ausland erstanden worden. Außerdem war er ganz neu, der Rammschutz funkelte, und der silbrige Lack wies nicht den kleinsten Kratzer auf. Ich stellte mich auf die Zehenspitzen und lugte durch die Windschutzscheibe. Ich suchte nichts Bestimmtes; ich wollte einfach nur mehr in Erfahrung bringen.

Es gab nicht viel zu sehen. Auf dem Beifahrersitz lag eine ausgebreitete Landkarte von Orissa, auf der Rückbank eine Reisetasche aus Leder. Der Fußraum vor dem Beifahrersitz war voller Mineralwasserflaschen und Orangenschalen.

»Hi.«

Mir stockte der Atem, mein Herz setzte einen Schlag aus. Ich fuhr herum. Hinter mir stand mit süffisant vor der Brust verschränkten Armen Corals Typ. Ich schluckte und wurde knallrot. Meine Beine begannen zu zittern, und in meiner Brust pochte es so heftig, dass ich kaum ein Wort hervorbrachte. Ich glaube, ich hauchte einfach nur »Hallo« und versuchte zu lächeln. Er streckte mir die Hand entgegen, ergriff meine, drückte sie ziemlich kraftlos und ließ sie fallen.

»Ich bin Zak.« Er musterte mich aufmerksam.

Mein erster Eindruck war richtig gewesen, er war Europäer. Zwischen den Haarstoppeln des frisch rasierten Schädels leuchtete die Kopfhaut rosa hervor, und seine buschigen Augenbrauen waren blond. Er hatte ein faltenloses Gesicht, aber sein Alter zu schätzen war unmöglich – irgendetwas zwischen dreißig und fünfzig. Die feinen, symmetrischen Züge konzentrierten sich zur Gesichtsmitte hin, so dass er einem intelligenten Hund ähnelte, der gerade etwas wittert. Das Auffälligste aber waren die hellblauen Augen, mit denen er mein Gesicht so gründlich betrachtete, als wollte er es auswendig lernen.

»Sei ganz ruhig, ich kann dir helfen«, sagte er. Sein Akzent war schwer einzuordnen: Amerikanisch mit einem Anflug von Deutsch oder Niederländisch vielleicht. Er hatte den Kopf ein wenig schief gelegt, und seine Mundwinkel bogen sich zu einem angedeuteten Lächeln.

»Suchst du irgendwas?«

Ich grinste ihn blöde an, unfähig, einen klaren Gedanken zu fassen. Meiner Erinnerung nach überragte er mich um mindestens einen Kopf, aber heute weiß ich, dass er nur ein paar Zentimeter größer war als ich. Ich entsinne mich, dass mir die dichten, blonden Härchen auf seinem Handrücken auffielen und dass er ausgelatschte Zehenschlappen trug, die ihm zu klein waren.

»Nein«, stieß ich hervor, ohne mein albernes Lächeln aufzugeben, »nein, ich suche nichts. Entschuldigung, ich wollte nur mal kurz einen Blick reinwerfen …«

»Gut. Ja, es ist gut, dass ich dich kennen lerne.«

Die Art, wie er es sagte, ließ vermuten, dass er genau wusste, wer ich war. Sein Gesicht verzog sich zu einem Lächeln. Die kalten blauen Augen ließen mich nicht aus ihrem Blick. Wenn ich mich recht erinnere, nuschelte ich »Ich muss jetzt los« oder etwas Ähnliches, kicherte schrill und wandte mich zum Gehen.

Aber was weiß ich schon? Ich habe mir die Szene so oft ins Gedächtnis zurückgerufen, dass die Erinnerung ganz durchgescheuert ist. Manchmal glaube ich, dass ich den Unterschied zwischen dem wirklichen Geschehen und den Gedankenstichen, mit denen ich die Erinnerung zusammennähte, damit sie nicht auseinander fiel, gar nicht mehr erkenne. Ich gebe mir Mühe, so ehrlich wie möglich zu erzählen, aber wie all unsere Geschichten ist auch diese nur eine Geschichte, und manchmal weiß ich nicht mehr genau, wo sie endet und ich beginne.

Wenig später hatte ich den Weg in den Urwald erreicht. Als der Bungalow in den Blick kam, war ich durchgeschwitzt, und mein Herz schlug schmerzhaft gegen die Rippen. Es hatte zu regnen begonnen, ein Dschungelschauer, der meine Stirn besprengte und auf die Wangen klatschte, aber das merkte ich kaum. Ich lief über den Gummirasen, sprang die Verandatreppe hoch und stürmte ins Zimmer. Sie müssen verstehen: Ich hatte einen Entschluss gefasst. Ich hatte entschieden, dass Gemma und ich Agun Mazir mit dem nächsten Bus verlassen würden.
Nachdem ich die Tür geöffnet hatte, hörte ich als Erstes Gelächter und sah zu meinem Erstaunen, dass Coral auf Gemmas Bett saß wie ein tropischer Raubvogel mit zerfetzten roten und goldenen Schwingen und schmutzigen Klauen. Sie hatten die Köpfe zusammengesteckt, hielten sich an den Händen und kicherten. Auf dem Bett lagen eine große Flasche Mineralwasser, Bananen und ein paar Chapatis. Als Coral mich hörte, warf sie einen Blick über die Schulter und sagte mit – meiner festen Überzeugung nach – hohntriefender Stimme: »Na, da kommt sie ja!«
Ich blieb stehen und beobachtete schweigend, wie sie zusammensaßen und lachten. Coral tut, als ob sie unsere Freundin wäre, dachte ich plötzlich, aber in Wahrheit ist sie unsere Feindin, auch wenn nur ich das erkannt habe. Ob es nun an der Hitze lag oder der unvermeidliche Ausbruch der nervösen Energie war, die sich an diesem Vormittag in mir angestaut hatte – jedenfalls hatte ich eine irrsinnige Sekunde lang die Phantasie, dass sie Gemma auf das Bett drückte und deren Hand dabei nicht etwa hielt, sondern sie so kraftvoll umschloss, dass Gemma sich nicht

rühren konnte, und dass sie in Wirklichkeit gar nicht lachte, sondern nur eine Grimasse schnitt, während sie Gemma niederhielt. Und dann verlor ich die Beherrschung. Ich stürzte zum Bett, packte Corals Arm, zerrte sie vom Bett herunter und schubste sie so heftig zur Seite, dass sie stolperte und hart auf dem Hintern landete. Der flitterbesetzte Saum ihres Saris rutschte hoch und gab den Blick auf ihre dünnen, mit Mückenstichen übersäten Beine und die knochigen Knie frei.

»Wer ist dieser Mann, mit dem du vorhin im Dorf warst? Was wird hier gespielt?«

Sie rollte sich auf dem schmutzigen Boden zur Seite, raffte sich auf und sah mich erstaunt an. »Du bist ja verrückt, Mädchen!«

»Ganz und gar nicht! Du hast irgendwas vor, ich weiß es genau!« Sie glotzte mich an. Mein Mund war plötzlich ganz trocken; ich schluckte. So direkt hatte ich es nicht sagen wollen, und noch viel weniger hatte ich vorgehabt, sie niederzuschlagen.

»Mensch, Esther! Was soll das, verdammt noch mal?«

Gemma setzte sich im Bett auf und sah mich wütend an. Ich biss mir auf die Lippe. Am liebsten wäre ich zurückgegangen und noch einmal hereingekommen. Coral hatte die Augen geschlossen und atmete in langsamen, meditativen Zügen.

»Es tut mir Leid«, sagte ich stockend. »Das wollte ich nicht.«

»Und was *wolltest* du, verdammte Scheiße?«, fragte Gemma barsch. »Was ist los mit dir?«

Ich sah sie an. Es war erstaunlich, wie sehr sie sich seit dem Vormittag erholt hatte. Das Fieber war offenbar weg, denn abgesehen von den entzündeten Stellen, wo sie gekratzt hatte, war ihr Gesicht eher blass und müde als gerötet. Ihre Augen waren noch leicht verschleiert, aber Coral hatte ihr das Haar aus dem Gesicht gebürstet und feuchte Waschlappen auf die nackten Arme und den Bauch gelegt.

»Nichts ist mit mir los. Es tut mir Leid. Ich bin einfach angespannt, das ist alles. Hey, Coral …« Ich drehte mich zu ihr um

und lächelte sie an, aber sie sah mit starrem Gesicht zu Boden.
»Was soll ich sagen? Ich weiß selbst nicht, was in mich gefahren ist …«
Gemma verzog das Gesicht. Sie wirkte angewidert. Ich hockte mich auf die Bettkante, wo vorhin Coral gesessen war, und griff nach Gemmas Hand.
»Hör zu«, sagte ich langsam, »ich weiß, du bist krank, aber mir ist hier einfach unheimlich zumute, und ich will weg hier, nichts wie weg!«
Sie sah mich ausdruckslos an. Ihre Hand hing schlaff zwischen meinen Fingern.
»Dann geh doch.«
»Und, kommst du mit?«
Sie schüttelte aufreizend langsam den Kopf. »Nein, ich komme nicht mit.«
Ich beugte mich näher zu ihr. Ich wollte nicht, dass Coral mithörte. »Gem, ich weiß, du magst Coral, aber sie benimmt sich total merkwürdig. Ständig redet sie von Verbrennen und Feuer und diesem ganzen Braut-Quatsch, und im Dorf treibt sich so ein Kerl rum. Ich glaube einfach, dass hier komische Dinge vor sich gehen, das ist alles …«
Gemma betrachtete ihre Hände. Auf ihrer Stirn standen Zornfalten. »Glaub, was du willst, ich bleibe jedenfalls hier.«
Ich ließ nicht locker. Mein Wunsch abzuhauen wurde immer stärker. »Und außerdem ist die Apotheke geschlossen, weil gerade dieses Fest stattfindet. Fahren wir doch einfach in den nächsten Ort und besorgen dir Medikamente. Bitte, Gem! Dieses Kaff tut uns nicht gut …«
»Tja«, sagte sie leise, »da wirst du allein fahren müssen.«
»Aber ich kann dich doch nicht mit *der* allein lassen!«
Ich warf einen Blick auf Coral, die sich im Schneidersitz auf dem Boden niedergelassen und die Augen geschlossen hatte.
»Und warum nicht?«
»Die tickt doch nicht richtig!«

Gemma schnaubte verächtlich und machte eine wegwerfende Handbewegung.
»Hör zu, Esther«, sagte sie leise, »es ist ganz einfach. Wenn es dir hier nicht gefällt, geh woanders hin. Du benimmst dich merkwürdig, nicht Coral. Wir wären, ehrlich gesagt, froh, wenn du gehen würdest.«
Ich starrte sie an. Es überlief mich heiß und kalt.
»Was soll das heißen?«
»*Du* benimmst dich komisch, nicht Coral. Du sendest schlechte Schwingungen aus.«
»Das hat dir Coral eingeredet!«
»Quatsch!« Sie setzte sich auf und sah mich scharf an. »In Wahrheit projizierst doch *du* deine ganze Scheiße auf *sie*, du kleine *Miss Perfect!* Wir wissen doch alle, was hier läuft!«
Mein Herz pochte so laut, dass sie es gehört haben muss. Ich versuchte durchzuatmen.
»Was soll das heißen?«, flüsterte ich.
»Nachdem du mir jede Beziehung versaust, müsstest eigentlich selbst du mal ein schlechtes Gewissen kriegen!«
Mir war, als hätte sie mir Eiswasser über den Kopf geschüttet. Ich schnappte nach Luft und begann vor Schreck zu zittern.
»Das verstehe ich nicht.«
»Das verstehst du sehr wohl! Hast ja schließlich diesen wunderbaren Uniabschluss in Scheiß-Anthropologie, oder? Es gibt da nämlich eine winzige Kleinigkeit, die man im Zusammenhang mit menschlichen Beziehungen beachten sollte. Wenn ein Mädchen einem anderen Mädchen den Freund ausspannt, ist es üblich, dass das erste Mädchen Schuldgefühle kriegt und das zweite nichts mehr von ihr wissen will. Was erwartest du eigentlich?«
Coral saß schweigend in ihrer Ecke. Gemma sah mich an. Sie hatte den Mund zu einer kleinen rosa Schnute verzogen. Ich erwiderte ihren Blick. Ich kannte ihr Gesicht so gut, war damit groß geworden, hatte miterlebt, wie ihr Leben darin seine

Spuren hinterließ, aber noch nie waren ihre Augen so kalt und hasserfüllt gewesen. Ich schluckte. Mir war speiübel.

»Ich weiß nicht, wovon du redest.« Ich sagte es leise und stockend wie ein kleines Mädchen, dem eine Strafe bevorsteht.

»Du weißt es sehr gut. Ich rede von Steve.«

Sie sprach den Namen in einem so schneidenden Ton aus, dass es mich durchfuhr wie mit einem glühenden Messer. Idiotischerweise stritt ich auch noch alles ab, indem ich meinen knallroten Kopf schüttelte, doch in mir wiederholte sich unablässig derselbe Satz: *Sie hat es die ganze Zeit gewusst.*

»Ich habe ihn dir nicht ausgespannt, Gemma«, sagte ich flüsternd. »So war es nicht.«

»Ach, nein? Wie war es denn dann? Mir kam es genau so vor und nicht anders.«

»Wir sind nur Freunde …«

»Ach, und deshalb hast du mit ihm auch nur rumgeknutscht, ja?«

Ich starrte sie an. Ich war zu verblüfft, um ein Wort hervorzubringen. Ich konnte nichts tun, und es gab nichts zu sagen. Die Falle der unbestreitbaren Wahrheit war zugeschnappt. *Die ganze Zeit hat sie nichts gesagt, obwohl sie alles wusste.* Den Bruchteil einer Sekunde lang sah ich vor mir, wie Steve und ich uns geküsst hatten, kurz bevor es an der Tür klingelte und Gemma reinkam. Bei dieser Erinnerung hätte ich fast losgekotzt. Immer noch den Kopf schüttelnd, griff ich nach Gemmas Hand. Sie zog sie blitzschnell weg.

»Ich kann nichts dafür, Gem«, sagte ich kleinlaut.

Sie schnaubte. Ihre Stimme troff vor Sarkasmus. »Ach, was du nicht sagst!«

»Ich schwöre dir, ich …«

»Ach, hör schon auf! Ich hatte noch kaum seinen Namen erwähnt, da warst du schon hinter ihm her!« Sie spie es mir entgegen. Ihre Augen waren schwarz vor Hass, ihre Wangen hochrot. »Du konntest einfach nicht die Finger von ihm lassen, was?

Du nimmst dir alles, was du willst, damit du zeigen kannst, wie viel besser du bist als ich!«
Plötzlich wurde es mir zu viel. Ich sprang auf.
»Das stimmt nicht! Du weißt genau, dass das nicht stimmt!«
Ihr Gesicht blieb starr. Aus ihrer Miene sprachen Sturheit und Trotz, wie immer, wenn sie sich im Recht glaubte.
»Es ist immer dasselbe mit dir.«
»Was soll das heißen?«
»Du willst mich klein halten, das war von Anfang an so. Du musst die Beste und die Hübscheste und die mit den meisten Freunden sein und alles hundertprozentig unter Kontrolle haben, und wenn es mal nicht so ist, erträgst du es nicht und zertrampelst einfach, was andere haben!«
»Das ist nicht wahr!«
Sie hörte mir nicht mehr zu. Ihre Opferrolle war gesichert, jetzt drehte sie das Gesicht zur Wand. Und als ich ihre märtyrerinnenhaft gebeugten Schultern betrachtete, kam ein neues Gefühl in mir hoch und brach sich wie eine Welle – das Einzige, das mir als Gegenwehr blieb: Wut.
»Das ist doch nur die Version, die du glauben willst!«, schrie ich. »Aber die stimmt eben nicht! Du bist ja mit Steve nicht mal ausgegangen! Zwischen euch ist nicht das Geringste passiert!«
Ich holte Luft. Mir war klar, dass ich gerade etwas Vernichtendes gesagt hatte, aber jetzt konnte ich nicht mehr aufhören. *Na los*, fauchte eine Stimme in mir, *sag ihr doch endlich die Wahrheit!*
»Bei dir passiert ja nie irgendwas«, hörte ich mich sagen. »Und weißt du, warum? Weil du es gar nicht zulässt. Weil du dich in deinem tiefsten Inneren für perfekt hältst. Deshalb suchst du dir immer völlig unmögliche Männer aus. *Du* musst immer alles unter Kontrolle haben, nicht ich …«
Ich hörte auf. Ich hätte noch so viel sagen können, Dinge, die ich seit Jahren mit mir herumschleppte: dass sie nie jemanden an sich heranließ oder dass sie sich immer überlegen gab, obwohl sie im Grunde Angst hatte, aber ich wollte sie nicht noch mehr

kränken. Sie war doch meine beste Freundin. Wir waren verkracht, aber ich hatte sie immer noch lieb.

Es folgte ein langes, tödliches Schweigen, in dem das Zwitschern der Vögel und das Schnalzen der an den Wänden auf und ab flitzenden Geckos wieder vernehmbar wurde. Ich hörte das dumpfe Pochen in meiner Brust und das ferne Geschimpfe des Predigers unten im Dorf. Fassungslos über die Ungeheuerlichkeit dessen, was ich gerade gesagt hatte, wandte ich mich von Gemma ab, und mein Blick traf auf Coral, die mich unverwandt ansah.

»Es wird Zeit, dass du gehst, Schwester«, sagte sie sanft. »Siehst du nicht, dass du alles kaputtmachst?«

Ich schniefte, tupfte mir mit den Fingerknöcheln die Augen ab und ging ziellos vor dem Bett herum. Ich konnte immer noch nicht ganz glauben, was da geschah. Ich beugte mich über Gemma. Ich wollte unbedingt alles zurücknehmen, die Sache bereinigen und ganz von vorn anfangen.

»Willst du das wirklich?« Mir war bewusst, dass ich sie anbettelte, aber ich hatte nicht das kleinste bisschen Stolz mehr.

»Bitte, Gem, ich wollte dich nicht kränken. Bitte!«

Sie drehte sich wie in Zeitlupe um, und zum allerletzten Mal begegneten sich unsere Blicke. Dann sagte sie fast flüsternd: »Ich will dich nicht mehr hier haben.«

»Bitte, Gem, ich kann dich doch nicht hier zurücklassen. Bitte zwing mich nicht dazu!«

»Hau ab!«

Ich stöhnte auf. Am liebsten hätte ich gekotzt und meine schrecklichen Gefühle alle auf einmal aus mir herausgewürgt. Ich bohrte die Fingernägel in die Handflächen, schleppte mich zu meinem Bett und griff nach meinem Rucksack. Auf dem Boden lag ein Haufen Klamotten von mir. Ich bückte mich und stopfte alles hinein. Mein Bargeld, der Pass und der Schließfachschlüssel kamen in den Geldgürtel. Der Druck auf meiner Brust war kaum mehr zu ertragen. Ich hätte das alles nicht sagen dürfen, aber die Situation war so eskaliert, dass ich nichts mehr steuern konnte. Nun würde Gemma mir nie mehr verzeihen. Ich wusste, dass ich in Tränen ausbrechen würde, falls ich noch einmal zu sprechen begänne. Ich schulterte den Rucksack und ging zur Tür.

Kurz davor stockte ich. Ich wollte mich umdrehen, blieb mit steifen Schultern wie gelähmt stehen und starrte den Türknauf an. Es gab noch so viel zu sagen, aber die Worte wollten sich in meinem Kopf nicht formen, und mein Mund ließ sich nicht öffnen. Ich schmeckte Salz; über meine Wangen und Lippen flossen Tränen.

»Ich lege einen Zettel in das Schließfach, damit du weißt, wo ich bin«, murmelte ich.

Dann öffnete ich ohne einen Blick zurück die Tür und taumelte hinaus in den heißen Atem des Urwalds.

Siebzehn

Zu meiner Überraschung donnerte nach nur wenigen Minuten Wartezeit ein Bus mit Fahrtziel Bhubaneshwar um die Kurve. Ich winkte wie verrückt, damit er anhielt, ergriff die ausgestreckten Arme der Bus Boys, sprang hinauf und dankte Gott, dass wenigstens eine Sache an diesem Tag geklappt hatte. Keine Sekunde länger hätte ich es am Straßenrand ausgehalten, denn in der kurzen Wartezeit hatten sich mehrere Leute drängelnd um mich geschart und mich, zerzaust und rotäugig, wie ich war, mit gnadenloser Neugier angegafft. Noch am Tag zuvor hätte ich ihnen lautstark zu verstehen gegeben, dass sie sich verpissen sollten; jetzt schniefte ich nur und starrte kläglich zu Boden.

Was gerade geschehen war, machte mich fassungslos. Dass Gemma sich über die Sache zwischen Steve und mir aufregen würde, war mir klar gewesen, doch jedes Mal, wenn ich ihre hasserfüllten Augen wieder vor mir sah, durchfuhr mich neuer Schreck, neuer Schmerz. Als wäre sie plötzlich ein anderer Mensch geworden, eine Fremde. Und jetzt verließ ich Agun Mazir ohne sie! Ich verstand die Welt nicht mehr.

Ich wankte durch den Mittelgang und suchte einen Sitzplatz. Im Gegensatz zu dem Bus, der uns drei Tage zuvor nach Agun Mazir gebracht hatte, war dieser nur halb voll, und ich wurde schnell fündig. Ich stellte meinen Rucksack auf dem Nebensitz ab, lehnte den Kopf an den klebrigen Plastikbezug und starrte mit leerem Blick aus dem Fenster, während der Bus beschleunigte und durch das Dorf ratterte. Wir passierten den Weg, der zum Bungalow hinaufführte, die National Bank und die Rikscha-Werkstätten am Ortseingang. Ich zog das klapprige Fenster herunter und streckte den Kopf hinaus. Der Wind blies mir ins Gesicht und durch die Haare, und allmählich wurde ich ruhiger. Kurz darauf ging es steil bergab. Das Dorf blieb weit hinter uns. Lethargisch betrachtete ich die vorbeiziehende Landschaft. Ich hatte keine Ahnung, wohin ich fahren und was ich machen sollte. Ich war abwechselnd völlig gefühllos und vom Schock gebeutelt. Wieder und wieder lief in meinem Kopf der Streit ab, meine Gedanken sprangen chaotisch von Coral zu Steve und dann wieder zu Gemma und meiner grässlichen Schuld.

In zahllosen Haarnadelkurven wand sich die Straße über die bewaldeten Bergflanken, führte über Flüsse und durch winzige, menschenleere Dörfer. Der Bus passierte am Straßenrand grasende Ziegen, mit riesigen Brennholzbündeln beladene Arbeiter, und auf einer Lichtung, vor der ein Schild mit der Aufschrift »Landsitz Sri Krishan« stand, schlugen ausgemergelte, dunkelhäutige Frauen Äste von den Bäumen. Ihre dünnen, verblichenen Saris hatten sie über den Schienbeinen gerafft. Ein paar Kilometer weiter stand einer der Schreine, die die Fahrgäste auf dem Weg nach Agun Mazir mit Münzen beworfen hatten. Diesmal wurde der Bus nicht langsamer.

Ich schloss die Augen. Das alles dort draußen interessierte mich nicht. Mein einziger Gedanke war, dass ich mit meinem Egoismus alles zerstört hatte. Dass ich gedankenlos sein konnte und manchmal ohne Rücksicht auf andere Menschen nur meine eigenen Ziele verfolgte, war mir ebenso bewusst wie meine Anfälligkeit für Männer, aber Gemma war ich bisher immer eine gute Freundin gewesen. Was auch in ihrem Leben passiert war – und in den letzten Jahren hatte es weiß Gott viele Dramen gegeben –, ich war immer für sie da gewesen. Ich war treu, ja, so sah ich mich, ein treuer, alter Labrador, der ihr liebevoll zu Füßen lag. Und es war wichtig für sie, dass ich so war. Ihre Eltern waren eine einzige Katastrophe – ihr Vater ständig in Nordengland und nie für sie da, ihre Mutter distanziert und depressiv, ihr älterer Bruder längst aus dem Haus. In der Schule war sie immer so schüchtern gewesen, hatte sich an mich geklammert wie Efeu an einen Baum.

Und so hatte ich ihr dieses Vertrauen vergolten! Ich musste wieder weinen. Meine Nase füllte sich mit Rotz, heiße Tränen kullerten mir über die Wangen. Wie hatte ich etwas so Schreckliches tun und auch nur im Traum glauben können, ich wäre immer noch ihre Freundin? Es war ihr schon so lange mies gegangen, sie hatte in diesem Loch über dem Alliance and Leicester gehaust und in der Kodak-Fabrik gearbeitet, während ich mich ihr gegenüber mit meinem Studentenleben aufspielte, hatte mit einem Haufen Luschen aus Stevenage geschlafen, die nie lang bei ihr blieben, während ihre Mutter allmählich kaputtging. Und von mir kamen immer nur die gleichen selbstgefälligen, abgedroschenen Phrasen: dass das nur eine Phase sei, dass sie bestimmt bald einen Mann kennen lernen werde, der sie da raushole – Märchen für Erwachsene.

Es tat so weh, dass es mich wieder beutelte, aber was sie gesagt hatte, stimmte. Ich hatte sie immer in dem eitlen Wissen beruhigt und vertröstet, selbst ein besseres Leben zu führen. Und vielleicht, dachte ich in einem Anflug von Selbsthass, hatte ich es gar nicht anders gewollt. Es war ja durchaus praktisch gewesen: Ich war die Hübsche, Erfolgreiche, sie die problembeladene Versagerin.

Doch dann hatte sich an einem Tag im vergangenen Sommer alles geändert.

»Ich habe einen Mann kennen gelernt!«, hatte sie triumphierend verkündet. »Und du wirst sehen, diesmal funktioniert es!«

Zuerst wollte sie nicht, dass ich ihn kennen lernte, aber sie beschrieb ihn mir in stundenlangen Telefongesprächen bis ins kleinste Detail, gab die Gespräche mit ihm wieder, schilderte die Rendezvous. Ob er wohl dasselbe empfand wie sie? Was hatte sein Gutenachtkuss zu bedeuten? An welchen Finger sollte sie seinen Ring stecken? Ich beriet sie vor jedem kleinsten Schritt und freute mich darüber, dass sie glücklich und unsere Freund-

schaft wieder so innig war. Ich erklärte ihr, dass er keiner von der schnellen Truppe war, dass sie Andeutungen machen, die Initiative übernehmen solle. O Gott, ich glaube, ich habe sogar gesagt, ich würde ihn mir mal vorknöpfen!
Ich kniff die Augen zusammen und wischte mir mit der Handkante wütend die Tränen weg. Sie hatte mich beschuldigt, ihn ihr ganz bewusst ausgespannt zu haben und alles, was sie hatte, auch haben zu wollen und zu zerstören. Aber das stimmte nicht. Ich hatte nie die Absicht gehabt, ihn ihr wegzunehmen, sondern er hatte sich einen Weg in mein Leben gebahnt – wie, das konnte ich selbst nicht erklären. Er war so entschlossen gewesen, so sicher, zu mir zu gehören, dass meine Ängste nur mehr wie schwache Ausreden klangen und meine Zurückhaltung mir schließlich wie Dummheit erschien. Und tief im Herzen wusste ich, dass er damit Recht hatte. Als er an jenem Abend endlich vor meiner Tür stand, war ich mit pochendem Herzen hingerannt wie ein Schulmädchen. Ich hatte Gemma nicht wehtun wollen, doch als er sich zu mir hinunterbeugte und seine Lippen meine berührten, war mir klar geworden, wie sehr auch ich ihn begehrte.
»Und was ist mit Gemma?«, hatte ich geflüstert, aber er hatte nur den Kopf geschüttelt. »Gemma, Gemma, Gemma. Was hat sie damit zu tun?« Und ehe ich mich abwenden konnte, hatte er die Arme um meine Taille geschlungen und zog mich noch näher und küsste mich leidenschaftlich, und plötzlich spielte Gemma keine Rolle mehr.
Dann lösten wir uns aus unserer Umarmung. Ich konnte es kaum ertragen, ihn nicht mehr ganz nah bei mir zu haben. Ich wollte mit seinem Körper verschmelzen. Er sollte nie wieder weggehen. Meine Eltern waren nicht da. Ich hatte das Gefühl, erst jetzt begänne das Leben.
»Hallo«, sagte er, »dich habe ich gesucht.«
Ich sah in sein Gesicht, ein bisschen nervös, ein bisschen verlegen. So genau hatte ich ihn noch nie betrachtet. Er hatte

Bartstoppeln am Kinn und eine kleine Narbe über der Augenbraue. Ich hob die Hand und strich zärtlich darüber.
»Weißt du, dass ich nach Indien fahre?«, fragte ich ihn, aber er lachte nur und zuckte mit den Schultern. Ich küsste ihn, fuhr mit der Hand hinten über sein Hemd und aufwärts über seinen glatten, warmen Rücken und zog ihn an mich. In diesem Augenblick klingelte es.
O Gott, warum hatte ich das nur getan! Ich verstand mich doch als Feministin, für die Frauen grundsätzlich an erster Stelle standen, und nicht als eine flatterhafte Femme fatale. Ich richtete mich auf und blickte durch die schmutzige Fensterscheibe auf die von Schlaglöchern übersäte Straße. So hatte Gemma mich doch im Zug genannt, oder? Sie hatte diese Bemerkung bestimmt absichtlich gemacht, weil sie wusste, dass ich sofort ein schlechtes Gewissen bekommen würde. Und auch ihre Bemerkungen über den Brief, den sie ihm schreiben wollte, waren, im Nachhinein betrachtet, voller Gift gewesen. Wir fuhren an dem rostigen Gerippe eines liegen gebliebenen Busses vorbei, um das sich ohne erkennbaren Grund zahlreiche Menschen drängten. Ich hatte die ganze Zeit geglaubt, Gemma würde nichts ahnen, dabei hatte sie es längst gewusst! Und jetzt, nachdem ich mir die Szene mit Steve ins Gedächtnis zurückgerufen hatte, wurde mir klar, dass meine Schuld von Anfang an offen zutage gelegen hatte. Ich putzte mir kläglich schniefend die Nase.
Es hatte an der Tür geklingelt. Steve und ich hatten uns blitzschnell voneinander gelöst. Mir fiel ein, dass Gemma gesagt hatte, sie wolle nach der Arbeit vorbeischauen. Ich glaube mich zu erinnern, dass ich mir mit der Hand über den Mund wischte, als wäre Steves Kuss – mein Betrug – mit Farbe darauf gemalt. Ich wusste, dass ich knallrot und ganz aufgelöst war; am liebsten hätte ich mich aus der Diele geschlichen und irgendwo versteckt. Aber dafür war es zu spät, hinter der Milchglasscheibe war schon ihr runder Rücken und ihr derbes Profil zu erkennen. Ich straffte die Schultern und öffnete die Tür.

Sie sah uns kurz an, zwängte sich vorbei und stapfte durch den Gang ins Wohnzimmer.

»Hi«, sagte ich so beiläufig wie möglich. »Was gibt's?«

Sie schüttelte nur den Kopf. Sie bereitete mir ein schlechtes Gewissen, ohne Vorwürfe zu machen. Eine wahre Glanzleistung! Und es funktionierte prompt. Ich tat in dieser Nacht kein Auge zu, so entsetzt war ich über das, was ich getan hatte. Am nächsten Tag rief ich Steve an und teilte ihm mit, dass wir uns nie wieder sehen würden. Er war bestürzt, aber ich legte auf, bevor er Einwände erheben konnte. Mir war schlecht. Und um das tobende Schuldgefühl zu lindern, hatte ich Gemma gefragt, ob sie mitkommen wolle auf meine tolle Indienreise, und sie hatte zu meiner Überraschung ja gesagt. Und ich hatte eine völlig bescheuerte, naive Erleichterung empfunden, denn dieses Ja hatte mich davon überzeugt, dass sie nichts ahnte. Und ich hatte gebetet, dass sie nie etwas ahnen würde.

Jetzt war klar, dass sie es von Anfang an gewusst hatte. Als mir ihre Worte von eben noch einmal durch den Kopf gingen, wurde mir klar, dass ihr Neid auf mich unsere Freundschaft kaputtgemacht hatte, und sofort beschlich mich ein neues Gefühl, ein leiser Groll, der, während ich ihre Anschuldigungen wiederholte, immer stärker wurde. Wie konnte sie behaupten, ich würde Dinge, die sie besitze, zerstören wollen und giere danach, die Beste zu sein? Seit unserer Kindheit hatte ich alles mit ihr geteilt: Freunde, Einladungen zu Partys, Kleider, einfach alles. Man konnte mir ja wohl kaum einen Vorwurf daraus machen, dass ich den Erwartungen entsprochen, hart gearbeitet und die für das Studium an der University of Sussex erforderlichen Noten erzielt hatte. Wie hätte sie es denn gern gehabt? Dass ich mir auch mein Leben verpatzte, nur damit sie jemanden hatte, der ihr Gesellschaft leistete? Mein Gott, sie hätte ein Oxford-Stipendium haben können, wenn sie den Schulabschluss geschafft hätte! Aber sie hatte ja, ohne jemals einen Grund dafür zu nennen, alles hingeschmissen, hatte fast ein ganzes Semester geschwänzt und

war bekifft zu den Prüfungen erschienen. Mit der Scheidung ihrer Eltern hatte das gar nichts zu tun, dachte ich wütend, das war doch nur ihre Ausrede. Nein, sie hatte einfach nicht den Mumm, einmal etwas zu wagen. Deshalb hatte sie mit voller Absicht ihren Schulabschluss vermasselt und sich immer die allerletzten Typen ausgesucht. Und da sollte *ich* mich schuldig fühlen?
Genauso war es. Mit ihrer raffinierten Mischung aus Passivität und verdeckter Aggressivität schaffte sie es immer wieder, mich ins Unrecht zu setzen. Gut, es war nicht die feine Art gewesen, mit Steve etwas anzufangen, aber man musste die Kirche im Dorf lassen! Er war ein Freund, in den sie verknallt war, nicht ihr Geliebter. Dass sie ihn vor mir kennen gelernt hatte, hieß noch lange nicht, dass er ihr gehörte.
Wir hatten die Berge hinter uns gelassen. Nach der nächsten Kurve öffnete sich der Blick auf Reisfelder, eine flache, eintönige Landschaft. Ich hatte mich schon wieder ein bisschen gefangen, doch jetzt sackte meine Stimmung plötzlich erneut in den Keller. Denn auch wenn Gemma noch so eifersüchtig und destruktiv war, sprach mich das nicht frei. Sosehr ich mich anstrengte, meine Taten zu rechtfertigen – die Tatsache, dass ich mich ihr gegenüber nicht wie eine wahre Freundin verhalten hatte, ließ sich nicht aus der Welt schaffen. Sie war in Steve total verknallt gewesen, und ich hatte ihn mir geangelt. Ich hatte sie belogen und betrogen, da halfen keine Gegenbehauptungen. Ich konnte so viele Entschuldigungen aufzählen, wie ich wollte, und mir sagen, dass sie nicht fair gewesen war vorhin, es blieb bei der bitteren Tatsache: Ihr Herz war gebrochen, und schuld daran war ich. Ich hatte gesehen, was sie begehrte, und dafür gesorgt, dass ich es bekam. Kein Wunder, dass sie mich nicht mehr bei sich haben wollte.
Ich wandte den Blick vom Fenster; ich ertrug mein Spiegelbild nicht länger. Ich hatte nur noch einen Gedanken: dass ich es wieder gutmachen musste und dass ich dafür alles tun würde. In dem Schließfach in Delhi würde ich nicht nur einen Zettel mit meinem Aufenthaltsort hinterlegen, sondern auch einen

Entschuldigungsbrief. Sie musste ja auch dorthin und ihre Sachen herausholen. Nur gut, dass wir zwei Schlüssel bekommen hatten! Und wenn sie sich nach ein paar Tagen beruhigt hätte, würde ich noch einmal mit ihr reden.

In Bhubaneshwar übernachtete ich in einer Jugendherberge und gab den Großteil meines Bargelds für ein Flugticket nach Delhi aus. Dort wollte ich in dem Hotel am Connaught Circus schlafen und am nächsten Tag im Bahnhof meine Sachen holen. Danach, so beschloss ich, würde ich in den Süden fahren.

Achtzehn

In Delhi brach der neue Tag mit Verkehrslärm und knallenden Türen an. Auf dem Gang vor meinem Zimmer sprachen Leute laut englisch. Als sie an meiner Tür vorbeikamen, sagte ein Mann: »Es war voll cool, also, ich …« Den Rest des Satzes hörte ich nicht mehr.

Ich blieb noch ein bisschen liegen und starrte auf die schmutzige Zimmerdecke mit der abblätternden Farbe. Ich hatte verworren geträumt, schreckliche Szenen, deren Einzelheiten beim Aufwachen sofort verflogen waren. Zurückgeblieben war eine zähe Beklommenheit, die irgendwie in Zusammenhang mit Gemma und Coral stand. Dann sah ich plötzlich Gemma vor mir, wie sie mich vom Bett aus hass- und schmerzerfüllt anstarrte, und mir wurde schlecht. Unser Streit ging mir nicht aus dem Kopf, obwohl schon zwei Tage vergangen waren. Allen Ablenkungsversuchen zum Trotz hörte ich in Gedanken immer wieder, was wir gesagt hatten, Wort für Wort. Ich hatte längst aufgehört, meine Handlungsweise zu rechtfertigen, und wünschte mir nichts sehnlicher, als dass sie mir vergab. Doch wie groß war die Hoffnung, dass ich das jemals schaffen würde? Sie hatte mir gesagt, ich solle abhauen, ja, dass sie sich sogar freuen würde, wenn ich weg wäre.

Ich schüttelte mich, setzte mich auf und schob die Erinnerung beiseite. Wichtig ist jetzt, sagte ich mir zum hundertsten Mal, dass ich das Vergangene vergesse und mich auf die Gegenwart in Indien konzentriere. Ich hatte diese Reise fast ein Jahr lang vorbereitet und sollte wenigstens versuchen sie zu genießen. Die Sache mit Gemma war doch nur ein alberner Streit. Sie würde

das alles nach einigen Tagen nicht mehr so eng sehen und mir verzeihen. Dann würde sie nach Delhi fahren, meinen Brief finden, und wir wären wieder versöhnt. Schließlich war ich ja nicht mehr mit Steve zusammen. Die Beziehung war beendet.
Doch sosehr ich mich auch aufzuheitern versuchte, es blieb eine quälende, nicht greifbare Unruhe in mir, die zum Teil damit zusammenhing, dass ich es nicht gewohnt war, allein zu sein. Ich hatte mich immer als eine Abenteurerin betrachtet, aber als ich mich jetzt im Bett aufsetzte und mir das Kleid über den Kopf zog, spürte ich, dass ich grauenhafte Angst hatte. Kein Mensch wusste, wo ich war, und in dem riesigen, chaotischen Land konnte alles Mögliche passieren. Ich trat an das schmutzige Fenster und sah hinaus. Davor befand sich ein kleiner Balkon, aber das Fenster war schlampig lackiert worden und ließ sich wegen der getrockneten Farbe nicht öffnen. Aus den Straßen stiegen beißende Abgase auf und verschleierten die Sicht. Ich wollte keine Sekunde länger in Delhi bleiben.
Ich stopfte meine Sachen in den Rucksack, zog die Schnüre fest und hob ihn mir auf den Rücken. Ich versuchte mir einzureden, dass die nächsten Tage eine tolle Herausforderung sein würden, aber meine berühmte Abenteuerlust schwand zusehends. Als ich die Hand nach dem Türknauf ausstreckte, sah ich plötzlich bildhaft vor mir, was mich dort draußen erwartete. Ich wollte das alles nicht allein durchstehen müssen. Ich bin so klein und verletzlich im Vergleich zu dem riesigen Kontinent, der da vor mir liegt, dachte ich voller Selbstmitleid. Doch dann riss ich mich zusammen, öffnete die Tür und ging.
Draußen winkte ich eine Scooter-Rikscha herbei und bat den Fahrer, mich zum Bahnhof zu bringen. Ich sagte mir immer wieder, dass schon alles klappen werde. In ein, zwei Tagen würde ich in Goa sein, und Gemma würde vielleicht schon in weniger als einer Woche nachkommen. Beschwingt ratterte der Motorroller an Radfahrern und Rikschas vorbei, die quietschend am Straßenrand dahinfuhren. Trotz aller vorgebrachten Vernunft-

gründe krampfte sich mir schon beim Gedanken an Gemma vor schlechtem Gewissen der Magen zusammen. Ich brauchte mir doch nichts vorzumachen! Wie konnte ich im Ernst annehmen, dass wir nach allem, was passiert war, gemeinsam weiterreisen würden?

Ich hielt mich an der rostigen Stange unter dem Rikschadach fest und biss die Zähne zusammen. Gestern war ich noch überzeugt gewesen, dass ich mit dem Flug nach Delhi die richtige Entscheidung getroffen hatte, doch an diesem Morgen wuchs mein Unbehagen wieder, und die unklare, formlose Angst im Magen schwoll immer mehr an. Als ich einen Bettler sah, der seinen Darm in die Abflussrinne entleerte, schloss ich angewidert die Augen und schluckte. Es liegt an der Stadt, sagte ich mir. Ich musste weg.

Vierzig Minuten später blieb die Rikscha vor dem Bahnhof stehen. Ich streckte meine eingeschlafenen Beine und stieg erleichtert aus der engen Leinwandkabine, hob die Arme über den Kopf und atmete tief durch, was mich aber auch nicht ruhiger machte. Irgendetwas drängte mich, so schnell wie möglich zum Schließfach zu gehen.

Ich gab dem Fahrer sechzig Rupien und ging schnell weg, damit er keine Einwände erheben konnte. Es war gerade ein Zug eingefahren, um mich herum schrien und schubsten alle und liefen über den Bahnsteig, um einzusteigen. Als ich einen Schritt nach hinten machte, trat ich fast auf ein kleines, halb nacktes Mädchen, das sofort am Saum meines Kleids zu zupfen begann und bettelnd die Hand ausstreckte. Ich wandte mich hastig ab und eilte zu der Fußgängerbrücke, die zu den Schließfächern führte. Als ich die Treppe hinunterging, tauchten sie endlich vor mir auf, und wieder hämmerte mein Herz bis zum Hals. Dabei gab es keinen vernünftigen Grund für meine Nervosität. Ich musste nur das Schließfach öffnen und meinen Pass, mein Flugticket und die Reiseschecks herausnehmen. Den Schlüssel hatte ich schon in der Hand; der von Gemma lag in Agun Mazir in ihrem

Geldgürtel. Doch während ich auf die Metalltürchen zuschritt, ging mir unablässig eine ferne Erinnerung durch den Kopf, ein vager Gedanke oder Zusammenhang, der einfach nicht deutlicher wurde.

Es hatte mit dem Geldgürtel zu tun. Ich trat auf den Bahnsteig und suchte die Fächer nach unserer Nummer ab. Da war sie, unter der Hindi-Zahl standen auch die arabischen Ziffern: 54. Ich hielt den Schlüssel fest in meiner verschwitzten Hand, stellte den Rucksack auf dem Betonboden ab, kniete nieder und schob den Schlüssel ins Schloss. Hinter mir dröhnten eine unverständlich gekrächzte Ansage und knallende Waggontüren. Ich war dreiundzwanzig. Trotz des Streits mit Gemma war noch nie etwas in meinem Leben wirklich schief gegangen, und in diesem Augenblick glaubte ich noch, es würde so bleiben. Leise vor mich hin pfeifend, drehte ich den Schlüssel.

Die Schließfachtür sprang auf.

Ich schaute hinein, und mein Magen verkrampfte sich vor Grauen. Einen Moment lang weigerte sich mein Gehirn wahrzunehmen, was ich sah. Ich starrte den Schlüssel an, dann wieder die Tür, aber es war dieselbe Nummer. Ich drängte die aufkommende Panik zurück und tastete das Schließfach ab, bis meine Hand an die Rückwand stieß.

Eine Verwechslung war unmöglich. Das Fach war leer.

Jemand zwängte sich an mir vorbei und blieb vor einem wenige Meter entfernten Schließfach stehen. Ich registrierte benommen, dass neben mir riesige Gepäckmengen auf dem Boden abgestellt wurden, und trat zur Seite. Ich versuchte den Zusammenhang zu rekonstruieren. Wenn unsere Sachen weg waren, musste irgendwer – ein Dieb wahrscheinlich – den Schließfachschlüssel aus Gemmas Gürtel genommen haben, und zwar entweder bevor er auf den Bahnsteig gefallen war oder danach. Als Coral uns den Geldgürtel zurückgegeben hatte, waren beide Schlüssel darin gewesen – jedenfalls waren sie beide in Agun Mazir darin gewesen. Im Zug hatte ich meiner Erinnerung nach nur ein Bündel Rupien gesehen, nachdem ich den Reißverschluss des Gürtels hastig aufgezogen hatte. Wenn der Dieb aber nur einen Schlüssel und sonst nichts herausgenommen hatte, wie hatte er ihn dann in den Gürtel zurückgetan, bevor Coral ihn auf den Boden fallen sah? Und warum hatte er nicht das Geld genommen? Ich starrte in die dunkle, höhnisch klaffende Schließfachhöhle und stöhnte plötzlich auf. Natürlich! Wie hatte ich nur so dumm sein können!

Coral hatte einen der beiden Schlüssel aus dem Geldgürtel genommen! Sie hatte ihn herausgeholt, war damit zu den Schließfächern gegangen und hatte ihn im Zug wieder in den Geldgürtel gesteckt. Oder sie war nach unserer Abreise aus Kalkutta hergefahren und hatte uns den Schlüssel in Agun Mazir wieder zugesteckt. Ihre Story, sie habe den Gürtel zu Boden fallen sehen, war frei erfunden; *sie* hatte ihn gestohlen. Ich schloss die Augen, zwang mich zur Konzentration, und nach und nach entstand ein verschwommenes Bild.

»O mein Gott!«

Ich schlug die Hände vor den Mund und krümmte mich vor Entsetzen. Mit dem falschen Zopf, den sie zu ihrer Brautverkleidung getragen hatte, wurde Coral zu der Frau, die ich vor dem Flughafen gesehen hatte. Und ohne den Zopf zu der Frau, die an unserem ersten Abend in Delhi mit mir zusammengestoßen war. Sie war damals offenbar vor jemandem davongelaufen, der auch uns unweigerlich gesehen haben musste. Und mit dem silberfarbenen Jeep bei der Mela war es das Gleiche: Ich hatte ihn auf dem Flughafenparkplatz gesehen, als ich nach Bussen Ausschau hielt. Diese Erinnerung hatte ich in Agun Mazir so mühsam zu fassen versucht! Und mit eisiger, alles durchdringender Angst wurde mir jetzt auch bewusst, dass der Mann im Gewand – Zak, wie er sich selbst genannt hatte – kein anderer als Gemmas großer, gelbhaariger Hippie war, nur eben mit rasiertem Kopf.

»Bitte entschuldigen Sie, ich habe viel Gepäck.«

»Schon gut.«

Ohne den Blick zu heben, schlurfte ich davon. Seit sie uns am Flughafen entdeckt hatten, waren Coral und der Mann uns offenbar gefolgt. Dass wir bestohlen wurden, war Bestandteil des Plans gewesen. Aber warum hatte sie sich die Mühe gemacht, uns den Gürtel zurückzugeben? Wenn sie unser Zeug klauen wollte, okay – ich hatte schon einiges über die völlig fertigen Junkies gelesen, die andere Reisende ausplünderten –, aber warum war sie uns dann auch noch in den Zug nachgegangen? Ich schüttelte den Kopf so heftig, als könnte ein wichtiger Hinweis herausfallen. Egal, was Coral dazu motiviert hatte – wir hatten jetzt jedenfalls weder Reiseschecks noch Rückflugtickets. Ich besaß nur noch die etwa dreihundert Rupien in meinem Geldgürtel.

»Scheiße, Scheiße, *Scheiße* …«

Ich begann leise zu schluchzen. Ich wusste, dass es besser wäre, mich zu beruhigen und meine Lage vernünftig zu durchdenken, aber ich dachte nur an Gemma. Ich hatte einen entsetzlichen Fehler begangen. Der Streit war unwichtig; das einzig Wichtige war, dass ich meine beste Freundin in den Fängen zweier Menschen zurückgelassen hatte, die eindeutig zusammenarbeiteten und irgendetwas vorhatten. Ich musste die British High Commission verständigen. Nein, heute war Sonntag, da arbeiteten sie nicht. Bis ich Gelegenheit erhalten würde, dort mit jemandem zu sprechen, konnte alles Mögliche passiert sein. Ich musste, so schnell es ging, zurück nach Agun Mazir und zu Gemma. Ich griff in meinen Gürtel und zählte langsam mein Geld. Es waren genau dreihundertachtzig Rupien, gerade genug für die Fahrkarte.

Neunzehn

Weil der Bengal Express ausgebucht war, kaufte ich mir die billigste Fahrkarte für einen langsameren Zug, auf den ich nur knapp eine Stunde warten musste. Zwischen unzähligen Passagieren eingezwängt, den Rucksack auf dem Schoß, saß ich da und versuchte den gemächlich durch die Slums beiderseits der Gleise ratternden Zug mit Willenskraft zum Schnellerfahren zu zwingen. Wenigstens hatte ich einen Sitzplatz. Viele Leute mussten stehen, und wenn der Zug über einen besonders schlechten Gleisabschnitt fuhr, schwankte die Menge wie Getreide im Wind. Die Menschen hingen sogar aus den Türen, und aus den dumpfen Schlägen über mir zu schließen, saßen auch welche auf dem Dach.

Ich war schwach und zittrig vor Hunger, und mir war so heiß, dass ich ständig an Eis und Schnee und den kalten Nordwind dachte. Als die Frau mir gegenüber ein zusammengeklapptes Chapati und ein paar Chilis aus den verknüpften Enden ihres Saris hervorholte, muss ich das Essen so sehnsüchtig angestarrt haben, dass sie Mitleid empfand und mir die Hälfte gab. Ich nahm das Geschenk gierig an und merkte erst in diesem Moment, dass ein winziges Baby an ihrer Brust lag. Sie war wohl sehr arm, denn sie trug keine Schuhe und hatte kein Gepäck. Während wir aßen, nickten wir uns lächelnd zu wie Freundinnen auf Zeit; fast berührten sich unsere Knie.

Die Reise erschien mir formlos, ohne jede Struktur. Durch nichts unterschieden sich die endlosen, langsam verstreichenden Stunden voneinander. Der Wagen war so voll, dass ich nur hin und wieder das Fenster sah; trotzdem hatte ich die vage Vorstellung von riesigen Flächen, über die wir fuhren, und die Dörfer und Felder, die ich eine Woche zuvor noch so begeistert betrachtet hatte, verschwammen zu einem endlosen, schimmernden Bild, grün, braun und gelb. Kaum ging es endlich einmal etwas schneller voran, bremste der Zug auch schon wieder ab, ratterte langsamer weiter und blieb schließlich ohne ersichtlichen Grund stehen, manchmal viele stille Minuten lang. Dann konnte ich nur mit dem Fuß wippen und ungeduldig mit den Fingern schnalzen, als brächte das den Zug zum Weiterfahren. Ich hatte buchstäblich das Gefühl zu schmelzen. Ich war klatschnass, der Schweiß lief mir über den Rücken und zwischen den Brüsten hinab. Ich stank, mein Haar war ein wildes Lockengewirr, aber das machte mir nichts mehr aus. Ich hatte nur noch ein Ziel: so schnell wie möglich nach Kalkutta und von dort weiter nach Orissa zu fahren. Ich war in Panik, verstehen Sie, ich konnte nicht mehr vernünftig denken …

Ich hätte mich so gern beruhigt, aber es ging nicht. Meine schlimmsten Befürchtungen hatten sich bewahrheitet – Geld und Tickets weg, meine einzige Freundin Hunderte Kilometer entfernt –, und meine Phantasie spielte verrückt. Was, um alles in der Welt, wurde da gespielt? Wenn Coral es auf unser Geld abgesehen hatte, warum hatte sie dann in Delhi nicht einfach Gemmas Geldgürtel geklaut und fertig? Mir fiel wieder ein, dass ich mich damals, als der Mond in den Bungalow schien, beobachtet gefühlt hatte, und schaudernd dachte ich an das ferne Motorengeräusch des Jeeps zurück. Ich hatte Coral für gestört gehalten, aber es steckte eindeutig mehr dahinter. Sie war uns absichtlich nachgegangen, hatte schon im Voraus geplant, wo wir in Kalkutta wohnen würden, und unser Zimmer in Agun Mazir gebucht. In unzähligen Wiederholungen ging ich die Ereignisse der letzten Wochen durch. In Agun Mazir war alles so klar gewesen, aber jetzt konnte ich mir nicht mehr erklären, warum ich Gemma verlassen hatte. Warum war ich immer so impulsiv? Ich hatte Gemma bereits mit Steve betrogen und jetzt etwas noch viel Schlimmeres getan: Ich hatte sie mit einem möglicherweise hochgefährlichen Menschen allein gelassen. Nie überlegst du dir die Konsequenzen deines Handelns, sagte ich mir bitter. Ich tat zwar so, als würde ich mich um andere sorgen, aber im Grunde war ich mir immer selbst die Nächste. Ich, die Möchtegernglobetrotterin mit dem blöden Uniabschluss und dem Pass mit den interessanten Stempeln hatte darauf bestanden, dass die Götter über unser Ziel entschieden, ich hatte Gemmas Bedenken niedergewalzt und uns beiden den ganzen Ärger eingehandelt. Auf dieser Reise war es ausschließlich um mich gegangen, um meine Bedürfnisse, mein Ego, mein Abenteuer. Kein Wunder, dass Gemma darüber empört war.

Ich schloss die Augen und fiel in unruhigen Halbschlaf. Ich sah die Tür und die Fenster des Bungalows mit den vorgezogenen Läden, aus denen in sanften Spiralen grauer Rauch aufstieg, und plötzlich hatte ich Gemma vor mir, sie lag im Bett, und Coral schritt langsam auf sie zu. Wieder hielt der Zug mit kreischenden Bremsen ruckartig an. Ich fuhr zusammen, setzte mich aufrecht hin und öffnete die Augen. Mein Herz raste. Ich musste zu ihr zurück, egal was passierte.

In den frühen Morgenstunden erreichten wir Kalkutta. Ich suchte mir ein freies Fleckchen auf dem Bahnsteig und kauerte mich mit meinem Rucksack zwischen die anderen dösenden Gestalten. Mir fielen vor Müdigkeit ständig die Augen zu, immer wieder verschwamm mein Blick, bis er fast ins Dunkel abglitt, aber ich wagte nicht zu schlafen. Du musst einen klaren Kopf bewahren, sagte ich mir, sonst wird Gott weiß was passieren. Ich versuchte mir einzureden, das Ganze sei nur ein aufregendes Abenteuer, eine Reisestory, die man später, daheim, entsprechend ausgeschmückt erzählt, empfand aber nur eine abgrundtiefe, überströmende Angst. Ich war allein und ohne Geld in einem riesigen, fremden Land, und wenn ich diese formlose Angst, die mich seit Delhi gequält hatte, nicht niederhielt, würde sie irgendwann die Oberhand gewinnen.

Nach und nach veränderte sich das Licht, ein zartes Rosa legte sich langsam über den ruhig daliegenden Bahnhof. Die Menschen um mich herum regten sich. Die Krähen, die tagsüber zwischen den leeren Gleisen pickten, krächzten im Morgengrauen. Ich setzte mich auf, umschlang meine Knie mit den Händen und sah mich um. Mir war kalt, und ich hatte Hunger. Nach Abzug der Fahrtkosten bis Bhubaneshwar waren mir knapp hundert Rupien geblieben, gerade genug für ein billiges Essen und den Überlandbus nach Agun Mazir. Dass mein Geld so schnell schwand, machte mir große Angst. Ich flog gewissermaßen ohne Flügel, jeder Augenblick barg die Gefahr des katastrophalen Absturzes. Ich konnte nicht mehr klar denken, was mit dem Schlaf- und Essensmangel zusammenhängen mochte; meine Gedanken sprangen wild durcheinander, und ständig änderte ich meine Meinung. Ich hätte in Delhi meine Eltern anrufen sollen, dachte ich jetzt plötzlich, oder zur Polizei gehen. Ich hatte wieder mal die falsche Entscheidung getroffen, aber jetzt war es zu spät, denn ich besaß nicht einmal mehr das Geld, um nach Delhi zurückzufahren. Wenn Gemma und Coral schon weg wären – der grauenhafte Gedanke war wie ein Schlag in die Magengrube –, könnte ich alles vergessen. Mit wackligen Beinen schleppte ich meinen Rucksack über den Bahnsteig zum ersten Chai-Wallah, dessen Stand geöffnet hatte. Über einem frisch entfachten Feuer dampfte schon der Teekessel.
Endlich kam der Zug nach Orissa. Ich stieg erschöpft ein und ließ mich auf den erstem freien Sitz fallen. Die anderen Fahrgäste schoben sich an mir vorbei. Eine Woche zuvor war ich ständig angestarrt worden; meine Ausstrahlung war so stark gewesen, dass sich alle nach mir umdrehten. An diesem Morgen dagegen warfen nur wenige der zerzausten, ans Fenster geduckten Ausländerin auch nur einen Blick zu. Ich hatte das Gefühl, als würde ich mich allmählich auflösen, alles Individuelle, meine ganze Identität verlieren.
Der Zug ratterte los. Die Sonne stieg. Ihre Strahlen brachen

durch die vergitterten Abteilfenster und malten Streifen auf mein Gesicht. Ich stellte den Rucksack vors Fenster, um das Licht abzuhalten, und schloss die Augen.

Kurz nach Sonnenuntergang kam der Zug in Bhubaneshwar an. Da ich mir kein Hotel leisten konnte, fuhr ich für fünf Rupien mit einer Rikscha zum Busbahnhof, wo es, so glaubte ich mich zu erinnern, einen Wartesaal für Frauen gab. Es war schon spät, man sah kaum mehr Menschen auf der Straße. Die kleinen Lokale, in denen Gemma und ich eine Woche zuvor gegessen hatten, waren geschlossen, die Läden dunkel und vergittert. Nur noch eine Nacht musste ich durchstehen, dann würde ich im Bus nach Agun Mazir sitzen und bald wieder mit Gemma zusammen sein, sagte ich mir, während ich dem Rikschafahrer das Geld gab und mich über die Straße zum Busbahnhof schleppte. Wenn ich mir ein dunkles Eckchen suchte, würde mich kein Mensch bemerken.

Der Fahrkartenschalter war geschlossen, aber mehrere Nachtbusse standen mit laufendem Motor abfahrbereit da und füllten den Bahnhof mit Abgasen. Die Menschen drinnen lehnten müde am Fenster. Ich opferte noch ein paar Rupien und kaufte bei den Händlern, die am Straßenrand hockten, Erdnüsse, Bananen und Chai. Dann ging ich langsam zum Wartesaal. Als ich einen Blick durch die Glastür warf, sah ich zu meiner großen Freude, dass mehrere europäische Frauen darin saßen. Den klobigen Sandalen, den Baumwollhosen mit Zugschnur und den blonden Haaren nach zu urteilen waren sie Deutsche oder Skandinavierinnen. Ich stieß die Tür auf und lächelte ihnen beflissen zu. Ich gierte nach einem Gespräch, nach irgendeinem Kontakt mit der Normalität. Vielleicht, schoss es mir durch den Kopf, könnte ich sie sogar um Hilfe bitten.

»Hi!«

Ich setzte schwungvoll meinen Rucksack ab, stellte den Tee auf den Boden und setzte mich erwartungsvoll hin. Sie waren offenbar auch erst seit kurzem in Indien, denn ihre Rucksäcke waren ganz neu, und ihre Teutonenhaut leuchtete bleich.

»Hallo.«

Das Mädchen, das mir am nächsten saß, lächelte mich eisig an und wandte rasch den Blick ab.

»Wohin seid ihr unterwegs? Ich komme gerade aus Kalkutta ...«

Ich griff nach meinem Tee und nippte daran. Die Frauen warfen sich verstohlene Blicke zu und rutschten unruhig auf den Sitzen herum.

»Puri.«

»Ach? Da soll es ja sehr schön sein ...«

Sie nickten kühl, blickten demonstrativ weg und erklärten den Wortwechsel damit eindeutig für beendet. Nach mehreren Sekunden peinlichen Schweigens standen sie auf, schulterten ihre Rucksäcke und gingen.

»Wiedersehen.«

Sie reagierten nicht. Die Tür fiel krachend ins Schloss.

»Schönen Tag noch.«

Ich trank meinen Tee, der stark und süß war und die Lebensgeister weckte. Warum hatten diese Frauen nur solche Angst vor mir gehabt? Ich lehnte mich seufzend zurück. Dabei traf mein Blick auf mein Spiegelbild in der Glastür.

Ich sah aus wie ein Junkie. Mein bleiches Gesicht war eingefallen und hager, die Stirn voller Schmutzflecken. Quer über die Wangen verliefen schwarze Streifen, und auf der Nasenspitze saß ein dicker schwarzer Tupfer, offenbar Öl vom Zug. Mein Haar, das schon in besseren Zeiten schwer zu bändigen gewesen war, stand in fettigen Dreadlocks vom Kopf ab. Meine Augen funkelten mich an. Ich hatte den irren Gesichtsausdruck einer von Drogen zerstörten Süchtigen. Als ich an mir hinabschaute, sah ich, dass mein Rock zerrissen war und meine Hände vor Schmutz starrten.

Ich versuchte mich an einem Lächeln, sah damit aber im fahlen Licht der einzigen Glühbirne im Wartesaal noch durchgeknallter aus.

»Mein Gott!«
Kein Wunder, dass die Deutschen die Flucht ergriffen hatten. Sie mussten völlig schockiert gewesen sein.
In der folgenden Stunde tat ich nicht viel mehr, als deprimiert die Erdnüsse wegzufuttern. Dann kam ein Beamter, der den Wartesaal absperren wollte. Er musterte mich angewidert und deutete auf die Tür. Und da ich mir nicht einmal den Versuch leisten konnte, ihm ein Bakschisch zuzustecken, verbrachte ich den Rest der Nacht auf dem Gehsteig sitzend. Als endlich der Tag anbrach und die ersten Busse mit östlichem Fahrziel knatternd vorfuhren, stieg ich erleichtert ein.
Und wieder sah ich aus dem Fenster, während der Bus durch das Tiefland donnerte, sah wieder die bis zum Horizont reichenden Reisfelder unter dem weiten, blauen Himmel. Nach drei oder vier Stunden hielten wir vor einem Lokal am Rand das Urwalds an. Ich gab mein letztes Geld für eine Schüssel Reis und Dhal aus und wusch mir draußen unter einem Wasserhahn das Gesicht. Der Bus fuhr weiter. Nach wenigen Kilometern stieg die Straße an, und wir drangen in den Urwald vor.
Ich döste ein, aber bei jedem Schlagloch, über das der Bus holperte, riss ich wieder die Augen auf. Ich dachte an den Bungalow in Agun Mazir, an Gemmas schmuddeliges Einzimmer-Apartment im Zentrum von Stevenage und dann unerklärlicherweise an meine Mutter, wie sie im Garten saß, eine Schüssel mit Stachelbeeren auf dem Schoß. Noch eine Woche zuvor hätte ich es für völlig ausgeschlossen gehalten, aber jetzt sehnte ich mich nach Hause. Was war mir nur immer so langweilig erschienen am Leben im ländlichen Hertfordshire? Jetzt hätte ich alles dafür gegeben, dort zu sein und im milden Licht der englischen Sonne Stachelbeeren zu putzen. Ich blinzelte die Tränen weg, die sich in den Augenwinkeln gesammelt hatten. Ohne jede Vorwarnung sah ich Steve bei unserer letzten Begegnung vor mir, wie er im Regen mit hochgeschlagenem Mantelkragen die Auffahrt meiner Eltern hinunterschlenderte. Mit ihm hätte ich nach Indien fahren

sollen, nicht mit Gemma, dachte ich, und bereute meine Wahl zutiefst. Warum nur hatte ich Gemma mit dieser völlig überflüssigen Geste Loyalität beweisen wollen und mir eingeredet, Steve sei nicht wichtig?

Der Bus fuhr mit kreischenden Bremsen durch eine Haarnadelkurve und hupte so laut, dass ich mich aufrichtete und erschrocken aus dem Fenster sah.

»Aiiii!«

Die Leute auf den anderen Sitzen reckten die Hälse und drückten das Gesicht ans Fenster, um zu sehen, was passiert war. Ich blickte entsetzt auf die Straße hinunter. Von meinem Platz im hinteren Teil des Busses aus konnte ich keine Einzelheiten erkennen, aber auf jeden Fall waren wir um Haaresbreite einem Unfall entgangen. Ein Fahrzeug war uns plötzlich in der Kurve entgegengekommen und stand jetzt leicht gekippt weiter unten am Berghang. Der Fahrer ließ die Vorderräder hektisch rotieren, um den Wagen wieder auf die Fahrbahn zu bringen. Einen Moment lang starrte ich ihn benommen an. Dann sprang ich abrupt auf.

»Aussteigen! Ich will aussteigen!«

Es war der silberfarbene Jeep. Auf dem Fahrersitz saß der kahl geschorene Mann und drückte mit vor Anstrengung zusammengekniffenem Gesicht aufs Gas. Ich sah ihn entgeistert an. Meine Kehle war wie zugeschnürt, ich bekam kaum Luft. Und dann sah ich, dass auch auf der Rückbank jemand saß, eine Frau. Ihr Kopf lehnte am hinteren Seitenfenster, und das Gesicht war von der Straße abgewandt, aber als ich meine Augen beschattete, sah ich das Rot und Gold von Corals Sari.

»Coral! Warte!«

Zu spät. Ehe ich mich auch nur in den Mittelgang gezwängt hatte, schoss der Jeep mit einem Ruck auf die Straße, dass der Kies von den Reifen spritzte. Ich hielt den Blick verzweifelt aufs Fenster gerichtet, aber zu viele Köpfe versperrten mir die Sicht, und dann war er verschwunden.

Danach hielt ich es auf meinem Sitz nicht mehr aus. Während der restlichen Fahrt stand ich vorn im Bus und klammerte mich an die Gepäckablage. Der Fahrer fuchtelte ständig mit der Hand herum, damit ich mich setzte, aber ich hatte solche Angst, Agun Mazir zu verpassen, dass ich den Blick nicht eine Sekunde lang von der Straße wenden wollte. Wir kamen durch ein großes Dorf, an das ich mich erinnerte, passierten die Schreine am Straßenrand und fuhren noch tiefer in die Berge hinein. Bei jeder Kurve schrie ich »Agun Mazir?«, aber der Fahrer schüttelte immer nur lachend den Kopf.
Es war Spätnachmittag geworden. Die Schatten der Bäume lagen über der Straße, das Licht fiel schräg und kupferrot. Nur noch ein paar Sekunden, sagte ich mir wieder und wieder, dann bin ich da. Dann tauchten endlich die Zapfsäule und die Reparaturwerkstätten auf, und gleich darauf waren wir auf der Hauptstraße von Agun Mazir.
»Das ist es!«, brüllte ich. »Anhalten!«
Fauchend öffnete sich die Tür. Ich packte meinen Rucksack und stieg hinunter. Ich spürte, dass die anderen Passagiere mich von oben beobachteten. Einige grinsten wie über einen guten Witz, andere schüttelten den Kopf, was ich nur als Missbilligung interpretieren konnte. Sie hielten mich wohl für wahnsinnig oder glaubten vielleicht, alle westlichen Frauen benähmen sich so verrückt. Ich bemühte mich, die neugierigen Gesichter zu ignorieren, und winkte dem Fahrer zu.
»Danke! Auf Wiedersehen!«
Er ließ, immer noch lachend, den Motor aufheulen, und der Bus brauste los. Von den abgefahrenen Reifen spritzte Schlamm über die Fahrbahn. Ich schluckte schwer und sah mich um.
Die Mela war vorüber, die Pilger waren heimgefahren, die Straße lag leer da. Nur die zurückgelassenen Überreste der Buden und eine dicke Schicht Müll zeugten noch von der Anwesenheit vieler Menschen. Es musste kurz zuvor geregnet haben, denn auf dem Gehsteig waren schmutzige Lachen zu sehen, und in den

Abflussrohren plätscherte das Wasser. Ich stieg vorsichtig über Bananenschalen, Papierfetzen und zerbrochene Tonbecher und überquerte die Straße. Außer einem dünnen Fakir mit Dreadlocks, der unter der Markise eines Ladens auf dem Rücken lag, war kein Mensch zu sehen. Die letzten Sonnenstrahlen glitzerten. Das andere Ende der Straße lag schon im Dunkeln, und in den Bäumen gegenüber hatte sich ein Schwarm Vögel niedergelassen; ihre dunklen Körper zogen die Äste hinunter wie überreifes Obst. Von weiter oben am Berg drangen rhythmische Trommelschläge ins Dorf.

Ich bog auf den Weg zum Bungalow ein und lief ihn hinauf. Immer wieder rutschte ich auf den schlammverschmierten Steinen aus. Die Färbung des Himmels ging von grellem Orange in kühle Blau- und Grüntöne über. Auch die Vögel wurden ruhig; das Stimmengewirr, das ich unten auf der Straße gehört hatte, verschmolz zu einem einzigen klagenden Lied. Ich verscheuchte fuchtelnd die Mücken, die mein Gesicht umschwirrten. Über den Baumwipfeln funkelte der erste Stern.

»Bitte, lieber Gott, mach, dass alles in Ordnung ist!«

Kurz bevor der Bungalow in Sicht kam, begann ich zu rennen. Mein Herz klopfte wie wild. Ich bog um die letzte Kurve und sah endlich den Gummirasen und das holzverschalte Haus, dessen Umriss sich vom dunkelblauen Himmel abhob.

»Lieber Gott, ich tu alles, was du willst, bitte mach, dass sie da ist!«

Aber ich wusste, schon während ich noch darauf zulief, dass es zu spät war. Die Fenster waren dunkel, und vor die Holztür hatte jemand einen großen Metallriegel geschoben.

»O Gott, nein, bitte …«

Ich stürzte auf die Veranda und warf mich verzweifelt gegen die Tür.

»Gemma? Gemma, bist du da?«

Außer dem Geschrei und Gekreisch des langsam in die Nacht gleitenden Urwalds war nichts zu hören.

Zwanzig

Ich stellte meinen Rucksack neben der Tür ab und begann zurückzulaufen. Bei der ersten Wegbiegung blieb ich stehen und sah mit leerem Blick hinunter auf die dunklen Baumwipfel und die vereinzelten Lichter im Dorf. Ich sagte mir, dass ich ruhig bleiben müsse; noch sei nichts verloren. Ich zwang mich weiterzugehen und versuchte meine Gedanken zu ordnen. Ich musste optimistisch bleiben, vielleicht gab es eine ganz einfache Erklärung. In dem Jeep hatte nur eine Mitfahrerin gesessen, daher war es ziemlich wahrscheinlich, dass Gemma sich noch in Agun Mazir aufhielt; vielleicht hatte sie wie ich genug von Coral gehabt und sich mit anderen Travellern zusammengetan. Es war wohl das Beste, ins Dorf zurückzugehen und nach ihr zu fragen. Und wenn niemand sie gesehen hatte, so konnte ich vielleicht wenigstens irgendwo telefonieren. Doch als ich die schlampig gedeckten Dächer und schiefen Fernsehantennen unter mir betrachtete, verlor ich, noch während ich mich aufzumuntern versuchte, wieder allen Mut: Selbst wenn es irgendwo ein Telefon gab – wen sollte ich denn anrufen?

Ich ging zögerlich weiter und machte mir langsam klar, dass ich zwar weder Geld noch einen Reisepass hatte, aber immerhin britische Staatsangehörige war. Wenn ich den Leuten erklärte, was passiert war, würden sie mir helfen. Die Welt war nicht schlecht, zumindest nicht für Menschen wie mich, nein, sie war im Grunde gut. Daran hatte ich immer geglaubt und wiederholte es jetzt unablässig wie ein Mantra. Morgen, spätestens übermorgen, würde dieser Alptraum vorüber sein. Ich schlug nach einer Mücke, die sich auf mein Gesicht gesetzt hatte, bog um die letzte

Kurve und beschloss, beim ersten vertrauenswürdig wirkenden Haus anzuklopfen.
Unten angelangt, blieb ich am Straßenrand stehen und sah mich um. Offenbar war wieder einmal der Strom ausgefallen, denn die Läden und Häuser lagen in völliger Dunkelheit, und über mir zischte es wie wild aus einem durchhängenden Kabel. In den Bäumen auf der anderen Straßenseite zirpten die Grillen; weiter oben am Berg bellte ein Hund. Unschlüssig trat ich vom Gehsteig hinunter. Ich konnte keinen klaren Gedanken mehr fassen, in meinem Kopf ging alles durcheinander. Ich brauchte irgendein Zeichen, etwas, das mir die Richtung wies. Ich hob den Blick zum Himmel. Zuerst war alles dunkel, doch plötzlich teilten sich die Wolken und gaben den Blick auf die große, gelbe Scheibe des aufsteigenden Mondes frei.
Der Schrein. Dorthin hatte Coral mit Gemma gehen wollen. Damals hatte ich es für wirres Gerede gehalten, doch als ich jetzt über die Baumwipfel hinweg in den sternenübersäten Himmel starrte, fiel mir plötzlich wieder ein, dass sie gesagt hatte, dort solle eine Art Heilungsritual mit ihr durchgeführt werden. »Verwandlung« hatte sie es genannt. Was sie damit gemeint hatte?
Ich machte kehrt und lief die Straße entlang zum Weg, der zu Pir Nirullas Grab führte. Wenn Gemma selbst nicht dort war, würde ich vielleicht zumindest eine Spur von ihr finden. Ich brauchte mich nicht zu fürchten. Es war mir dort nur deshalb so unheimlich gewesen, weil ich bekifft war. Es war doch nur ein Wald, und ich musste nur diesen Pfad entlanglaufen und Gem suchen. Keine halbe Stunde würde das dauern. Was hatte ich schon zu verlieren?
Die Wolken hatten sich verzogen, und der Mond schien mit erstaunlicher Helligkeit. Sein ruhiges, silbriges Licht beleuchtete jeden Stein auf dem Pfad, die Bäume, die Kletterpflanzen, die Sträucher wie am helllichten Tag. Mit knirschenden Schritten lief ich bergab. Um mich herum summte unsichtbares Getier im feuchten Laub. Ich drang tiefer in den Dschungel und war bald

von krächzendem Amphibiengequake umgeben, das mit jedem Schritt lauter wurde. Nach der ersten Biegung verjüngte sich der Pfad plötzlich und wurde von überhängenden Bäumen beschattet. Ich bekam wieder große Angst, glaubte aber keine Wahl mehr zu haben. Ich unterdrückte die aufkommende Panik und bog, Blätter und Insekten aus dem Gesicht wischend, um die Kurve. Ringsum ertönten merkwürdige Schreie und eine Art Gebell, von Lebewesen ausgestoßen, die ich weder kannte noch sah.

Ich hastete weiter. Vom feuchten Moosgeruch des Dschungels umhüllt, atmete ich flach und keuchend. Vielleicht hat das alles einen Grund, dachte ich wirr. Immerhin hatten uns die Götter hierher geführt, jetzt würden sie uns wieder von hier wegführen. Ich bog um die letzte Serpentine und sah, genau wie ich es erinnert hatte, am Ende des Pfads die Lichtung vor mir. Wieder erklangen, noch tiefer im Urwald, die Trommeln.

Ich nahm allen Mut zusammen und ging auf den Schrein zu.

»Gemma?«

Die Frage war völlig absurd. Ich erhielt keine Antwort. Außer dem Flattern und Piepsen der riesigen Flughunde, die von den Bäumen aufstiegen, und dem ewigen Gezirp der Zikaden war nichts zu hören. Ich trat ins Helle; silbriges Mondlicht legte sich auf mein Gesicht. In seinem klaren Schein sah ich jede Einzelheit des Schreins: den mit grünen Flechten bewachsenen Stein, die bemalten Wände, die Sterne und Mondsicheln, die das Gewölbe an den Seiten schmückten. Dahinter lag der Teich, von Seerosen bedeckt, mit den geschwungenen Stufen und den eleganten, ihn halbkreisförmig umstehenden Kokospalmen. Von der Mela waren nur ein paar auf der bröckeligen Balustrade geschmolzene Kerzen und ein Kranz aus Goldflitter übrig geblieben, den jemand auf das Grab gelegt hatte. Das niedergetrampelte Gras war mit vertrockneten Blumen übersät. Es roch nach Jasmin, und wie wenige Tage zuvor hing Räucherstäbchenduft in der Luft. Das Trommeln hatte aus unerfindlichen Gründen aufgehört.

Ich ging näher. Mein Herz pochte so sehr, dass ich nur flach und hektisch atmen konnte. Ich sah mich hastig um.

»Hallo?«

Vom Teich her war ein scharrendes Geräusch zu hören, dann Blätterrascheln, als ob ein Mensch oder ein Tier sich durchs Gebüsch zwängte.

»Wer ist da?«

Ein kleines Tier trippelte über meine Füße und verkroch sich im Unterholz. Ich stöhnte erschrocken auf und stolperte über eine Baumwurzel. Nachdem ich mich an einem überhängenden Ast hochgezogen hatte, ging ich langsam am Schrein vorbei zum Teich hinüber. In meiner Brust hämmerte es wie verrückt. Irgendwer stand dort hinter den Bäumen und beobachtete mich, ich war mir ganz sicher.

Während ich auf den Teich zuging, entdeckte ich plötzlich hinter den Kokospalmen einen weiteren schmalen Pfad, der tiefer in den Dschungel führte. An den dicht herabhängenden Kletterpflanzen sah man, dass er nur wenig benutzt wurde. Ich bog auf den Pfad ein und schlug mir mit der Hand den Weg frei, während ich immer wieder Gemmas Namen rief in der vergeblichen Hoffnung, sie könnte in der Nähe sein. Ich weiß bis heute nicht, warum ich das glaubte. Es gab nicht den geringsten vernünftigen Grund dafür, aber ich spürte es einfach, es war eine tiefe, immer stärker werdende Gewissheit. Ja, dachte ich die ganze Zeit, Gemma ist zum Schrein zurückgegangen.

»Gemma? Bist du da, Gemma?«

Ich ging ein paar Schritte weiter. Ringsum war alles in Bewegung, ich spürte das Schlurfen und Flitzen von Tieren, hörte die stillen Schreie der Bäume. Das Trommeln hatte wieder angefangen, doch es kam jetzt aus rasch wechselnden Richtungen, wie von einem sich ständig drehenden Wind getragen. Meine panische Angst wuchs.

»Gemma!«

Ich trat noch einen Ast nieder und blieb stehen. Mein Rock hatte sich in Dornen verfangen, und aus dem kühlen Wasser, das mir über die Zehen strömte, schloss ich, dass der Pfad in einen Bach gemündet war. Ich bückte mich und zog fluchend an dem dünnen Stoff. »Scheiße!«

Nachdem ich mit aller Kraft wütend daran gezerrt hatte, löste sich der Stoff, und ich fiel hintüber in den Bach. Mein Po platschte in den Morast, mein Knie stieß gegen einen Baumstamm, und als ich mich, um den Aufprall abzubremsen, instinktiv mit den Händen abstützte, berührte ich dabei etwas Weiches, seltsam Bröckeliges. Vielleicht habe ich das erst im Lauf der Jahre in meine Geschichte eingebaut, aber ich bin mir sicher, auch Brandgeruch wahrgenommen zu haben, einen plötzlichen Hauch von Verkohltem, so süßlich und intensiv, dass es mich im Hals würgte. Noch ehe mir klar wurde, was ich berührte, packte mich der Ekel. Ich erinnere mich daran wie in Zeitlupe: wie ich das Ding betaste und mich dann umdrehe und mit beiden Händen das Laub absuche, wie ich es immer noch nicht kapiere – diese langen Sekunden, bevor sich mein Leben für immer veränderte. Dann endlich mein Schrei, wie ich das, was ich in der Hand gehalten hatte, fallen lasse und zurückschrecke.

Erst der Ring hatte mir bewusst gemacht, was ich da hielt. Das Ding, das ich berührt hatte, das Ding, das so weich und geschmeidig war, dass die pulvrige Substanz, aus der es bestand, sich unter meinem Griff auflöste, war eine verkohlte Hand. Die Finger waren fast nicht mehr erkennbar, die schwarzen Stummel zu einer fest geballten Faust verklumpt, nur der Mittelfinger war einigermaßen intakt geblieben. Und ganz unten am Knochen steckte, nicht mehr silbrig glänzend, sondern schwarz, der verbogene Rest des Rings, den Steve Gemma am Camden Market gekauft hatte. Die ineinander verschränkten Herzen waren zu einem grotesken Klumpen verschmolzen.

Und was da unter der Laubdecke lag, dieses in sich verdrehte Ding, das mir den Rücken zuwandte, dessen eines Bein wie im Schlaf leicht angewinkelt unter dem gedrungenen Torso lag, während das andere wie in die Körperseite eingeschmolzen aussah, war Gemmas Leib. Ihr Kopf war abgewandt, als würde sie schlafen. In den ersten Augenblicken war ich zu benommen, um etwas zu denken oder zu fühlen. Ich beugte mich über die Leiche und betrachtete sie. Es gab nicht viel zu sehen. Der Schädel war leer wie ein Halloween-Kürbis; die Gesichtszüge hatte das Feuer in schilfrigen Schichten weggebrannt. Vielleicht zwei Sekunden lang dachte ich, dass es ein Scherz wäre, ein makabrer Streich, doch dann schossen mir die Worte durch den Kopf, und ich wusste, dass es kein Scherz war, sondern die grauenhafte, unerträgliche Wahrheit: *Gemma war tot.*

Ich schrie auf, schleuderte die abgetrennte Hand ins Unterholz und sprang nach hinten weg. Die Beine gaben unter mir nach. Der Geruch des verbrannten Fleisches drehte mir den Magen um, ich krümmte mich und erbrach mich in einem großen Schwall auf den schlammigen Boden. Der Urwald kippte und schaukelte mir vor Augen, unaufhaltsam drehte sich alles um mich herum. Ich weiß noch, dass ich dachte: Jetzt werde ich ohnmächtig und wache nie mehr auf. Es war das Ende von allem.

Nach einiger Zeit schaffte ich es aufzustehen, aber mein Verstand funktionierte immer noch nicht. Mein einziger Gedanke war, dass ich Hilfe holen musste. Unter einem Gebüsch gleich neben der Stelle, wo ich mich erbrochen hatte, lagen, wie ich dumpf registrierte, die Reste zweier großer Wachskerzen, die zu einem bizarr geformten Gebilde geschmolzen waren. Ich drehte mich langsam um und vermied es, zu dem Laubhaufen hinzusehen, in dem Gemmas sterbliche Überreste lagen. Es klingt absurd, aber ich bildete mir allen Ernstes Ambulanzfahrzeuge und Ärzte ein, als wäre sie noch zu retten gewesen. Das muss der Schock gewesen sein, denn einerseits zitterte ich so sehr, dass mir das Gehen schwer fiel, andererseits aber war ich merkwürdig ruhig. Ich muss es nur ins Dorf zurück schaffen, sagte ich mir, dort werden mir die Leute helfen. Vielleicht würde sich dann herausstellen, dass es *doch* ein Scherz war und Gemma lebte.

Ich hob den Blick zu den Bäumen. Der Mond glitt gerade durch einen dunklen Dunstschleier. Als er wenige Sekunden später strahlend daraus hervortrat, sah ich in der gespenstischen Nachthelle den Pfad und lief los. Meine Arme und Beine bewegten sich, aber ich spürte nichts. Gemma ist tot, sagte ich mir immer wieder, aber es ergab keinen Sinn. Über mir schwangen die Bäume im Wind, und der Mond verschwand endgültig hinter einer Wolke.

Ich lief jetzt schneller, schob die dichten Pflanzen aus dem Weg, merkte nicht, dass das in den Pfad ragende Dornengestrüpp meine Kleider zerriss. Ich hatte nicht in Erinnerung, dass es so matschig war; ständig rutschte ich in den tiefen, quatschenden Furchen aus. Das Zeug bespritzte meine Beine und mein Gesicht. Einmal geriet ich mit dem Fuß in eine Schlammpfütze, verlor beim Herausziehen die Sandale und kickte im Weiterlaufen auch die andere weg.

Irgendwann wurde der Pfad unpassierbar. Ich blieb stehen, wischte mir mit dem Handrücken übers Gesicht und blickte mich um. *Gemma ist tot* – ich flüsterte es immer wieder vor mich hin, bis es nicht mehr die geringste Bedeutung hatte. *Gemma ist tot.* Ich sah nach oben und bemerkte flüchtig, dass ich zwischen hohen Bäumen stand, an die ich mich nicht erinnern konnte. Ich spähte zwischen den ausladenden Ästen hindurch und suchte den Mond, aber der Himmel war dunkler denn je. Weit in der Ferne ertönte Donnergrollen.

Die Trommeln waren lauter geworden, und der Wind trug Bruchstücke von elektronisch verstärktem Gesang in meine Richtung; vielleicht waren es auch Gebete. Ich machte kehrt und kämpfte mich denselben Weg zurück, den ich eben gekommen war. Plötzlich tauchten direkt vor mir die anmutig den Teich säumenden Kokospalmen auf. Ich war wieder auf der Lichtung. Ich stolperte auf die Bäume zu. Kletterpflanzen und Dornenzweige griffen nach meinen blutverschmierten Armen. Ich glaubte diesmal von einer anderen Seite zu kommen, denn die

Bäume erschienen mir, als ich fast vor ihnen stand, größer und zahlreicher. Ich zögerte kurz und trat aus ihrem Schatten heraus. Dahinter war nichts. Kein Teich, kein Schrein und kein Weg in die Sicherheit, nur dichtes, undurchdringliches Unterholz, das sich endlos vor mir erstreckte.

»Nein, nein, nein!«

Ich wirbelte hektisch im Kreis herum und versuchte mich zu orientieren, aber es war unmöglich. Das Trommeln hatte aufgehört oder war, wie mir zu meinem wachsenden Entsetzen klar wurde, einfach weitergezogen. Die ganze Zeit hatte ich mich nach diesem Geräusch gerichtet, dabei war es in Wahrheit nie von einem bestimmten Ort gekommen.

Ich rannte wieder los. Der eisige Schreck der vergangenen fünf Minuten wich siedend heißer, panischer Angst. *Gemma ist tot*, war alles, was ich denken konnte, und während ich durch den Schlamm torkelte, sah ich immer nur ihre verkohlte Leiche vor mir. Irgendwer hatte sie angezündet, und ihr Kopf hatte so lichterloh gebrannt, dass das Gesicht eingestürzt war wie die Balken einer brennenden Scheune. Und ich hatte mich im riesigen Urwald verlaufen, der sich endlose Kilometer weit über die Berge erstreckte ohne eine Menschenseele darin. Keine Straßen, keine Dörfer, nichts. Nur ich und die im Dunkeln lauernden Tiere.

Ich heulte hysterisch los. Die Tränen strömten mir über die Wangen. Ich wollte es nie wieder hören, aber es ging mir nicht aus dem Kopf: *Gemma ist tot, und du bist schuld daran.* Wie hatte ich nur so unglaublich verantwortungslos handeln können? Ich hatte sie mit einer Fremden, die Gott weiß was von ihr wollte, an diesem Höllenort zurückgelassen, und jetzt lag sie unter einem Laubhaufen, verbrannt und verkohlt wie Anzündholz.

Ich schluchzte so heftig, dass ich nicht mehr genau sah, wohin ich ging. Immer wieder versank ich bis zu den Knien im Schlamm, oder die Beine gaben unter mir nach, und ich schlitterte steile Abhänge hinunter, mit denen ich nicht gerechnet hatte. Zu hören war nur mehr das Kreischen und Schreien der Tiere, das unaufhörlich pulsierende Dröhnen der Insekten und meine verzweifelten Schritte.

Eine Stunde verging, vielleicht auch mehr. Ich verlor das Zeitgefühl, während ich immer tiefer ins Dunkel drang. Meine Beine fühlten sich klebrig an, und meine Hände waren mit irgendetwas verschmiert – ich blutete. Mir wurde schwindelig. Plötzlich kippte alles weg, und ich war ganz leicht im Kopf. Alles war vorbei, Gemma war tot, und ich würde nie aus dem Urwald herausfinden. Der Mond zeigte sich kein einziges Mal mehr am Himmel.

Meine Erinnerung wird undeutlich. Ich weiß noch, dass ich alles für einen Traum hielt, dass ich jeden Augenblick aufwachen würde, daheim in meinem Zimmer, wo die schwache englische Sonne durch die Vorhänge schien. Danach blieb ich, glaube ich, stehen, ließ mich auf den Boden fallen und fuhr mir langsam mit den Fingern übers Gesicht. »Ich heiße Esther Waring.« Ich erinnere mich, dass ich es laut aussprach und meine Stimme in meinem Kopf widerhallte. Es klang erstaunlich normal, als hätte sich gar nichts ereignet.

Vielleicht hatte ich Fieber, denn die Zeit verging in merkwürdigen Schüben. Ich hatte geglaubt, es seien nur einige Minuten vergangen, doch dann sah ich, dass sich hinter den Wolken der Himmel lichtete. Die Kokospalmen waren nur mehr eine blasse Erinnerung, und der Aufstieg auf die Anhöhe, die ich mich gerade hochquälte, schien mir schon eine Ewigkeit zu dauern. Wenn ich es bis nach oben schaffe, kann ich vielleicht über die Bäume hinwegsehen und den Pfad finden, dachte ich. Doch kaum hatte ich ein kurzes Stück zurückgelegt, verlor ich auf dem lockeren Boden wieder den Halt und schlitterte zum Ausgangspunkt zurück. Die Sonne ging auf, die ersten schwachen Strahlen drangen durch die Bäume. Die Zeit verstrich. Ich erinnere mich an den unerträglichen Durst, und ich weiß noch, wie schmerzlich der Himmel zwischen den Bäumen schimmerte. Wenn ich ihn doch erreichen könnte, dachte ich ständig, dann könnte ich sehen, wo

ich bin! Stattdessen war ich dort unten gefangen. Meine Vergangenheit, meine Gegenwart, meine Zukunft entschwanden in weite Ferne.
Langsam stieg die Sonne höher. Ich vergaß immer wieder, wo ich war. Ich war zu Hause, meine Mutter strich mir übers Haar wie einem kleinen, Trost suchenden Kind. Dann riss ich die Augen auf, und mir dämmerte, dass die Vorstellung durch die herabhängenden Ranken einer Kletterpflanze entstanden war oder von Blättern, die mein Gesicht berührten. Meine Füße waren taub, meine Beine rot und wund.
Ich versuchte zu diesem Zeitpunkt offenbar immer noch die Baumwipfel zu erreichen, denn die Anhöhe, die ich hinaufsteigen wollte, war so steil, dass ich nur auf Händen und Knien weiterkam. Ich hielt mich an den Wurzeln fest, die sich in den lockeren Boden krallten, und zog mich daran hoch, aber sie lösten sich immer wieder, und ich hatte kaum mehr Kraft, mich zu bewegen. Ich musste weiter, meinen Eltern zuliebe, dem Bild, das ich von mir selbst gehabt hatte, zuliebe, aber ich wusste, dass ich fast am Ende war. Mein Blickfeld verengte sich, meine Knie schlotterten. Über mir sah ich die verholzte Wurzel eines großen Baums, der Schwindel erregend aus dem Berg wuchs. Wenn ich ihn hinaufklettern könnte, hätte ich einen sicheren Rastplatz.
Ich packte die Wurzel und machte einen letzten Versuch, mich hochzustemmen, doch dann verloren meine Füße den Halt, und die Wurzel brach knackend entzwei. Ich schrie auf und fiel in einem Gestöber aus Erde und Laub hintüber, landete auf dem Po und rollte mit solcher Geschwindigkeit bergab, dass ich nur mehr wie in einem Kaleidoskop Blätter und Erde und Fleckchen schimmernden Himmels sah.
Das war es also. Das war das Ende. Nach dem Sturz blieb ich lange liegen, lauschte dem Geschrei der Vögel, dem Summen der Insekten, die mein Gesicht umflogen. Ich schmeckte Blut und wusste, dass meine Beine keinen einzigen Schritt mehr schaffen würden.

»Verzeih mir, Gemma«, murmelte ich. »Ich wollte das nicht.« Doch meine Stimme war zu schwach, ich konnte sie selbst nicht mehr hören.
Vielleicht war das die ausgleichende Gerechtigkeit, denn wenn Gemma gestorben war, musste auch ich sterben. Ich schloss die Augen. Die Wirklichkeit schwand. Ich glaubte, dass Gemma sich durch den Dschungel zu mir vorkämpfte. Ich hörte, wie sie mit einem Stock ins Dickicht schlug, hörte näher kommende Schritte. Dann fühlte ich Gemmas Arme um mich, ich wurde hochgehoben und auf weichem Erdboden niedergelegt. Ich spürte die Wärme ihres Körpers, den tröstlichen Herzschlag eines anderen Menschen. Was jetzt mit uns geschieht, ist völlig unwichtig, dachte ich, bevor ich wieder das Bewusstsein verlor. Unser Streit war vergessen, sie hatte mir verziehen, und hier, unter den endlos ausladenden Ästen, waren wir, vom warmen, trockenen Laub umfangen, wieder vereint.
»Gemma?«, murmelte ich, drehte den Kopf und schlug die Augen auf.
»Gott sei Dank, junge Dame, Sie leben!«
Ich lag auf einer improvisierten Tragbahre und blickte in das runde Gesicht und die erschrockenen Augen von Mr. Sanjiv Chakrabarty, MA in Archäologie, Universität Kalkutta.

Einundzwanzig

Zwischenzeit

Das ist sie, die Geschichte meiner großen Katastrophe, der Reise, die mein Leben veränderte. Nach Gemmas Tod verlor ich mich im Urwald und wurde gefunden, so grausam einfach war das. Alles, was danach kam, war für mich nur mehr Hintergrundgeräusch. Ich war leer, ein Nicht-Mensch an einem Nicht-Ort. Nur das Prasseln in meinem Kopf unterschied mich noch von den Betten, in denen ich lag, und den Wänden, an denen ich mit den Fingern stumpfsinnig entlangstrich. Es war wohl ein Erinnerungssplitter, ein Stück imaginierter Geschichte, das sich in meine Gedanken gebohrt hatte, denn es klang wie Feuer, und sosehr ich mich auch anstrengte, ich konnte es nicht löschen.

Natürlich ging das Leben weiter, wie auch nicht? Krankenhäuser, Verhöre, Begräbnisse. Merkwürdig ist nur, wie durcheinander alles in meiner Erinnerung geraten ist. Ich ging durch diese Ereignisse hindurch wie ein Schatten, wie ein Mensch, der es nicht länger verdient, da zu sein. Und dann, so plötzlich, als wären diese letzten grauenhaften Wochen vorgespult worden und nur als rasendes Durcheinander von Gesichtern und Stimmen und wechselnden, unwirklichen Kulissen wahrnehmbar gewesen, war ich wieder zu Hause in Hertfordshire in meinem Zimmer, starrte an die Decke, und das Prasseln hatte aufgehört, und ich wünschte, ich wäre tot.

Aber ich muss noch ein paar Lücken auffüllen, ein paar Einzelheiten mitteilen. Meine Erinnerungen verschwimmen, verschmelzen zu einem Wirrwarr von Gesichtern, Stimmen,

Empfindungen; dazwischen plötzlich lichte Augenblicke. Ich sehe deutlich vor mir, wie ich von Mr. Chakrabarty getragen werde, sehe sein rundes Gesicht dunkelrot anlaufen. Ich erinnere mich, dass das Blätterdach der Bäume immer wieder aufbrach und den Blick auf den bewölkten Himmel freigab, erinnere mich an den beruhigenden Geruch von Menschenschweiß und an seinen schweren Atem. Von Zeit zu Zeit legte er mich auf den Boden, wischte sich mit einem großen, weißen Taschentuch übers Gesicht und murmelte irgendetwas auf Bengali vor sich hin, aber meistens sprach er sanft englisch, plapperte endlos, wie um mich zu beruhigen. Ich hätte Glück gehabt, dass er mich gefunden habe, sagte er, denn nur aus einer Laune heraus habe er beschlossen, eine Urwaldwanderung zu unternehmen.

Nach einiger Zeit – mir schienen nicht mehr als zehn, fünfzehn Minuten vergangen zu sein – erreichten wir den Pfad. Das Wichtigste sei, dass ich mir keine Sorgen machte, erklärte er. Es gebe gute Ärzte in der Nähe, und wenn es sich als notwendig erweise, werde er mich persönlich nach Bhubaneshwar bringen. Ob er jemanden verständigen solle. Was mit meiner kranken Freundin sei. Ich glaube, auf diese Frage hin wurde ich wieder ohnmächtig, denn ich kann mich an nichts mehr erinnern. Noch heute quält es mich, dass ich ihm weder jemals gedankt habe für das, was er getan hat, noch ihn wegen meines barschen Tons in der Woche davor um Verzeihung bat.

Nach einigem Palaver mit Ärzten und der Polizei ließ mich die British High Commission nach Delhi fliegen, wo ich Bettruhe einhalten musste. Ich war am Leben, ich funktionierte noch; kein Grund zur Besorgnis. Ich hatte nur leichte Verletzungen davongetragen und musste nicht groß behandelt werden: ein Verband am Fuß, ein Streifen Gaze quer über dem Gesicht und das Temazepam, das der Arzt in Delhi mir zum Einschlafen gab. Kleine, gelbe Kapseln, die Ruhe bringen und die ich immer noch überall in meiner Wohnung verstecke und horte, Ostereier für Erwachsene, Heilsbringer.

Gemmas Leiche wurde einige Tage später etwa hundert Meter vom Hauptweg entfernt gefunden. Ich hatte geglaubt, kilometerweit vom Schrein abgekommen zu sein, war aber in Wirklichkeit offenbar in ganz kleinen Kreisen um ihn herumgestolpert. Es sei verwunderlich, dass ich mich so verlaufen hätte, meinte der Anwalt der British High Commission verlegen lächelnd, da ich keineswegs tief in irgendeiner imaginären Wildnis, sondern nach Osten hin nur etwa eineinhalb Kilometer von einem Dorf entfernt, nach Westen hin sogar noch näher an einem breiten Weg gewesen sei.

Doch während ich mich gar nicht erst hätte verlaufen dürfen, gestaltete sich die Suche nach Gemmas sterblichen Überresten wesentlich schwieriger. Als die Polizei darauf stieß, hatten der Urwald und die Schakale sich schon über sie hergemacht. Ein Großteil des Kopfes fehlte, und ihr Rumpf war halb verwest in den Schlamm gesunken. Sie war nur noch anhand von Steves Ring zu identifizieren. Genaues weiß ich nicht, nur, dass man die Leiche nach Großbritannien überführte. Ihre Mutter bestand darauf, dass sie in Stevenage begraben wurde; dorthin gehöre sie.

Für die Polizei war es von Anfang an ein Unfall. Es gab ja nicht den geringsten Beweis für irgendeinen unnatürlichen Vorgang, der meine Geschichte gestützt hätte. Für Corals merkwürdiges Verhalten und ihr Treffen mit Zak gab es außer mir keine Zeugen, abgesehen von dem alten Koch, der aber schwor, er habe das Zimmer an zwei Mädchen vermietet, nicht an drei. Die Wohnung in Kalkutta gehörte einem bengalischen Geschäftsmann, der behauptete, keinen einzigen Ausländer zu kennen. Der Jeep wurde nie gefunden. In dem verriegelten Bungalow lagen nur Gemmas Rucksack, drei leere Wasserflaschen und ein Haufen Orangenschalen, die jemand hinter die Tür geschoben hatte.

Welches Motiv es für einen so sinnlosen Tod denn gebe, fragte der Polizeiinspektor. Schließlich seien die Reiseschecks und Flugtickets in Delhi gestohlen worden, nicht in Agun Mazir, oder? Aus dem Bungalow sei nichts entwendet worden, aus Miss

Hardings Besitz fehle nichts. Und warum seien, wenn es sich um einen gewaltsamen Tod handelte, an der Stelle, wo sie gestorben sei, diese Kerzen gefunden worden? Sie habe doch Fieber gehabt, nicht wahr? Da sei sie vielleicht, allein gelassen und ohne die Hilfe ihrer Freundin, in verwirrtem Zustand in den Urwald gegangen und habe die Kerzen selbst angezündet. Ich wisse doch sicherlich, dass Unfälle mit offenem Feuer sehr häufig vorkämen. Vielleicht hätte ich mir all diese unheimlichen Dinge in meiner Trauer, meinem Schock nur eingebildet. Und ich nickte immer nur, denn so, wie sie darüber sprachen, klangen meine Geschichten von einem merkwürdigen Hippie mit silberfarbenem Jeep und seiner durchgeknallten australischen Komplizin immer haarsträubender: Phantasie, Wahnvorstellung, Leugnung der Realität.

Die britische Presse hatte andere Theorien. Irgendein Schreiberling, ein Korrespondent in Delhi, berichtete, es seien in der Region infolge der Rushdie-Affäre Spannungen aufgetreten, und riet britischen Touristen zur Vorsicht. Auch die seriösen Blätter berichteten über den Vorfall, in einer Sonntagszeitung erschien sogar ein längerer Kommentar. Orte wie der Pir-Nirulla-Schrein seien eben während einer emotional aufgeladenen Mela gefährlich für ein allein stehendes Mädchen aus dem Westen, behauptete der Verfasser. Es gebe zwar keinen eindeutigen Beweis für eine Gewalttat, die Einheimischen schwiegen, und die indische Polizei wolle der Sache aus nahe liegenden politischen Gründen nicht weiter nachgehen, aber die beiden jungen Frauen hätten eben gar nicht erst dorthin fahren dürfen. Rucksacktouristen, in deren Augen die Welt ein riesiger, globaler Abenteuerspielplatz sei, liefen nun einmal Gefahr, Opfer von Gewalt zu werden.

Der Mann hatte Recht. Ganz abgesehen von dem, was passiert war, hätte ich mit Gemma nie dorthin fahren und sie schon gar nicht dort allein lassen dürfen. Mir wurde klar, dass ich mich mehr als dumm verhalten hatte – leichtsinnig, arrogant, durch und durch egoistisch. Ich hatte die Warnung des Hotelbesitzers in Bhubaneshwar missachtet, hatte Mr. Chakrabarty ignoriert und den Urwald und den Schrein als eine Art Erlebnispark betrachtet. Ich hatte Gemma, wenn auch ohne jede Absicht, in den Tod geführt. Zwar sollte drei Wochen später in England eine richterliche Feststellung auf unbekannte Todesursache ergehen, doch in Bezug auf mich war der Fall abgeschlossen.

Etwa einen Tag nachdem ich nach Delhi gebracht worden war, kamen meine Eltern, um mich heimzuholen. Ich sehe noch meine Mutter neben mir in der British High Commission sitzen, blass, die Stirn stärker gefurcht als noch wenige Wochen zuvor. Sie sagte, ich solle mir keine Vorwürfe machen, mich treffe keine Schuld an dem, was mit Gemma passiert sei. Eine schreckliche Tragödie sei es, höhere Gewalt, sagte sie immer wieder, während sie meine Hand streichelte. Ich solle diese komischen Theorien allesamt vergessen, wenn es etwas Verdächtiges gebe, werde sich die Polizei bestimmt damit befassen. Jetzt sei es an der Zeit, nach Hause zurückzukehren.

Die Augen von Gemmas Mutter sprachen eine andere Sprache. Sie war, sofort nachdem man sie vom Tod ihrer Tochter unterrichtet hatte, nach Delhi geflogen, und einige Tage später traf ich in der High Commission bei dünnem englischen Tee und Keksen mit ihr zusammen. Sie hatte immer schon schlimm ausgesehen, aber jetzt wirkte ihr Gesicht wie implodiert, die rot unterlaufenen Augen lagen tief in den Höhlen und waren dunkel umschattet, die Wangen so eingefallen, dass die Nase noch spitzer und schmaler hervorragte. Ich weiß noch, wie sehr ich erschrak, als ich sie sah. Die Ereignisse, die ich ausgelöst hatte, als ich Gemma eine Woche zuvor allein zurückließ, waren um die halbe Welt gegangen und in ihren Körper gedrungen und hatten aus dem ungepflegten Hausmütterchen Mitte vierzig eine gebrochene alte Frau gemacht. Sie hielt ihre Teetasse auf dem Schoß und sah mir ins Gesicht, nie aber in die Augen, während ich zu erklären versuchte, was passiert war. Ich erzählte ihr von Coral und dem Mann im Jeep, doch sie starrte nur ausdruckslos an mir vorbei. Mir wurde klar, dass sie mich nie gemocht hatte, jetzt aber hasste. Ich redete und redete, und meine kläglichen, vergeblichen Rechtfertigungen versickerten wie Nieselregen in der Wüste. Als ich fertig war, schüttelte sie den Kopf. Ihre knochigen Finger umkrallten die Untertasse. »Ich versteh's immer noch nicht, Esther«, sagte sie flüsternd. »Das war doch so abgelegen, und Gemma war so krank. Warum hast du sie allein gelassen?«

All diese Fragen, all diese Leerstellen, die so schwer zu füllen waren. Was sollte ich sagen? Dass ich Gemma den Mann weggenommen hatte, in den sie unsterblich verliebt war, dass ich sie so fürchterlich betrogen hatte, wie eine Freundin ihre Freundin nur betrügen kann? Dass ich ihr das Herz gebrochen und sie mir dann im Dschungel vom Hals geschafft hatte? Dass sie nie nach Agun Mazir hatte fahren wollen, ich aber darauf bestanden hatte? Dass ich sie trotz ihrer Krankheit mit einer durchgeknallten Drogensüchtigen allein gelassen hatte? Das alles hatte ich getan, und es gab keine Entschuldigung dafür, keine entlastende Geschichte, die ich hätte erzählen können.

Diese unsäglichen Wahrheiten waren tief in mir eingeschlossen; nach anderen aber begann ich zu suchen, und diese Fragen wurden im Lauf der Jahre ein Teil meines Lebens, endlose Echos in meinem inneren Gefängnis. Die Antworten, die ich wollte, waren von anderer Art als die, auf welche die Polizei es abgesehen hatte oder die britische Presse oder Gemmas Mutter. Sie waren einerseits einfacher, andererseits komplizierter und haben mich zu dem Menschen gemacht, der ich heute bin. Wie wird man von einer Abwesenden freigesprochen?, rufen die Echos. Wie soll es je Erlösung geben, wenn der einzige Mensch, der die Befreiung bringen kann, verschwunden ist?

Sechs Jahre später liege ich in London in meinem Bett, starre ins abgedunkelte Zimmer und weiß es immer noch nicht. Ich weiß nur, dass ich von Erinnerungen umgeben bin, die mein Leben einengen und mir jede Bewegung unmöglich machen. Sie kehren

als Bruchstücke wieder: Szenen rings um das Verbrechen, Teile, die nicht mehr zueinander passen.
Ausgedrückte Joints, gelöschte Kerzen und Corals irres Gesicht. Die Tempel von Bhubaneshwar, das sanft ins Zimmer dringende Morgenlicht. Omelettes und Reis und klebrig süßer Chai in Tonbechern. Geruch von feuchtem Laub, das mein Gesicht streift. Der bittere Geschmack der weißen Orangenhaut. Die Kamele am Stadtrand von Delhi. Elefanten in Orissa auf der Straße. Ein Bus mit aufgemalten Tigern. Rikschas, Motorräder, Autos. Und, durch das Mela-Gedrängel hindurchfunkelnd, ein silbriger Suzuki-Jeep.
Ich war mir sicher, dass es ein abgekartetes Spiel war, alles deutete darauf hin. Doch jedes Mal wenn ich sie erzählte, löste sich meine Geschichte auf, die Tatsachen fielen mir als Bruchstücke aus der Hand wie Glasscherben. Wenn jemand bereit gewesen wäre, mir zuzuhören, hätte ich vielleicht irgendetwas *tun* können, aber es war niemand dazu bereit. Gemmas Vater war nach Amerika ausgewandert, ihre Mutter hatte einen Nervenzusammenbruch erlitten und lebte, mit Beruhigungsmitteln voll gepumpt, dumpf vor sich hin. Meine Eltern schlugen vor, ich solle etwas Sinnvolles tun, um auf andere Gedanken zu kommen, und aus meinem kleinen und rasch schwindenden Freundeskreis bekam ich zu hören, ich solle einfach weiterleben. Unsere Sachen waren aus einem Schließfach geklaut worden, und eine verrückte australische Hippie-Frau hatte sich eine Weile zu uns gesellt – na und?, schienen sie zu sagen. Was war daran so besonders?
So viele, zu viele Gedanken, ich kann sie nicht zusammenhalten. Ich liege unter der Bettdecke, und alles ist wieder da. Wie wir im Bengal Express saßen und uns unterhielten, während die Sonne aufging. Das Dach in Delhi, wie wir die Sterne betrachteten. Der Pub daheim: Gem, Fluppe in der einen Hand, Wodka-Lime in der anderen, wie sie jeden verarschte, außer sich selbst. Haben wir wirklich jedes Wochenende und jeden Abend zusammen verbracht oder trügt meine Erinnerung? Mein Zimmer war

unser Labor, unsere Geheimhöhle, in der wir experimentierten und Pläne schmiedeten, bevor wir uns in die Welt hinauswagten. Unsere erste heimliche Zigarette, die wir aus dem Fenster hinaus pafften, als meine Mutter bei Sainsbury's einkaufte. Der Nachmittag, an dem wir unter dem Bett meiner Eltern *Joy of Sex* entdeckten. Und, einige Jahre später, die Nacht, in der wir uns so voll laufen ließen, dass wir nur noch am Boden krabbeln konnten. Tratschen, über andere herziehen, träumen. Später kamen Jungs dazu und manchmal andere Mädchen: eine sich ständig verändernde Gruppe, verschwommene Gesichter, deren Namen ich längst vergessen habe. Ich weiß, dass es Discos gab und Besäufnisse, andere Beziehungen und Bündnisse, die uns damals wichtig waren. Doch ohne Gemma hat das alles keine Bedeutung mehr, ohne sie ist meine Jugend nur mehr eine ausrangierte, verlassene Filmkulisse. Sie war mein Spiegel. Seit sie weg ist, kann ich mich nicht mehr sehen.
Ich vermisse sie so sehr, wissen Sie, und ganz kann ich es immer noch nicht akzeptieren, dass sie tot ist. Sie war da – meine alte Freundin Gemma, das Mädchen, mit dem ich aufgewachsen bin, der Mensch, der mich besser kannte als jeder andere –, und mit einem Mal war sie verschwunden, verkohlt, nur mehr Asche und Knochen. Ich versuche es mir zu erklären, aber ich kann es nicht verstehen. Ist es wirklich so zerbrechlich, das Leben?

Zweiundzwanzig

Doch wie sehr man es sich auch wünscht, das Leben hört nicht einfach auf. Noch an den trostlosesten Orten, wo alle Gefühle wie zugemauert sind und nie mehr etwas zu wachsen scheint, sprießen irgendwann hellgrüne Triebe hervor.

Am Tag nach dem Begräbnis besuchte mich Steve. Ich erinnere mich noch an das Türklingeln und an seine ruhige, höfliche Jungmännerstimme unten in der Diele, aber ich konnte mich nicht überwinden, aus dem Bett zu steigen. Ich glaube, ich hatte Angst, ihm gegenüberzutreten, denn ich war überzeugt, dass er mich wie alle anderen für das Geschehene verantwortlich machen würde. Ich hörte, wie meine Mutter ihm unten erklärte, ich sei zu krank und zu mitgenommen, um Besuche zu empfangen, und kurz darauf heulte draußen auf der Straße sein Motorrad auf.

Von da an kam er eine ganze Woche lang jeden Tag wieder. Immer wenn ich sein Motorrad hörte, versteckte ich mich in meinem Zimmer und lugte hinter dem Vorhang hervor. Ich wollte ihn so gern sehen und fürchtete mich gleichzeitig davor. Manchmal klingelte er erst gar nicht, sondern ließ nur seine Gaben auf der Eingangsstufe zurück: Wicken aus dem Schrebergarten seines Großvaters, rosarote Levkojen, wild wachsende Blumen von den Böschungen links und rechts der Landwege, all die Blumen, die ich mochte.

Schließlich überredete mich meine Mutter dazu, das Bett zu verlassen. Als sie aus dem Zimmer gegangen war, stellte ich mich vor den langen Spiegel, vor dem ich so oft mit Gemma gestanden hatte. Mein Körper hatte sich verändert, er war abgemagert, war irgendwie nicht mehr meiner. Als ich in die Jeans und in den

Pulli schlüpfte, die meine Mutter mir auf den Stuhl gelegt hatte, war mir, als zöge ich mich zum ersten Mal an. Die Sachen passten mir nicht mehr, sie gehörten einer Fremden, waren in einem anderen Leben abgelegt worden. Ich ging runter, setzte mich ans Wohnzimmerfenster und wartete auf Steve. Als er kam, öffnete ich ihm selbst die Tür.

Er hatte offenbar nicht mit mir gerechnet, denn er blinzelte überrascht und wurde rot. Er sah anders aus, als ich ihn mir in Indien immer vorgestellt hatte: jünger und weniger selbstsicher, und seine blasse Haut war leicht fleckig. Wahrscheinlich hatte auch er in den letzten Wochen schlecht geschlafen; um seine Augen lagen tiefe Ringe, und sein Gesicht wirkte verhärmt. Er war noch immer ein Junge, ein vierundzwanzigjähriger junger Kerl mit einem verrosteten Motorrad, Arsenal-London-Fan mit dem Lebensziel, Pfleger in der Psychiatrie zu werden. Und doch wusste ich, als ich dort auf der Eingangsstufe stand und ihn wortlos ansah, dass ich ein unstillbares Bedürfnis nach ihm hatte, dass ich mir, obwohl er nicht der intellektuelle, weit gereiste Anthropologe war, der mir immer vorgeschwebt hatte, ein Leben ohne ihn nicht vorstellen konnte. Es mag in Anbetracht der Geschehnisse paradox klingen, aber er war gewissermaßen das Einzige, was mich noch mit Gemma verband. Und obwohl sich mir in Indien bei der bloßen Nennung seines Namens vor schlechtem Gewissen der Magen zusammengekrampft hatte, wurde mir jetzt, als er wirklich vor mir stand, bewusst, dass wir etwas begonnen hatten, das ganz anders war als alles, was ich je zuvor gehabt hatte, und das ich trotz der Tragödie nicht einfach aufgeben durfte.

»Hallo«, sagte er, und dann küsste er mich auf die Wange, wie um zu sagen: *Sei ganz ruhig, mach dir keine Sorgen, ich liebe dich. Alles wird gut.*

Von da an gingen wir jeden Abend spazieren wie ein altmodisches Liebespärchen. Es war Mai, und der unbändige Optimismus des Frühsommers hatte das Land überrumpelt: Jeder Tag

brach so warm und hell an wie der vorangegangene, als würde es von jetzt an immer so sein. Eigentlich hätte es schütten müssen, denn etwas anderes als Stürme und eisigen Nebel hatte ich nicht verdient, aber der Himmel blieb wochenlang blau, der Wind warm. Wir wanderten endlos über die Landwege, durch die malerische Landschaft der Grafschaften um London, die in unerwarteter Frühsommerpracht prangte. Unter jeder Hecke wuchsen Wiesenkerbel, Butterblumen und Vergissmeinnicht, die Bäume waren voller zarter Blüten, und überall im kühlen, duftenden Wald standen Glockenblumen. Ich weiß nicht mehr, worüber wir redeten, nur an die Strecke, die wir immer gingen, kann ich mich erinnern: über die Felder, an der Kirche vorbei, dann den Weg entlang, jeden Sommerabend. Als würde ich mir die Rückkehr nach England erwandern und ganz, ganz langsam nach Hause kommen. Und jedes Mal wenn Steve mich vor die Haustür brachte und es zu dämmern begann und die Spatzen sich auf den Bäumen niederließen, rückte Indien ein kleines Stück weiter weg.
Irgendwann in diesen warmen, nur mehr undeutlich erinnerbaren Monaten wurden wir ein Paar. Es muss einen Moment gegeben haben, in dem er mich küsste oder so berührte, dass unsere Beziehung besiegelt war, aber ich habe keine Erinnerung daran, nur an das allmähliche Vertrautwerden und an das Gefühl der Zwangsläufigkeit, das damit einherging. Jedenfalls war es nicht wie zuvor, als wir miteinander gelacht und einander so sehr gefallen hatten. Ich hatte keine Schmetterlinge im Bauch, ich stellte mir nicht die ganze Nacht seine Hände auf meinem Körper vor, sondern konnte ihn auf geradezu erschreckende Weise aus meinen Gedanken verbannen. Ob ich ihn begehrte oder liebte? Ob er »der Richtige« war? Ich weiß nur, dass ich es mir irgendwann nicht mehr anders vorstellen konnte. Er war so ruhig, verstehen Sie, so fest verwurzelt in seiner für englische Männer so typischen Sachlichkeit, dass ich mich auf ihn zu verlassen begann und irgendwann auf ihn angewiesen war wie auf eine Krücke.

Gemma wurde nie erwähnt, doch die Erinnerung an sie war das Fundament unserer Beziehung – etwas Wesentliches, das wir teilten, etwas, das uns immer trennen würde. Er glaubte wie alle anderen, dass ihr Tod ein Unfall war, ein verrückter Zufall, den wir nie verstehen würden, und fragte nie danach. Wie die meisten Männer seines Alters glaubte er, Mut beweise sich im Schweigen, fand, wir sollten uns von der Vergangenheit lösen und in die Zukunft blicken. Er wolle Pfleger werden, nicht Therapeut. Er glaubte an die Schulmedizin, nicht daran, dass man über Dinge reden sollte. Und so wurde Gemmas Name zum Tabu: unsere Blackbox, die wir nie zu öffnen wagten.
Für mich aber lag über allem wie eine dicke Staubschicht die Schuld. Sie verdunkelte jede Farbe, die ganze Gestalt meines Lebens, bis ich sie schon nach kurzer Zeit kaum mehr bewusst wahrnahm. Ich war böse, ich hatte Schuld auf mich geladen, und nichts konnte das Gegenteil beweisen. Schon während ich meine Geschichten von Coral und dem Mann im Jeep erzählte, fand ich sie selbst absurd, sie klangen wie die lahmen Ausreden eines Menschen, der sich der Wahrheit nicht stellen will. Es ist lächerlich zu glauben, sie hätten sie umgebracht, dachte ich plötzlich, wenn ich in die skeptischen Gesichter meiner Zuhörer sah. Es gab kein eindeutiges Motiv und keinen Beweis, nur meine wirre Erzählung von einem Schrein, einem gestohlenen Geldgürtel und einer jungen Travellerin, die anders war, als sie wirkte. Die Tatsachen sahen so aus: Die arme Gemma, notorisch lebensuntüchtig und zum ersten Mal auf Reisen, hatte Fieber bekommen. Aus welchem von mir nachträglich gerechtfertigten Grund auch immer hatte ich sie im Dschungel zurückgelassen, wo sie, allein und voller Angst, einen grauenhaften Tod gefunden hatte. Es war sinnlos, Geschichten zu erzählen oder anderen die Schuld in die Schuhe zu schieben. Ich war für sie verantwortlich gewesen, und jetzt war sie nicht mehr da.

Im Herbst jenes Jahres zogen Steve und ich nach London. Steve hatte eine Praktikumsstelle in einem großen Londoner Lehrkrankenhaus bekommen, und mich hielt nichts mehr zu Hause. Wir fanden eine Zweizimmerwohnung in der Holloway Road, und wenn ich genug Motivation aufbrachte, schaffte ich es sogar zu arbeiten: öde Zeitarbeit als Sekretärin in gesichtslosen multinationalen Konzernen, ein Job als Anzeigenakquisiteurin für eine Fachzeitschrift, die beschissenen, mies bezahlten Jobs eben, die man mit Anfang zwanzig durchstehen muss, bevor man Karriere macht. Die Jahre schlichen dahin. Es ging mir nicht besser, aber ich lebte. Nicht vergessen, nur verarbeitet und abgespeichert: die Datei mit den Dingen, die ich betrauerte. Gemma war für immer verschwunden, das stand fest. Und ich? Sie hatten mich gefunden, doch ich war immer noch verloren.

Dreiundzwanzig

Fünf Jahre später: Flughafen Heathrow

Da wären wir nun, fast hat sich der Kreis geschlossen, nur ein kleiner Teil meiner Geschichte bleibt noch zu erzählen. Diesen Teil erinnere ich bis in die letzte Einzelheit, denn er spielte sich erst vor vier Tagen ab. Wieder stand eine Reise bevor, doch diesmal befand sich mein Flugzeug nicht unmittelbar vor der Landung, sondern ich hatte es noch gar nicht bestiegen. Und diesmal begleitete mich nicht Gemma, sondern Steve. Und natürlich war ich auch nicht mehr Esther, die kühne Forschungsreisende, die immer bekam, was sie wollte, und wie durch einen Zauber unverwundbar war, sondern eine von vielen Thailand-Touristen, Esther Waring (Alter: neunundzwanzig, interessante Passstempel jüngeren Datums: keine, Anzahl der in den letzten sechs Jahren geschmissenen Jobs: acht) unterwegs in den Urlaub.

»Wenn du hier mit dem Gepäck wartest, gehe ich mal los und erkundige mich.«
Steve stellte seine Tasche ab und sah mich fragend an.
»Oder was meinst du?«
Er blieb verlegen auf dem blauen Flughafenteppich stehen, zum Gehen gewandt, aber unschlüssig. Er bemühte sich um Geduld mit mir, aber seine Hände waren zu Fäusten geballt, und zwischen den Brauen stand eine Falte, die ihn gereizt aussehen ließ.
»Egal.«

»Ist bestimmt nur eine ganz normale Verspätung wegen Überfüllung des Luftraums oder so ...«
Er blieb noch kurz stehen, wartete auf Zustimmung, aber ich gab nur einen verächtlichen Laut von mir und starrte auf meine Füße. Ich hätte mehr Interesse zeigen sollen, ich weiß, aber dieses Lauern bereitete mir Unbehagen.
»Soll ich dir einen Kaffee holen?«
»Nein, nicht nötig. Geh einfach und versuch rauszukriegen, was los ist, anstatt hier rumzulabern.«
»Ich will dir doch nur helfen ...«
»Das kannst du dir sparen.«
Ich warf den Kopf zurück und sah zum nächsten Monitor in der Abflughalle hinüber. Nichts hatte sich verändert, seit ich das letzte Mal nachgesehen hatte: Während die Flüge über und unter dem unseren prahlerisch blinkend verkündeten, dass die Passagiere einsteigen konnten oder man sogar schon startklar war, wurde für unseren Flug, BA 307, weiterhin Verspätung gemeldet. Seufzend senkte ich den Blick. Mein bissiger Ton tat mir bereits Leid.
»Steve?«
Er war weg. Ich ließ den Blick über die Menge wandern und entdeckte Steve mit derselben Zielsicherheit wie meinen Namen im Telefonbuch. Gemächlich schlängelte er sich durch das Flughafengewusel – ein großer, leicht gebeugter junger Mann in Jeans und Fleecehemd, der zögerlich auf den Abfertigungsschalter zuging. Er war zwar erst dreißig, hatte aber bereits den beunruhigenden Punkt im Leben eines Mannes erreicht, von dem an die Muskelspannkraft nicht mehr allein dadurch aufrechterhalten wird, dass man morgens aus dem Bett steigt. Die gelebten Jahre zeigten sich an seiner Haltung: Sein Rücken war runder, sein Gang weniger selbstsicher als früher. Und am Hinterkopf lichtete sich das Haar. Um den anderen möglichst immer einen Schritt voraus zu sein, hatte er sich die Haare immer kürzer schneiden lassen; die schlaff herabhängenden Locken, mit denen er in den

späten achtziger Jahren herumgelaufen war, hatte der Besen schon längst vom Boden des Friseursalons gefegt. Noch vor sechs Jahren hätte er mit dieser Stoppelfrisur in Stevenage als Skinhead gegolten. Jetzt aber, vor dem British-Airways-Schalter, wo er sich höflich nach dem weiteren Verlauf unseres Fluges erkundigte, sah er aus wie jeder x-beliebige Mittelschicht-Mann unter vierzig mit obligatorischem Ohrring und beginnendem Altersspeck.

Ich streifte die Schuhe ab, stellte die Füße auf den Sitz und legte das Kinn auf die Knie. Ich darf nicht so zickig sein, dachte ich traurig; er hatte es nicht verdient, so behandelt zu werden. Ich schlang meine Arme um die Beine und knetete nervös meine Waden. Im Gegensatz zu Steve, der langsam Fett ansetzte, war ich in den letzten Jahren noch dünner geworden – nicht, weil ich dünn sein wollte, sondern aufgrund chronischer Appetitlosigkeit. Auch ich hatte meine Haare gleich nach der Rückkehr aus Indien kurz schneiden lassen. Die Locken hatten nicht mehr zu mir gepasst, sie waren zu auffällig, zu lustig für den Menschen, der ich geworden war. Wenn ich heute überhaupt einmal in den Spiegel schaue, sehe ich ein Gesicht, das nicht mehr meines ist: die Augen zu groß, die Züge zu abgezehrt, der Ausdruck zu leer für das Mädchen, das ich einmal gewesen bin.

Ich schloss die Augen. Ich hatte, vielleicht wegen meines Reisefiebers, schlecht geschlafen und war irgendwann auf das Schlafsofa in unserem kleinen Wohnzimmer umgezogen, um Steves Schnarchen zu entfliehen. Schließlich hatte ich zwei von meinen gelben Ostereiern genommen und war wenige Stunden später völlig benommen und dem Erbrechen nahe aufgewacht. Als jetzt die Lautsprecherdurchsagen und Flötentöne von Vivaldi zu einem monotonen Hintergrundgeräusch verschmolzen, döste ich ein.

»Technische Probleme. Werden gerade behoben. Da, ich habe dir einen Cappuccino mitgebracht.«

Ich öffnete die Augen. Steve stand mit einer »Traveller's Fare«-Tüte vor mir.
»Danke.«
Ich holte einen Styroporbecher aus der Tüte, entfernte den Deckel und leckte den bitteren, mit Kakaopulver bestreuten Schaum ab.
»Du warst ja ewig weg.«
»Ich bin bisschen durch die Läden gebummelt.«
»Und?«
Er warf mir *Marie Claire* auf den Schoß. »Damit du auf andere Gedanken kommst.«
Ich sah ihn gelangweilt an. »Super.«
»So viel Begeisterung hätte ich gar nicht erwartet!«
Die Illustrierte glitt langsam von meinem Schoß und fiel auf den Boden.
»Ich lese sie im Flugzeug.«
Wir tranken schweigend unseren Kaffee und blickten lustlos in der Halle herum. Früher hätte ich mir einen Spaß daraus gemacht, den anderen Passagieren die Zielorte auf dem Monitor zuzuordnen oder den hässlichsten Männern zuzuzwinkern, nur um zu sehen, wie sie reagierten. Stattdessen starrte ich dumpf auf die Rucksacktouristen, Geschäftsreisenden und nervösen Familien, die sich in der Abflughalle drängten. Ich kann nicht genau sagen, wann es anfing, aber seit einigen Monaten falle ich immer häufiger in einen zombieartigen Zustand völliger Erstarrung, in einen dichten Nebel der Unbestimmtheit, in dem ich nur eines sicher weiß: dass ich mich unendlich hasse.
»Und?«
Ich änderte meine Sitzhaltung, streckte die Beine aus und stellte den leeren Becher, den ich zwischen den Knien gehalten hatte, auf den Boden. Steve las in der *Marie Claire*. Er hob den Blick und lächelte mich sanft an.
»Und?«
»Hältst du es immer noch für eine gute Idee?«
»Ja, ich halte es immer noch für eine gute Idee.«

»Es ist zu weit weg.«
»Es dauert nur zehn Stunden, dann sind wir da.«
Ich schwieg, starrte vor mich hin und biss mir auf die Lippe. Eigentlich wollte ich nur schlafen. Steve blätterte kichernd die Seite um.
»Warum müssen wir überhaupt irgendwohin?«
»Essie ...« Er hob genervt den Blick. »Darüber haben wir doch schon hundertmal geredet.«
»Und was heißt das? Dass du Recht hast und ich nicht?«
»Nein, nur, dass es für uns beide jetzt das Beste ist, wie geplant nach Thailand zu fliegen.«
Ich betrachtete sein ruhiges, vernünftiges Gesicht. Immer ist er so rational, dachte ich gereizt, so beherrscht.
»Ich habe es mir aber anders überlegt.«
»Jetzt ist es zu spät.«
»Nein. Wenn ich am Check-in-Schalter sage, dass ich nicht mitfliege, müssen sie mir mein Gepäck zurückgeben.«
Ohne eine Miene zu verziehen, wandte er sich wieder seiner Zeitschrift zu. »Der Urlaub wird dir gut tun.«
»Woher willst du wissen, was mir gut tut und was nicht?«
»Ich nehme es einfach an. Ist das noch erlaubt, ja?«
»Aber ich ...«
Ich starrte verärgert zu Boden. Steve trank seinen kalten Kaffee aus und blätterte, nachdem er den Zeigefinger abgeleckt hatte, zur nächsten Seite um – eine Gewohnheit, die mich mit völlig irrationaler Wut erfüllte. Wenn die nächsten Minuten ohne weitere Ausbrüche verstrichen, würde er wie immer das Thema wechseln und so tun, als wäre nichts passiert. Das ist seine Art, mit mir »fertig zu werden«. Nach einer Weile legte er mir seine Hand aufs Knie.
»Hier steht, dass die durchschnittliche *Marie-Claire*-Leserin dreimal pro Woche Sex hat und zu fünfzehn Prozent den Orgasmus vortäuscht.«
»Aha.«

Ich brachte es nicht einmal fertig, Interesse auch nur zu heucheln. Ich verschränkte die Arme und wandte den Blick von Steve zu den flimmernden Bildschirmen.
»Kannst du nicht wenigstens versuchen, ein bisschen besser gelaunt zu sein?«
»Nein, kann ich nicht.«
»Alles wird gut.«
»Das sagst du immer.«
»Es stimmt aber auch. Wir haben es schon ganz schön weit geschafft, finde ich.«
Ich schüttelte verbittert den Kopf. »Ich kann doch nicht weiterhin ständig den Job aufgeben.«
»Das waren Arschlöcher, hast du selbst gesagt. Und du kannst nicht den Rest deines Lebens mit Telefonieren verbringen.«
»Und womit dann, bitte?«
»Darüber haben wir lange genug diskutiert. Wir müssen in die Zukunft schauen. Du brauchst jetzt einen schönen Urlaub, und dann …«
Plötzlich ertrug ich es nicht mehr. Ich fegte seine Hand von meinem Knie und sprang vom Sitz.
»Hör auf mit mir zu reden wie mit einer Schwachsinnigen! Ich bin keine von deinen Psychiatriepatientinnen!«
»Ich bitte dich …«
»Warum tust du ständig so, als wäre alles ganz normal?«
Ich hatte es leise sagen wollen, doch meine Stimme war immer lauter geworden, bis ich schließlich schrie. Ein paar Sitze weiter spähte ein Paar mittleren Alters verstohlen zu uns hinüber.
»Jetzt beruhige dich doch …«
»Ich will mich nicht beruhigen!«
»Das muss doch nun wirklich nicht sein!«
»Doch, es muss sein!«
»Du bist einfach unmöglich!«
»Genau das versuche ich dir schon seit Jahren klar zu machen!«
Gegenüber von uns schaute ein Mann von seinem Buch auf. Als

ich seinen neugierigen Blick sah, starrte ich ihn böse an und streckte die Zunge raus. Er sah sofort wieder weg.
»Mein Gott!«, murmelte Steve. »Warum muss es bei dir immer gleich zu solchen Szenen kommen?«
»Das ist keine Szene!«
Ich tastete unter dem Sitz nach meiner Tasche, zog sie hervor und stand auf.
»Wohin willst du?«
»Keine Ahnung.«
Ich warf mir die Tasche über die Schulter und verließ mit raschen Schritten den Wartebereich in Richtung Duty-Free-Shops. Ich wusste, dass ich mich wie ein ungezogenes Gör aufführte, aber ich hatte meine Launen in letzter Zeit nicht mehr im Griff. Sie legten sich wie dicke, regenpralle Wolken über mich, und jeder Mensch in meiner Umgebung bekam etwas von meiner Giftigkeit ab. Warum bringt Steve es nicht endlich hinter sich und macht Schluss mit mir, dachte ich niedergeschlagen. Es war doch nur mehr eine Quälerei.
Ich ging die Regale mit den Flaschen, Parfüms und Armani-Brillen ab und beruhigte mich etwas. Steve hatte Recht, wie immer: Ich musste mich zusammenreißen und positiv denken. In Accessorize probierte ich einen Hut auf und kaufte bei Boots Sonnenmilch und Aspirin. Ja, er hatte wirklich Recht, wir mussten Urlaub machen, ausspannen, uns amüsieren und dann zu Hause ganz neu anfangen. So machten das doch die normalen Leute, oder? Ich ging am Disney Store vorbei, sah mich in Next um und warf irgendwann einen Blick auf den Bildschirm mit den Abflügen. Flug BA 307 hatte es mit zweistündiger Verspätung auf den ersten Platz der Liste geschafft und ließ hektisch den letzten Aufruf blinken.

Steve stand trübselig in der W.H.-Smith-Filiale vor einem Stapel Bestseller.
»Hallo, Süßer.«

Er zuckte nicht mit der Wimper.
»Steve?«
Ich ging zu ihm und legte meine Hand auf seinen Arm.
»Wir müssen einsteigen. Es ist schon der letzte Aufruf.«
»Ja.«
Er griff betont langsam nach einem Buch, drehte es um und tat, als würde er die Inhaltsangabe auf der Rückseite lesen.
»Wieder Freunde?«
Keine Antwort.
»Du, es tut mir Leid. Ich war völlig daneben.«
Er drehte das Buch wieder um und betrachtete das Titelbild. Dieses Spiel haben wir schon unzählige Male gespielt, es ist unser kleiner Tanz: Ich zerknirscht und reumütig, er märtyrerhaft und am Schluss versöhnlich.
»Ich weiß, ich bin eine schreckliche Zicke, aber ich werde mich ändern.«
Er reagierte immer noch nicht. Ich nahm seine Hand. »Sag wenigstens was! Ich ertrage es nicht, wenn du so still bist!«
Er drehte sich um und sah mir fest in die Augen. »Ich glaube nicht, dass ich das noch lange aushalte, Esther.«
»Ich bessere mich, ich verspreche es dir.«
Ich drückte seine Hand, damit er meine drückte.
»Bitte komm, Steve, wir müssen doch den Flug erwischen.«
Er seufzte, schloss kurz die Augen und riss sie plötzlich so weit auf, als ließe sich auf diese Weise schlagartig die Welt verändern.
»Na gut. Meinetwegen.«

Vierundzwanzig

Eine halbe Stunde später stiegen wir ins Flugzeug, zwängten uns auf unsere Sitze und blätterten im Bordmagazin, während auf den Monitoren das Sicherheitsvideo lief, ohne die geringste Beachtung zu finden.

»Schau mal, wir fliegen quer über Indien.«

Ich schob Steve die Karte mit den Flugrouten hin. Er drückte meine Hand: ruhig und geduldig, so, wie er sich selbst gern sah.

»Dann ist es Nacht.«

»Na und?«

Nach weiterem Warten wurden die Bremsklötze entfernt, und die Räder begannen zu rollen. Wir standen noch einmal zehn Minuten in der Warteschlange, dann dröhnten plötzlich die Triebwerke los, und die Maschine raste über die Startbahn. Ich sah durch das kleine Acrylglasquadrat auf das vorbeisausende Rollfeld und die Landescheinwerfer. Als die Maschine abhob und der Boden dem Nachthimmel wich, ergriff ich Steves warme Hand, verschränkte meine Finger mit seinen und lehnte den Kopf an seine Schulter.

Das Flugzeug stieg über London steil in die Höhe und ging Richtung Ärmelkanal in Horizontalflug über. Nach einigen Minuten wurde das Gurt-Zeichen gelöscht. Die Leute streckten sich, schlugen ihre Zeitungen auf oder sahen sich um. Wenig später servierten uns die Stewardessen Plastikbecher mit Gin-Tonic, den ich hastig hinunterstürzte, und eine warme Mahlzeit, die ich nicht anrührte. Als Steve zur Toilette ging, schluckte ich noch mal zwei von meinen gelben Ostereiern und stopfte das Plastikbesteck, die Brötchen, den Schmelzkäse und die parfümierten

Servietten in meine Tasche – eine alte Travellergewohnheit, die offenbar nur schwer abzulegen ist. Kurz darauf bekamen wir Ohrenstöpsel, und das Licht im Passagierraum wurde gedämpft. Auf dem Monitor vor uns lief der Vorspann eines Whoopi-Goldberg-Films. Ich schloss die Augen.

Der Bildschirm flimmerte lautlos vor sich hin. Alles schlief, verrenkt, quer über den Sitzen hängend, die Köpfe unbequem an die Armstützen gelehnt. Ich döste, wachte auf, nickte wieder ein. Das Brummen der Triebwerke lullte mich in beklemmende Träume, aus denen ich immer wieder vom Klicken der Handgepäckfächer gerissen wurde. Es war böig geworden, das Flugzeug hob sich und schlingerte wie ein Schiff bei stürmischer See.
»Wir bitten Sie, Ihre Plätze einzunehmen und die Sicherheitsgurte anzulegen, da in den nächsten Minuten Turbulenzen zu erwarten sind.«
Ich hatte geglaubt, er schlafe, doch plötzlich berührte Steves Hand aus dem Dunkel heraus mein Knie.
»Das ist okay, ist ganz normal.«
Ich beugte mich zu ihm hinüber und gab ihm einen Kuss auf die Wange. Seine Haut war mir so vertraut, dass ich sie kaum als die eines anderen Menschen wahrnahm.
»Mir geht's gut, Steve, wirklich.«
»Keine Angst?«
»Überhaupt keine.«
Stunden vergingen. Die Gurt-Zeichen erloschen, und die Maschine flog dem anbrechenden Tag entgegen. Ich warf einen Blick auf meine Uhr und sah, dass wir seit sieben Stunden in der Luft waren. In Großbritannien herrschte jetzt noch tiefe Nacht, aber wir düsten nach Osten und durchquerten auf unserem Flug über Asien mehrere Zeitzonen. Ich lugte unter dem Plastikrollo hinaus und sah einen rosaroten Streifen über den Wolken. Viele tausend Fuß unter uns lagen Felder, Dörfer und Städte, durch ein zartes Netz von Flüssen und Straßen miteinander verbunden.

Bald würden wir noch weiter im Osten sein, und ich würde endlich die Sonne sehen, während die Menschen unter uns verschlafen aus ihren Betten stiegen, Feuer machten und ihr Morgengebet sprachen.
Ich warf noch einen Blick auf meine Uhr. Jetzt müssen wir über Indien sein, dachte ich. Ich starrte hinunter auf die Wolken, suchte vergeblich nach Anhaltspunkten. Irgendwo dort unten, Hunderte von Metern tiefer, war mein Leben kaputtgegangen.
»Gemma«, flüsterte ich. Der Name, den ich so viele Jahre nicht ausgesprochen hatte, kam mir schwer und undeutlich über die Lippen. »Was ist mit dir passiert?«
Ich hatte ihren Namen gesagt. Ich blinzelte und schüttelte den Kopf, um die Erinnerung an ihr bleiches Gesicht loszuwerden, das mich vom Bett aus vorwurfsvoll ansah. Wir waren so lange befreundet gewesen, unsere ganze Kindheit hatten wir gemeinsam verbracht, und doch ist mir nur diese eine Szene im Gedächtnis geblieben. Es muss noch andere Erinnerungen geben, aber ich kann mich noch so anstrengen, es kommt beharrlich immer nur dieses Bild, das einzige, verblassende, verzerrte Foto, das ich behalten habe: die kranke, wütende Gemma, und ich, kurz davor abzuhauen. Ich ertrug es nicht mehr. Ich schloss die Augen.
Es hätte mich treffen sollen, dachte ich, aber der Gedanke formte sich nicht zu Worten.
In diesem Augenblick geschah es. Etwa einen halben Meter unterhalb meines Fensters tat es einen Knall, dann folgte ein ächzendes, knarzendes Geräusch, dessen Quelle sich irgendwo tief unter uns befand, und schließlich eine zweite, noch heftigere Explosion. Der Jumbo sackte zur Seite und begann stark zu vibrieren. Staufachtüren klappten auf, und Gepäck flog in die Gänge.
Ich fuhr zusammen und sah mich erstaunt um. Es hatte geklungen wie eine kleine Bombe tief im Bauch der Maschine. Die Passagiere schreckten aus dem Schlaf, setzten sich auf und

sahen sich panisch um. Einige schrien. Wie eine steile Welle wälzte sich schrilles, winselndes, angsterfülltes Gemurmel durch die Gänge.
»Was war *das* denn?«
Auch Steve hatte die Augen geöffnet und beugte sich über mich, um aus dem Fenster zu sehen. Die blasierte Stewardess, die uns das Abendessen in der Aluschale serviert hatte, rannte mit verrutschtem British-Airways-Hut vom hinteren Teil der Maschine zum Cockpit.
»Was ist los?«, rief ihr ein Passagier zu, als sie an ihm vorbeikam. Sie lief weiter, ohne zu antworten. Ihre Miene war gar nicht mehr ruhig, professionell und aufmunternd, sondern grau vor Entsetzen.
»Ich weiß nicht«, flüsterte ich.
»Ich glaube, irgendwas ist mit uns zusammengestoßen.«
Steve hielt meine Hand so fest, dass es wehtat. Hinter mir kreischte eine Frau: »O mein Gott, wir brennen!«
Ich wandte den Kopf zur Seite und musterte interessiert Steves Gesicht. Seine sonst so glatte Stirn war angstzerfurcht, und aus seinen Augen sprach tiefe Verzweiflung. Überall standen die Leute auf und reckten die Hälse, um möglichst viel mitzubekommen. Rechts von mir schluchzte eine von den Frauen, die bei der ersten Explosion vor Schreck aufgeschrien hatten, leise vor sich hin. Weiter vorn hatte eine ältere Frau den Kopf auf die Knie gelegt. Davon abgesehen war es still. Das ganze Flugzeug war von nacktem, tödlichen Grauen erfasst.
Gespannt wandte ich den Blick zum Fenster. Aus dem Triebwerk loderten Flammen in die eisige, vom Morgenlicht erhellte Luft. Wie in einem Comic, dachte ich emotionslos, eine Parodie auf Feuer – es flackerte so orange und grell wie auf einer Kinderzeichnung. Schweigend starrte ich in die Flammen. Ich hätte in Panik geraten, hätte die Armstützen umklammern müssen, hätte weinen oder Gebete murmeln müssen wie die anderen Passagiere, aber das Einzige, was ich wirklich empfand, war

Erleichterung. Ich weiß noch, dass ich ganz gelassen dachte: Wie im Kino, wenn man sich einen Film ansieht, dessen Ende einen nicht sonderlich interessiert. Es war genau das, was mir schon vor Jahren hätte zustoßen sollen. Ich hatte nichts anderes verdient.

»Schau«, sagte ich leichthin, »wir brennen.«

In diesem Moment neigte sich die Maschine, so dass die Tragfläche über dem betroffenen Triebwerk in Richtung der aufgehenden Sonne kippte, die schlagartig hinter der silbrigen Wolkenbrüstung hervorgebrochen war. Plötzlich war das Flugzeug lichtdurchflutet, die Strahlen strömten durch die Fenster und ergossen sich auf die Sitze. Wir beschrieben einen Bogen, denn jetzt kam die Sonne auch durch die gegenüberliegenden Fenster. Unwillkürlich folgte mein Blick dem Licht, ich wandte mich um, beschattete die Augen mit der Hand und schaute über den Gang hinweg zum vorderen Teil des Flugzeugs.

Es war wohl eine verzerrte Spiegelung, ein Lichtspiel auf Stahl und Acrylglas: Zwei oder drei Sekunden lang sah ich dort jemanden stehen, die dunklen Umrisse eines Männerkörpers, umgeben von einer Aura zuckender Farben. Einen Moment lang war ich geblendet und blinzelte, und in diesem Bruchteil einer Sekunde schien es mir, als hätte er mit gesenktem Kopf, die aneinander gelegten Hände wie ein Buddha vors Gesicht haltend, einen Schritt auf mich zu getan, während die Regenbogenlichter sein Haar umspielten. Ich stierte ihn an, und mein Herz schlug so wild, dass ich fast nicht mehr atmen konnte. Dann kippte das Flugzeug plötzlich wieder, und die Vision war verschwunden. Ich sah nur mehr den Acrylvorhang, der die Economy Class von der Business Class trennt, und die Hinterköpfe der Leute.

»O Gott!«

Ich glaubte zu ersticken. Ich wollte aufstehen, aber ich war noch angeschnallt und an meinen Sitz gefesselt.

»Halb so schlimm«, murmelte Steve. »Das ist bestimmt nur das

Triebwerk. Das wird wieder. Wir haben ja noch die anderen … Alles wird … «

Seine Stimme erstarb, denn aus dem Lautsprecher ertönte jetzt die lässige, Bedauern ausdrückende Stimme eines Menschen, der eine kleinere Unannehmlichkeit zu verkünden hat.

»Meine Damen und Herren, hier spricht Ihr Pilot, Captain Dubow.«

Die Leute um uns herum runzelten die Stirn und starrten angespannt nach vorn.

»Wie einige von Ihnen vielleicht bereits bemerkt haben, ist eines unserer Triebwerke ausgefallen.«

Er machte eine kurze Pause und wählte seine Worte sehr bedacht. Garantiert hatte er das während der Ausbildung geübt. »Obwohl so etwas ziemlich selten vorkommt, versichere ich Ihnen, dass wir uns in keiner unmittelbaren Gefahr befinden. Die übrigen drei Triebwerke reichen völlig aus, um die Maschine zu fliegen. Als reine Sicherheitsmaßnahme habe ich aber trotzdem soeben die Fluglotsen in Delhi um die Möglichkeit einer Notlandung gebeten …«

Die Passagiere sogen halb erschrocken, halb verärgert hörbar die Luft ein.

Captain Dubow räusperte sich. »Ich muss zwar gestehen, dass ich mich noch nie in einer solchen Situation befunden habe, ich kann Ihnen aber versichern, dass meine Crew und ich den entsprechenden Ablauf im Rahmen unserer Ausbildung unzählige Male durchgeführt haben.«

»Na toll! Da fühlt man sich doch gleich viel besser!«

Ich versuchte Steves Lächeln zu erwidern, aber mein Gesicht war erstarrt, ich konnte nicht reagieren. »Sie haben sicherlich dafür Verständnis, dass wir uns jetzt um die Landung kümmern müssen. Bewahren Sie bitte Ruhe, ich werde Sie über die weitere Entwicklung auf dem Laufenden halten.« Klick. Ende der Durchsage.

Wie von einem bösen Zauber erlöst, regten sich die anderen Passagiere auf ihren Sitzen, blickten sich um und lächelten einander aufmunternd zu. Hinter uns lachte ein Mann laut auf, und rechts hörte ich eine Frau übertrieben fröhlich sagen: »Vielleicht können wir ja sogar den Taj Mahal besichtigen!«

Steve beugte sich zu mir und tätschelte meinen Arm. »Alles in Ordnung?«

Ich nickte steif.

»Reine Routine, hat er ja gerade gesagt.«

»Ja, ja.«

Das Flugzeug neigte sich langsam nach Westen und wendete. Ich hatte die Arme fest vor der Brust verschränkt und sah aus dem Fenster. Das Feuer war erloschen; aus den verkohlten Überresten des Triebwerks waberte dichter Rauch. Ich schloss die Augen. Seit ich zurückdenken konnte, hatte ich Flugangst, fürchtete ich mich vor den Reisen, die mich zu den ersehnten Orten führten, war ich bei Starts und Landungen starr vor Furcht und konzentrierte mich während des Flugs unablässig auf das Geräusch der Triebwerke, weil ich überzeugt war, dass sie ausfallen würden, sobald ich ihnen nicht mehr meine volle Aufmerksamkeit schenkte. Jetzt war das, was ich so gefürchtet hatte, tatsächlich eingetreten, und es war mir vollkommen egal.

Sie müssen das verstehen: Es hatte sich mit einem Schlag alles verändert. Steve tätschelte meine Hand und murmelte beruhigend auf mich ein, aber ich hörte nicht zu. Ich dachte nur noch an das, was ich gerade gesehen hatte. Es war natürlich ein Trugbild gewesen, ich war kurzzeitig weggetreten, weil ich es gewagt hatte an Gemma zu denken oder wegen des Temazepam-Gin-Cocktails, aber sosehr ich mich bemühte, ich konnte die buddhaähnliche Gestalt mit dem Lichtschein nicht vergessen. Ich starrte zum Fenster hinaus und umschlang meinen Oberkörper mit den Armen, während wir im frühen Morgenlicht auf das nordindische Tiefland zuflogen. Es war dieselbe abgestandene Flugzeugluft wie zuvor, doch jetzt sog ich sie gierig ein wie ein Mensch, der kurz vor dem Ertrinken gerettet wurde. Und während das Flugzeug leise durch Wolkenfetzen glitt und ich unten die ersten

braunen Felder und verstreuten Dörfer sah, erwachte ich langsam zum Leben. Ich hatte etwas gesehen. Egal ob es real war oder nicht, es war mir aus irgendeinem Grund erschienen. Es war ein Zeichen, ein Weckruf der Götter.
Die Gurt-Zeichen über uns leuchteten auf, was die Stimmung sofort wieder dämpfte. Auch die extrovertierteren Passagiere wurden durch das allgemeine Luftanhalten und stille Beten zum Schweigen gebracht. Die Stewardess setzte sich auf ihren Platz ganz vorn in der Maschine. Ohne jede innerliche Beteiligung stellte ich fest, dass ihre Wimperntusche verschmiert war. Sie hatte wohl geweint.
Ich aber hatte keine Angst, kein winziges bisschen. Ich wusste, dass unser lädiertes Flugzeug sicher landen würde, denn das Feuer war aus einem bestimmten Grund ausgebrochen. Es lag klar auf der Hand, es war ganz simpel. Wenn ich weiterleben will, dachte ich, als unter uns die Dächer der Slums von Delhi auftauchten, muss es ein Ende haben mit diesem dumpfen, flachen Leben. Fünf lange Jahre hatte ich für diese Einsicht gebraucht; jetzt endlich kehrte ich nach Indien zurück, um die Wahrheit zu finden.

Fünfundzwanzig

Zehn Minuten später landeten wir und wurden von einer vorsichtshalber angerückten Flotte von Löschfahrzeugen und Krankenwagen empfangen, deren Sirenen völlig unnötig über die Landebahn gellten. Als wir vor dem Flughafengebäude zum Stehen gekommen waren, klatschten einige Passagiere von der überschwänglichen Sorte kurz und verlegen Beifall. Danach machte der Pilot eine weitere Durchsage. Die Wörter »Hotel« und »anderes Flugzeug« wurden mit Seufzern quittiert. Aus den noch vor wenigen Minuten angstverzerrten Mienen sprach nur mehr Verärgerung.

»Ich glaube, da gehe ich lieber zu Fuß!« Vereinzeltes Gelächter ertönte, die Leute drehten sich um und grinsten den Witzbold an, einen alten Amerikaner in Jogginghose und T-Shirt. Dann standen plötzlich alle, holten ihr Handgepäck herunter und schlurften einträchtig durch die Gänge. Noch vor kurzem hatten sie Angst gehabt; jetzt lächelten sie sich achselzuckend an. Das gemeinsam Erlebte hatte die üblichen Schranken englischer Reserviertheit in kürzester Zeit eingerissen.

Ich reihte mich in die Schlange ein. Steve half ein paar Schritte vor mir einer alten Dame mit dem Handgepäck. Er sah sich immer wieder lächelnd zu mir um, aber ich brachte nur Grimassen zustande. Dann war ich vorne angelangt und begann die Stufen hinunterzugehen. Fröstelnd trat ich in die graue Morgenluft, legte mir die Arme um den Oberkörper und sah mich beklommen um. Der Flughafen war noch fast leer. Auf dem Rollfeld standen ein paar Air-India-Boeings, aber die Besucherterrassen lagen, von den schwarzen Krähen auf dem Geländer abgesehen, verlassen da. Von der Nacht war nur die verblassende Mondsichel geblieben.

»Brr!« Steve fröstelte so, dass er die Arme fest vor der Brust verschränkte und mit den Füßen stampfte. »Eigentlich hatte ich es mir hier ein bisschen wärmer vorgestellt.«

Ich drängte mich an ihm vorbei. Meine Umgebung nahm ich kaum mehr wahr.

»Es ist sechs Uhr früh«, brummelte ich vor mich hin, »und Mitte November.«

Im Gänsemarsch betraten wir den Flughafen, eine lange Reihe bleichgesichtiger, übermüdeter Briten, die gehofft hatten, in wenigen Stunden in Bangkok zu landen, und nun mindestens einen Tag in Delhi festsitzen würden. Ich war weit hinter den anderen zurückgeblieben und hielt den Kopf gesenkt. Ich hatte Angst vor den Erinnerungen, die dort lauerten, verstehen Sie? Vor den Geistern, die ich dort vielleicht zu sehen bekäme. Als ich den Blick einmal vorsichtig hob, erwartete ich fast schon, vor mir in der Schlange Gemma und mich zu sehen, zwei junge englische Rucksacktouristinnen am Beginn ihrer Reise, doch ich sah nur die Rücken der anderen Passagiere. Und als ich mich zögernd umblickte, bemerkte ich, dass der Flughafen völlig anders aussah als damals. Ich hatte einen abgewetzten Linoleumboden in Erinnerung und schmutzige Wände voller Betelspritzer; jetzt dagegen stand ich auf glänzenden Marmorplatten, und die Wände zierten farbenfrohe Gemälde.

»Die haben alles renoviert«, murmelte ich vor mich hin. »Das sieht alles ganz anders aus.«

Ein Beamter gab uns gestenreich zu verstehen, dass wir in einem verglasten Bereich innerhalb der Halle warten sollten.

»Ich habe das dumpfe Gefühl, dass wir ziemlich lang hier drin bleiben werden«, sagte Steve.

»Ja.«

Ich ließ mich auf den Boden fallen, lehnte mich an mein Gepäck und sah mich verzagt in der Transithalle um. Insgesamt waren wir etwa fünfhundert Menschen. Manche hatten ihren klobigen europäischen Körper unbequem in die Plastikschalensitze gezwängt und dösten, manche lasen oder starrten vor sich hin. Im Flugzeug hatte ich mir eingeredet, das alles geschehe nicht ohne Grund, doch jetzt, als ich tatsächlich in Indien war, auf dem kühlen Flughafenboden saß und den rosigen Morgenhimmel und die wartenden Flugzeuge hinter den Flachglasfenstern betrachtete, schwand meine Gewissheit rasch dahin. Der Triebwerksschaden war nichts weiter als eine Panne, und was die sonderbaren Schatten im Flugzeug betraf, so hatte mir einfach das Licht einen Streich gespielt. Nichts würde sich je ändern, weil ich nicht die Kraft hatte, es zuzulassen.

Ich schloss die Augen, als würde die Zeit dadurch schneller vergehen. Steve war eingeschlafen. Sein Kopf lag in meinem Schoß, sein Mund stand leicht offen. Ich sah in sein leeres, hübsches Gesicht, für das ich meine beste Freundin betrogen hatte, und empfand nichts. Mehr als fünf Jahre waren wir nun zusammen, und ich wusste nicht mehr, warum.

Ich begann zu dösen. Die Zeit verstrich seltsam ruckartig. Immer wieder schreckte ich aus wirren Träumen hoch, und unter dem Gewicht von Steves Kopf schliefen mir die Beine ein.

»Esther, wach auf …«

Ich öffnete die Augen. Auf der anderen Seite der Transithalle tat sich etwas. Um uns herum standen die Leute auf, streckten sich und griffen nach ihrem Gepäck. Vor der Tür hatte sich bereits eine größere Menge versammelt.

»Offenbar haben die endlich einen anderen Flieger aufgetrieben.«

Wir reihten uns in die Schlange ein und mussten, im Schneckentempo vorwärts schlurfend, weitere zwanzig Minuten warten. Es handle sich allerdings nicht um eine andere Maschine, erklärte die Frau ganz vorn, sondern um ein Hotel in Flughafennähe. Innerhalb der nächsten vierundzwanzig Stunden könne leider keine Ersatzmaschine organisiert werden.

»Jetzt kommst du also doch noch mal nach Indien«, flüsterte Steve und nahm meine schlaffe Hand. »Vielleicht wird es ja gar nicht so schlimm, wie du denkst.«
Ich schüttelte stumm den Kopf. Ich fühlte mich schwach, konnte mich kaum auf den Beinen halten, und meine Hände waren schweißnass. Wir durchquerten die Ankunftshalle. Das Gepäckkarussell war ebenso leer wie das riesige Gebäude selbst. Das hier entsprach schon eher meinen Erinnerungen an den Flughafen: der Geruch nach Räucherstäbchen und heißem Plastik, die barfüßigen Bodenkehrer in ihren braunen Uniformen, das Zwitschern der im Dach festsitzenden Vögel. Ein paar gelangweilt dreinblickende Zollbeamte sahen zu, wie wir an ihren Schaltern vorbeidefilierten. Dann trieben sie uns plötzlich durch einen abgesperrten Bereich mit der Aufschrift »Ausgang«, und als wir durch die Tür und an den dicht gedrängten Menschen hinter den Glasscheiben vorbei aus dem Flughafen hinaus- und in den über Delhi anbrechenden Tag hineingingen, zerriss es mir fast das Herz vor Angst.
Ich atmete durch und wagte schließlich einen Blick. Der Parkplatz war größer als in meiner Erinnerung, und der Zubringer mündete in eine neu gebaute Schnellstraße. Hier hatte alles angefangen. Von hier aus war ich losgezogen, um einen Bus zu suchen, hier waren Coral und ihre Freunde zum ersten Mal aufgetaucht. Ich versuchte die Szene, die ich in den dazwischenliegenden Jahren so oft durchgespielt hatte, bildlich zu rekonstruieren: Gemma sitzt auf den Rucksäcken, Zak, der gelbhaarige Hippie, hockt neben ihr, und am Geländer lehnen die beiden Frauen, die eine mit kleinem Hintern und einem langen, künstlichen Zopf, die andere füllig und offenbar sehr aufgebracht. Doch obwohl ich jetzt wirklich da war, gelang es mir nicht, das Bild heraufzubeschwören. Die Einzelheiten verschwanden wie Schatten im Licht. Ich hatte Gemma immer an der Flughafentür lehnend vor mir gesehen, bemerkte jetzt aber, dass eine niedrige Betonmauer den Gehsteig von der Glasscheibe trennte, hinter der die

Gepäckwagen standen. Und in Anbetracht der vielen Menschen und Gepäckberge erschien es mir plötzlich sehr unwahrscheinlich, dass sie am Straßenrand gesessen war. Hatte ich das Ganze in den vergangenen sechs Jahren vor lauter Trauer und Reue womöglich ganz falsch erinnert?

Mein Blick schweifte über den Parkplatz. Wir wurden zu einigen auf der anderen Straßenseite stehenden Bussen geführt, deren erster sich bereits mit Passagieren füllte. Jemand drängte sich von hinten an mir vorbei, und ich registrierte, dass ich mich ein paar Sekunden lang nicht vom Fleck bewegt hatte. Steve zog mich an der Hand.

»Komm, Ess, steigen wir ein!«

»Ich will nicht …«

Ich konnte den Satz nicht zu Ende sprechen. Ich hatte plötzlich etwas gesehen und erstarrte mit schreckgeweiteten Augen. Ungefähr dreißig Meter von unserer Schlange entfernt hatte sich, offenbar ganz bewusst vor dem »Ankunft«-Ausgang, eine Gruppe von Europäern in lila Gewändern aufgestellt: mehrere dünne, erschöpft wirkende Frauen und ein junger Mann mit geschorenem Kopf und klobigen Sandalen. Sie zogen Broschüren aus den über ihren Schultern hängenden Stofftaschen und reichten sie mit ernster Miene den wenigen Westlern, die vereinzelt aus dem Flughafengebäude kamen.

Und etwa zehn Meter von mir entfernt stand auch das dicke Mädchen, das ich all die Jahre hindurch an fast genau derselben Stelle neben Coral am Geländer hatte lehnen sehen. Ich war mir sicher, dass sie es war. Ich hatte mir die Szene so oft in Erinnerung gerufen, dass ihre derben Gesichtszüge und die gerötete Haut tief in mein Gedächtnis eingeprägt waren. Und als ich jetzt sah, wie sie auf einen Rucksacktouristen zuging, der gerade den Flughafen verlassen hatte und verschlafen in seinem Geldgürtel kramte, wusste ich plötzlich genau, dass ich, auch wenn alle das Gegenteil behauptet hatten, von Anfang an Recht gehabt hatte. Es war keine lächerliche, mit Realitätsleugnung und Selbstbetrug gespickte Geschichte gewesen. Ich hatte es mir in all den Jahren nicht eingestehen können, weil das Schuldgefühl und die Trauer zu groß gewesen waren, aber ich hatte unter der nichts sagenden Oberfläche meines Gedächtnisses immer gewusst, dass Gemma nicht durch einen Unfall ums Leben gekommen war. Es war nicht plausibel, war nie plausibel gewesen. Genau deshalb hatte ich das Geschehene nicht akzeptieren können, genau deshalb war ich innerlich so gefangen. Nein, Gemmas Tod hatte etwas mit diesen Leuten zu tun. Der verlorene Geldgürtel, Corals Lügen und ihr merkwürdiger, manischer Zustand in Agun Mazir, das hing alles zusammen. Sie und ihre Komplizen hatten uns am Flughafen entdeckt, hatten, warum auch immer, unser Geld und unsere Flugtickets gestohlen und uns bis nach Agun Mazir verfolgt. Gemma war tot, und ich würde nach all den Jahren nur weiterleben können, wenn ich herausfand, warum.

»Herrgott noch mal, Essie, jetzt komm endlich!«

Genervt schüttelte ich Steves Hand ab. Er sagte irgendetwas von zwei Sitzen nebeneinander, die wir ergattern sollten, aber ich hörte es kaum. Mit pochendem Herzen ging ich auf das Mädchen zu. Ich wusste nicht, was ich tun würde, nur, dass ich nicht mit Steve in den Bus steigen und zusehen konnte, wie sie meinem Blick entschwand und mit ihr meine Vergangenheit und meine Zukunft.

»Kann ich eine Broschüre haben?«

Als sie meine Stimme hörte, drehte sie sich um. Sie sah mir lächelnd in die Augen und griff in ihre Tasche. Ich hatte die Schlange der Transitpassagiere verlassen und ging von Steve weg über den Gehsteig auf sie zu.

»Hi«, sagte sie leise. »Du willst eine?«

Sie war älter, als ich gedacht hatte, eher eine Frau über dreißig als ein Mädchen. Ihr rundes, faltendurchzogenes Gesicht wirkte müde, ihr Haar war dünn und strähnig. Auf der Stirn trug sie ein gelbes Bindi. Ihre Arme waren übersät von Wunden, entweder Nadel- oder Mückenstiche. Ich starrte sie an, ohne ein Wort

herauszubringen. Die Stille wurde beklemmend. Ich stand vor ihr und konnte nichts sagen.
»Sei ganz ruhig, ich kann dir helfen«, sagte sie sanft.
Genau dasselbe hatte Zak damals in Agun Mazir zu mir gesagt. Alles begann zu wanken. Ich rang nach Luft, fast gaben meine Knie nach, aber sie streckte mir ihre Hand entgegen, und ich ergriff sie. Ihre kühlen Finger waren das einzig Stabile in meiner schlingernden Welt. Als ich mein Gleichgewicht wiedergewonnen hatte, ließ ich ihre Hand los und blieb wackelig stehen. Das ist deine letzte Chance, schoss es mir durch den Kopf. Ich musste sie ergreifen, ohne Rücksicht auf die Konsequenzen.
»Ich will wissen, wo Coral ist«, flüsterte ich.
Sie schüttelte den Kopf. Da fiel mir der alberne Kultname ein, der, wie sie uns damals erzählt hatte, zu ihrer Verwandlung gehörte.
»Sie nannte sich Adavasi. Kennst du sie?«
Sie runzelte kaum merklich die Stirn. Es war, wie wenn eine zarte Wolke an der Sonne vorbeischwebt. Aus den Augenwinkeln sah ich, dass Steve uns vom Straßenrand her beobachtete. Ich holte Luft und fragte zögerlich: »Was macht ihr eigentlich?«
Sie erstrahlte vor Freude. »Wir verbreiten die Lehre unseres Gurus Sai Baba. Er ist der neue Messias, ja? Und die Freude über dieses Wunder verbreiten wir.«
Mir war klar, dass Steve jeden Augenblick über den Gehsteig gehen und mich in die Schlange zurückziehen würde, und ich geriet in Panik. Dann würde ich mit ihm und den anderen Passagieren in den Bus steigen müssen und nie die Wahrheit erfahren.
»Hast du schon mal von einer Gemma gehört?«, stieß ich hervor.
Unsere Blicke trafen sich. Sie nickte fast unmerklich. Mir stockte der Atem. Ich rang nach Luft, mir wurde schon wieder schwarz vor Augen. Um mich herum stiegen Menschen aus Autos aus und in Autos ein, luden Gepäck auf die Kofferwagen und strömten vorbei. Steve kam mit verschränkten Armen auf uns zu. Ich ergriff die Hand der Frau.
»Was ist mit ihr geschehen? Wo ist Coral jetzt?«

Sie zuckte mit den Achseln. Fast sah es aus, als würde sie lachen.
»Sie ist bei uns. Bei uns daheim in Manali.«
Sie drückte mir die rote Broschüre in die Hand.
»Nimm«, sagte sie eifrig. »Da steht alles drauf, was du wissen musst.«
Ich sah nur Buchstabengewirr und das Bild einer kaum erkennbaren Shiva-Statue. Die Broschüre warb offenbar für irgendeinen Kurs oder Yoga-Ashram. Plötzlich stand Steve neben mir, packte meinen Arm und zog mich mit sich.
»Was soll das, Ess? Komm jetzt endlich!«
Ich fuhr herum und versuchte mich loszureißen.
»Aber das sind Freunde von Coral! Sie sind *hier!*«
Er sah mich verwirrt an. Sein Gesicht war gerötet. Er ließ meinen Arm fallen.
»Was redest du da?«
Ich schüttelte nur den Kopf. Ich konnte vor Aufregung kaum sprechen.
»Gib mir meinen Pass und ein bisschen Geld!«
Er kramte in seinem Gepäck, zog seinen Geldgürtel hervor und reichte ihn mir langsam.
»Ich verstehe nicht, was los ist.«
Ich sprang von einem Fuß auf den anderen, weil ich es nicht mehr erwarten konnte, von ihm und den Bussen wegzukommen. Ich nahm meinen Pass, eine Kreditkarte und ein Bündel Fünfzig-, Zwanzig- und Zehnpfundnoten heraus und warf Steve den Geldgürtel zu.
»Coral ist hier! Ich muss sie finden!«
Er sah mich noch immer völlig ausdruckslos an. Wie konnte man nur so begriffsstutzig sein!
»Ich habe keinen blassen Schimmer, wovon du sprichst.«
»Auch egal. Warte in Thailand auf mich!«
»Was soll das heißen, warte in Thailand auf mich?« Er sprach bedrohlich leise. Ich wandte rasch den Blick ab. Ich wollte unbedingt los, zum Ende meiner Geschichte.

»Ich weiß nicht, was passieren wird, ich kann es dir nicht sagen …«
»Esther, ich bitte dich …«
Ich trat einen Schritt zurück.
»Ich muss, Steve!«
»Ach was, du hast dich da in was reingesteigert, das ist alles …«
»Das ist nicht alles!« Ich schüttelte aufgebracht den Kopf. »Wieso sagst du so was? Du hast doch keine Ahnung, was in mir vorgeht!«
Er runzelte die Stirn. »Komisch – und ich dachte, gerade das wäre der Witz an der Sache.«
Damals verstand ich nicht, was er damit meinte. Ich warf einen Blick über die Straße. Fast alle anderen Passagiere hatten die Busse bestiegen. In wenigen Minuten würden die Leute von der Fluggesellschaft unser Fehlen bemerken.
»Hör zu, Steve, ich kann das jetzt nicht ausdiskutieren. Ich muss Coral finden, mehr kann ich nicht sagen.«
Wir schwiegen beide. Steve sah mich finster an.
»Ich warne dich, Esther«, sagte er langsam. »Noch einmal lasse ich nicht so mit mir umspringen. Ich ertrage dein hysterisches Gehabe nicht mehr. Wenn du nicht mitkommst, werde ich …«
Den Rest des Satzes hörte ich nicht mehr, denn ich hatte mich, auch wenn es hart und grausam klingt, von ihm abgewandt. Ich hatte die Entscheidung im Bruchteil einer Sekunde gefällt, aber ich war von ihrer Richtigkeit überzeugt. Ich musste Steve sich selbst überlassen, es ging nicht anders. Vielleicht sechzig Sekunden blieben mir noch, dann würden sie im Bus die besetzten Plätze zu zählen beginnen.
»Es tut mir Leid«, flüsterte ich.
Dann lief ich ohne einen Blick zurück auf die andere Straßenseite hinüber, wo eine Reihe schwarz-gelber Taxis stand. Steve schrie mir »Esther!« nach, aber es war zu spät. Ich hatte schon die Tür hinter mir zugeknallt und dem Fahrer gesagt, er solle losfahren.

Sechsundzwanzig

Erst als das Taxi auf der Schnellstraße dahinfuhr, wagte ich mich aufzusetzen und aus dem Fenster zu sehen. Nachdem ich einen Blick aus dem Rückfenster geworfen hatte, um sicher zu sein, dass mir niemand gefolgt war, starrte ich auf die flache, braune Landschaft und versuchte mich zu beruhigen. Der Wagen fuhr durch das Buschland der nordindischen Tiefebene, genau wie damals mit Gemma und mir in jener ersten, magischen Nacht in Indien, nur dass es jetzt Vormittag war statt spätnachts und wir pausenlos von hupenden Schwerlastern überholt wurden. Mehrere Kamele trotteten elegant und mit schwankenden Höckern hintereinander am Straßenrand entlang. Ich betrachtete sie kurz, dann wandte ich den Blick ab.

Ich starrte auf meine zitternden Hände. Ich konnte nicht fassen, was sich ereignet hatte und dass ich wirklich im Taxi saß. Jeden Augenblick würde ich aus dem Schlaf schrecken und im Flugzeug sitzen, Steves beschützenden Arm um die Schulter. Doch als ich die Faust mehrmals ballte und öffnete, spürte ich meine Fingernägel in die Haut dringen, spürte den klebrigen Schweiß an meinen Händen und wusste, dass es Wirklichkeit war. Ich war, aus welchem Grund auch immer, nach Indien gelangt und bereits auf dem Weg nach Delhi. Steve war nicht mehr bei mir, und auf meinem Schoß lag eine mies gedruckte rote Broschüre, die mich zu etwas für mich sehr Wichtigem führen würde.

Ich sah sie mir noch einmal an. Vorn stand unter dem undeutlichen Shiva-Bild: »Sai Baba Ashram: Dein Weg zur Erleuchtung«. Rechts unten fand sich eine handgeschriebene Adresse: »Haus Nr. 2, Kulu Road, Manali, Himachal Pradesh«. Die

Innenseiten enthielten jede Menge Quatsch über Spiritualität und »Gott-Power«, genau denselben Mist, auf den Coral so abgefahren war. Ja, sie ist bestimmt dort, dachte ich. Wenn ich sie wirklich finden wollte, würde das nicht schwierig sein.
Wir waren an der Ampel neben der protzigen Moschee angelangt, die mich damals an eine Torte mit zu viel Zuckerguss erinnert hatte. Ich sah rasch weg; die Erinnerung war unerträglich. Ich würde ja doch nicht den Mut aufbringen, sagte ich mir. Nach Coral zu suchen und die Wahrheit über Gemma herauszufinden war so ganz nach dem Geschmack der alten Esther, aber die war anders als ich. Die handelte spontan, war wagemutig und frech und draufgängerisch, während ich zu etwas Schwachem, Verbittertem, Handlungsunfähigem geschrumpft war. Ich machte mir doch etwas vor! Am besten sagte ich dem Fahrer, er solle wenden und zum Flughafen zurückfahren. Dort würde ich auf Steve warten, und wenn er zurückkäme, würde ich mich mit ihm versöhnen wie immer. Dann würden wir nach Thailand fliegen, Urlaub machen, und ich würde alles vergessen, genau wie er es mir geraten hatte.
Doch ich sagte nichts. Das Taxi raste weiter und bog auf einen breiten Boulevard mit großen Luxusvillen ein. Wir näherten uns dem Stadtzentrum. Ich warf einen Blick auf meine Armbanduhr; das hatte ich mir in der Arbeit angewöhnt, wo mir jede überstandene Minute wie eine kleine Leistung vorkam. Es war fast neun. Steve war inzwischen im Hotel und dachte sich Gott weiß was. Er war bestimmt wütend und gekränkt, und ich würde mich beim Wiedersehen zerknirscht und reumütig geben und ihn dazu zwingen, dass er Verständnis für mich aufbrachte, obwohl ich wusste, dass er mich in Wahrheit nie verstehen würde.
Genau darum ging es. Er würde es nie verstehen, und bis ich ihm bewiesen hätte, dass ich nicht einfach hysterisch war, gab es kein Zurück für mich: nicht zu ihm, nicht nach London, nicht einmal zu mir selbst. Wir fuhren an dem von hohen Mauern umgebenen Gebäude der British High Commission vorbei. Auf dem Dach

flatterte der Union Jack, und vor dem schweren Eisentor standen die Wachen. Was immer geschehen würde, ich konnte nicht zurück zu dem Leben, das ich bisher geführt hatte, zu diesem Leben mit einem ständigen unterschwelligen Unbehagen, in dem ich nur in Ruhe gelassen werden und jedes Ereignis so wenig schmerzvoll und so unauffällig wie möglich über mich ergehen lassen wollte. Seit Gemmas Tod war ich wie eine Schlafwandlerin herumgelaufen. Ich sah noch einmal die Broschüre auf meinem Schoß an, faltete sie entschlossen und steckte sie in meinen Geldgürtel. Endlich würde ich aufwachen.

Das Taxi setzte mich vor dem Büro der British Airways am Connaught Place ab. Ich gab dem Fahrer eine Zehnpfundnote, stieg aus und ließ den Blick über die sternförmig verlaufenden Straßen wandern, um mich zu orientieren. Auch hier hatte sich, genau wie am Flughafen, alles verändert. Auf jeden Fall befand ich mich nicht in der Nähe des Hotels, in dem Gemma und ich sechs Jahre zuvor übernachtet hatten. An die Stelle der Restaurants und kleinen Reisebüros, an die ich mich erinnern konnte, waren Luxusgeschäfte getreten, in denen Goldschmuck, teure Bücher und elegante Seidensaris verkauft wurden. Auch Connaught Circus, der riesige äußerste der drei Straßenzirkel, wirkte gepflegter und sauberer als in meiner Erinnerung. Der Verkehr strömte geordnet dahin, die Fassaden der noch geschlossenen Läden glänzten. Vor den Eingängen und in den Seitenstraßen, die vom breiten Gehsteig abzweigten, lagen zwar schlafende Menschen mit dünnen Decken über den Köpfen, aber es waren nicht mehr Bettler zu sehen als in der Londoner Innenstadt.
Mitten auf der Fahrbahn standen Kinder vor den Ampeln und boten den wartenden Autofahrern Blumen zum Verkauf an. Ich sah ihnen eine Weile zu und dachte an die Kinder vom Bahnhof Old Delhi und daran, wie oberlehrerhaft Gemma damals von mir gemaßregelt worden war, weil sie ihnen Geld gegeben hatte. Ich muss unausstehlich gewesen sein, dachte ich schonungslos:

eine schwer zu ertragende Mischung aus besserwisserischer Arroganz und Naivität. Wie hatte ich nach nur einem Tag in Indien allen Ernstes glauben können, ich würde über dieses Land Bescheid wissen? Und, schlimmer noch, mit welchem Recht hatte ich Gemma meine engstirnigen, von jedem Sachverstand unberührten Ansichten aufgezwungen?
Um dem endlosen Gedankenstrom zu entkommen, wandte ich mich zum Eingang des British-Airways-Büros um und bemerkte erst jetzt, dass davor zwei Rucksacktouristen warteten. Sie waren wohl schon seit einiger Zeit dort, denn sie saßen auf dem Boden. Das Mädchen, dem die schmutzigen Dreadlocks ins Gesicht fielen, döste, während der Junge in ein Buch vertieft war. Ein ganz ungewohntes Einsamkeitsgefühl packte mich, als ich sah, dass die beiden ein Paar waren: Das Mädchen hatte die Füße in den Schoß ihres Freundes gekuschelt, und er massierte mit seinen üppig beringten Fingern gedankenverloren ihre Zehen. Als er mich näher kommen sah, ließ er das Buch sinken und blickte lächelnd zu mir hoch. Seine Augenbraue war gepierct, und die Lippe zierte eine Art Tribal Tattoo.
»Um zehn wird geöffnet«, erklärte er mit der perfekten Artikulation eines englischen Public-School-Absolventen. »Wir dachten um neun, und jetzt müssen wir eine ganze Stunde warten.«
Ich räusperte mich. Es erschien mir lang her, dass ich ein normales Gespräch mit jemandem geführt hatte.
»Fliegt ihr nach Hause?«
»Nein, nein, weiter nach Hanoi.«
»Seit wann seid ihr hier?«
Er hob die Schultern. »Seit einem Monat ungefähr. Eigentlich wollten wir den Winter über in Goa bleiben, aber da ist es grauenhaft, lauter Pauschaltouristen und Leute, die extra aus Indien kommen, nur um mal die Titten von weißen Frauen zu sehen, und überall Polizei …« Er verstummte. »Und du?«
»Bin eben erst angekommen.«
Er hob blitzschnell, kaum wahrnehmbar, die Augenbrauen und

musterte mein zerknittertes T-Shirt und die Trainingshose, die ich sofort nach unserer Ankunft in Bangkok gegen einen Sarong hatte tauschen wollen.
»Echt?«
Ich lächelte ihm noch einmal zu, diesmal flüchtiger. »Ja.«
»Und es reicht dir schon?« Er machte eine fragende Kopfbewegung zu dem British-Airways-Logo hinter ihm.
»Nein, nein. Ich wollte nur fragen, ob ihr wisst, wo man hier Geld wechseln kann.«
»Neben dem Büro von Air India ist ein Geldautomat, falls du eine Kreditkarte oder so was hast.«
»Ein Geldautomat?«
»Klar. Wir sind hier schließlich nicht in der Äußeren Mongolei.«
Sein Status als der erfahrenere Traveller war nunmehr endgültig gefestigt. Er grinste herablassend.
»Als ich das letzte Mal hier war, brauchte ich einen ganzen Tag, um einen Reisescheck einzulösen.«
Er zuckte mit den Achseln. »Die Zeiten ändern sich eben.«
»Und wie sieht es mit Zugkarten aus?«
»Da gehst du am besten ins Fahrkartenbüro gleich gegenüber. Beim Fahrkartenkauf hat sich viel verändert.« Er zog die Nase hoch und griff nach seinem Buch. Das Interesse an mir war erloschen.
»Also dann, danke. Und alles Gute für Hanoi.«
»Kein Problem. Mach's gut.«

Zu meinem großen Erstaunen hatte er Recht. Ich zog für hundert Pfund Rupien aus dem Geldautomaten und musste nicht einmal fünf Minuten in dem schicken, klimatisierten Ticketbüro für Erste-Klasse-Fahrten anstehen, das sich auf der Nordseite des Connaught Place befand. Wenn ich nach Manali wolle, so wurde mir erklärt, solle ich in den Nachtzug nach Chandigarh steigen und von dort aus mit einem Zug in die Berge nach Simla fahren. Fliegen komme nicht in Frage, in den nächsten Wochen

seien sämtliche Maschinen ausgebucht. Keine Stunde später trat ich wieder auf den Gehsteig hinaus. In meinem Pass steckte das Ticket für einen Zug, der noch am selben Abend fuhr.
Ich blieb am Straßenrand stehen und betrachtete die vorbeifahrenden Autos. Vielleicht waren es die Nachwirkungen des Schocks, vielleicht lag es daran, dass ich so lange nicht richtig geschlafen und gegessen hatte, jedenfalls waren meine Gedanken abwechselnd klar und völlig wirr, als ob ich, so wie damals im Urwald, bekifft wäre. Ich versuchte mich zusammenzureißen. Es gab noch einiges zu erledigen, ich musste Sachen zum Anziehen kaufen, eine Zahnbürste und ein bisschen Proviant für die Zugfahrt. Doch als ich mich Richtung Janpath Avenue wandte, drehte sich mir plötzlich alles und flimmerte mir vor Augen. Ich taumelte unter den Arkadengang zurück, stützte die Hände auf die Knie und hielt den Blick auf den Gehsteig gerichtet, um nicht ohnmächtig zu werden.
Alles war anders und doch ganz dasselbe, das brachte mich so aus dem Gleichgewicht: derselbe scharfe, süßliche Geruch nach Jasmin und Latrinen, derselbe stinkende Strom von Ambassadors, Motorrollern und Tata-Lastern, dieselben Buden mit Panblättern, süßem Tabak, Bidis für eine Paisa das Stück und billigen Kunstdrucken. Gleichzeitig aber hatte sich alles verändert, weil der Mensch, der ich gewesen war, nicht mehr existierte. Auf dem Weg zum Fahrkartenbüro war ich, ohne es zunächst zu bemerken, an dem Hotel vorbeigekommen, in dem Gemma und ich damals übernachtet hatten; erst nach einigen Sekunden hatte ich mich abrupt umgedreht und das Neonzeichen angestarrt. Ich versuchte mir Gemma vorzustellen, wie sie, ihren nagelneuen Rucksack auf dem Rücken, die Treppe hinaufging, ohne zu ahnen, was ihr bevorstand, aber ihr Geist war verschwunden, ich sah nur ein paar Rucksacktouristen, die auf den Stufen saßen, rauchten und sich unterhielten. Damals hätte ich alles darangesetzt, in ihren Kreis aufgenommen zu werden, mit ihnen zu reden und meine Kompetenz in Bezug auf authentisches Ruck-

sackreisen unter Beweis zu stellen. Jetzt dagegen wirkte ihr Anblick auf mich nur provozierend und befremdlich. Keine Ahnung haben die, wie es wirklich zugeht, dachte ich verächtlich. Sie hielten sich für wahnsinnig abgebrüht, dabei waren sie im Ausland genauso unbedarft wie ich damals. Was war denn an ihrer Art des Reisens so bewundernswert – sie kamen aus dem Westen und hatten ein Budget zur Verfügung, das das Jahreseinkommen der meisten Erdbewohner überstieg. Was bewiesen sie schon damit, außer ihre Unlust, den Menschen in den Orten, die sie mit so oberflächlichem Blick bereisten, irgendetwas zukommen zu lassen?

Ich richtete mich auf und blickte über die belebte Straße. Die Rucksackszene war völlig unwichtig; wichtig war jetzt nur, dass ich Coral fand, und genau das würde ich tun. Fünf lange Jahre hatte ich vorbeiziehen lassen und war in einem Morast aus Schuldgefühlen und Depressionen versunken; jetzt hatte ich ein Zeichen bekommen. Ich hatte Angst, natürlich – vor dem, was ich in Erfahrung bringen würde, und vor den Menschen, die vielleicht versuchen würden mich daran zu hindern, aber alles war besser als die Ungewissheit. Ich verschränkte die Arme fest über der Brust und machte mich auf den Weg zum unterirdischen Palika Bazaar.

Siebenundzwanzig

Im Fahrkartenbüro hatten sie mir ungefragt einen Platz in einem für Frauen reservierten Erste-Klasse-Abteil gegeben. Als auf dem Bahnsteig die Pfeife ertönte und der Zug ruckend anfuhr, sah ich erleichtert, dass die Schlafplätze gegenüber frei geblieben waren. Ich stieg vom Bett, ging leicht schwankend durch das Abteil und zog mit lautem Geklapper die Metallblende hinunter. Draußen war es schon dunkel, aber ich wollte die vorbeisausenden Lichter nicht sehen, sondern mich in mein Bett zurückziehen wie in einen Kokon und vom Zug sanft in tiefen Schlaf wiegen lassen, bis der Morgen käme und ich weit im Norden und wie in einem anderen Land wäre und die Erinnerungen an Gemma und mich Hunderte von Kilometern hinter mir lägen.

Nach dem Schwächeanfall am Straßenrand hatte ich mich den ganzen Tag auf die dringendsten Erledigungen konzentriert und warme Kleidung für die Berge gekauft. Dann hatte ich in einer Eisdiele am Connaught Place einen Vegiburger gegessen und war mit dem Taxi zum Bahnhof gefahren. Ich hatte mir Mühe gegeben, ruhig zu bleiben und einfach zu vergessen, wo ich war, aber diese emotionale Anstrengung hatte mich völlig erschöpft. Zwar war Gemmas Geist von den Stufen des Hotels am Connaught Place verschwunden, aber mein eigener erbärmlicher dreiundzwanzigjähriger Schatten war mir ständig gefolgt, dieses dumme, arrogante, unreife Ding, das alles zu wissen glaubte und sich nur einmal verflüchtigte, als ich in der Eisdiele vor dem Spiegel stand und in mein neunundzwanzigjähriges Gesicht blickte. Esther Waring, die Erwachsene, mit den Augen, die bereits von

Fältchen umgeben waren, und dem hageren Gesicht, die jetzt nichts, gar nichts mehr wusste.
Ich verriegelte das Abteil, stieg in mein Bett, legte mir die dürftige Eisenbahndecke um die Schultern und schloss die Augen. Ich hatte sechsunddreißig Stunden lang keine Ruhe gefunden und fiel sofort in tiefen Schlaf, der meine Gedanken dämpfte und verwischte. Ich sah die Geschäfte in Heathrow vor mir – Lichtjahre war das her –, und das Rattern des Zugs verwandelte sich in das Dröhnen von Triebwerken. Ich flog in einem Flugzeug ohne Dach, unter mir blau, weiß und grün die Erde. Steve war auch da, seine Hand lag auf meinem Knie, sein warmer Atem strömte tröstlich in mein Ohr.
»Keine Angst, Essie«, sagte er ständig, »das sind nur die Triebwerke. Brauchst dir keine Sorgen zu machen.«
Plötzlich knallte es und gleich darauf noch einmal, genau über mir. Ich setzte mich kerzengerade auf; mein Herz pochte. Jemand hatte laut geklopft.
»Wer ist da?«
Da war es wieder, eine Faust, die gegen die Tür hämmerte. Ich schluckte. »Hallo?«
Ich erhielt keine Antwort. Außer dem Rütteln und Rattern des Zugs war nichts zu hören. Ich stieg aus dem Bett, schlich auf Zehenspitzen über den schmutzigen Boden, öffnete die Tür einen Spaltbreit und spähte hinaus. Es war niemand da. Ich sah nur den langen, leeren Gang.
Ich schlug die Tür mit aller Kraft zu und verriegelte sie, so fest ich konnte. Dann lehnte ich mich dagegen und schloss die Augen. Mein Puls raste. Da war nichts, sagte ich mir. Wahrscheinlich hatte nur ein Schaffner nachgesehen, ob die Türen gut verschlossen waren. Kein Grund zur Aufregung.
Zweimal überprüfte ich das Schloss, dann wankte ich zum Fenster und schob die Blende hoch. Die stillen, nächtlichen Felder jenseits der Gleise waren vom Vollmond erhellt, und am Himmel drängten sich die Sterne. Ich setzte mich und umschlang

meine Schultern, wie um mich zu trösten. Ich war viel zu übermüdet, um weiterschlafen zu können, und hatte auch keine kleinen gelben Eier mehr, aber das machte nichts, denn schon bald, noch vor Ablauf des nächsten Tages, würde ich in den Bergen sein.

Der Zug hielt kurz vor Chandigarh. Ich nahm mein leichtes Gepäck und stieg müde aus. Es war sechs Uhr früh, und ich fror im kühlen Halbdunkel. Die anderen Passagiere hatten sich Kaschmirtücher über die Schultern gelegt und stampften mit den Füßen, um die Morgenkälte zu vertreiben. Einige trugen sogar Schal und Handschuhe. Ich hauchte warmen Atem in meine Hände, ging auf dem Bahnsteig auf und ab und bereute den Kauf des langen Punjabhemds und der dünnen Hose, die ich für dreihundert Rupien in Delhi erstanden hatte. Die Witterung hatte ich völlig falsch eingeschätzt. Wenn mir jetzt schon kalt war, würde ich weiter nördlich fürchterlich frieren. Obendrein kämpfte ich gegen eine bleierne Müdigkeit an. Während ich auf den Zug nach Simla wartete, fielen mir immer wieder flatternd die Lider zu. Ich konnte mich kaum auf den Beinen halten. Mein Körper war noch auf die britische Zeit eingestellt; als der Zug anhielt, war ich kurz davor gewesen einzuschlafen.
Nach ungefähr fünf Minuten fuhr am Bahnsteig gegenüber ein Schmalspurzug ein. Ich zeigte dem Schaffner meine Fahrkarte und wurde zu einem vorderen Abteil geschickt. Diesmal war ich nicht allein. Kaum hatte ich mich hingesetzt, ging die Tür auf, und ein mit Taschen und Koffern beladener Gepäckträger stolperte herein, gefolgt von einem Mann im Safarianzug und drei Jungen, die wie nach ihrer Körpergröße geordnet antraten. Sie trugen graue Shorts, Strickpullover und Sandalen, als wären sie auf dem Weg in die Prep School. Zum Schluss kam eine Frau in einem raschelnden, steifen Seidensari und einem reich bestickten Umhang. Ihr Gesicht verbarg sie hinter einer großen Sonnenbrille. Als das Gepäck auf den Ablagen verstaut war, die Kinder

brav nebeneinander saßen und die Frau geeignete Plätze für ihre Handtasche und die Tiffin-Behälter gefunden hatte, gab der Mann jedem Jungen einen Kuss auf die Wange, nickte seiner Frau zu und sprang in dem Moment, als der Zug anfuhr, schneidig ab.

Langsam ruckelte der Bahnsteig an uns vorbei. Die Kinder saßen schweigend neben ihrer Mutter auf der Holzbank und starrten mich mit ehrfürchtiger Scheu an. Ich schlug die Augen nieder, um ihren neugierigen, unschuldigen Blicken auszuweichen. In Großbritannien war es jetzt zwei Uhr früh, und der Schlaf begann mich einzuhüllen wie eine schwere, alles überdeckende Besinnungslosigkeit. Als der Zug schneller fuhr, legte ich den Kopf auf meine Tasche und schloss die Augen. Aus der Ferne war Kinderlachen zu hören, und die warme Sonne schien mir ins Gesicht, aber ich war schon weit weg. Wie ein Baby wurde ich in den Schlaf gewiegt.

Ich weiß nicht, wie lange ich schlief, nur, dass ich die Augen öffnete, weil die Bremsen quietschten. Der Zug verlangsamte das Tempo und blieb stehen. Ich setzte mich auf und sah schlaftrunken aus dem Fenster. Wir standen in einem kleinen, an einem Berghang gelegenen Bahnhof. Die Leute sprangen auf den Bahnsteig und streckten sich in der frostigen Morgenluft. Rufe und Türengeklapper, und vor den Abteilen hinter uns zog langsam ein Chai-Wallah über den Bahnsteig. Er hatte sich ein Tuch um den Kopf geschlungen, und an seinem Unterarm hing ein riesiger Teekessel.

Ich weiß noch, dass ich mir die Augen rieb und nach meinem Geldgürtel griff, weil ich unbedingt Tee und Kekse kaufen wollte, aber plötzlich stöhnte ich leise auf und warf mich so ruckartig in meinen Sitz zurück, als hätte ich mich verbrannt. Was ich gerade gesehen hatte, ließ mir das Herz stocken.

Nicht weit von meinem Abteil entfernt stand Zak auf dem Bahnsteig, der Mann, den ich in Agun Mazir mit Coral zusammen gesehen hatte. Er sah älter aus, als ich ihn in Erinnerung hatte.

Das damals rasierte Haar war mehr grau als blond nachgewachsen, und das Hippiegewand hatte er durch eine spießige Hose und ein Hemd ersetzt, aber er war es, daran gab es nicht den geringsten Zweifel. Meine Erinnerung hatte dieses Gesicht in den letzten fünf Jahren so oft nachgezeichnet, dass ich jeden seiner Züge auswendig kannte. Ich starrte ihn fassungslos an. Sein kariertes Hemd war uralt und an manchen Stellen mit winzigen, feinen Stichen gestopft, und die rote Tasche über seiner Schulter war geflickt und voller Tintenflecken. Seine Plastiklatschen hatten so dünn getretene Sohlen, dass er ebenso gut hätte barfuß gehen können. Er kaufte sich gerade eine Zeitung und gab, leicht von mir abgewandt, dem kleinen, barfüßigen Jungen, der hinter einem Stapel mit Bollywood-Fanzeitschriften und *Time Magazines* hockte, das Geld, doch selbst als er mir danach den Rücken zukehrte, erkannte ich die aufrechte, selbstgefällige Haltung und das kurze, buschige, graublonde Haar sofort wieder.
Und dann sah er sich um, fast als hätte er gespürt, dass ihn jemand beobachtete. Er blinzelte gegen die blendende Morgensonne, erblickte mein Gesicht, sah mich mit diesen kalten, blauen Augen, die ich nie vergessen hatte, offen an und lächelte. Als sich unsere Blicke trafen, packte mich ein solches Grauen, dass ich glaubte, das rostige Zugfenster würde nach vorn kippen, so schwindelig wurde mir. In den wenigen Sekunden, in denen sich unsere Blicke begegneten, fiel mir wieder Corals Gehetztheit ein, der Wahnsinn, der sie in Agun Mazir gepackt hatte, und ich erinnerte mich plötzlich wieder an die Angst, die aus ihrem Gesicht sprach, als sie an jenem heißen Vormittag während der Mela vor ihm auf dem Gehsteig stand. Sie hatte damals Anweisungen erhalten, dessen war ich mir sicher. Und nachdem er mich kurz darauf bei dem Jeep erwischt hatte, starrte er mein Gesicht an, als würde er meine Züge in sein Gedächtnis einspeichern. Wenn er hinter Gemma her war, muss er auch hinter mir her gewesen sein, dachte ich, und eine widerliche Angst stieg in mir hoch wie ein über die Ufer tretender Fluss.

»O Gott, nein …«

Ich drückte mich tief in meinen Sitz und schaffte es nur deshalb, nicht zu schreien, weil ich mir so fest in die Lippe biss, dass sie zu bluten begann. Was machte er im selben Zug wie ich? Hatte er von den anderen am Flughafen erfahren, dass ich auf der Suche nach Coral war? Oder war es reiner Zufall? Ich rutschte so tief hinunter wie nur möglich, ohne vom Sitz zu fallen, drehte mich zur Seite, so dass ich mit dem Rücken zum Fenster saß, und starrte auf den Boden.

»Was ist mit Ihnen?«

Die Frau gegenüber hatte ihre Sonnenbrille abgenommen und betrachtete mich. Ich sah sie blinzelnd an. Mir war schlecht; der Schreck war mir auf den Magen geschlagen.

»Nein, ich …«

Ich überwand mich, noch einen Blick aus dem Fenster zu riskieren, und lugte durch die Scheibe. In den wenigen Sekunden, in denen ich mich abgewandt hatte, war Zak verschwunden. Ich starrte zu dem Zeitungsjungen hinüber und suchte nach der Gestalt eines großen, europäischen Mannes, entdeckte aber nur einen Inder, der sich gerade, eine Zeitung unterm Arm und die Hände in den Taschen, von der Schlange entfernte. Vielleicht hat Zak mich ja doch nicht gesehen, dachte ich verzweifelt. Und selbst wenn – er hätte mich nach so langer Zeit bestimmt nicht erkannt.

»Ist Ihnen nicht gut?«, fragte die Frau.

Ich sah sie stumm an. Ohne die Sonnenbrille war ihr faltenloses, rosiges Gesicht besser zu sehen, und mir wurde bewusst, dass sie nicht älter als ich war, vielleicht sogar jünger. Sie musterte mich besorgt. Schließlich nahm sie aus einer ihrer Taschen eine Thermosflasche, schraubte den Verschluss ab und schenkte Tee in einen Plastikbecher.

»Da, trinken Sie.«

Ich nickte, nahm den Becher und bemühte mich, trotz meiner zitternden Hände nichts von der dampfenden, braunen Flüssigkeit zu verschütten. Zak hatte mich bestimmt nicht erkannt, und außerdem hat er keinerlei Grund, mir zu folgen, sagte ich mir immer wieder. Meine Phantasie spielte verrückt vor Angst und Übermüdung. Ich umfasste den Becher mit beiden Händen und versuchte ruhiger zu atmen.

»Ist es der Magen?«

»Nein, es ist wirklich alles in Ordnung.«

Ich zwang mich zu einem Lächeln und trank einen Schluck süßen, warmen Tee. Ich beschloss, nach unserer Ankunft in Simla sicherheitshalber zu warten, bis alle ausgestiegen waren, bevor ich selbst den Zug verließ. Dann wurden endlich die Türen zugeworfen, und der Zug ruckelte weiter.

»Wohin fahren Sie denn?«, fragte mich die Frau. »Sind Sie im Urlaub?«

Sie nickte mir gespannt zu und musterte meinen billigen Plastikrucksack und die Klamotten, die ich in aller Eile im Palika Bazaar gekauft hatte.

»Nein, nein, ich bin nicht im Urlaub.«

»Dann machen Sie also eine Dienstreise? Arbeiten Sie vielleicht für ein Entwicklungshilfeprojekt?«

»Nein.« Ich schüttelte den Kopf. Wenn sie nur aufhören würde zu fragen! »Ich besuche eine Freundin.«

»Das ist aber schön!«

»Ja.«

»Und Ihre Freundin … ist sie Inderin?«

»Nein.«

Ich schluckte verlegen und richtete den Blick auf die drei an sie gekuschelten Jungen. Sie erwartete, dass ich weitersprach, aber ich ertrug ihre freundliche Neugier nicht länger. Wie eine Neurotikerin, die sich zwanghaft die Hände wäscht, dachte ich immer nur daran, dass Zak im selben Zug saß und mich gesehen hatte. Jetzt würde er alles in seiner Macht Stehende tun, um zu verhindern, dass ich Coral wiedersah.

Aber ich benahm mich ja geradezu albern! Ich lächelte die Frau matt an und fragte, ob sie schon einmal in Simla gewesen sei. Sie sagte irgendetwas von ihrem Geburtsort und dass ihre Söhne die Großeltern besuchen müssten, während ich mit leerem Blick in ihr liebes, aufmerksames Gesicht starrte. Als mich plötzlich fröstelte, weil kalte Luft durchs Fenster hereinströmte, und ich mir mit den Händen die Oberarme rieb, unterbrach sie sich mitten im Satz.

»Sie frieren ja. Bitte, nehmen Sie das hier!« Sie hielt mir ihr Schultertuch hin.

»Nein, das kann ich wirklich nicht …«

»Bitte, ich bestehe darauf. Ich habe Hunderte davon.«

Sie drückte es mir in den Schoß. Ich konnte es unmöglich zurückgeben.

»Wenn Sie es nicht nehmen, wird mich das sehr kränken.«

Ich nahm es und legte mir den warmen, weichen Wollstoff um die Schultern.

»Danke.«

»Bitte. Sie sind ein Gast in meinem Land und haben irgendeinen Kummer. Sie müssen es behalten.«

Ich sah sie an. In meinen Augen brannten plötzlich Tränen.

»Es ist wunderschön.«

Danach schwiegen wir, als wären keine Worte mehr nötig. Nach einiger Zeit drangen Sonnenstrahlen durchs Fenster. Die Gleise führten jetzt aufwärts, der Zug schlängelte sich in unzähligen Kurven den Berg hoch. Ich blickte starr aus dem Fenster und versuchte Ruhe zu bewahren. Dort in den Bergen wartete etwas auf mich, etwas, dem ich immer näher kam: das Ende meiner Geschichte, das großen Finale.

Achtundzwanzig

Als der Zug in Simla eintraf, erklärte ich der Frau, ich würde mich mit meiner Freundin treffen und bräuchte daher nicht im Auto ihres Vaters mit ins Stadtzentrum zu fahren. Dann machte ich mich völlig überflüssigerweise an meinem Pass und den Fahrkarten zu schaffen, um auf jeden Fall zurückzubleiben, während sie ihre Kinder zusammenpackte und das Abteil verließ. Ich sah ihnen nach, wie sie über den Bahnsteig eilten. Ich kannte nicht einmal ihren Namen, geschweige denn intimere Einzelheiten ihres Lebens, aber ich hätte in diesem Augenblick alles dafür gegeben, mit ihr tauschen zu können. Wir waren etwa gleich alt, doch sie lebte in einer Welt, die für mich immer nur in der Phantasie existieren würde, denn sie schien genau zu wissen, wer sie war und wofür sie lebte. Vielleicht ist es leichter in einer Kultur, in der Ehe und Kinder als mehr oder weniger selbstverständlich gelten, überlegte ich, als ich sah, wie ein korpulenter Mann in weißer Uniform ihr das Gepäck abnahm. Vielleicht hatte ich im Leben eher zu viele als zu wenig Wahlmöglichkeiten gehabt. Und ich hatte alles vermasselt. Ich war keine ganz junge Frau mehr, für die das Leben gerade erst begann, ich war immerhin fast dreißig – höchste Zeit, endlich einmal auf etwas hin zu leben und innerlich zu reifen. Aber ich hatte keine Pläne, keine Wünsche, keine Ambitionen. Mutter zu sein konnte ich mir ebenso wenig vorstellen wie Karriere zu machen.

Nach und nach leerte sich der Bahnsteig. Ich ergriff meine wenigen Sachen, nahm meinen letzten Rest Mut zusammen und verließ den Zug. Zak hatte ich nirgends entdeckt, nur ein paar drängelnde europäische Touristen und indische Urlauber. Die Luft ist rein, dachte ich, während ich auf das letzte noch wartende Taxi zulief. Von Zak war nichts zu sehen.

Simla erinnerte mich an den Lake District, obwohl es in Wahrheit völlig anders war. Der Luftkurort lag auf einem steilen Höhenzug: dicht stehende Holzhäuser, die bergabwärts spärlicher wurden, und ein zerfranster Stadtrand aus grauen Schindelhütten. Am Horizont zeichneten sich die Umrisse des Himalajas ab; bis in unendliche Ferne erstreckten sich die gezackten, eisbedeckten Gipfel. Doch als ich am nächsten Morgen die Mall, die Hauptstraße des Ortes, entlangging, hatte ich den Eindruck, in England zu sein – in einem England, das in den ersten Jahren des 20. Jahrhunderts erstarrt war, mit hübschen Kirchen, Teestuben und merkwürdig nostalgisch anmutenden, typisch englischen Häusern, aber vielleicht war ja gerade das Sinn und Zweck des Empire gewesen: kleine, versteinerte Teile von Großbritannien in die Welt hinauszutragen, bis es völlig normal war, dass die Einheimischen Wörter wie »famos« oder »dafürhalten« verwendeten, und jeder öffentliche Vorgang mit einer schwerfälligen, byzantinischen Bürokratie überzogen war, die nur dem Ziel diente, das verstaubte kolonialistische Ideal von Hierarchie und Ordnung aufrechtzuerhalten. Selbst die auf der Mall promenierenden Mittelklasse-Inder sahen wie englische Touristen in den fünfziger Jahren aus: Die Damen trugen Handschuhe und hochhackige Schuhe, die Herren waren mit Kameras behängt und hatten Schaffellmäntel an.
Ich ging auf einer schmalen, steilen Treppe den Hang hinunter. Unten, so hatte mir die lebhafte Dame von der Touristeninformation versichert, befand sich die Bushaltestelle. Von dort aus fahre auch ein Bus nach Manali, täglich um zehn. Die Fahrt dauere etwa acht Stunden, je nach Zustand der Straße.
Ich strich mir mit den Fingern durch das nasse Haar. Tags zuvor war der Himmel klar gewesen, doch an diesem Morgen senkte sich von den Bergen her dichter Nebel über die Stadt und hüllte

sie in einen Nieselschleier. Ich hatte mir eine Pluderhose und ein Hemd aus dicker Baumwolle, eine Strickjacke zum Zuknöpfen und ein Paar warme Wandersocken gekauft und angezogen, aber ich fror immer noch. Zitternd zog ich das Tuch fester um die Schultern.

Die Bushaltestelle war leicht zu finden, denn die kleine Gruppe von Westlern, die am Straßenrand warteten, stach mir sofort ins Auge. Es waren die üblichen Rucksacktypen: ein junger Bursche mit Nepal-Kappe und Flip-Flops, die er zu Wollsocken trug, ein australisches Pärchen, das, die Arme besitzergreifend umeinander geschlungen, in unbequemer Haltung am Gehsteigrand saß, sowie eine ältere, weißhaarige Frau in Windjacke und Wanderstiefeln. Nachdem ich gefragt hatte, ob sie alle auf denselben Bus warteten, stellte ich mich etwas abseits auf den Gehweg und starrte mit solcher Entschlossenheit in den Rinnstein, dass nicht einmal die ältere Frau, die mich immer wieder freundlich ansah, Augenkontakt mit mir aufnehmen konnte.

Ich hatte keine Lust, Reiseinformationen auszutauschen und ihr zu sagen, wo ich gewesen war und wohin ich ging. Seit Gemmas Tod hatte ich mir oberflächliche Unterhaltungen abgewöhnt. Wenn die anderen Mädchen in der Arbeit mittags in den Park gehen, um ihre Sandwiches zu essen, oder auf der Feuertreppe eine Zigarette rauchen, bleibe ich allein zurück. Ich kann nicht so tun, als wäre es mir möglich, mit derselben Offenheit und Einfühlungsgabe wie andere Frauen Gespräche zu führen, anderen Menschen Intimitäten mit der Beiläufigkeit anzuvertrauen, mit der Rucksacktouristen die Orte auflisten, an denen sie waren. Meine Geschichte fällt so aus dem Rahmen, dass mir niemand den Trost einer anderen, ähnlichen Geschichte anbieten kann. Und wenn ich doch einmal einen Anlauf mache und sie erzähle, reagieren sie entsetzt und peinlich berührt. Am allerschlimmsten ist es, wenn sie sagen, sie wüssten, was ich empfände. Ich brauche keine Freunde. Jetzt nicht mehr.

Der Bus kam. Ich ging ganz nach hinten und zwängte meinen

Rucksack demonstrativ auf den Nebenplatz, um zu verhindern, dass die Frau mit der Windjacke sich dorthin setzte. Als wir losfuhren, rutschte ich tief in meinen Sitz, legte den Kopf an das beschlagene Fenster und schloss die Augen. In meinem sorgsam verriegelten Hotelzimmer in Simla hatte ich mich allmählich etwas besser gefühlt, aber jetzt begann schon wieder dieses angespannte, nervöse Gefühl im Magen. Ich fuhr nach Manali, als müsste ich dort nur Coral auftreiben und »die Wahrheit« herausfinden, doch je näher ich kam, umso größer wurde meine Angst. Was, wenn sie nicht dort war? Ich wölbte die Hände über die Knie, und meine Fingernägel gruben sich durch die Baumwollhose hindurch in die Haut. Was, wenn sie dort war?

Der Bus kämpfte sich durch den Nebel. Höher und höher schlängelte sich die Straße, bis der Dunst sich schließlich unter uns ballte und über den Bergen eisblau der Himmel erschien. Seit Simla war die Straße von langsam dahinkriechenden Lastwagen verstopft, deren Seitenflächen mit Tigern und molligen Filmstars bemalt waren und deren gefährlich hohe Ladungen nur von Planen festgehalten wurden. Als die Fahrbahn schmaler wurde und sich in immer engeren Kurven bog, wurde der Stau scheinbar endlos. Fröstelnd wischte ich mit der Hand über die Fensterscheibe. Dreieinhalb Stunden waren wir schon unterwegs, und immer noch sah man nur Bäume und steil aufragende Berge, sonst nichts.

In der nächsten Kurve, die der Bus mit knirschendem Getriebe nahm, wurden wir von einem dröhnenden Lastwagen überholt. Ein Wunder, dass es hier nicht mehr Unfälle gibt, schoss es mir durch den Kopf, als der Laster nur um Haaresbreite dem Zusammenstoß mit einem plötzlich aus der Gegenrichtung auftauchenden, überfüllten Auto entging. Früher hätte ich mich die gesamte Fahrt hindurch an meinen Sitz geklammert und den Blick starr auf die Straße geheftet, als wäre meine Wachsamkeit unabdingbar für den sicheren Verlauf der Reise. Jetzt hielt ich den Blick unbeteiligt abgewandt.

Ich lehnte den Kopf an den Plastiksitz und ließ meine Gedanken in die Zukunft springen. Wenn Coral oder Adavasi oder wie immer sie sich nannte, tatsächlich in Manali war, würde sie sich dann überhaupt zu einem Gespräch mit mir bereit erklären? Und wenn ja, was würde sie sagen? Ich versuchte mir vorzustellen, wie sie sich nach all den Jahren verändert hatte, aber ich sah immer nur ihre verrückte Brautverkleidung in Agun Mazir vor mir und ihr nervöses Händezucken, und plötzlich wurde mir klar, dass sie nicht drogensüchtig, sondern krank gewesen war, krank wie die Durchgeknallten, die durch London irrten, oder die armen, völlig verwirrten Patienten, um die Steve sich kümmerte. Warum hatte ich das nicht längst erkannt?
Wenn sie schon damals krank war, in welcher Verfassung würde ich sie jetzt antreffen? War sie wieder bei Sinnen, wieder gesund genug, um mir erlösende Erinnerungen mitzuteilen? Oder war sie in den Tiefen des Ashrams verschwunden, eine eifernde Anhängerin, aus der nichts herauszuholen war? Ich rieb mir fröstelnd die Hände. Meine Gewissheit wurde immer stärker von Zweifel zersetzt. In meiner Vorstellung hatte ich an die Tür eines Gebäudes geklopft, das ich jetzt als eine schlechte Nachbildung des Buddhist Centre in East London identifizierte, und Coral hatte geöffnet. Und dann – aber weiter hatte meine Phantasie nicht gereicht. Hatte ich vielleicht gehofft, Coral würde mir einfach erzählen, dass Zak und sie gemeinsam den Mord an Gemma geplant hatten? Dass Gemmas Tod im Grunde ein Unfall gewesen war, der nicht das Geringste mit mir zu tun hatte? Plötzlich wusste ich: Vergebung – wenn es mir um Vergebung ging – würde ich nicht finden. Mit Begnadigung konnte ich nicht rechnen; das Höchste, was ich mir erhoffen durfte, war eine andere Version der Wahrheit.
Die Straße wurde immer steiler. Auf der einen Seite die Felswand und die Fahrbahn mit Geröll und ab und zu auch einem Felsbrocken, auf der anderen Seite, dicht an den Reifen, der Abgrund, fünfhundert senkrecht ins Tal abfallende Meter. Ich blickte durch

die schmutzige Scheibe auf die atemberaubende Landschaft und registrierte mit voyeuristischem Grauen die ramponierten Reste eines Busses, der auf etwa halber Höhe auf einem Felsvorsprung lag.

Ich versuchte mir Gemma vorzustellen, wie ich sie zuletzt lebend gesehen hatte, doch während ich ihrem Bild daheim nicht hatte entrinnen können, gelang es mir seit der Ankunft in Delhi nicht mehr, sie vor meinem geistigen Auge zu sehen. Auch als ich mich zu erinnern versuchte, wie sie in Bhubaneshwar oder später in Agun Mazir ausgesehen hatte, bekam ich nur ein verschwommenes Bild ihres Hinterkopfs, während sie vor mir auf dem Pfad durch den Urwald ging. Je mehr ich mich anstrengte, umso schneller entglitten mir die früher so unverrückbar verankerten Erinnerungen. Ich wusste nicht einmal mehr, wie sie ausgesehen hatte, als ich für immer aus dem Bungalow gestürmt war – doch dann fiel mir plötzlich ein, dass ich sie gar nicht mehr angeschaut hatte – ich hatte ihr den Rücken zugekehrt und war aus dem Zimmer gegangen. Was Coral betraf, so hatte ich keine Ahnung, wie sie jetzt aussah.

Der Einzige, an dessen Aussehen ich mich erinnerte, war Steve. Immer wenn ich an Gemma dachte, schob sich sein Bild davor. Sein Gesicht, als ich ihn am Flughafen verließ, die verzweifelt nach unten gezogenen Mundwinkel, die hilflos an den Seiten herabhängenden Hände. Er hatte so hart für diesen Urlaub gearbeitet, hatte ihn ewig vorbereitet, und ich hatte ihn kaputtgemacht, so wie ich immer alles kaputtmachte. Armer Steve, er hatte wahrlich Besseres verdient. Was er wohl gerade tat ? War er allein zu unserem gebuchten Hotel in Phuket weitergeflogen? Oder war er nach London zurückgekehrt und saß jetzt wieder in unserer kleinen, unaufgeräumten Wohnung in Archway? Und was würde er sagen, wenn ich ihn irgendwann wiedersah?

Ich blinzelte, um die Gedanken zu verscheuchen. Darum würde ich mich kümmern, sobald das hier vorbei war, sagte ich mir. Es würde schon alles wieder ins Lot kommen, er würde mir verzeihen. Aber plötzlich hätte ich am liebsten losgeheult. Er fehlt mir, dachte ich, und Reue und Sehnsucht durchfuhren mich wie ein Schwert. Ich hatte geglaubt, ich würde ihn nicht brauchen, aber ich war das Alleinsein nicht gewöhnt. Es brachte mich aus dem Gleichgewicht, machte mich schwindelig wie einen Kletterer, dessen Partner abgestürzt ist. Und über mir ragte, während meine Haken klappernd zu Tal fielen, der riesige Berg.

Neunundzwanzig

Am späten Nachmittag erreichten wir Manali. Ich quartierte mich im nächstgelegenen Hotel ein, einem großen, anonymen Kasten gleich neben der Bushaltestelle, wo ich für ein lieblos eingerichtetes Doppelzimmer mit Blick auf die verkehrsreiche Straße fünfhundert Rupien zahlte. An der Rezeption war von heißem Wasser die Rede gewesen, doch als ich den Hahn aufdrehte, spritzte es eiskalt heraus. Ich wartete ein bisschen und drehte wieder zu. Es war mir egal; duschen und ausruhen konnte ich auch später. Ich stopfte die Broschüre und mein Bargeld in den Geldgürtel, legte den Rucksack aufs Bett und ging hinaus in den kalten Frühabend.

Offenbar hatte es kurz zuvor geschneit, denn trotz des starken Verkehrs war die Hauptstraße weiß, und unter dem feinen Pulver lauerten tückisch vereiste Stellen. Ich stapfte über die Straße. Meine Füße schmerzten vor Kälte. Der Ort war voller Menschen – großen, hellhäutigen Männern mit Ponchos und Wollmützen, die sich über Tonschalen mit glühenden Kohlen die Hände wärmten, buddhistischen Mönchen in roten Gewändern und Sandalen, Tibeterinnen in langen, regenbogenbunten Kitteln, mit schwerem, klirrenden Schmuck behängt. Die Straße entlang reihten sich Buden, in denen Kulu-Tücher und Ladhak-Mützen an die Hippies verkauft wurden, sowie unzählige Hotels und Cafés mit beschlagenen Fensterscheiben. Wenn mir ein Rucksacktourist begegnete, ging ich mit abgewandtem Gesicht möglichst schnell weiter.

Dann überkam mich wieder diese Benommenheit, genau wie am Connaught Circus. Ich versuchte meine Angst zu unterdrücken, auch noch den letzten Rest Vernunftdenken auszuschalten und einfach den Ashram zu finden, aber mit jedem Schritt wurde alles surrealer, so als würde ich einer Schauspielerin zusehen, die mich in einem Film spielte. Ich flüsterte vor mich hin, dass ich es für Gemma täte, für unsere Freundschaft, doch während ich mich weiter durch die Menschenmassen kämpfte, wurde mein Unbehagen geradezu körperlich spürbar; ich schmeckte es förmlich und fühlte es an den Fingerspitzen prickeln. Schierer Wahnsinn, hierher zu fahren, schoss es mir immer wieder durch den Kopf. Ich hätte in Delhi zur Polizei gehen oder einfach weglaufen sollen, als ich Corals Freunde am Flughafen sah. Was würde ich denn hier schon herausfinden?

Aber ich ging weiter. Der Ashram befand sich in der Kulu Road, die dem Plan im Hotelfoyer zufolge im Norden der Stadt lag. Ich verließ die Hauptstraße und bog, einen Blick über die Schulter werfend, in eine schmale Seitenstraße ein. Seit ich das Hotel verlassen hatte, wurde ich das kribbelnde Gefühl nicht los, beobachtet zu werden, und dieses Gefühl verstärkte sich jetzt. Obwohl niemand hinter mir war, begann ich schneller zu gehen. Mein Herz pochte.

An Geschäften und Restaurants war jetzt kaum mehr etwas zu sehen. Die Straße querte einen Fluss und stieg dahinter steil an. Das Licht schwand, es wurde kälter. Die Füße taten mir weh, aber ich stapfte weiter bergauf, weg vom Stadtzentrum. Links war dichter Wald, rechts ein steil abfallender Hang. Ganz oben stand, ein wenig von der Straße zurückgesetzt, zwischen Kiefern ein Hotel; dahinter erstreckte sich wiederum Wald. Ich spürte, dass ich auf dem richtigen Weg war, und ging ungeachtet der zuckenden Schatten, die ich aus den Augenwinkeln sah, weiter. Als ich hinter mir leise Schritte hörte, fuhr ich herum, aber es war nur Schnee, der von den Bäumen fiel.

Ab und zu fuhr langsam ein Auto durch den Schneematsch vorbei. Die Sonne war untergegangen, und feine Eiskörnchen wehten mir ins Gesicht. Ich stampfte mit den Füßen und hauchte mir die Hände warm. Ich beschloss, bis zum Gipfel zu gehen und mich dann auf den Rückweg zum Hotel zu machen. Ich wollte nicht allein durch die Dunkelheit, vorbei an diesen dicht beieinander stehenden, starr gefrorenen Bäumen.

Noch ein paar Schritte. Mein Atem kam in weißen Wölkchen aus dem Mund. Rechts und links standen Tannen. Nur die großen Plakate am Straßenrand, auf denen für Hotels, Fluggesellschaften und Familienplanungskampagnen geworben wurde, ließen ahnen, dass ich mich am Rand einer Stadt befand. Ich warf einen Blick nach unten auf die zickzackförmig verlaufende Straße und spürte plötzlich eine schwere Hand auf meiner Schulter. Ich schrie auf und drehte mich entsetzt um. Mein Herz zerbarst in tausend zuckende Stücke.

Es war nichts, nur ein tief hängender Ast, den ich gestreift hatte. Aber als ich wie von Sinnen in den Tannenwald starrte, sah ich doch etwas. Ein paar Meter entfernt stand, von den dunklen Bäumen halb verdeckt, Zak. Er hatte auf mich gewartet – ich hatte es die ganze Zeit gewusst –, sah mir offen ins Gesicht, lächelte, streckte mir die Arme entgegen. Um ihn flackerten Flammen; goldene Schlangen umwanden seinen Körper, rubinrote Zungen leckten über sein Gesicht.

Ich stieß einen erstickten Schrei aus und sprang zurück. Dein Gefühl hat dich nicht getrogen, kreischte eine Stimme in mir. Er war mir gefolgt und wartete zwischen den Bäumen auf mich, und um seine Lippen zuckte wieder das kalte Lächeln. Ich wusste, dass ich mich umdrehen und weglaufen sollte, aber ich konnte mich nicht bewegen. Meine Beine waren starr, meine Füße wie festgefroren an dem eisigen Boden. Ich war ein Nichts. Alle meine Hoffnungen, Ängste, Erinnerungen hatten sich in dieses eisige, dumpfe Grauen verwandelt.

Das alles spielte sich in weniger als zwei, drei Sekunden ab. Danach habe ich wohl geblinzelt, denn obwohl ich den Blick nicht von ihm gewandt hatte, war Zak verschwunden. Nichts und niemand war dort zwischen den Bäumen, nur die überhängenden

Äste, die sich ab und zu im Wind bewegten, und die letzten glühenden Strahlen der untergehenden Sonne, die glitzernd zwischen den Baumstämmen durchschienen.
Verwirrt blickte ich über den bewaldeten Berghang. Ich hatte Zak dort stehen sehen, ganz sicher. Er hatte mich angelächelt und die Hände ausgestreckt wie ein Engel oder ein Dämon. Und ich hatte wie angewurzelt vor ihm gestanden, und alles hatte sich in mir gedreht. Und dann war er plötzlich verschwunden gewesen, und ich hatte mich offenbar geirrt, war getäuscht worden, so wie von der merkwürdigen Erscheinung im Flugzeug. Ich hatte Halluzinationen, ich war verrückt, ich konnte Wirklichkeit und Wahn nicht mehr unterscheiden. Ich hatte mich in meiner fantastischen Geschichte verloren.
Ich schluchzte auf, machte kehrt und lief durch den spritzenden Schneematsch hinunter. Du hast einen furchtbaren Fehler gemacht, schrie die Stimme in mir. Ich hätte nie hierher kommen dürfen; es hatte mir den Verstand geraubt, und nicht mehr Coral war jetzt die arme Irre, sondern ich.

Als ich im Hotel ankam, zitterte ich so stark, dass meine Zähne klapperten und meine zuckenden Finger kaum den Schlüssel halten konnten. Ich schleppte mich in mein Zimmer und hängte das »Bitte nicht stören«-Schild an den Türknauf. Dann ließ ich mich aufs Bett fallen und zog die dicke, braune Decke über meinen schlotternden Körper. Ich war so durchgefroren, so unterkühlt, dass ich mich instinktiv wie ein Embryo zusammenrollte und die kribbelnden Fingerspitzen in die Achselhöhlen schob. Meine Füße spürte ich längst nicht mehr.
Ganz allmählich drang, vom Bauch ausgehend, ein schwacher Wärmehauch in meine Arme und Beine vor. Ich bewegte mich ein klein wenig, streckte vorsichtig die Füße, zog die Hände unter der Decke hervor und strich über das kühle Baumwollkissen. Aber auch als meine Fingerspitzen warm wurden und die Zehen aufzutauen begannen, hörte das Zittern nicht auf.

Es war die Angst, das wurde mir klar, als ich so dalag: eine Angst, die das Blut in den Adern gefrieren ließ, eine Angst, die mich seit Delhi in den Krallen hatte und jetzt mit eisigen, bohrenden Fingern ans Bett fesselte. Ganz allein war ich in dieser unwirtlichen Gegend und wurde langsam verrückt. Ohne zu überlegen, hatte ich Steve verlassen, hatte ihm genauso überstürzt den Laufpass gegeben wie den anderen Männern früher, und kämpfte jetzt mit Dämonen, die keineswegs einer makabren Verschwörung entstammten, die ich demnächst heroisch aufdecken würde, sondern meinem eigenen Kopf. Steve war das einzig Stabile in meinem Leben, das Einzige, was meine fünf Sinne beieinander gehalten hatte. Ohne ihn war ich verloren.
Ich drehte mich auf den Bauch, schlang die Arme um die Taille und versuchte auf diese Weise das Zittern wegzukriegen. Seit der Trennung von ihm am Flughafen hatte ich mir nicht den kleinsten Gedanken an ihn erlaubt, doch jetzt sehnte ich mich nach dem festen Halt seiner Arme, seiner vernünftigen, ruhigen Art. Was würde er zu all dem sagen? Dass ich das Ganze erfunden hätte? Dass es genau so sei, wie alle gesagt hätten, dass nämlich Gemmas Tod nicht das Geringste mit Zak und Coral zu tun habe? Ob ich denn wirklich die Realität nicht mehr erkennen könne?
Wie immer die Wahrheit aussah, ich konnte mich ihr nicht stellen. Ich war zu schwach, ich hatte versagt. Vielleicht ertrug ich ja mein Leben, so wie es war, wirklich nicht mehr, aber ich hatte einfach nicht die Kraft, es zu ändern. Die alte Esther wäre nicht so defätistisch gewesen, aber die alte Esther gab es nicht mehr. Mir blieb nichts übrig, als nach Archway zurückzukehren und Steve um Verzeihung zu bitten.
Ich verkroch mich noch tiefer im Bett. Meine Gedanken verschwammen. Er hat von Anfang an Recht gehabt, dachte ich und begann schon zu vergessen, wo ich war; an manche Dinge rührt man besser nicht. Noch war es nicht zu spät, noch konnte ich umkehren. In aller Frühe würde ich aus der Stadt verschwinden

und heimfahren. Steve und ich würden die Scherben aufsammeln, so wie immer. Wir würden uns aussöhnen, und ich würde nie wieder an Zak und Coral und Gemma denken.

Als ich die Augen öffnete, war es Morgen, und mein Gesicht war tränennass. Ich tupfte mit den Handrücken an den glitschigen Wangen herum, was wenig brachte, drehte mich auf die andere Seite, ließ den Blick durch das Zimmer wandern und erinnerte mich langsam wieder, wo ich war. Durch den dünnen Hotelvorhang drang diffuses Licht herein; vor der Tür wurde, den Geräuschen nach zu urteilen, der Boden gefegt. Ich schniefte, setzte mich auf und blickte durch das kleine, quadratische Fenster in den weißen Winterhimmel. Ich hatte von Steve geträumt und war so verwirrt von der frischen Erinnerung daran, dass Traum und Wirklichkeit sich noch nicht unterschieden. Ich war in einer Telefonzelle gewesen und hatte verzweifelt versucht ihn anzurufen, aber seine Nummer war mir nicht eingefallen. Und als ich mich dann doch erinnerte, hob niemand ab. Er war weg, und ich hatte keine Ahnung, wohin.

Langsam verflog der Traum, und mir wurde bewusst, dass meine Beziehung mit Steve zu Ende war und ich deshalb weinte. Es hatte keinen Sinn, nach England zurückzukehren und ihn um Verzeihung zu bitten. Mit meiner Abkehr von ihm am Flughafen hatte ich allem ein Ende gesetzt. Er war mein bester Freund, mein einziger Freund gewesen, hatte immer zu mir gehalten und mir gegeben, was er geben konnte: Beständigkeit und Geduld, tiefe, bedingungslose Liebe. Und ich hatte das alles weggeworfen, ohne zu wissen, was ich tat. Ich liebte ihn, ja, ich liebte ihn, aber wir konnten nicht länger ein Paar sein. Unwissentlich hatten wir einen bestimmten Punkt überschritten; jetzt musste jeder sein Leben allein weiterleben.

Ich betrachtete meine ringlosen Hände, meine weißen, von der Kälte runzligen Finger und vermisste ihn plötzlich so sehr, dass es wehtat – ein dumpfer Schmerz ganz tief im Bauch, das

Verlangen nach der tröstlichen Berührung eines anderen Körpers. Doch dann wurde mir klar, dass es nicht bedeutete, was ich zuerst gedacht hatte, und blinzelnd unterdrückte ich die wieder aufsteigenden Tränen. Steve würde mich nie aus meiner Einsamkeit befreien können. Mein Verlangen nach ihm wurzelte nicht in der Wirklichkeit, sondern in der Phantasie. Vielleicht hatten wir früher einmal zueinander gepasst; in den letzten Jahren aber hatten wir uns ständig gestritten, in einer ewig vor sich hin köchelnden, unterschwelligen Unzufriedenheit gelebt, die keiner von uns zugeben wollte. Neuerdings hatte ich auf jede Berührung von ihm gereizt und unduldsam reagiert, wäre jedes Mal am liebsten zurückgewichen.

Ich griff nach der Klopapierrolle, die ich in meinen Rucksack gestopft hatte, riss ein Stück ab und putzte mir die Nase. Ich würde ihn unglaublich vermissen, aber ich hatte nun einmal entschieden, ihn zu verlassen und hierher zu gehen, hatte entschieden, allein zu sein. Es war kein dummer Zufall gewesen; ich hatte es so gewollt. Ich spreizte die Finger, wackelte mit ihnen und ließ die Gelenke knacken, während ich meine Füße vorsichtig auf den harten Steinboden setzte. Ich brauchte keine Angst vor dem zu haben, was dieser Tag bringen würde. Es ging um mein Schicksal, mein Dharma. Die Zeit war gekommen. Ich musste mich ihm endlich stellen.

Dreißig

Diesmal fuhr ich mit dem Taxi hinauf, ließ mich vor dem Hotel absetzen und ging das letzte Stück, etwa einen Kilometer, zu Fuß. Ich war merkwürdig ruhig. Das Grauen des Vorabends entschwand in eine scheinbar weit zurückliegende Vergangenheit. Ich sagte mir, dass ich schließlich nur einen Ashram in der Kulu Road besuchen würde, um mit jemandem über einen Vorfall zu reden, der sich vor sechs Jahren ereignet hatte. Nichts gab mir Anlass zur Sorge, nicht einmal mein labiler Gemütszustand, denn ich hatte die Nacht durchgeschlafen und zum Frühstück in einem Traveller-Café in der Hauptstraße Bananen-Pfannkuchen und Joghurt gegessen. Die paranoiden Phantasiebilder von gestern waren zerstoben.

Nur mehr ein kurzes Stück Weg lag vor mir. Gestern hatte ich in der Dämmerung bloß die hochragenden Umrisse der dunklen Kiefern ausmachen können; jetzt sah ich, während ich durch die feste Schneeschicht stapfte, unter den scharfen Zickzackkurven, in denen sich die Straße durch den Bergwald hochwand, wie auf einem Panoramabild Obstplantagen und terrassenförmig angelegte Felder. Die Landschaft war so schön, dass ich eine Zeit lang stehen blieb, den Blick über das grün-braune Tal schweifen ließ und wie ein normaler Tourist dem Zwitschern der Vögel lauschte. Etwas weiter unten an dem steilen Hang kletterten zwei kleine, barfüßige Ziegenhirten mit langen, braunen Umhängen zwischen den Bäumen herum.

Ich sah zu, wie sie die hinterherzottelnden Ziegen zur Herde trieben. Ihre Rufe und ihr Lachen nahm ich nur gedämpft wahr. Obwohl ich mich bemühte, keine Angst aufkommen zu lassen, spürte ich sie schon wieder. Fahrige Gedanken wirbelten mir durch den Kopf, ich konnte mich nicht konzentrieren. Was erwartete mich dort oben am Gipfel? Wenn Coral da war, was würde sie sagen? Es war zu viel; es war zu schrecklich. Ich sollte auf der Stelle kehrtmachen, zurückgehen in das Café, in dem ich eine Stunde zuvor meine Pfannkuchen gegessen hatte, und den Tag mit der Lektüre monatealter Zeitungen und mit Teetrinken verbringen. Kein Mensch zwang mich, die Sache durchzuziehen. Kein Mensch außer mir selbst, das wusste ich natürlich. Wie hätte ich nach allem, was geschehen war, zurückgehen können? Mein Blick folgte der kurvigen, vereisten Straße. Unmittelbar vor der nächsten Biegung zweigte ein Weg in den Wald ab. Das war es, ich wusste es sofort. Mein Herz begann zu pochen, meine Hände wurden feucht. Ich atmete durch und nahm die letzten Meter in Angriff.

Als ich mich der Abzweigung näherte, sah ich ein kleines Holzschild, auf das eine Zwei gemalt war. Hastig bog ich ein, ohne einen Blick zurück auf die Hauptstraße zu werfen. Der Aufstieg war anstrengend gewesen, ich war erhitzt; ich zog das Tuch von der Schulter und hängte es mir über den Arm. Zuerst waren keine Gebäude zu sehen, die Straße verlief durch dichten, dunklen Tannenwald, doch plötzlich erblickte ich ein großes, zweistöckiges Holzhaus mit einem roten Pagodendach. Ein Plattenweg führte zur Tür. Offenbar hatte kurz zuvor jemand den Schnee weggeschippt und rechts und links des Wegs säuberlich aufgehäuft. Dahinter befanden sich Blumenbeete und Rosensträucher. Auf der anderen Seite, weiter hinten im Garten, stand ein Haus aus Beton – zusätzlicher Schlafsaal oder Lagerraum. Der dahinter liegende Grund fiel steil ab. Neben der Tür stand ein großer Bronze-Buddha im Kies; auf seinem feisten Bauch und den verzückt gesenkten Lidern lag Schnee.

Das musste es sein. Ich ignorierte das in mir aufsteigende Unbehagen und ging rasch durch den Garten auf die Tür zu, den Blick starr auf das Bambusklangspiel gerichtet, das von der Verandadecke hing. Es schneite wieder, und ich sah nur noch die wirbelnden Flocken. Ich holte tief Luft, um mich zu beruhigen, aber mein Herz hämmerte gegen die Rippen. Ich muss nur anklopfen, weiter nichts, sagte ich mir. Danach würde allein das Schicksal, oder die Vorsehung oder wie immer man es nennen wollte, entscheiden.

Ich blieb vor der Tür stehen und starrte mit leerem Blick auf den schweren, hölzernen Klopfer, als hätte ich vergessen, wozu ich hergekommen war. Ich holte Luft, stieß sie aus, schmeckte Schnee auf den Lippen. Meine Gedanken und Gefühle waren zu Eis erstarrt, und kurze Zeit schien es mir, als hätte mein Herzschlag ausgesetzt.

»Tu's!«, flüsterte ich. Ich legte die zitternden Hände Halt suchend um den Türklopfer und hob ihn an. »Ich suche Coral«, sagte ich laut, und der Klopfer fiel mit dumpfem Schlag gegen die Tür.

In meiner Brust pochte es so heftig, dass ich kaum atmen konnte. Ich verschränkte meine zitternden Hände. Die Angst war zu groß, ich konnte mich nicht einmal umdrehen und weglaufen. Im Innern des Hauses näherte sich jemand leise schlurfend der Tür. Ich fuhr mir mit den Händen übers Gesicht und glättete nervös mein Haar. Dann bemerkte ich, dass das Tuch die ganze Zeit im schmutzigen Schnee geschleift war, und in diesem Augenblick wurde die Tür geöffnet.

Vor mir stand Zak. Diesmal war es keine Täuschung. Keine Flammen, keine zuckenden Schatten, die nach ihm griffen, sondern ein sehr realer, angejahrter Ex-Hippie in Jeans und einem dicken Punjab-Hemd. Er sah mich erstaunt an; dann huschte etwas wie Erleichterung über sein Gesicht.

»Hallo, Esther«, sagte er leise. »Wir haben uns schon gefragt, wann du wohl auftauchst.«

Was dann passierte, weiß ich nicht mehr genau. Wahrscheinlich schrie ich; auf jeden Fall taumelte ich, denn Zak fing mich auf, zog mich hoch und brachte mich ins Haus, während ich panisch in die Luft griff, um Halt zu finden. Vielleicht standen wir nur ein paar Sekunden lang so da, vielleicht länger, aber ich weiß nur noch, dass ich mich verzweifelt an seine Arme klammerte und das Gefühl hatte, als bräche meine ganze Vergangenheit über mir zusammen, als würde jede Geschichte, die ich mir jemals erzählt hatte, von einer anderen weggeschwemmt werden.

Als ich mich wieder einigermaßen auf den Beinen halten konnte, trat ich einen Schritt von Zak zurück. Ich hatte das Grauen überwunden und jenen Zustand der Gefühllosigkeit erreicht, in dem plötzlich alles merkwürdig unwichtig ist.

»Ich habe dich im Zug gesehen«, sagte ich mit gepresster Stimme.

Er zwinkerte mir fast spitzbübisch zu. Erst jetzt bemerkte ich, dass er einmal Akne gehabt hatte; sein Hals war voller Narben.

»Ich dachte mir, dass du es bist.«

Ich schluckte. Mein Herz begann wieder zu hämmern. Das musste unbedingt aufhören, ich konnte so nicht richtig atmen, geschweige denn sprechen. Ich rang nach Luft wie eine Erstickende.

»Ist sie da?«

Er nickte, packte mich unvermittelt mit seiner starken Hand und führte mich hinaus. Er war also doch ein Mensch und kein Teufel, denn als er meine zitternde Hand mit seiner umschloss, fühlte ich, wie das Blut seine Finger durchpulste, spürte die raue Haut innen an seiner Hand. Hinter seinem linken Ohr steckte ein Kugelschreiber, und vorn am Hemd war ein kleiner roter Saucenfleck zu sehen. Ich starrte wie gebannt darauf. Bekleckerten sich böse Sektenführer allen Ernstes mit Ketchup?

»Komm«, sagte er fürsorglich lächelnd. »Sehen wir mal, ob wir sie finden.«

Er nahm meinen Arm und führte mich schweigend über den vereisten Weg, der seitlich am Haus vorbeiführte. Ich ging vertrauensvoll mit, setzte folgsam einen Fuß vor den anderen. Ich brauchte mich gegen nichts mehr zu sträuben, brauchte nichts mehr zu entscheiden. Ich musste einfach tun, was er mir sagte.

Am Ende des Wegs stand zwischen dem Haupthaus und dem Nebengebäude ein hohes, schmiedeeisernes Tor, das auf ein dahinter liegendes Gelände führte. Zak schob den Riegel zurück und trat zur Seite.

»Sie ist dort unten im Garten«, sagte er und drückte sanft meine Schulter. Dann drehte er sich um und ging den Weg zurück. Eine Weile blieb ich reglos stehen. Der Schreck lähmte meine Beine. Schließlich atmete ich tief durch und trat durch das Tor.

Als Erstes sah ich ein großes, verschneites Gemüsebeet. Aus der weißen Decke ragten grüne Karotten- oder Kartoffelsprossen. Dahinter befanden sich Sträucher und Bäume und ein Stück gefrorener Erdboden, der wohl erst kurz zuvor geräumt worden war. Coral war nicht zu sehen. Ich trat über die Steinplatten, die die Gemüseecke umgaben, und blickte mich nervös um. Links von mir sah ich Sträucher und struppiges Gras, rechts befand sich ein kleiner Obstgarten. Vielleicht sollte ich dorthin. Auf knirschendem, gefrorenen Gras lief ich zwischen den Bäumen hindurch und sah vor mir ein kleines, abschüssiges, eingezäuntes Rasenstück, an dessen unterem Rand frisch gepflanzte Obstbäume standen, ein improvisierter Schrein für eine weitere riesige Buddhastatue, diesmal aus Stein.

Und dort vor dem Buddha hockte eine Frau auf dem Boden. Sie trug ein Gewand und hatte das Haar zu einem langen Zopf geflochten. Reglos betrachtete ich sie über den silbrig funkelnden Rasen hinweg. Mein Herz wummerte unerträglich laut. Obwohl sie mir den Rücken zuwandte, wusste ich sofort, wer sie war, denn die Krümmung ihrer Schultern, die Form ihres Halses kannte ich auswendig. Sie hatte gerade eine Kerze angezündet und schützte mit beiden Händen die winzige Flamme. Dann beugte sie sich vor, stellte die Kerze auf den Steinsockel und senkte den Kopf wie zum Gebet.

Ich öffnete den Mund, um sie zu rufen, aber ich brachte keinen Laut hervor. Einen Augenblick lang lief mein ganzes Leben, alles, was ich getan, was ich erhofft hatte, wie ein Film vor mir ab.

Dann zwickte ich mich durch das dicke Wolltuch in die Arme und ging einen Schritt, dann zwei Schritte über den Rasen. Die Frau stand auf, stemmte sich hoch, als wäre ihr Körper steif gefroren, und drehte sich langsam um.
Ich starrte in ihr Gesicht, und mir wurde schlagartig klar, dass ich die ganze Zeit über gewusst hatte, nach wem ich suchte. Ich betrachtete die kleine Stupsnase, das immer noch trotzige Kinn, die so vertrauten grauen Augen. Darauf hatte ich gewartet, dies war der wahre Grund für den weiten Weg, den ich gemacht hatte.
»Gemma!«, schrie ich, ich breitete die Arme aus und lief weinend übers Gras zu ihr.

Einunddreißig

Agun Mazir
1989

Gemma war sich immer wie ein Feigling vorgekommen, hatte immer das Gefühl gehabt, ihr Leben nicht in den Griff zu kriegen, war voller Versagensängste gewesen. Doch in letzter Zeit hatte sich etwas verändert, es hatte einen kaum merklichen Ruck in ihr gegeben, eine langsame Annäherung an etwas Unvorhergesehenes. Als Esther die Tür hinter sich zugeknallt hatte und klappernd die Holzstufen hinunter und aus Gemmas Leben lief, rollte Gemma sich herum und setzte sich auf. Sie hatte sich schon den ganzen Vormittag über viel besser gefühlt, jetzt aber waren das Fieber und die Schmerzen völlig verschwunden und hatten einem ungewohnten Hochgefühl Platz gemacht – jede Faser ihres Körpers zuckte vor unterdrücktem Triumph. Vier lange Wochen hatte sie sich zurückgehalten, hatte abgewartet und zugesehen, wie Esthers Selbstvertrauen sich nach und nach in nagenden, quälenden Zweifel verwandelte. Sie hielt sich ja für so souverän, glaubte über alles Bescheid zu wissen, aber darin irrte sie sich so gewaltig, dass Gemma am liebsten laut aufgelacht hätte. Sie war von Anfang an über Esther und Steve im Bilde gewesen, schon seit dem allerersten Abend im Pub. Doch jetzt, nach den Jahren des Herumkommandiertwerdens, in denen sie immer die Freundin gewesen war, die mitleidig an die Hand genommen werden musste, der Mülleimer für unzählige unnütze, gedankenlose Ratschläge – jetzt endlich hatte sie einmal gesagt, was sie dachte.

»Dank sei Kali, der Zerstörerin! Dank sei dem Höchsten – die Stunde der Wahrheit ist gekommen!«
Coral ging im hinteren Teil des Zimmers unablässig im Kreis herum. Sie hielt den Blick gesenkt und presste die gefalteten Hände an die Stirn wie eine Hindu-Braut. Bei jedem Schritt löste sich ihr Sari von ihrem dünnen Körper wie ein Seidenfaden von der Spule.
»Was machst du?«
»Bald wirst du verstehen, Schwester. Bald tragen sie mich zu meinem Scheiterhaufen!«
Gemma sah sie genervt an. Coral war in der Mitte des Zimmers stehengeblieben und richtete den Blick zur Decke. Kaum zu glauben, welche Ehrfurcht sie ihr noch vor einer Woche eingeflößt hatte! In Kalkutta war sie so einfühlsam gewesen, so verständnisvoll, und ihre Anspielungen auf ein Wissen, das der Enthüllung harrte, hatten einen unwiderstehlichen Reiz ausgeübt. Doch seit sie bei dem Schrein gewesen waren, hatte irgendetwas Macht über sie gewonnen. Sie hatte sich nicht mehr unter Kontrolle; ihre Posen und Kostümierungen wurden immer grotesker, ihre Gedanken verwirrten sich zusehends. Coral war krank, das hatte Zak ihr letzte Nacht zugeflüstert. Sie hatte Wahnvorstellungen, dachte sich völlig verrückte, übertriebene Dinge aus. Seit sie ihm in Delhi davongelaufen war, hatte er ihre Spur verfolgt; jetzt brauchte sie Medikamente und musste in die Berge zurückgebracht werden.
Zak. Sein Name klang wie ein Gebet. Gemma schloss die Augen und genoss die Freude wie eine wunderbare, kühle Brise. Er war ihr Engel mit seinen ruhigen blauen Augen und den Händen, deren Berührung sie wie einen Segen empfand. An jenem ersten Abend in Bhubaneshwar hatte sie vor Nervosität kaum ein Wort herausgebracht, aber sie hatte verstanden. Schweigend hatte sie sich an den Tisch in dem Café gesetzt, in dem Coral und er auf sie warteten, und mitten in dem vollen, lauten Lokal hatte er ihr mit dem Finger über die Wange gestrichen. Und diese Berührung

war wie ein Stromschlag in sie gefahren, das Herz war ihr stehen geblieben.

Mit diesem Augenblick war alles anders geworden. Sie hatte von Zak zu Coral geblickt und dann wieder zu Zak und hatte plötzlich gewusst, dass es kein Zurück gab. Das würde ihr neues Leben sein, diese Menschen, frei von allen Zweifeln, frei von allen Ängsten, die sie so gequält hatten – ihre neue Familie. Steve bedeutete nichts mehr, seine Affäre mit Esther war ohne jeden Belang. Das war Vergangenheit, ihr früheres Leben, etwas Überwundenes.

»Wo ist deine Freundin?«, hatte Coral gefragt.

»Sie ist krank«, hatte Gemma sanft lächelnd geantwortet. »Sie hat gesagt, ich soll ohne sie gehen.«

Erst eine Woche war das her, aber es kam ihr viel länger vor. Plötzlich wurde sie müde und ließ den Kopf aufs Kissen sinken. Das Fieber stieg langsam wieder, ein gewaltiger Hitzeschwall, der ihr durch Mark und Bein drang und ihre Gedanken verwirrte. Ihr einziger Wunsch war, dass Zak zurückkäme. Dann würde er Coral und sie zu diesem Ort bringen, von dem er ihr erzählt hatte, wo es kühl und ruhig war und sie den ganzen Tag zusehen konnte, wie die Wolken am Himmel dahinschwebten, und nie, nie wieder an zu Hause denken musste.

Er hatte es versprochen, und sie glaubte ihm. Er hatte gesagt, er werde nach Delhi fahren, dort habe er etwas zu erledigen. Danach werde er die Sachen aus dem Schließfach holen und zurückfahren. Sie hatte ihm ihren Schlüssel gegeben, ohne Esther etwas davon zu sagen. Warum auch? Zak war ihr Geheimnis, und wenn Esther eingeweiht gewesen wäre, hätte sie alles kaputtgemacht, genau wie bei Steve. Sie hatte Zak gesagt, dass Esther immer nur auf Spaß aus sei, dass sie kaum zu etwas anderem Lust habe, als Partys zu feiern, und dass sie nicht mitkommen wolle. Heute Nacht wollten sie aufbrechen. Aber jetzt hatte Esther sich entschieden, hatte wie immer die Tür hinter sich zugeknallt, und Gemma musste nicht mehr lügen.

»Wach auf, Schwester! Die Zeremonie beginnt!«
Gemma öffnete die Augen. Sie hatte starke Kopfschmerzen. Stirn und Wangen waren wieder glühend heiß, ihre Haut war schweißbedeckt. Sie stemmte sich aufs Kissen und sah sich enttäuscht um. Sie hatte gehofft, Zak wäre zurückgekommen, aber Coral war allein. Sie saß auf der Bettkante und musterte besorgt Gemmas Gesicht. Sie trug noch immer den Sari, hatte aber ihre Augen dick mit Kajal umrandet und die Wangen mit rosarotem Rouge geschminkt. Mit dem schief hängenden künstlichen Zopf und dem Plastikdiadem sah sie aus wie ein kleines Mädchen, das Verkleiden spielt.
»Welche Zeremonie?«
»Meine Hochzeit!«
Coral beugte sich vor und ergriff Gemmas schlaffe Hand.
»Aber ich brauche einen Ring, ja?«
Gemma prustete halb belustigt, halb verächtlich.
»Das Scheißding kannst du gern haben. Ich brauche es nicht mehr.«
Sie drehte an Steves Ring herum und zog ihn sich vom Finger. Billiger Schrott, dachte sie, während sie ihn noch einmal betrachtete. Ein versilberter Massenartikel, den der Scheißkerl erst gekauft hatte, nachdem er von ihr mit List dazu gebracht worden war. Der war genau so ein Trottel wie sein kleiner Liebling Esther.
»Da, bitte sehr, nimm ihn!«
»Mensch, Gem, der ist wirklich wunderschön …«
Coral betrachtete den Ring, als handle es sich um einen vierundzwanzigkarätigen Diamanten, und streifte ihn sich auf den Finger. Sie war verrückt, völlig durch den Wind, aber das war Gemma egal. Sollte sie ihre Phantasien doch ausleben – solange Zak rechtzeitig zurückkam, um sie zu retten.
»Wer ist denn der Glückliche?«, fragte sie. Sie musste sich anstrengen, um nicht loszulachen.
Coral seufzte auf und ließ sich mit verklärtem Blick aufs Bett fallen.

»Weißt du das nicht?«

»Nein, woher soll ich das wissen? Also, wer ist es?«

»Na, Zak natürlich. Ich wollte es dir eigentlich nicht erzählen, aber wir beide haben es gestern Nacht miteinander gemacht.«

Sie grinste neckisch wie ein Mädchen in einem viktorianischen Guckkasten, schob den Sari zur Seite und entblößte ihre Brust. Gemmas Blick fiel auf zwei violette Knutschflecken. Einer befand sich über der rechten Brust, der andere bedeckte fast die kleine, braune Brustwarze – eine obszöne Warnung, ein Omen all dessen, was Gemma fürchtete. Fassungslos starrte sie die Blutergüsse auf Corals zarter Haut an. Wie hatte das geschehen können? Zak hatte doch bei jedem Treffen nur ihr in die Augen gesehen, hatte nur ihre Hand gedrückt! Doch letzte Nacht hatten Coral und er sie gemeinsam geweckt und hatten, daran erinnerte sie sich plötzlich mit niederschmetternder Deutlichkeit, Händchen haltend an ihrem Bett gestanden.

Sie wandte schaudernd den Blick ab. Die Hände unter der Decke waren zu festen Fäusten geballt. Am liebsten hätte sie auf Corals Brust eingehämmert, hätte sie verdroschen, bis die dünnen Knochen zersplittert wären. Ihre Gedanken verwirrten sich. Sie sah alles wie durch einen roten Schleier.

»Er will, dass wir heiraten, wenn wir wieder in Manali sind«, säuselte Coral. »Er sagt, ich bin sein guter Stern!«

Das war natürlich erfunden. So etwas Banales würde Zak niemals sagen. Er gehörte ihr, er war ihr Engel, ganz allein ihre große Liebe! Zu ihrer Rettung war er ausgesandt worden, so ungefähr hatte er es gesagt, und nicht zur Rettung dieser blöden, durchgeknallten Coral. Sie packte die Bettdecke und schleuderte sie zur Seite. Ihr war so verdammt heiß, das war das Problem, und ihr Kopf fühlte sich an, als wäre er an den Schläfen in eine Zwinge gespannt, die immer stärker zugedreht wurde. Sie stieg aus dem Bett und taumelte durchs Zimmer. Sie verspürte plötzlich einen unwiderstehlichen Drang nach Abkühlung.

»Was ist los?«, fragte Coral. »Ist dir wieder schlecht?«

»Nein.«

Gemma öffnete die Tür und atmete in tiefen Zügen die kühle Luft ein. Sie würde explodieren, wenn sie nicht von Coral wegkäme, ihr Gehirn würde überkochen, und dann würde sie sich nicht mehr zurückhalten können. Auf wackligen Beinen stand sie da und fächelte sich mit den Händen Luft ins Gesicht. Von unten drangen Trommelschläge und elektronisch verstärkte Gebete herauf. Das war die Mela, genau wie Esther gesagt hatte.

»Also, soll ich es tun oder nicht?«, fragte Coral unvermittelt.

»Was?«

»Mich dem Feuer überlassen. Es wird schon angefacht. Darum geht es schließlich, um die allerletzte Verwandlung, ja?«

Gemma drehte sich langsam um. Coral stand nackt in der Mitte des Zimmers; ihr Sari lag wie eine Pfütze aus Seide zu ihren Füßen. Sie sah Gemma erwartungsvoll an. Das verwirrte, unschuldige Gesicht barg keine Bosheit – ein kleines Mädchen, das sich auf etwas ganz Besonderes freut. Sie war schön mit ihrem langen, gertenschlanken Körper, dem flachen Bauch, den perfekt geformten, mit Liebesmalen bedeckten Brüsten. Ihr Blick war irr, ihr Gesicht schlammbeschmiert, das Haar unter dem Haarteil fettig und verfilzt, aber sie hatte etwas Strahlendes in ihrem Wahnsinn, und ihr Gesicht zuckte vor Hoffnung.

Sie dagegen war die immer gleiche alte Gemma, die Gewöhnliche, die Pummelige, die sich kein Junge je aussuchte. Ihr Leben lang hatte die Liebe sie zur Verliererin gemacht, ein Leben lang hatte sie mit angesehen, wie andere Frauen gewannen. Sie stand vor der Tür und starrte Coral an und dachte an Steve und an Esther, an all die Discos und Partys, von denen sie allein nach Hause gegangen war, die vielen wohlmeinenden Lügen, mit denen man sie abgespeist hatte. Nicht einmal ihrem Bruder war sie es wert gewesen, dass er blieb, selbst ihr Vater war mit einer anderen Frau auf und davon. Und sie sollte diese Scheiße einfach hinnehmen, tapfer sein, lächeln und sagen, dass es ihr nichts ausmache und man ja trotzdem befreundet bleiben könne. Sie starrte vor sich hin, bis sie nichts mehr sah, und alles, was jemals geschehen war, stieg als eine grausame, mörderische Wut in ihr hoch, und sie hörte sich flüstern: »Ja, Coral, tu's!«

Coral erwiderte lange nichts. Sie schien mit dieser Antwort nicht gerechnet zu haben. Sie sah aus, als überlegte sie angestrengt.

»Du meinst, dann liebt er mich noch mehr?«

»Natürlich«, hörte Gemma sich mit klarer Stimme sagen. »Ein solches Opfer lässt sich nicht überbieten.«

Es war fast wie ein Scherz, wie die albernen Spielchen, die sie früher immer mit Esther gespielt hatte. Diesen Sati-Mist nahm doch kein Mensch ernst! Es war alles nur in Corals Kopf, entsprang ihrem idiotischen, völlig verzerrten Bild von Indien. Gemma hatte es mit leisem Kichern gesagt, aber Coral hatte nichts bemerkt. Sie drehte sich rasch um und sagte mit leuchtenden Augen: »Ich habe schon alles vorbereitet, ja?«

Sie deutete auf den Tisch. Erst jetzt sah Gemma die große, braune Flasche zwischen den Zigaretten, den Wasserflaschen und den Orangenschalen. Benzin!, dachte sie aufgeregt, und daneben lagen zwei große Kerzen und eine Streichholzschachtel. Coral tänzelte lachend zum Tisch hinüber und lud sich die Sachen auf den Arm.

An diesem Punkt hätte die alte Gemma eingegriffen. Sie hätte Coral gesagt, sie solle sich beruhigen, hätte ihr das Benzin, die Kerzen und die Streichhölzer weggenommen und versucht sie zur Vernunft zu bringen. In ihrem tiefsten Inneren hätte sie sich vielleicht gewünscht, dass Coral weitermachen würde, aber sie hätte viel zu viel Angst vor den Konsequenzen gehabt, hätte die Auswirkungen viel zu sehr gefürchtet.

Doch die alte Gemma gab es nicht mehr. An ihrer Stelle trat die Frau, in die sie sich verwandelt hatte, zur Seite und sah schmunzelnd zu, wie Coral an ihr vorbei aus der Tür ging.

»Viel Glück«, flüsterte sie noch.

Coral hatte es wohl nicht mehr gehört. Sie war schon die Stufen hinuntergehüpft und lief bergab.

Gemma hielt sich am Fensterbrett fest und sah der davoneilenden Coral nach. Einen Moment lang wurde ihr so übel, dass ihr alles vor den Augen verschwamm, doch dann klärte sich ihr Blick, und obwohl das Fieber in ihr tobte, war sie noch nie so klar gewesen. Es war kein Scherz, nein, natürlich nicht, aber sie würde trotzdem nicht verhindern, was nun geschähe. Warum sollte sie immer zurückstecken, während sich alle anderen nahmen, was sie wollten? Sie riss die Tür auf und rannte die Treppe hinunter.

Zweiunddreißig

Sie stellte überrascht fest, dass es geregnet hatte. Der Weg war mit Pfützen übersät, und aus den Bäumen stieg Dampf auf wie Atem. Die feuchte, schwere Luft roch nach warmer, nasser Erde und fauligen Blumen. Das Mückengesumm dröhnte in Gemmas Ohren. Die Hitze schlug ihr entgegen, der Schweiß lief über ihr Gesicht, über Rücken und Schenkel, so dass sich an den weiten Hosenbeinen dunkle Flecken bildeten und der Stoff sich klebrig um die Beine schlang. Nicht weit vor ihr lief Coral.

Sie erreichte die Straße, drängte sich zwischen den wenigen Pilgern durch, die dort unterwegs waren, und ging weiter zu dem Pfad, der zu Pir Nirullas Grab führte. Ihr Blick trübte sich und wurde wieder klar, sie sah alles weit entfernt, dann wieder dicht vor sich, während sie mit platschenden Schritten den morastigen Pfad entlanglief. Ihr Herz hämmerte wie wild.

An der ersten Wegbiegung blieb sie stehen und warf einen Blick nach unten. Die Trommeln dröhnten wie Donner. Sie sah die vielen Menschen, die sich immer dichter drängten, je näher sie dem Schrein kamen. Und dort, am hinteren Ende der Prozession, tanzte Coral, wild mit den nun brennenden Kerzen fuchtelnd und von mehreren Männern beobachtet, die ein Stück zurückgetreten waren, um das Spektakel besser zu sehen.

Natürlich konnte Gemma jetzt nicht mehr eingreifen, und schließlich hatte sie genau das gewollt. Sie beugte sich vor, um alles mitzubekommen. Coral war direkt unter ihr und ließ die nackten Hüften lüstern kreisen. Ihre Augen waren geschlossen, der Mund stand leicht offen, wie in Trance. Erstaunt stellte Gemma fest, dass Coral sich die Schamhaare rasiert hatte; sie sah aus wie ein sonderbar entstelltes Kind, ein kleines Mädchen, das beim falschen Spiel mitmacht. Ihre Brüste wippten, und ihr zuckender Körper wand sich wie eine Schlange. Plötzlich kam Unruhe in eine der sie umstehenden Männerguppen, und Gemma sah etwas, wohl einen Stein, durch die Luft fliegen. Coral wurde mitten auf der Stirn getroffen. Sie taumelte nach hinten. Ihr Gesicht war über und über rot. Dann sah Gemma sie plötzlich nicht mehr.

Die Prozession zog weiter. Die Männer weiter vorn hatten den Zwischenfall hinter ihnen nicht bemerkt, und die Männer hinten drängten nach vorn. Ihre Wut über die Verunreinigung, die das Erscheinen der Frau aus dem Westen bedeutete, war weniger stark als der Wunsch, endlich das Grab zu erreichen. Irgendwo zwischen den Bäumen musste die verletzte Coral liegen.

Gemma atmete tief durch. Sie hatte es nur im Scherz gesagt, aber Coral hatte es missverstanden, und jetzt musste sie ihr helfen. Das würde Zak doch von ihr erwarten, oder? Sie blieb reglos stehen. Was fiel Coral ein, mit ihm zu bumsen? Was fiel ihr ein, alles kaputtzumachen?

Es geschah, als sie es am allerwenigsten erwartete. Plötzlich stürzte Coral zwischen den Bäumen hervor auf den menschenleeren Pfad direkt unter ihr. Sie blieb stehen und sah zum Schrein hinüber. Ihre Schultern hoben und senkten sich, und das Blut, das ihr übers Gesicht strömte, spritzte auf den Boden. Sie hatte etwas in der Hand und fummelte daran herum. Dann strahlte es grell auf, es zischte, als wäre der Blitz eingeschlagen, und Gemma sah, wie helle Flammen bogenförmig in die Luft loderten und sich, Corals Körper umhüllend, wieder senkten, und sie sah, wie dieser Körper erschauderte, als wunderte er sich über etwas.

Sie wollte nicht mehr hinsehen, aber sie blieb wie angewurzelt stehen und starrte hinab auf die torkelnde Gestalt, aus deren Armen und Beinen kräftige Flammen schlugen. Sie hörte das Fauchen und Prasseln des Feuers und roch das verkohlende Fleisch. Selbst wenn sie hätte helfen wollen, es wäre zu spät

gewesen, sagte sie sich. Plötzlich brach die Gestalt zusammen, stürzte zu Boden und war nicht mehr zu sehen.
Dann fiel Gemma um ein Haar selbst hin. Sie hatte es gewollt, aber nicht erwartet, nicht in Wirklichkeit, nicht das seufzende, kreischende Knistern des Feuers und das Zischen des brennenden Fetts. Sie hätte einschreiten können, einschreiten müssen, aber dann hatte sie den Blitz gesehen und die aufsteigende Hitze gespürt, und plötzlich schrie sie auf und lief hinunter zu Corals Leiche. An der Stelle, wo Coral getanzt hatte, blieb sie stehen und blickte sich panisch um. Auf dem Pfad war nichts zu sehen. Der einzige Hinweis auf das Feuer war die feine Ascheschicht, mit der die Steine überzogen waren. Coral musste ins Gebüsch gefallen sein. Gemma bemerkte am Wegrand eine schwarz verfärbte Stelle im Unterholz, aus der noch Rauch aufstieg. Sie sprang darüber und bahnte sich einen Weg zwischen den Bäumen hindurch.
Wenige Minuten später hatte sie gefunden, was von Coral übrig geblieben war. Die Leiche lehnte zusammengesackt an den Atemwurzeln eines Baums, als wollte sie nur ein wenig rasten. Die Haut war so verbrannt, dass sie nichts Menschliches mehr hatte. Angewidert sah Gemma, dass sich die Kopfhaut vom Schädel gelöst hatte und das Gesicht mit den blicklosen Augen zu einer Ansammlung ineinander verschobener Teile geschmolzen war: der Ansatz einer Nase, die Kinnlade eines Totenschädels, die zu den Bäumen hochgrinsenden, ebenmäßigen Aussie-Zähne. Der Gestank war unbeschreiblich. Schwein am Spieß, Fleisch, das sie nie anrührte. Sie würgte, es schnürte ihr die Kehle zusammen, ihr Brustkorb hob und senkte sich, doch sie riss sich zusammen. Der Schweiß lief ihr in Strömen hinab, die Fieberglut zehrte an ihr.
Sie bückte sich und zog an Corals Leiche. Niemand brauchte es je zu erfahren. Wozu auch? Hier im Dschungel verwesten Leichen innerhalb von Stunden, und alles Tote wurde vom hungrigen, unaufhaltsamen Leben vertilgt. Doch so kräftig sie auch zog, die Tote war zu schwer für sie. Sie würde sie begraben müssen. In

blinder Hast scharrte sie auf dem laubbedeckten Boden und begann die Tote mit Pflanzen zu bedecken. Ihr Atem ging flach und stoßweise. Die Kraft schwand, ihr Rücken tat grauenhaft weh, die Hände zitterten. Das Delirium umschloss sie wie eine Feuerwand.

Als sie fertig war, stand sie bedrohlich schwankend auf. Sie musste zum Pfad zurück, sonst war sie verloren. Sie machte ein paar Schritte, dann verschwamm alles vor ihren Augen, ihre Beine gaben nach, sie fiel zu Boden.

Als sie die Augen öffnete, hatte sich der Brandgeruch verzogen, und ihr Engel war da. Sie sah sein Gesicht, fühlte seine Hände an ihrer Wange und versuchte sich aufzurichten.

»Was ist mit dir passiert?«, fragte er sie. »Und wo ist Coral?«

Er legte die Arme um sie. Sie ließ sich von ihm hochziehen. Sie war stark unterkühlt und völlig durchnässt. Sie zitterte.

»Coral ist weg«, flüsterte sie. »Sie ist mit Esther in den Süden aufgebrochen.«

Sie sah ihn an. Seine Miene veränderte sich, Unglauben oder Verwunderung huschte über sein Gesicht und zerstörte einen Moment lang die Gelassenheit, die es sonst ausstrahlte. Dann löste sich die Irritation auf wie eine Wolke am klaren Himmel. Die verbrannten Sträucher, die Kerzen, die herumliegenden Streichhölzer und den nur wenige Meter entfernten Laubhaufen hatte er nicht bemerkt.

Sie legte den Kopf an seine Schulter und machte vorsichtig einen Schritt auf den Pfad zu. Sie hörte seinen Herzschlag, spürte die Wärme seiner Haut durch sein dünnes Gewand hindurch. Jetzt gehörte er ihr. Nichts und niemand würde sich je wieder zwischen sie drängen.

»Und du hast auf mich gewartet«, sagte Zak.

»Ja, ich habe auf dich gewartet.«

»Aber warum bist du hierher gegangen? Ich habe dich überall gesucht.«

»Wegen der Mela. Ich wollte sie sehen. Dann wurde ich plötzlich ganz wirr im Kopf.«

»Und ganz durchgefroren bist du! Du hättest sterben können!«

Er holte Corals Sari aus der Tasche, in die er ihre Sachen bereits gepackt hatte, hüllte Gemma darin ein und trug sie fast den Berg hoch. Oben stand der Jeep. Vorsichtig, als wäre sie eine Puppe, hob er sie auf die Rückbank. Sie legte den Kopf auf den Sitz, Zak gab Gas, und sie brausten davon. Der Fahrtwind blies ihr ins Gesicht. Schon fiel das Fieber, die Krankheit wich, ihre Gedanken wurden klar.

Sie fuhren und fuhren, bis die Straße im Dunkeln lag und die Sterne über dem Jeep wie eine Verheißung funkelten. Gemma schlief, erwachte und schlief wieder, bis sie es am nächsten Tag gegen Abend endlich schaffte, sich aufzusetzen und umzublicken. Sie kurbelte das Fenster hinunter und hielt das Gesicht in die schneidend kalte Luft. Am Horizont waren die Berge zu sehen.

Es war überstanden. Die Übelkeit war weg, ihre Gedanken waren klar, die alte Gemma war verschwunden. Von jetzt an gab es keine Vorgeschichte mehr, die frühen Jahre voller Verlust und bitterem Verlangen waren vorbei. Sie war ein neuer Mensch: eine Frau ohne Vergangenheit, eine Frau ohne Angst, eine Frau, die nie zurückblicken würde. Sie war der Mensch, der ich heute bin.

Ja, so ist das. Dies ist meine *Geschichte, und ich weiß, während ich im Garten stehe und Esther anschaue, dass ich sie ihr ganz bestimmt nicht erzählen werde. Warum sollte sie erfahren, was passiert ist? Welches Anrecht auf die Wahrheit hat sie? Ständig hat sie mir beteuert, wie nah wir uns seien, dabei hat sie mich in Wahrheit nie verstanden, hat nie kapiert, dass es mehr als nur die eine Version der Vergangenheit geben könnte. Und sie hätte nie erreicht, was ich in den letzten sechs Jahren erreicht habe. Sie ist viel zu verweichlicht und zu unbeständig, um die Entbehrungen ertragen zu können, die ich ertragen habe, um die Standhaftigkeit aufzubringen, mit der ich mich von den Oberflächlichkeiten*

meines alten Lebens abwandte und entdeckte, wer ich wirklich bin, diese Frau voller Kraft und Selbstbewusstsein.
Und niemals hätte sie Zak so für sich gewinnen können, wie ich es tat, so attraktiv sie damals auch war. Es dauerte eine Zeit lang, vor allem weil ihn Corals Verschwinden sehr mitnahm. Später hat er mir erzählt, dass er sich schon seit Monaten von ihr hatte trennen wollen, aber sie war so aufgewühlt gewesen und hatte ihn so sehr gebraucht. Nun war sie plötzlich weg, und er wusste nicht, wie er damit umgehen sollte. Da wartete ich einfach. Und während er das Ganze verarbeitete, blieb ich immer an seiner Seite. Es hat passieren müssen, sagte ich ihm immer wieder. Es war Kismet, unser Schicksal.
Und jetzt ist Esther da, steht in dem Garten, den wir am Berghang angelegt haben, und weint vor Verzückung, als wäre ich von den Toten auferstanden. Obwohl ich mich darauf vorbereitet habe, ist es ein Schock. Zak hat mir erzählt, dass er sie im Zug gesehen hat, und ich habe schon zwei Tage lang auf sie gewartet, ohne zu wissen, was ich empfinden und wie ich reagieren würde, wenn es so weit wäre. Aber sie hat sich so sehr verändert, dass ich sie kaum erkannt hätte, wenn ich nicht auf sie vorbereitet gewesen wäre. Ihre berühmte Schönheit ist verwelkt, kaum mehr vorhanden, ihr langes Haar verschwunden, ihr schmales Gesicht abgezehrt und zerquält. Sie umklammert meine Hände, weint, sagt, wie sehr sie mich vermisst hat, wie sehr sie mich liebt. Und ich empfinde sonderbarerweise nichts. Nicht einmal Wut.

Dreiunddreißig

Als ich es endlich geschafft hatte, mit dem Weinen aufzuhören und Gemma loszulassen, steckte sie die Hände in die mit groben Stichen angenähten Taschen ihres Gewands und trat, fast höflich lächelnd, einen Schritt zurück. Sie war offensichtlich schon lange draußen gewesen, denn ihre Wangen waren vor Kälte gerötet, und die Nasenspitze hatte sich rosa verfärbt.

»Vielleicht gehen wir besser rein«, sagte sie. »Hier draußen ist es eisig.«

Wir überquerten das Rasenstück, gingen durch eine Tür und traten in die Küche. Der Schreck hatte mich sprachlos gemacht, ich war noch immer völlig verwirrt. Wieder und wieder sah ich zu ihr hin, weil ich nicht glauben konnte, dass wirklich sie es war, die mich in dieses Haus führte. Doch die Frau mit dem ruhigen Gesicht und dem langen, braunen Zopf, die da vor mir her schritt, konnte niemand anderer sein. Ihr runder Rücken verriet sie und wie sie beim Gehen mit den Armen ruderte und das Grübchen am Kinn. Ich kam mir vor wie in einem Traum: Jahrelang hatte sie mich verfolgt, und jetzt erwartete ich, jeden Moment neben dem schlafenden Steve aufzuwachen und im Hintergrund den Londoner Verkehrslärm zu hören. Aber es war Wirklichkeit: Sie war wirklich da, und alle meine Mordphantasien erwiesen sich als unbegründet. Mir war schon leichter ums Herz, die drückende Last der eingebildeten Geschichte wurde von mir genommen und verflog in den Winterhimmel. Ich wischte mir mit einem Zipfel meines Tuchs die Augen trocken und betrachtete die glänzenden Töpfe und Pfannen, den Spülstein und den riesigen, ovalen Tisch, der bereits mit Tellern und Tassen aus rostfreiem Stahl für das Mittagessen gedeckt war. An der Wand stand ein Stapel Klappstühle. Wie in einer Jugendherberge, schoss es mir durch den Kopf, so karg und ungemütlich.

Gemma durchschritt die Küche, und ich folgte ihr in einen großen Saal mit weißen Wänden. Der Temperaturabfall war so groß, dass ich zusammenzuckte. Auch hier war es unwohnlich und kahl, ein funktioneller Raum für eine funktionelle Institution, dessen Interieur aus einem riesigen geschnitzten Ganesh an der gegenüberliegenden Wand sowie aus einer Hand voll zu seinen Füßen verstreuter Rosenblätter bestand. Schwacher Räucherstäbchenduft hing in der Luft.

»Keine Angst, wir gehen in ein warmes Zimmer«, rief sie mir über die Schulter hinweg zu.

Ihre Stiefel klapperten auf den Bodenfliesen. Mit schnellen Schritten durchquerte sie den Saal und ging auf eine Treppe zu, vor der sie nach links in einen kurzen, dunklen Gang abbog. Sie öffnete eine Tür am Ende des Gangs und trat zur Seite.

In dem Zimmer brannten Kerzen. Ich ging hinein. Es dauerte eine Weile, bis meine Augen sich an das schimmernde Licht gewöhnt hatten. Auf dem Boden lag ein dicker Kaschmirteppich, an den Wänden stapelten sich Nackenrollen mit abgewetztem Seidenbezug. Links stand eine Massageliege, rechts ein kleines Regal mit Ölfläschchen, Büchern über Buddhismus und das Tao sowie einer Räucherpfanne aus Messing. Gemma ging in die Hocke und heizte einen kleinen Ofen an, der hinten in der Ecke stand.

»Das ist unser Therapieraum. Wird bald warm sein.«

Sie hockte sich im Schneidersitz auf den Boden und lehnte den Rücken an die Wand. Ich starrte sie an. Ich war immer noch viel zu konfus, um ein Wort hervorzubringen. Wie ein Garten, den man sehr liebt und den man wieder betritt, nachdem man viele Jahre nichts in ihm gepflanzt und seine Blüten nicht gesehen hat, war sie ganz anders als früher und doch genau die Gleiche. Ihr Haar, das sie so lange gefärbt, kurz geschnitten, mit Gel geformt hatte, fiel jetzt in einem schweren, locker geflochtenen Zopf über den Rücken, und ihre Augen wirkten ohne Lidstrich größer und lebhafter. Sie war fülliger geworden, wirkte aber trotzdem nicht dick, sondern stark und fest. Sie sah jetzt, älter geworden, besser aus als früher; die wenigen Falten um Mund und Augen verliehen ihrem Gesicht Tiefe und ließen sie ruhig und gesetzt erscheinen.

Aber sie war immer noch Gemma. Als sie die Hände im Schoß faltete und auf ihre kleinen Stiefel hinuntersah, runzelte sich ihre Stirn genauso wie damals, wenn die Fünfjährige einen Schmollmund zog. Auch der Leberfleck über dem rechten Auge war noch da, und der Anblick ihres Kinngrübchens machte mich so wehmütig, dass ich mir auf die Lippe beißen musste.

»Du siehst fantastisch aus«, platzte ich heraus und bereute die banale Bemerkung auf der Stelle. Vor sechs Jahren wäre sie rot geworden und hätte protestierend aufgeschnaubt oder das Kompliment zurückgegeben, jetzt dagegen nickte sie nur mit nicht zu deutendem Blick. Wir schwiegen. Ich schluckte und spielte verlegen mit meinen Fingern herum. Seit wir uns gesetzt hatten, war meine anfängliche Hochstimmung nach und nach einem schneidenden, beklemmenden Gefühl gewichen. Ich hatte so viel zu sagen, so viele Fragen zu stellen, Entschuldigungen vorzubringen, Erklärungen abzugeben – Ansprachen, die ich im Geist schon tausendmal gehalten hatte, doch jetzt, da ein Wunder geschehen und Gem am Leben war und vor mir saß und ihre rauen Hände und ihre von der Gebirgsluft rosigen Wangen so nah waren, dass ich sie berühren konnte, fiel mir kein einziges Wort davon mehr ein.

»Du, es tut mir Leid«, sagte Gemma plötzlich, »ich weiß, es war eine weite Reise, aber ich kann nicht lange mit dir reden. Ich muss die Andacht vor dem Mittagessen halten.«

Ich sah sie an.

»Ich kann es nicht fassen, dass du da bist. All die Jahre, in denen ich glaubte …«

Sie unterbrach mich und fragte geschäftsmäßig: »Wo wohnst du denn?«
Ich blinzelte sie verwundert an. Warum sprach sie so mit mir?
»Ach, in so einem beschissenen Hotel. Ich …«
»Wir haben schon den ganzen Tag auf dich gewartet. Poppy sagte, jemand hätte in Delhi nach mir gefragt, und dann meinte Zak, er hätte dich im Zug gesehen, ja? Er hat gesagt, dass du dich unter das Fenster geduckt hast, als er dich entdeckte …«
Sie lächelte. Ihr Mund zuckte, was ich nur als Ausdruck der Belustigung deuten konnte.
Ich sah sie benommen an. In meiner Brust breitete sich ein schmerzhaftes Druckgefühl aus.
»Ich war so durcheinander«, murmelte ich und starrte auf ihre weißen Hände, auf ihr Gewand und ihre Stiefel aus dickem Hanf, nur um ihr nicht in die Augen sehen zu müssen. Meine Hände begannen wieder zu zittern, meine Zähne klapperten, aber nicht wegen der Kälte, wegen etwas Bedeutsamerem. Schweigend wartete Gemma darauf, dass ich weitersprach. Ich umschlang meine Schultern mit den Armen, damit das Zittern aufhörte, und murmelte: »Ich kann einfach nicht glauben, dass du da bist.«
Sie erwiderte nichts. Das Zittern griff auf meinen ganzen Körper über. Ich presste die Knie an die Brust, aber auch das half nicht, das heftige Zähneklappern und unkontrollierte Beben meiner Schultern zu stoppen. Gemma betrachtete mich mit kühlem Blick und sagte schließlich: »Du solltest vielleicht eine Tasse Tee trinken.«
Ich knetete meine Hände wie Brotteig.
»Nein, nicht nötig.«
»Du hast einen Schock erlitten. Jetzt wird die ganze aufgestaute Energie freigesetzt. Das gehört zum Heilungsprozess.«
»Zum Heilungsprozess?«, wiederholte ich matt.
»Deswegen bist du doch hier, oder?«
»Ich weiß nicht.« Ich holte tief Luft. In meinen Augen brannten

plötzlich heiße, ungeweinte Tränen. »Ich habe jemanden gesucht, aber …«

Ich konnte nicht weitersprechen. Wen hatte ich denn gesucht? Wenn das Zittern nicht gewesen wäre, hätte ich meine wirbelnden Gedanken vielleicht zu Worten formen können, aber ich schaffte es gerade mal, den Blick von Gemmas süffisanter, verschlossener Miene abzuwenden und zu murmeln: »Was machst *du* hier?«

Sie lächelte – nicht verzückt und rätselhaft wie die Frau am Flughafen, sondern mit der herablassenden Duldsamkeit eines Menschen, der einem Novizen die Grundlagen erklärt.

»Ich war für diesen Ort bestimmt. Wenn du wartest, bis unser Baba wieder da ist, wirst du das verstehen. Er ist das Licht, die Fackel, die wir hochhalten.«

Ich starrte sie an und war plötzlich hellwach. Nichts von diesem Hippie-Gefasel hätte *meine* Gemma jemals von sich gegeben.

»Baba ist das *Licht?*«, wiederholte ich langsam, ließ meine Knie los und setzte mich gerade hin. Das Zittern verebbte, meine Hände und Schultern wurden ruhig. »Ich hätte nie gedacht, dass du mal auf so was abfährst.«

»Worauf denn?« Ihr Lächeln war angespannt.

»Na, auf diesen … diesen Sektenquatsch.«

»Das hier ist keine Sekte, sondern ein Ashram, in dem wir unserem Meister folgen und zu leben lernen.« Sie betrachtete mich mit freundlichem, mitfühlenden Blick, so wie man jemanden ansieht, der es nicht so gut hat wie man selbst. »Leider sind die meisten gewöhnlichen Menschen nicht offen für so etwas. Es geht um Glauben, um Bindung und darum, alles Alte hinter sich zu lassen.«

Ich nickte. Mir war nur eines klar, nämlich dass sie gewissermaßen damit angab.

»Ich muss allerdings sagen, dass vieles hier nur wegen Zak und mir erreicht werden konnte. Ich meine, die vielen Anhänger, die Baba inzwischen hat. Immerhin leben hier zwanzig Sanyasins ständig, und sehr viel mehr bleiben eine Zeit lang hier und gehen dann wieder.« Sie warf voller Stolz den Kopf zurück. »Wir sind einer der erfolgreichsten Ashrams in diesem Teil Indiens. Zak leitet ihn, wenn Sai Baba auf Reisen ist, und das ist er inzwischen fast ständig.«

»Zak leitet ihn also …«

Sie schnaubte, und eine Sekunde lang blitzte die alte Gemma auf, die Gemma, die ich kannte. »Jedenfalls *glaubt* er, dass er ihn leitet, oder besser – ich belasse ihn in diesem Glauben. Du weißt ja, dass wir ein Paar sind?«

Wieder trat Schweigen ein, was im Grunde absurd war, weil ich so viele Fragen an sie hatte, aber etwas in ihrer Miene machte es mir unmöglich, sie zu stellen. Ich kam mir vor wie eine entfernte Bekannte von ihr, zu der schon lange keine Beziehung mehr bestand.

»Ich wusste, dass du mich irgendwann finden würdest«, sagte sie plötzlich, und ich hob errötend den Blick und sah sie an. »Ich wollte es nicht, aber mir war klar, dass es so kommen würde.«

Ich runzelte die Stirn. »Dich habe ich eigentlich gar nicht gesucht.«

»Nein?«

»Ich habe Coral gesucht.«

Sie zuckte mit den Schultern und richtete den Blick abschätzig auf das Feuer.

»Die war doch verrückt. Warum wolltest du die denn finden?«

Sie sagte es lächelnd, aber ihre Stimme klang jetzt härter, und als Corals Name gefallen war, hatte sie sich unwillkürlich auf die Lippe gebissen. Ich sah sie an. Meine Entschlossenheit wuchs.

»Ich dachte, sie wüsste vielleicht, was mit dir passiert ist. Ich habe sechs Jahre lange geglaubt, du wärst tot …« Plötzlich sah ich wieder den verkohlten Handstumpf vor mir, die verbogene, verbrannte Leiche, die ich für Gemma gehalten hatte, und mir versagte die Stimme. Gemma starrte trotzig zu Boden und

verkündete nach einer Weile: »Tja, ich bin aber nicht tot. Ich bin lebendiger, als du dir es jemals hättest vorstellen können.«
Sie sah mich an, und in dem kurzen Moment, als unsere Blicke sich trafen, glaubte ich in ihren Augen Triumph zu erkennen. Ich schaute rasch weg. Meine Gedanken wirbelten wild durcheinander. Ich konnte es einfach nicht fassen. Ich war mir meiner Geschichte so sicher gewesen. Jetzt fehlte plötzlich ein großes Stück Handlung, und meine Hauptpersonen waren verschwunden. Die Schatten zuckten und tanzten an der Wand wie an jenem schrecklichen Morgen, als ich in Corals Feuerring erwachte.
»Was willst du damit sagen?«, fragte ich Gemma flüsternd. »Dass *Coral* getötet wurde?«
Sie hob die Schultern. »Keine Ahnung. Ist sowieso alles Vergangenheit.«
»Aber ich habe sie im Jeep gesehen, auf der Straße nach Bhubaneshwar!«
»Das war dann wohl ich.«
»Ich verstehe nicht …«
»Das war ich. Coral ist abgehauen. Sie war total labil, durchgeknallt. Das hast du doch selbst gesagt.«
Irgendwo fiel eine schwere Tür zu, dann waren vom Saal her Schritte zu hören. Die ganze Geschichte, die Geschichte, auf der ich mein Leben aufgebaut hatte, basierte auf einem kleinen Tatsachenfehler. Doch als jetzt die echte, lebendige Gemma mit ihren fleckigen Händen und den runden Brüsten vor mir saß, erkannte ich, dass alles zusammenpasste. Natürlich war Coral gestorben und nicht Gemma, denn Coral war, im Nachhinein betrachtet, verrückt und unaufhaltsam unterwegs in die Selbstzerstörung gewesen, Gemma dagegen, obwohl sie sich immer so schwach gegeben hatte, eine verbissene Überlebenskünstlerin.
»Aber da war eine Leiche …«, sagte ich langsam.
Gemma blinzelte mich an. Schlagartig röteten sich ihre Wangen. »Von einer Leiche weiß ich nichts.«

Ich sah sie schweigend an, während ich langsam die Lücken füllte. Es war grotesk, eine Szene in einer schlechten schwarzen Komödie, aber offenbar hatten wir die falsche Leiche begraben. Nicht Gemma hatten ihre Verwandten und Freunde unerbittlich in englischer Erde versenkt, sondern eine verkorkste Herumtreiberin, ein australisches Mädchen, das sich Coral nannte und dessen Familie wahrscheinlich bis heute nicht wusste, dass sie tot war. Es war so absurd, dass ich das hysterische Bedürfnis hatte, laut loszulachen, so wie früher im Englischunterricht, wenn Mrs. Crewe etwas sagte und Gem und ich uns ansahen und es nicht schafften, unsere Belustigung im Zaum zu halten. Aber wenn Coral gestorben war, schoss es mir durch den Kopf, warum war Gemma dann verschwunden? Ich legte meine Hand auf ihren Arm.

»Was ist denn nur passiert, Gem? Warum hast du uns nie wissen lassen, dass es dir gut geht?«

Sie hatte sich wieder im Griff und sah mich gelassen an. »Du bist doch wunderbar zurechtgekommen. Ich dachte, du würdest nach Goa fahren und dich prächtig amüsieren. Du hast mich doch gar nicht gebraucht. Ich durfte doch sowieso nur deswegen auf deine tolle Reise mitkommen, weil du ein schlechtes Gewissen hattest.«

Ich schluckte. Der Druck auf meiner Brust wurde stärker. Wie konnte sie nach allem, was ich durchgemacht hatte, so etwas sagen!

»Aber du bist *verschwunden!*«, sagte ich mit heiserer Stimme.

»Na und?«

Ich hielt es nicht mehr aus. Wie konnte sie es wagen, dazusitzen wie die Königin der Hare Krishnas und den Unschuldsengel zu spielen, dessen einziges Vergehen darin bestand, nicht in Kontakt geblieben zu sein? Ich ließ ihren Arm los, setzte mich aufrecht hin und sah sie wütend an.

»Hast du dir nie überlegt, dass dein Verschwinden möglicherweise Auswirkungen auf mich haben könnte?«, fragte ich sie mit

erhobener Stimme. »Und auf deine Familie? Hast du denn nie an deine Mum gedacht, verdammt noch mal?«
Sie wandte hastig den Blick ab.
»Die hatte sich noch nie Sorgen um mich gemacht«, sagte sie leise. »Warum also jetzt plötzlich? Und außerdem spielt das inzwischen keine Rolle mehr. Die alten Bindungen sind völlig unwichtig geworden. Jetzt zählt nur mehr der Weg, der vor mir liegt.«
Ich starrte sie an. Ich war so entsetzt, dass ich eine Zeit lang nichts zu sagen wusste. Aber so leicht wollte ich sie nicht davonkommen lassen. Auch wenn sie sich fast bis zur Unkenntlichkeit verändert hatte, war sie doch immer noch Gem, meine älteste Freundin, auf deren Erinnerungen mein ganzes Leben beruhte.
»›Völlig unwichtig‹, ja?«, schrie ich, und das Blut schoss mir in den Kopf. »Du wolltest einfach verschwinden, einfach so?«
»Warum nicht?«
Ich packte ihre schlaffe Hand, drückte sie, erhielt als Reaktion aber nur einen kaum spürbaren Gegendruck.
»Warum hast du das getan? Wegen Steve und mir?«
Sie lachte. »Das hat nicht die geringste Rolle gespielt.«
»Warum dann?« Ich war den Tränen nahe, aber ich schniefte sie weg. Ich wollte unbedingt weiterreden. »Habe ich dich dazu getrieben oder was? Bitte, Gem, ich muss es wissen!«
Sie zog langsam die Hand zurück.
»Es hatte nichts mit dir zu tun.«
»Aber ich hatte dir doch Steve weggenommen und dich in Agun Mazir allein gelassen mit dieser völlig durchgeknallten Coral …«
»Da irrst du dich.«
Sie reckte das Kinn, wie sie es immer getan hatte, wenn sie besonders widerspenstig aufgelegt war, und sah mir in die Augen. »Ich habe dich dazu gebracht. Ich wollte es so.«
Ich hielt ihrem Blick stand. Ich war überzeugt, dass sie log. Aus irgendeinem Grund erfand sie das alles.
»Was soll das heißen? Wieso denn?«

»Ich wollte, dass du gehst. Wenn es nicht Steve gewesen wäre, hätte ich irgendetwas anderes gefunden und dir die Schuld daran gegeben.«

Ich konnte nur noch den Kopf schütteln. Wieder schossen mir die Tränen in die Augen. Meine Brust wurde eng.

»Aber warum wolltest du, dass ich gehe, Gem? Wir waren doch die besten Freundinnen!«

»Die besten Freundinnen? Du hast mich kaum gekannt.«

»Das ist nicht wahr, ich …« Ich brachte den Satz nicht zu Ende. Draußen ertönte Gelächter und weit entferntes Gitarrengeklimper.

»*Du* hast immer ein solches Tamtam um unsere Freundschaft gemacht, nicht ich«, sagte sie leise. »Ich brauchte nur jemanden, der mir fliehen half.«

Ich schluchzte auf. Tränen kullerten mir über die Wangen.

»Du hast mein ganzes Leben zerstört!«

Gemma schüttelte den Kopf. »Nein, das hast du selbst getan. Ich bin nur meinem Weg gefolgt.«

Im Ofen knackte und zischte das glimmende Holz. Ich starrte wie betäubt in die flackernden Flammen. Die Tränen tropften mir vom Gesicht. Das Ganze war so surreal, dass mein Gehirn Gemmas Worte kaum erfassen konnte; gleichzeitig begann mir zu dämmern, dass alles perfekt zusammenpasste. So zu verschwinden entsprach genau ihrem Stil, ihrer Art sich zu rächen.

»Du, ich möchte nicht unhöflich sein«, sagte sie plötzlich, »aber ich muss jetzt wirklich gehen.«

Sie stand auf und strich ihr Gewand glatt.

»Wenn du noch ein bisschen hierbleibst, kannst du Babaji kennen lernen. Er kommt morgen zurück.«

Ich sah sie an. Noch vor fünf Jahren wäre ich wütend geworden, hätte sie angeschrien, dass sie sich irre, dass sie die Vergangenheit in ganz falscher Erinnerung habe, dass unsere Freundschaft die treueste, engste überhaupt gewesen und durch eine einzige fatale Täuschung beschädigt worden sei und dass ich nicht einfach zusehen würde, wie sie meine Version mit einem Achselzucken abtue, aber jetzt hatte ich nicht mehr die Kraft dazu. Was würde es denn bringen? Von jetzt an zählte nur mehr die eine Wahrheit, dass wir uns einmal geliebt hatten, so offen und pragmatisch, wie kleine Mädchen einander lieben. Das war vorbei. Wir waren Fremde, die nur die schwach erinnerte, bruchstückhafte Vergangenheit noch verband. Ich hatte alles falsch verstanden. Nichts hatte die Bedeutung gehabt, die ich den Dingen verliehen hatte. Ich stand auf und wischte mir die Tränen aus dem Gesicht. Plötzlich war ich ganz ruhig.

»Nein«, sagte ich, »ich wüsste nicht, was das bringen sollte.«

Sie warf mir einen kurzen Blick zu, als wollte sie etwas sagen, zuckte dann aber nur mit den Achseln. »Bist du mit Steve hier?«

Ich schluckte, aber in ihrem Blick lag kein Groll.

»Nein.«

»Aber ihr seid noch zusammen?«

»Nein, wir sind nicht mehr zusammen.«

»Was ist passiert?«

»Ach.« Ich wandte mich zur Tür. Ich wollte nicht, dass sie mein Gesicht sah. »Hat eben nicht funktioniert.«

»Schade. Ich fand immer, dass ihr wie füreinander gemacht wart.«

Ich erwiderte nichts. Gemma verließ den Raum. Ich folgte ihr durch den eiskalten Saal. Sie öffnete die Haustür und trat zur Seite, um mich vorbeizulassen.

Sie warf einen Blick hinaus. »Es klart auf.«

»Ja.«

Ich trat auf die Veranda.

»Wirst du zurechtkommen?«

»Ja, ja.«

»Esther?«

»Ja.«

Ich drehte mich um und sah, dass ihr Gesicht weicher geworden war. Zum ersten Mal an diesem Tag trafen sich unsere Blicke.

»Es tut mir Leid. Ich wollte dir nicht wehtun.« Sie streckte langsam den Arm aus und ergriff meine Hand. »Ich musste es tun. Ich musste weg.«
Ich schüttelte den Kopf. Ich war plötzlich wieder den Tränen nahe.
»Und deine Mum? Soll ich ihr sagen, dass du hier bist?«
Sie fuhr zusammen und schlang die Arme wie Trost suchend um den Oberkörper. »Nein. Ich schreibe ihr. Ist allmählich an der Zeit.«
Wir umarmten uns, flüchteten einen Augenblick lang in die Wärme unserer Körper; dann lösten wir uns unbeholfen voneinander und gaben uns einen missglückten Kuss, bei dem unsere Wangen zusammenstießen. Als wir einander wieder gegenüberstanden, wusste ich, dass sich wirklich alles verändert hatte.
»Pass auf dich auf.«
»Ja. Du auch.«
»Bis irgendwann mal. Schreib mir.«
»Ja, mach ich.«
Ich drehte mich um und zog das Tuch fest um die Schultern. Während ich mich im Ashram aufgehalten hatte, war der Weg durch den Vorgarten völlig vereist. Ich ging los, setzte langsam einen Fuß vor den anderen, ohne mich umzusehen und Gemma zuzuwinken, nur darauf bedacht, nicht auszurutschen.

Vierunddreißig

Unten überquerte ich die Straße, stellte mich an den Abhang und blickte zwischen den Bäumen hindurch ins Tal hinab. Gemma hatte Recht, obwohl es kälter geworden war, klarte es auf; über den Baumwipfeln zerstoben die Wolken und gaben den Blick auf den blauen Himmel frei.

Im Mosaik der Felder dort unten sah ich die Furchen der Pflüge, ich sah Ziegen und Schafe, die auf Gemeindeland weideten, die strohgedeckten Dächer, den Rauch, der von ihnen aufstieg. Direkt unter mir wand sich ein seichter Fluss durch die Felder; er führte noch so wenig Wasser, dass sich an beiden Seiten ein breiter Kies- und Sandstrand gebildet hatte. Unterhalb der letzten Bäume des Bergwalds wuschen Frauen Wäsche, indem sie sie an die Felsblöcke klatschten. Das Geräusch verschmolz mit dem Rauschen und Gluckern des Wassers.

Ich blieb stehen und sah ihnen zu. Ich war von einer sonderbaren Ruhe erfüllt. Minutenlang schwebten meine Gedanken in der sanften Klarheit nach dem Schock; es waren die konzentrierten Minuten, bevor einem alles bewusst wird. Und dann kam, begleitet vom heraufdringenden Geplapper, alles wieder hoch: Die Geschichte von Gemma und mir oder Wie ich meine beste Freundin verlor. Ich dachte an unsere gemeinsame Kindheit, an unsere Geheimnisse, an das, wofür wir uns begeisterten, an unsere Schwüre und daran, wie sich alles allmählich verändert und mit jeder Wendung unseres Lebens voneinander entfernt hatte. Ich dachte an die Schule und dass immer Gemma als die Schlaue und ich als die Hübsche gegolten hatte. Ich dachte daran zurück, dass ich meine Abschlussprüfung bestanden, sie aber ihre vermasselt hatte, und erkannte, wie sehr alles, was wir taten, von Konkurrenzdenken geprägt gewesen war: das Spielen mit unseren Cindy Dolls, die Discobesuche, die Abende in den Studentenkneipen, die Männer. Warum hatte ich sie immer für bemitleidenswert gehalten? Ich hatte sie schon so lange gekannt, dass ich sie nicht mehr als sie selbst sah. Sie war nicht die arme, übergewichtige Gem gewesen, deren Eltern sich getrennt hatten und deren unmögliche Mutter immer nur jammerte, sie war nicht die Versagerin gewesen, die den Schulabschluss verbockt hatte und deswegen Trübsal blies, nein, in Wirklichkeit war sie ein völlig anderer Mensch gewesen: Gemma, die Starke, Gemma, die Entscheidungen traf und dabei blieb. *Ich* war diejenige, die sich an die Vergangenheit klammerte und Angst hatte loszulassen. *Ich* war die Verlorene gewesen.

Stundenlang blieb ich dort stehen, sah den Frauen bei der Arbeit zu und dachte über alles nach. Und während die Sonne gemächlich über den Himmel zog, wurde mir bewusst, wie frei ich plötzlich war. So stehe ich noch immer wie angewurzelt an diesem Berghang, und meine Geschichte ist fast zu Ende. Ich habe Ihnen alles erzählt, was ich weiß, alles, woran ich mich erinnere, und erst jetzt, am Ende, habe ich entdeckt, was ich längst hätte wissen müssen. Gem und ich, wir haben uns unbestreitbar einmal geliebt. Aber dann war es vorbei, so wie die meisten Kinderfreundschaften. Es spielte keine Rolle, wer was getan hatte, es ging nicht um Schuldgefühle und Vorwürfe. Es ging ums Erwachsenwerden.

Ich atme tief ein und fülle meine Lunge mit kalter Bergluft. Was ich verloren geglaubt hatte, war in Wahrheit nie da gewesen, sondern nur eine Illusion, ein Streich, den mir die Götter gespielt hatten. Mag sein, dass ich schon bald anders darüber denken werde; Verwirrung, Wut und Schmerz werden nicht ausbleiben. Aber jetzt lache ich und strecke die Arme in die kalte Luft. Es ist vorbei, ich bin auf einmal schwerelos, schwebe leicht und frei über mir wie die Wolken. Ich blicke zwischen den Kiefern

hindurch in den Himmel, als wartete ich auf ein Zeichen von dort oben, und plötzlich blitzt es silbrig auf, die Sonne kommt hinter einem Baumstamm hervor, und in ihrem Licht erglitzern die Schneehäufchen, so dass ich einen Moment lang geblendet bin. So soll es sein! Ich war so lange rettungslos verloren; jetzt ist das Umherirren vorbei, ist das Warten zu Ende.
Eine der Frauen hat angefangen zu singen. Ich beschatte meine Augen mit den Händen, drehe mich um und mache mich auf den Weg hinunter ins Tal.